U0606423

庆 祝 中 国 共 产 党 成 立 一 百 周 年

中國戲劇家協會

——百部——
优秀剧作

典藏

1921—2021

8

作家出版社

# 目 录

金 子 ..................................... 隆学义 / 001

歌星与猩猩 ............................. 赵耀民 / 035

骆驼祥子 ................................ 钟文农 / 083

父 亲 ..................................... 李宝群 / 125

十品村官 ................................ 陈 明 / 163

生死场 ................................... 田沁鑫 / 207

秀才与刽子手 ......................... 黄维若 / 261

邵江海 ................................... 曾学文 / 303

华子良 ................. 卫 中 赵大民 / 329

老表轶事 ............... 彭铁森 赵凤凯 / 365

驼哥的旗 ...... 刘云程 郑继锋 萧柱荣 / 397

· 川剧高腔 ·

# 金　子

（根据曹禺先生话剧《原野》改编）
隆学义

时　间　民国初。

地　点　古镇。

人　物　金子、仇虎、焦母、焦大星、白傻子、常五。

# 序　幕

〔秋夜沉郁。

〔男女声帮腔：

"老屋旧了，

旧了，旧了。

老屋朽了，

朽了，朽了。

亮的暗中找，

美的难寻找。

爱的心中找，

磨难苦未了。"

〔幕启。

〔秋日夕照。

〔古镇坡丘。黄桷老树，残枝新叶。

〔渐显金子孤寂、凄惶的情影，徘徊……

〔常五、新郎焦大星执红绸找上。白傻子暗上。

〔常五逼迫金子披嫁衣、搭盖头。金子挣扎，犹如雀鸟坠在罗网中……

〔焦大星胆怯地将红绸塞给金子。

〔焦母一脸威严，拄拐杖上。

〔金子挣扎不脱，与焦大星共系红绸。

焦大星　（面向焦母，怯懦地）妈！

金　子　（遥望远方，心声）虎子哥！

〔暗转。

〔火车声渐强，渐远……

# 第一场

〔一年后。

〔黑影（仇虎）跳跃上，惊慌四顾。

**仇　虎**　我仇虎又回来啦！（下）

〔景同序幕。

〔晨光下。蝉鸣、鸟语、蛙鼓。

〔金子抱小黑子上。

〔焦大星提背篓追上。

**焦大星**　（喊）金子，金子！

**金　子**　（赌气）我不是金子是银子，在你俩娘母眼头，算得了啥子！

**焦大星**　不，你是我的心。

**金　子**　心？我晓得你的心。（念韵白）

妈面前笑眉笑眼有孝心，

顺首俪耳多顺心。

妈的话记在前心，

我的事放在背心。

你把妈供在脑命心——

〔帮腔："把我踩在脚板心！"

**金　子**　小黑子又不是我生的，我还不是奶妈带娃儿——空搞灯。

**焦大星**　我晓得你对小黑子好。莫怄气了嘛！妈的话好听的就听，不好听的就当没听到，将就她一点。

**金　子**　你啷个不将就我？（将小黑子塞给焦大星）

**焦大星**　（老实巴交地）我将就你，啥子都将就你。

**金　子**　要是我踩虚了脚，一下掉进了河，你啷个说？

**焦大星**　（不假思索）我当然来救你……

**金　子**　（挑衅）要是你妈也一起都掉进了河，你又啷个说？

**焦大星**　（为难）我……唉！

金　子　说！只救我，不救她。

焦大星　（无奈）金子，妈是瞎子……

金　子　睁眼瞎，比耗子耳朵都尖。

焦大星　你为啥想淹死我妈？

金　子　不为啥子，听起安逸，说起好耍。

焦大星　好耍？说了要遭雷打！（将小黑子放在背篓里）

〔焦大星抱膝坐下，金子突地坐在他膝上。

焦大星　（羞涩，环顾）金子！

金　子　（亲昵地）平常不好来亲热，这下儿妈不在，不怕的。

焦大星　（推搡）不不不！

金　子　（站起，撩拨地）大星，你个老坎！（唱）

只晓得油炸花生——

〔帮腔："脆嘣儿、脆嘣儿，嚼起香！"

金　子　（唱）清炖鸡腿儿咬起香，

晚上的夜宵吃起香。

热呵呵的铺盖睡起香，

早晨的扑鼾扯起香。

胭脂花儿闻起香，

嫩嘟嘟的脸儿挨起香。

晓不晓得，野叉叉的嘴儿……

（俏皮而妖媚地咂嘴）

〔帮腔："啵起香！"

焦大星　（心旌摇荡，一把抱住金子，气咻咻）我要你！

金　子　（魅惑地）你说了，我才给你……

焦大星　（迷乱）说，我啥都说……

金　子　只救我，不救妈！

焦大星　（顿醒）啊！

〔焦母拄拐杖上。

焦大星　（见焦母，惊）妈！

焦　母　死人子，还不滚去收账。

004　焦大星　妈。

| 焦　母 | 我跟你说，（故意说给金子听）女人的话听不得，真感情要命，假感情要钱。 |
| --- | --- |
| 金　子 | （回敬以哈欠）啊…… |
| 焦　母 | 你在做啥？ |
| 金　子 | 起来早了，得罪男人；起来晚了，又得罪婆婆。 |
| 焦　母 | 哼！（取钱袋塞给焦大星）拿去。 |
| 焦大星 | 我有……（目视金子，征求她意见） |

　　〔金子暗示"要"。

| 焦　母 | 有？你那点钱，（朝金子方向说）买圈子，打耳环，早抛扯完了。 |
| --- | --- |
| 焦大星 | （对金子）妈，我走了。天凉了，要加衣服；饿了，要吃饱；渴了多喝点老荫茶……（暗中将钱袋递给金子） |
| 焦　母 | （无意间打岔了焦大星的传递）啰唆！ |
| 焦大星 | 外头有火车过，小心点啰……（又欲递钱袋） |
| 焦　母 | （又打岔）晓得，晓得。 |

　　〔焦大星不由自主绕过焦母，走到金子面前，把钱袋交给金子。

| 焦大星 | （说漏了嘴）你，出门看天色，进门要看脸色哟…… |
| --- | --- |
| 焦　母 | 嗯嗯……（顿悟）死人子！我一个瞎子，看啥子天色，看啥子脸色？ |
| 焦大星 | 我走了，走了哦！（急下） |
| 焦　母 | 大星！ |
| 金　子 | 大星走远了！ |
| 焦　母 | （轻声地）过来。 |

　　〔金子忙把钱袋放在小黑子身上，顺从地走到焦母面前。焦母从头到腰搜金子的身子，仿佛在抚爱。

| 焦　母 | （喃喃地）好漂亮，好漂亮的身材。我年轻的时候，（沉醉地）也是这个样样儿…… |
| --- | --- |

　　〔金子任焦母抚摸。焦母还不死心，从金子的腰摸到脚下，又在金子脚下周围抓了几把，这才失望地站起来，拍了拍灰。

| 焦　母 | （警告）晓得不，大星先前那个女人是啥子下场？ |
| --- | --- |
| 金　子 | （仿佛在背书）她生下小黑子刚满月，说她偷人养汉，公公拿皮鞭打了她三天三夜，锁在黑屋七天七夜，不吃不喝，自己饿死了。 |
| 焦　母 | 知道就好。 |

金　子　（软顶）不料公公背上长恶疮，也入土归阴了。

焦　母　（刻薄地）在阴间他也要管你！可惜呀，我那个干儿子仇虎在牢里也遭关死了。

〔金子痛苦无言。

焦　母　（将拐杖递给金子）外头眼睛杂，少去逗猫惹狗。把小黑子给我。

〔金子将小黑子给焦母背上。

焦　母　假惺惺！生得出来的又死了，活起的又生不出来。

〔金子眼里露出悲哀。

〔焦母下。金子望其背影，由愤而悲，由悲而泣。

金　子　（唱）有气难舒——

〔帮腔："有泪难哭！"

金　子　（唱）天天有气气难舒，
　　　　时时有泪泪难哭。
　　　　有气难舒心悲苦，
　　　　有泪难哭身孤独。
　　　　瞎眼婆婆多恐怖，
　　　　恶言冷语好狠毒。
　　　　屡屡顶撞遭欺侮，
　　　　每每挣扎受委屈。
　　　　睡去梦中见仇虎，
　　　　醒来身旁是懦夫。
　　　　凄凉常伴原野路，
　　　　刻薄长随老黑屋。

　　　　（与帮腔重唱）
　　　　心悲苦，
　　　　身孤独。
　　　　情死亡，
　　　　爱干枯。
　　　　悲苦无处吐，
　　　　孤独无处诉。

〔帮腔："情爱早已下地狱！"

〔仇虎上，步履蹒跚，走到金子身后，手拍金子。

金　子　（惊）哪个？

仇　虎　是我。

金　子　（仔细辨认）你是谁？

仇　虎　是我哇！

金　子　你究竟是谁？

仇　虎　我是仇虎！

金　子　（惊异）虎子？你还没有死呀！

仇　虎　（眼里燃火）阎王老爷不收我，又回来了！

　　　　〔金子审视仇虎。

　　　　〔帮腔："你、你、你、你呀——"

　　　　〔金子扑过去，二人相抱。

　　　　〔帮腔："灯花爆，

　　　　　　　久别重逢痴又醉；

　　　　　　　核桃破，

　　　　　　　见我情哥喜又悲！"

金　子　（捶打仇虎）你嗯个又活转来了哇！

　　　　〔暗转。


# 第二场

　　　　〔十天后，下午。

　　　　〔路上。

　　　　〔白傻子赶羊、常五提鸟笼分上。

常　五　（唱）新媳妇，俏俏俏，

白傻子　（唱）乖金子，妖妖妖！

常　五　（唱）老有少心心不老，

白傻子　（唱）老牛爱吃豌豆苗。

常　五　（唱）傻子不傻也懂窍，

白傻子　（唱）耗子偷枪——"剥"，

　　　　　　　想打猫。

| 常 五<br>白傻子 | （唱）摇摇摆摆摆摆摇摇， |
|---|---|
| | 走一遭。 |
| 白傻子 | 无常二爷！ |
| 常 五 | 啥子无常二爷哟？给你娃说过多回了，无常二爷是阴间的鬼，（打京腔）咱们是大清朝的常五爷。 |
| 白傻子 | 贵州骡子学马叫。 |
| 常 五 | 狗东西傻子！ |
| 白傻子 | 傻子不傻，莽子不莽，聋子不聋，瞎子不瞎…… |
| | 〔焦母拄杖上。 |
| 焦 母 | 常五！ |
| 常 五 | 喳！ |
| 焦 母 | 晓得不，这几天我们这里不大清静咯？ |
| 常 五 | 不不不，天下太平，天下太平，清静，清静。 |
| 焦 母 | 我是说，我家头…… |
| 常 五 | 大星妈，焦大爷造过大清朝的反，虽说死了，哪个强盗敢进你焦阎王的家哟…… |
| 焦 母 | （怒）打嘴！ |
| 常 五 | 喳！ |
| 焦 母 | 我是说大星媳妇…… |
| 常 五 | 摩登儿，摩登儿！好多男人都围到她打转。不想吃锅巴，哪会围到锅边转咯。连傻子都要去转，就连我都要去转。 |
| 焦 母 | 打嘴！ |
| 常 五 | 喳！总而统之一句话，我们这里清静。 |
| 白傻子 | 打嘴！就是不清静。 |
| 焦 母 | （惊）啊！ |
| 白傻子 | 我在坡坡放羊的时候，看到…… |
| 焦 母 | 啥？ |
| 白傻子 | 虎、虎…… |
| 常 五 | （怕）虎？ |
| 白傻子 | （得意）拿起一把花。 |

常　五　老虎拿花？

**白傻子**　嘿嘿，他还紧到问我新、新媳妇。

焦　母　是他！说，说了我给你糖吃。

**白傻子**　我不要糖，要，要婆娘。嘻嘻！（赶羊）咩咩咩……（赶羊下）

常　五　（惧怕）大星妈，是不是仇虎回来了？

焦　母　这娃儿只要不死，总归会回来……（吓常五）收拾你！

常　五　（大骇）啊！我去报告侦缉队。

焦　母　快把大星给我喊回来。

常　五　喳！

〔暗转。

# 第三场

〔白傻子坐地上。

**白傻子**　（唱山歌）

昨夜我在岩洞歇，

耗子把我指拇咬脱一大截。

我到铁匠铺去补，

他说我，肉又不巴铁。

（起身）老虎回来了，金子安逸了，她就更乖了。嘿嘿！（下）

〔当天，下午。

〔焦家老屋。

〔金子喜不自禁上，仇虎随上，挑逗金子。二人嬉戏追逐。

〔帮腔："死冤家，害死人，

今生重温冤孽情。"

金　子　（唱）分别后，心如霜打冷浸浸——

〔帮腔："死冤家！"

仇　虎　（唱）十年来，心如雪压重沉沉——

〔帮腔："死冤家！"

金　子　（唱）分别后，心如孤竹栽枯井——

〔帮腔："死冤家！"

仇　虎　（唱）十年来，心如死灰撒寒冰——

　　　　　　〔帮腔："活冤家！"

金　子　（唱）见到你，心如清晨噩梦醒——

　　　　　　〔帮腔："活冤家！"

仇　虎　（唱）十天来，心如山泉响铮铮——

　　　　　　〔帮腔："活冤家！死冤家！"

金　子　（唱）见到你，浓情印透鸳鸯枕，

　　　　　　　　十天来，热血惹红腮边云。

　　　　　　　　坡下树上长话短话话不尽，

　　　　　　　　枕边腮边心花泪花欢笑甜笑笑得真。

　　　　　　〔帮腔："变女人，

　　　　　　　　好风情！

　　　　　　　　茫茫原野秋草冷，

　　　　　　　　一夜秋雨绿又生。"

金　子　（唱）真情实爱又苏醒，

　　　　　　　　还原我活蹦活跳金子心。

　　　　　　〔火车"突突"而过。

仇　虎　金子，跟我走。

金　子　走？

仇　虎　就赶这火车，坐个七天七夜，就到那个地方了……

金　子　那个地方……

仇　虎　（神秘地）那是个黄金铺路的地方。（韵白）

　　　　　　　　有田有土有欢笑，

　　　　　　　　有吃有穿乐陶陶。

　　　　　　　　无争无斗无烦恼，

　　　　　　　　无仇无恨无冤牢。

金　子　虎子哥，你怕是在做梦哟！

仇　虎　你舍不得这个阎王家？

金　子　我恨这老黑屋。

仇　虎　（说不出的味道）你舍不得你那个男人？

金　子　（打趣）我哇，舍不得他那张笑脸……

仇　虎　啊！

金　子　雷公都不打笑脸人。（一脸无奈）嫁鸡随鸡，一马不配双鞍。怪你来迟了。

仇　虎　（怒从心上起）那我就点火烧了阎王家。我把你，（揽过金子）抢起走。（顺势抱起金子）

金　子　（半推半就）那你就是强盗。

仇　虎　你就是强盗婆。

金　子　（调笑）逮到就会砍脑壳。

仇　虎　（泄愤似的将金子扛在肩上旋转，笑得发抖）哈哈哈哈！强盗，强盗，砍脑壳！我要你生个儿子替我活。

　　　　〔金子感到受辱，怒咬仇虎肩头。

仇　虎　哎哟！

　　　　〔仇虎抛下金子，金子就势跌坐在桌上。

仇　虎　（抚肩头）你还会咬人？

金　子　（笑傲仇虎）小时候就咬过，你忘了？

仇　虎　对头。从前咬的是耳朵。（命令）过来！

　　　　〔金子乜斜仇虎一眼，抄手。

仇　虎　我叫你站过来！

　　　　〔金子坐在椅背上。

仇　虎　好嘛，我又来陪你坐嘛。（坐在金子身边，有些流气）我的个亲亲……

金　子　（气仇虎）啥子亲亲啰，娃儿是自家的乖，男人是自家的好。

仇　虎　（触到痛处）你……

金　子　（走下椅子）你们这些男人，婆娘是人家的俏。

仇　虎　（双手抱起金子）金子，你本来就是我的人。（亲热而粗暴）我的，我的金子！

金　子　（火辣辣地）你还是我的虎子哥哇！（拥抱仇虎）

仇　虎　（亲昵）虎子哥就是为你才活转来的。

金　子　（感受甜蜜）为我活转来的。

仇　虎　（掩饰隐秘）专为你回来……

金　子　（陶醉）专为我回来……（敏感）你们男人说话真真假假。

仇 虎　我是真的。

金 子　（率真地）晓不晓得，真感情要命啰？

仇 虎　那我就舍命。

金 子　（半玩笑）假感情要钱。

仇 虎　我就拿钱。

　　　　〔仇虎从怀里抓出一袋钱塞给金子，金子接过甩在地上。

金 子　（不屑一顾）你不是真爱我。

仇 虎　真爱！

金 子　真爱就说实话。

仇 虎　（只好说实话）我是跳车逃跑回来……

金 子　你要做啥？

仇 虎　（拾钱袋）焦家欠我仇家一笔账，该收账了！（将钱袋放入怀中）

金 子　（惊）虎子，我也是焦家的人啦！

仇 虎　我要把你抢回来，找焦阎王算账！

金 子　焦阎王，他死了！

仇 虎　（怒火中烧）我晓得他死了。焦阎王，我要你活转来，再叫你死
　　　　一遍！

　　　　〔帮腔："地打颤，天发昏，

　　　　　　　　残阳流血洒血腥。"

仇 虎　（悲愤，唱）

　　　　　　父遭活埋尸骨冷，

　　　　　　妹遭逼迫去卖身。

　　　　　　我遭诬告铁牢困，

　　　　　　我心上人成了焦家的人。

　　　　〔帮腔："苍天做证，

　　　　　　　　残阳为凭。"

仇 虎　（唱）我好冤，

　　　　　　我好恨哪！

　　　　　　恨染野草烧不尽，

　　　　　　冤借寒蝉鸣不平。

　　　　　　命恶命苦，不认老天安排命，

情断情续，寻找儿时嬉戏情。

忍气忍泪愤难忍，

吞声吞血仇难吞。

人非从前人，

心变猛虎心。

报冤报仇报大恨，

闹他个鱼死网破乱纷纷。

金　子　（背唱）心颤心抖心惊震——

〔帮腔："心浪心涛心潮生。"

金　子　（心绪矛盾，背唱）

哀他一家遭厄运，

爱他硬汉铁铮铮。

痛他十载黑牢困，

为他逃狱心不宁。

知他恨是冤仇恨，

叹他心非当年心。

愁他迷途迷本性，

忧他伤害无辜人。

恐他黑屋落陷阱，

怕他复仇害自身。

〔帮腔："啊!

他伤我损，

他生我存。"

金　子　（背唱）劝他速速离险境，

催他快快远方行。

我盼他年年月月时时刻刻都在等——

〔帮腔："盼得个，才相逢，又离分!"

金　子　虎子哥，快走。这里危险!

仇　虎　（脚踏椅子）我是老虎，怕哪个?

金　子　我怕侦缉队……（流露真情）你要是死了，我哪个活得下去?

仇　虎　啊，你还是爱我? 咬我也是爱我?

金　子　涎脸！

仇　虎　贞节女都怕丘皮汉！

金　子　（着急）你命都不要啦，快走！

仇　虎　我不走呢？

金　子　老婆子回来，有你好看的。

仇　虎　回来正好。

　　　　〔焦母背香袋上。

焦　母　（拍门）金子！

　　　　〔金子一惊，仇虎不动声色。

焦　母　（厉声）开门！

金　子　来了，来了！

　　　　〔金子去开门。焦母进门。

　　　　〔仇虎冷酷注视焦母。

　　　　〔金子惊慌注视焦母。

　　　　〔空气仿佛凝固了。

焦　母　青光白天的，关到门做啥子？

金　子　（掩饰）关到门嘛，外人才不好进来噻。

焦　母　（讥讽）要进来，他不晓得翻窗子呀？气味不对！

　　　　〔仇虎大模大样朝焦母走去。金子忙制止，仇虎不听……

焦　母　（侧耳细听，突如其来）站到！

　　　　〔仇虎止步。

焦　母　哪个？

金　子　（心悸）妈，是我。

焦　母　（诈）还有一个，仇虎？

金　子　（急中生智）还有小黑子。（忙抱起小黑子哄）喂哦喂，小黑子快睡觉了哇！（暗示仇虎快进西厢房去）小宝宝听话话呀，不听话话二妈要打耳巴！喂喂！

　　　　〔仇虎屹立不动，金子急得咬牙切齿，用手去掐他。

金　子　（边掐边哄小黑子）喂喂！乖乖娃娃，快来嘶个尿尿哇！嘶——嘶！（用嘴示意仇虎快走）

　　　　〔仇虎忍怒转身下。

焦　母　假惺惺！（一把抓住金子手指，抚摸）哟，银圈子，金戒子……

金　子　（自鸣得意）过年大星买的。

焦　母　（摸金子衣服，嫉妒起来）哦，又是一身新衣服。

金　子　（故意）过节大星亲手做的。

焦　母　（辛酸地）夫命才好啊！（用手探到金子头上，摘下花）啥？

金　子　花。

焦　母　谁送的？

金　子　我买的。

焦　母　不！

金　子　是！

焦　母　（无奈）妖艳！（把花甩在地上）踩了！

金　子　（顿了顿脚）踩了。

焦　母　（刁钻）你没有。（一字一顿）踩、踩、踩！

金　子　（赌气，踩花）踩、踩、踩！

焦　母　（冷漠）狐狸精，滚！

　　　　〔金子痛心地收拾起破碎的花瓣，强压怒气下。

　　　　〔焦母耳聆金子走后，从香袋里取出一个木刻女人，走到神龛前，敲了三下磬，把木人托在手里，仰起脸，从头上拔下一根钢针对着木人心口。

焦　母　（低声呼唤，语气狠恶）金子，金子，金子，天天咒你三炷香，明天早上好发丧。（唱）

　　　　　　丧门星，扫把星，
　　　　　　败家精，狐狸精。
　　　　　　害得我儿不孝顺，
　　　　　　焦家霉运祸害生。
　　　　　　木人心口扎九针，
　　　　　　针针扎在金子心。
　　　　　　唯愿金子得怪病，
　　　　　　早短阳寿命归阴。
　　　　　　要抵命，我抵命，
　　　　　　保佑我儿免灾星。

要赔命，我赔命，

保佑孙子得安宁。

金子快快早早死，

免得猛虎进家门。

（将木人放回香袋）

〔白傻子上。

白傻子　新媳妇好摩登儿，好摩登儿！

焦　母　傻儿，你来做啥子？

白傻子　我、我来看新媳妇，金子好看。

焦　母　（念）好看的媳妇要败家，

接了媳妇忘了妈。

白傻子　我没得妈！（唱）

我妈早就死刮啦！

金子媳妇美花花，

瞎子婆婆枯树桠、老丝瓜、豆腐渣、牛屎粑。

嗨呀，一朵闹莲花……

焦　母　打嘴！金子是母老虎，咬死你！

白傻子　（唱）拿她咬死也不怕，

投胎投个好人家。

二辈子再来喜欢她，

嗨呀，一朵莲花、花花闹莲花呀！

〔内传笑声。

焦　母　（侧耳）听！东厢房。

白傻子　哪里是东厢房？（机械地上前，看了看门）

白傻子　关起的。

焦　母　打进去嘛！

〔白傻子用手推了推，又用屁股去顶。

〔焦母拉开白傻子，举棍打门。

〔金子开门，挡焦母。

金　子　妈！

　焦　母　娼妇！

〔焦母推倒金子，走进东厢房。幕后传出一阵乒乓声。

〔仇虎急走出，撞见白傻子。

白傻子　（呆呆地）虎，虎……

〔金子推仇虎走出中门。

〔焦母上。

焦　母　傻儿，你看到啥子？

白傻子　虎，虎……

金　子　（打白傻子一耳光）妈，他说我是虎。（又拉过白傻子亲了一下他的脸颊）

白傻子　（高兴起来）她是虎！

〔金子又亲白傻子一下。

白傻子　（兴高采烈）老虎咬我，安逸，安逸！

焦　母　滚！

〔白傻子笑下。

〔焦大星上，见金子。

焦大星　（喜滋滋地）金子！

金　子　（得救似的）大星！

焦大星　我想你……做梦都在……

金　子　（体贴地）你饿了，我给你弄点吃的。

焦　母　假惺惺！

焦大星　（这才发现焦母的存在）妈！

焦　母　耗子偷油不学好，野猫反倒成家猫。

金　子　你说些啥哟？

焦　母　我说些啥，你心头不明白？

金　子　我明白啥？

焦　母　哼！

焦大星　哎呀，我才不该回来哟！

焦　母　不。你该回来，再不回来，就要抱野种了。

焦大星　妈，她怕不会哟！

焦　母　这个娼妇啥子都做得出来。

金　子　拿贼拿赃，拿奸拿双。你拿到我啥子？

焦　母　（冷冷地）哼哼哼！好一个偷人养汉的狐狸精。

金　子　（顶嘴）好一个心狠手辣的婆婆娘。

焦　母　我哪点心狠手辣，哪点心狠手辣？

〔金子气愤地从香袋里取出木人，交给焦大星。

焦大星　木头人？这是……

金　子　你那长命百岁的老妈子，她咒我打短命早些死。

焦　母　是我，是我！

金　子　焦大星，我受够了，你把我休了，再去接一个贤惠的。

焦大星　我不！

焦　母　（冷嘲）男人越接越害怕。

金　子　（热还）女人越嫁越胆大。

焦　母　（瞠目结舌）啊！

焦大星　我要你，只要你！

金　子　（刺激焦大星）我做了见不得人的事。

焦大星　（大惊，不愿相信）真的？

金　子　（坦然）真的！

焦大星　啊！不，你不会，你心好……

焦　母　男人心好要欠情。

金　子　女人心好要养汉。

焦　母　（抓到把柄，严厉地）跪下！

焦大星　妈！

焦　母　（厉声）跪下！

〔金子傲然而立。

焦大星　（软弱地）金子，你就顺妈一口气嘛。（痛苦地悄声地）有不有那些事，我都……认你。我给你跪下……

〔金子心软下来，"咚"的一声跪地。

焦　母　（随手关门，从门后取出一根皮鞭，塞给焦大星）这是你老汉的皮鞭，（揪扯焦大星戴有耳环的耳朵）你也该像个丈夫了。

焦大星　妈！金子！

金　子　打呀！

　焦　母　打！打死这个偷人养汉的狐狸精。

金　子　（一脸悲怆）你打呀！你妈叫你打，就打呀！你这没有出息的好
　　　　人，你连一个屁都放不响，迟早我要跟你散伙。你打死我，算你
　　　　头一次有出息，打呀！

焦　母　（满面冷色）打，打！

焦大星　（迷乱）打，打！（鞭举空中挥动，落不下去，抽打自己后甩下鞭
　　　　子）妈呀！

焦　母　（恨其不争）你不是我生的！

　　　　〔焦母举杖打金子，金子奋起夺杖。

　　　　〔院子外嘭嘭的打门声。

焦大星　哪个？

　　　　〔仇虎内声："仇虎！"

焦　母　（大骇）回来啦！

　　　　〔仇虎内怪声："我跟干妈报恩来了。"

　　　　〔金子担心，焦大星木然，焦母恐惧。

　　　　〔仇虎内狂笑。

　　　　〔暗转。


# 第四场


　　　　〔白傻子打更上。

白傻子　（自语）一叭屎不挑不臭，越挑越臭，阿嚏！要、要出事，阿嚏！
　　　　要出祸事……（下）

　　　　〔当天晚上。

　　　　〔焦家老屋。景同前场。

　　　　〔焦大星在桌前打算盘。

　　　　〔焦母在内哄小黑子唱："猛虎进门哪，家凶神哪！"

　　　　〔仇虎内唱："初一十五庙门开——"

　　　　〔焦母内唱："西屋藏个野老虎——"

　　　　〔仇虎内唱："牛头马面两边排。"

　　　　〔焦母内唱："东屋有个狐狸精哪。"

焦大星　（烦躁地）妈，莫唱了嘛！

〔内声息。

〔帮腔：“秋蝉声幽野犬叫，

蛙鼓频频风萧萧。”

焦大星　（唱）收账归家添烦恼——

〔帮腔：“糊涂账目乱糟糟。”

焦大星　（唱）拨打算盘心神躁——

〔帮腔：“难拨难打气难消。”

焦大星　（唱）我虽是加减乘除珠算巧，

金子心我左算右算闩不牢。

加不完深深情意好，

减不去重重心思焦。

乘不来一家一天开口笑，

除不尽半时半刻怨气高。

〔帮腔：“愁打不去，忧拨不了，

白昼嫌短，黑夜难熬。”

〔仇虎上。

仇　虎　（怪声怪气唱）

初一十五庙门开……

焦大星　虎子哥！

仇　虎　大星，你也喝酒了？

焦大星　我心里难受，来，陪我喝几杯。

仇　虎　（坐下）我在牢里，听说你和金子吃了交杯酒？

焦大星　（苦笑）恐怕她现在想同我吃分手酒啊，她要跟那个人走。

仇　虎　哪个？

焦大星　她不肯说，我迟早要把他找出来，同他拼了。

仇　虎　只怕你不敢。

焦大星　不，我敢，我是焦阎王的儿子。

仇　虎　好，有种。大星，你看我是哪一个？

焦大星　你是我的干哥哥，好朋友，血性汉子。

仇　虎　从前倒也是，如今学坏了，我也会谋夫夺妻！

〔金子端酒菜上，闻声一惊。

〔帮腔："急煎煎情仇碰面，

　　　　金子心，破两半。

　　　　一半儿爱倾情哥，

　　　　一半儿怨酒孽缘。

　　　　一半儿悬，忧逃犯危险，

　　　　一半儿乱，哀懦夫可怜。

　　　　痛煞煞爱恨搅拌。"

金　子　你们两兄弟难得一会，喝杯碰头酒。

仇　虎　好一杯碰头酒。大星，干！

焦大星　虎子哥，干！

　　　　〔仇虎、焦大星、金子三人碰杯同饮。

金　子　有一回，大星在堰塘洗澡差点淹死，还是虎子哥你这个水鸭子把大星这个旱鸭子救上来的。

焦大星　对头！虎子哥，今天我来补一杯感恩酒。

金　子　不，是和气酒。

仇　虎
焦大星　和气酒。

金　子　虎子哥，小时候，我们在黄桷树下办"家家酒"，我还咬过你的耳朵。

仇　虎　你装新姑娘。

焦大星　我们抬"肉轿子"。

金　子　"肉轿子"坐起闪悠闪悠的，好安逸哟！

仇　虎
焦大星　来，我们抬"肉轿子"！（抬起"肉轿子"，让金子坐在上面，闪悠闪悠走起来）

仇　虎　新姑娘，肉轿子安不安逸？

金　子　（一脸灿笑）安逸！

焦大星　嫁给哪个？

金　子　（羞涩）不晓得。

仇　虎　嫁我！

焦大星　嫁我嘛！

金　子　（左右一看，扣仇虎与焦大星脸）不晓得！

　　　　〔仇虎与焦大星二人一松手，金子跌坐地上。三人躺在地上。

　　　　〔帮腔（唱童谣）：

　　　　　　　"黄丝黄丝蚂蚂，

　　　　　　　请你家公家婆来吃嘎嘎（肉）。

　　　　　　　坐的坐的轿轿，

　　　　　　　骑的骑的马马。"

仇　虎
焦大星　（笑）哈哈哈哈！（起立畅饮）
金　子

　　　　〔焦大星不胜酒力，醉伏桌上。

仇　虎　大星兄弟！

焦大星　喝酒……

　　　　〔焦大星抬头，"变脸"幻为其父焦阎王。仇虎复仇心顿起。

仇　虎　（恍恍惚惚）焦阎王，纳命来！

金　子　不，他是大星！

仇　虎　（怒）不，他是焦阎王！

金　子　焦阎王已经死了！

仇　虎　不，他是焦阎王！（唱）

　　　　　　报冤报仇快动手——

　　　　〔仇虎拔刀欲杀焦大星，金子急阻。

　　　　〔焦阎王还原为焦大星模样。

金　子　你醉了。

　　　　〔帮腔："错把无辜当对头。"

金　子　（唱）大星是你儿时友——

仇　虎　（恍然，唱）

　　　　　　当年风雨同过舟。

金　子　（唱）上学放学手牵手——

仇　虎　（唱）坡前坡后放歌喉。

金　子　（唱）堰塘中你曾拼死把他救——

仇　虎　（唱）我怎能救他杀他反成仇？

金　子　（唱）敬他心好人忠厚——

仇　虎　（唱）悲他今生胎错投。

　　　　　（背唱）恨他占我金子久，

　　　　　　　　　只怪我不罢休时却罢休……

　　　　　〔仇虎举刀，金子阻挡。

　　　　　〔帮腔："是情敌，是好友，

　　　　　　　　　是兄弟，是冤仇？"

仇　虎　（背唱）且饮杯中乾坤酒——

　　　　　〔帮腔："一醉可解天地愁。"

　　　　　〔仇虎提酒壶灌酒，金子抢过酒壶。

金　子　大星是好人，他没有罪……

仇　虎　（愤愤地）焦阎王死了，我不找他找哪个？迟早总会宰了他。（下）

　　　　　〔焦母上。金子默然。

焦　母　大星，大星！（摸到焦大星，推他）莫冷凉了，快上床去睡。

焦大星　（醒）妈，我心头有火，烧得难受。

焦　母　（怨天尤人）老天降下这个祸害哟，啷个不把她打进十八层地狱

　　　　　啊！（拉焦大星下）

金　子　（心受重创，心乱神迷）我是祸害，我该下地狱，我该下地狱！

　　　　　〔风雨声大作。

　　　　　〔帮腔："风叫魂，雨落泪——"

　　　　　〔雷电乍起。

　　　　　〔帮腔："雷喊冤，电发威！"

金　子　（唱）风雨雷电齐相会，

　　　　　　　　冤仇爱恨聚一堆。

　　　　　　　　听怨声骂声恶声心儿碎，

　　　　　　　　为爱难恨难情难心儿悲。

　　　　　　　　为虎子重逢十天心儿醉，

　　　　　　　　与大星一年相处心儿灰。

　　　　　　　　爱虎子豪情万丈无惧畏，

　　　　　　　　恨大星懦懦弱弱无作为。

　　　　　　　　怕虎子报仇心重真犯罪，

冤冤相报又轮回。

焦阎王纵有万恶与千罪，

大星从未惹是非。

他为我剪过鸳鸯一对对，

裁过衣料一围又一围。

思前想后心有愧，

愧对大星我心亏。

〔帮腔："情绵绵欲悔难悔，

心悬悬欲回难回。

意惶惶欲退难退，

路漫漫欲归难归。"

金　子　（唱）说什么心儿悲心儿碎，

道什么心儿愧心儿亏。

不死不活心儿累，

难死难活心儿灰，

清清白白心儿美，

自自由由心儿飞。

〔犬吠声。

金　子　（唱）如狼似狗侦缉队，

暗藏爪牙在周围。

不走虎子无路退，

不走大星生命危。

不走他们成冤鬼，

不走我心成死灰。

难走难留难留难走，

心流血，眼无泪。

助虎子逃脱官府追，

生生死死死死生生长相随。

〔焦母上。

焦　母　你男人在喊你。

〔金子下。

〔仇虎上。

焦　母　（敏感）仇虎？

仇　虎　干妈！

焦　母　来，和干妈摆摆龙门阵。（与仇虎二人对坐）干儿子，你那一脚
　　　　好重哦！

仇　虎　老干妈，你那一棍也不轻哪！

焦　母　手……

仇　虎　还是那个老习惯。

焦　母　老了，改不了啰！

仇　虎　（伸出手）难怪瞎子打人不松手。

焦　母　（捉住仇虎手）闭起眼睛，瞎子跟瞎子说话……

仇　虎　说瞎话！

焦　母　（念）干儿子，我晓得，
　　　　　　　路上风霜夹湿热。
　　　　　　　手板心心出热汗，
　　　　　　　定是血热中了邪。

仇　虎　（念）老干妈，我晓得，
　　　　　　　天天起早又贪黑。
　　　　　　　手板心心出冷汗，
　　　　　　　冰浸冰浸像条蛇。

焦　母　（念）你明白，我晓得，
　　　　　　　瞎子两眼一抹黑。

仇　虎　（念）你晓得，我明白，
　　　　　　　哪里天黑哪里歇。

焦　母　（试探）干儿子，你在哪里住？

仇　虎　干妈这里就好。

焦　母　（心紧口软）哦，就怕干儿住不惯。

仇　虎　（话中含刺）监牢都住得惯，哪儿会嫌干爹干妈的屋啊。

焦　母　那好，住下来……

仇　虎　侍奉你老人家上西天。

焦　母　（惊）啊！

仇　虎　（话中有话）可惜呀可惜，干爹先走了，全家福缺一人，照不成了。

焦　母　（咬牙）好！干妈这条老命赔给你家抵命债。

仇　虎　（嘲笑）哦哟，你的命也太值价了。个个都死得，唯有你长命百岁。（尖声尖气，凄凄然，唱）

　　　　　　初一十五庙门开，

　　　　　　牛头马面两边排。

　　　　　　判官执掌生死簿……

　　　　〔焦母举棍循声击打仇虎，仇虎急转身让开。

焦　母　（装出笑脸，赞叹）干儿子，你好机灵。

仇　虎　（称颂）老干妈，你好麻利。

焦　母　嘿嘿嘿嘿，干儿！

仇　虎　（握杖）你这拐杖……（欲夺）

焦　母　（用力拉回）铁的！

仇　虎　结实。（再夺）

焦　母　专打吃野食的。（再拉）

仇　虎　哈哈哈哈！（突然松手）

　　　　〔焦母一个跟跄。

仇　虎　干妈，小心中风啊！

焦　母　好孝心，孝心好哇！送你一个媳妇。

仇　虎　哪个？

焦　母　金子！

仇　虎　大星的……

焦　母　成全你。

仇　虎　好大方。

焦　母　带她走。

仇　虎　我要是不走？

焦　母　报告侦缉队，抓你！

仇　虎　（蔑视）你敢？

焦　母　（色厉内荏）我敢！（站立）

　仇　虎　（威镇）你敢！

焦　母　啊！（颓坐凳上）有商量？

仇　虎　有商量。

焦　母　好商量？

仇　虎　好商量。

焦　母　金子！

　　　　〔金子上。

焦　母　金子跟你赶快走。我给你们收拾东西。（下）

　　　　〔仇虎、金子相依相偎。

金　子　（激情满怀）虎子哥，我们赢了。我把命交给你，快走。

仇　虎　还有点事，办完就走。

金　子　大星是好人……

仇　虎　（固执地）不，他是焦阎王的儿子！

金　子　（辩解）他一直对我好……人恋温存狗恋食嘛！

仇　虎　（妒恨起来）人恋温存狗恋食，你帮他说话了。（粗暴地抓住金子
　　　　手臂）他是阎王的儿子，（近乎疯狂）我要杀了他！

　　　　〔焦大星颓然上，见状，起疑心。

焦大星　金子！

　　　　〔仇虎、金子呆立不动，气氛尴尬。

　　　　〔焦母暗上。

焦大星　你说，那个人是不是他？

　　　　〔令人窒息的寂静。

　　　　〔帮腔："老屋朽，秋雨漏，

　　　　　　土墙厚，黑夜羞。"

金　子　（背唱）老屋朽，

　　　　　　挡不住般般罪恶滴滴漏。

　　　　　　土墙厚，

　　　　　　遮不住种种耻辱深深羞。

仇　虎　（背唱）仇恨埋藏十年久，

　　　　　　时刻爆炸在心头。

焦大星　（背唱）当年我父下毒手，

　　　　　　父辈作恶儿辈羞。

焦　母　（背唱）为把儿孙性命救，

　　　　　　　　满河撒下钓鱼钩。

金　子　（背唱）愿与虎子长相守，

　　　　　　　　难与大星共白头。

仇　虎　（背唱）报仇恨焦家老小不遗漏——

焦大星　（背唱）天大丑事一笔勾——

焦　母　（背唱）瞎子肚中圈套有——

金　子　（背唱）愿虎子莫为旧恨结新仇——

仇　虎　（背唱）今夜当下手。

焦大星　（背唱）苦苦去哀求。

焦　母　（背唱）软索把虎扣。

金　子　（背唱）一走远离忧。

仇　虎　（背唱）手发抖！

焦大星　（背唱）脸带羞！

焦　母　（背唱）风莫透！

金　子　（背唱）心变柔！

仇　虎　（背唱）要杀？

焦大星　（背唱）要留？

焦　母　（背唱）要揪？

金　子　（背唱）要走？

仇　虎　（背唱）杀！

焦大星　（背唱）留！

焦　母　（背唱）揪！

金　子　（背唱）走，走！

　　　　　（自言自语，暗示仇虎）风停了，雨停了，该走了……

焦大星　（哀求）金子，你不能走，只要你不走，我啥子都依你……

金　子　依我？

焦大星　（可悲复可怜）我情愿……睁只眼……闭只眼……

金　子　（积怨爆发）你个死乌龟！（打焦大星一耳光）

焦大星　你不喜欢我？

　金　子　你不像个男人。

焦大星　你喜欢他！（指仇虎）

金　子　（果敢地）就他一个！

焦大星　（激怒，从桌上抓起剪刀）我杀了你！

金　子　（泰然）算你头一次有血性。（闭目以待）

焦大星　（不忍，转移目标，指向仇虎）我杀了他！

仇　虎　（正中下怀）好好好！大星，你先来！（拔出匕首，栽于地）

焦　母　大星，动手！

　　　　〔焦大星拔刀逼近仇虎，金子间隔其中……

焦　母　（火上浇油）你们哪个死了，我都赏他一副棺材。

金　子　（哭喊）大星放下刀，放下刀！要杀就杀我！

焦大星　金子……

　　　　〔焦大星掷刀于地，软弱地跪在金子脚下。

焦　母　天哪！都怪我，都怪我！骨头汤给你吃少了。

　　　　〔暗转。

# 第五场

　　　　〔野犬狂吠，令人惊怖。音乐骤起，氛围紧张。

　　　　〔紧接前场，夜半。

　　　　〔景同前场。

　　　　〔常五提灯笼上，敲门。

常　五　（悄声地）大星妈，大星妈！

　　　　〔焦母上，开门。仇虎暗上。

焦　母　常五！

常　五　侦缉队说，死的一百块大洋，活的一百五。

焦　母　死活都给你，再加一百块。

常　五　谢了！

焦　母　告诉侦缉队，把金子一起抓了，我还有重赏。

常　五　哦。重赏！

　　　　〔焦母出门与常五同下。

　　　　〔更鼓三敲。

〔金子神色惊惧，肩挂小包袱，手持火烛上，走到仇虎身边。

仇　虎　（警觉地）老婆子报了侦缉队，她先下手了。

金　子　我们赶快走！

仇　虎　不，我不杀她，她要杀我。我要叫她断子绝孙。

金　子　虎子，饶了大星，饶了他们。

仇　虎　我坐了十年冤狱，哪个饶过我？（愤慨地抓住金子）哪个饶过我！

金　子　大星是个可怜人。答应我，不要伤害他，答应我！

仇　虎　就是因为你，我才迟迟没有下手。老婆子可恶，逼得我不得不动手。

金　子　虎子，快走！再不走，侦缉队就要来了。

〔小黑子在东厢房内号哭起来。

仇　虎　把小黑子抱到我床上去。

金　子　（不解）你床上？

仇　虎　这娃儿好哭误事，把他诓睡着就走。

〔金子进东厢房，复出，见仇虎手中刀，仇虎急藏刀，金子惊疑，仇虎释疑。金子这才抱起小黑子走进西厢房。

仇　虎　明人不做暗事，我要面对面杀了他。（脸色恐怖，走到东厢房门）

〔焦大星上。

焦大星　虎子哥！我有事跟你商量。

仇　虎　哦！

焦大星　要走，你走，金子不能走。

仇　虎　不，金子同我一起走。

焦大星　求求你留下金子。

仇　虎　她本来就是我的人。

焦大星　（乞求）虎子哥，我没有得罪你哟！

仇　虎　你爹害了我全家。我，子报父仇。你，父债子还。我要夺妻报仇！

焦大星　（气极）我杀了你！

仇　虎　（激焦大星）你敢！

焦大星　我敢，我是焦家的种。

仇　虎　哼，我是仇家的根。

　焦大星　我跟你拼了！

仇　虎　（再激）好好好！我让你三刀！（抛刀给焦大星）

〔焦大星冲上来，打翻蜡台。仇虎让了三刀后，夺刀杀焦大星。

〔金子急上。

焦大星　（惨呼）啊……

金　子　（惊叫）啊！

焦大星　（扪腹，痛楚地）金子……（倒地死去）

〔帮腔："冤仇又添无辜血！"

金　子　（大哭）大星！（抚焦大星尸痛哭，狠狠捶打仇虎）

〔仇虎强拉金子欲出门。焦母上，进门。

〔仇虎、金子屏息注视焦母，见焦母阴悄悄侧耳驻听，然后举棍朝西厢房走去……

仇　虎　（悄声地）她要打死我！

金　子　（惊惧）小黑子在你床上，不……

〔内传出铁杖重重击打声，小黑子短促哭叫声，焦母尖叫声……

〔帮腔："死老婆子，你打错了哇！"

〔焦母内哭喊："小黑子啊！"

〔仇虎强拉金子下。

〔焦母捧小黑子尸体上。她脸上布满悲哀、惨凄。

〔焦母蹒跚走出大门，走进黑暗。

〔老黑房火起，火势渐大，房屋燃烧声……

# 第六场

〔白傻子边打更边吃酒上。

白傻子　（自语）老、老黑屋烧了垮了。（酒瓶落下）哦嗬！（乱唱）酒瓶瓶儿打烂了买酒罐罐儿，酒罐罐儿打烂了买酒坛坛儿。整烂就整烂，整烂就好跑滩。嘻嘻，旧的不去，新、新的不来。

〔拂晓前。

〔黑林子。

〔手电光四射，枪声、嘈杂人声、脚步声。

〔仇虎、金子上，圆场。

〔帮腔："心狂跳，血奔跑，

亡命天涯路遥遥。

野地野狗叫，

野山窜野猫，

野树藏野鸟——"

金　子　（唱）野人野外逃。

〔鼓声、锣声、呐喊声。

金　子　（惊慌）虎子哥！

仇　虎　快走！（唱）

急急寻小道，

快快林中逃。

〔金子、仇虎圆场。二人在林中绕来绕去，竟又走回原处。他们
焦急起来。

金　子　我们又转回来了。

仇　虎　我总是走不出这黑林子。

〔帮腔："迷路了！"

〔焦母抱小黑子尸体，过场。

仇　虎　（惊骇）这个死老婆子总是跟在我后面。

〔呐喊声。常五上。

〔仇虎活捉常五。常五向金子求饶，金子让仇虎放走常五，常
五逃。

常　五　（大喊）快来抓仇虎啊，抓仇虎哇！

〔仇虎怒，举枪击毙常五。

〔枪声大作。

〔仇虎中弹倒地。

〔金子跌倒在地。二人在地上爬行……

〔帮腔："地陷塌，天崩垮，

天崩地陷齐垮塌！"

仇　虎　我活不成了，该下地狱了。

金　子　（悲痛欲绝）我跟你下地狱。

〔金子爬到仇虎身边，二人相偎相拥。

仇　虎　（喘息）该我去受罪，你没有罪。

金　子　（唱）哥哥哇，我的虎子哥，

　　　　　　　你死不得呀！

仇　虎　（痛楚地）金子，你快逃出黑林子，到黄金铺路的地方去。

金　子　我们一起去。

仇　虎　（唱）我不配天堂住下，

　　　　　　　只该去地狱挣扎。

　　　　　　　我死换得你活下，

　　　　　　　换得你生下一个好娃娃。

金　子　（唱）哥哥送我痛心话，

　　　　　　　含悔含恨含泪花。

　　　　　　　一夜间两条人命鲜血洒，

　　　　　　　报仇恨毁了大星，也毁了他。

　　　　　　　凄惶惶，惨雷声声心头炸。

　　　　　　　孤零零，悲风呼呼耳边刮。

　　　　　　　阴森森，黑压压，

　　　　　　　苦挣扎，苦苦挣扎。

　　　　　　〔帮腔："问黑夜，

　　　　　　　黑夜沉沉泪雨下；

　　　　　　　问江水，

　　　　　　　江水滔滔海容纳。"

金　子　（唱）茫茫天涯何处是我家？

　　　　　　〔枪声大作。

仇　虎　金子，快走！

金　子　不！

仇　虎　（粗暴地）再不走，就走不赢了！（以手枪对着自己脑袋）再不

　　　　走，我就……

　　　　　　〔金子无奈，转身，迟疑走去。

仇　虎　你要好好活下去。（开枪自杀）啊！

金　子　（闻声大惊）啊！（扑向仇虎，抚尸恸哭）

　　　　　　〔帮腔："啊！"

〔金子悲恸走去……

〔火车声渐强、渐远……

**——剧　终**

《金子》创作完成于1997年，重庆市川剧院2000年首演，主演沈铁梅。剧目获第九届文华大奖、剧本获2000年中国曹禺戏剧奖·剧本奖（1999年）。

## 作者简介

隆学义　（1941—2015），男，重庆市川剧院原文学总监、一级编剧、重庆
　　　　剧协原副主席，作品《金子》《雷雨》等先后获得"曹禺戏剧文
　　　　学奖"、文华奖等。代表作品有川剧《金子》《鸣凤》，话剧《河
　　　　街茶馆》，京剧《江竹筠》《梦蝶》，黄梅戏《雷雨》，汉剧《金瓶
　　　　梅》等，著有《川剧名戏欣赏》。

· 音乐剧 ·

# 歌星与猩猩

赵耀民

# 作者的话

1.这是一个笑话，是想象和戏谑的产物。内容是现代的，形式是仿古的。如果莫里哀还活着，我希望他收我为徒；这做不到，但并不妨碍我尊他为师。

2.本剧可在最简单的舞台条件下演出，包括露天演出。并非故意排斥现代舞台技术，只是不想依赖于它，因为它正在使表演艺术和语言艺术日显无能。

3.本剧的音乐和歌曲需要原创，如果做不到，宁可没有。

4.本剧的服装、化妆造型应尽量打破区域和种族的界限。

5.本剧的写作得到了亚洲文化协会、美国谢南多厄国际剧作家工作室和上海戏剧学院的帮助，特此致谢！

时　间　当代。

地　点　地球上的某个城市。

人　物　马当那（猩猩）——三十岁，著名歌星。

　　　　安琪儿——女，十七岁，痴情歌迷。

　　　　安得发——约五十岁，安琪儿的父亲，动物园老板。

　　　　艾　莲——二十五岁，马当那的妻子。

　　　　谈　坦——男，约四十岁，马当那的经纪人。

　　　　保　安——男，约六十岁。

　　　　首相（新首相）——男，约五十岁。

　　　　主持人——女，约四十岁，电视台主持人。

　　　　乐队男女成员（四人以上），兼演电话、游客、冰箱、镜子、出租车及司机、时装模特儿、议员、A教授、B博士、法官、检察官、辩护律师、书记员、法警。哑剧演员三人（或由上述角色兼）。

# 第一幕

## 第一场　动物园

〔欢乐的音乐声中，乐队上。他们穿着各种动物造型的服装，弹奏着各种乐器，唱着歌，跳着舞，穿过舞台。

〔曲一：合唱。

〔安得发和安琪儿从乐队中间走到舞台两侧，面对观众。

安得发　嗨，各位，晚上好！我叫安得发。

安琪儿　晚上好，各位。我叫安琪儿。

安得发　我是她父亲。

安琪儿　我是他女儿。

安得发　她是我唯一的孩子。

安琪儿　他是我唯一的爸爸。

安得发　有你这么说的吗？（对观众）别见怪，她从小就没妈管教，她妈跟别人跑了。唉，可怜的孩子！

安琪儿　我妈爱上了别人，早就抛弃了他。唉，可怜的爸爸！

安得发　我很坚强。我又当爹又当妈，把这丫头拉扯大。

安琪儿　我很孝顺。我又当女儿又当保姆，把这老头伺候得舒舒服服的。

安得发　我有我的事业：我经营着本城最大的动物园，我是老板！

安琪儿　为了他，我放弃了事业。本来，我可以成为一名伟大的歌星。

安得发　我热爱动物。动物是人类最可靠的伙伴，至少比女人可靠。

安琪儿　我热爱歌唱。歌声是天地间最美的声音。把全世界所有的欢乐都加在一起，也比不上唱一支歌的欢乐。

安得发　在所有的动物中，我最喜欢一只叫“白雪公主”的黑猩猩，虽然它是雄的。它是某非洲国家元首送给本城的礼物，是和平的使者，友谊的化身；是我的骄傲，我的光荣。（飞吻）

安琪儿　在所有歌星中，我最崇拜一位叫马当那的巨星，虽然他是男的。他是本世纪最伟大的抒情歌手，是爱的使者，缪斯的化身；是我的偶像，我的梦中情人。（飞吻）

安得发　不幸的是就在几天前，我的"白雪公主"脑子出了毛病。此时此刻，它正躺在医院里，奄奄一息……（抽泣）

安琪儿　不幸的是就在几小时前，我的马当那出了车祸。此时此刻，他正躺在医院里，奄奄一息……（抽泣）

〔安得发哭出声来。安琪儿哭出声来。两人抱在一起，放声大哭。

安得发　（突然停止哭）不过医生说它还有救。只要在二十四小时内找到一只健康的脑子，把它装进"白雪公主"的头颅，我的宝贝疙瘩就会重振雄风。

安琪儿　不过医生说他还有救。只要二十四小时内他的心脏不停止跳动，脱离了危险期，我的青春偶像就会重放光芒。

安得发　（看手表）现在还有五分钟，我得赶快打电话问问医院：脑子找到没有？

安琪儿　（看手表）现在还有五分钟，我得赶快打电话问问医院：心脏还在跳吗？

〔一乐队成员扮成移动电话上。安得发和安琪儿同时扑过去，抢夺"电话"。

安得发　我先打。

安琪儿　我先打。

安得发　我有急事！

安琪儿　我也有急事！

安得发　我打给兽医院，问猩猩的病情。

安琪儿　我也打给兽医院，问歌星的病况。

安得发　瞎说，歌星怎么会在兽医院？

安琪儿　没瞎说，因为那儿离车祸地点最近。

安得发　国立兽医院？

安琪儿　国立兽医院。

安得发　电话号码是……1234567？

安琪儿　没错儿。（唱简谱音名）1234567。

安得发　很好。我先打。

安琪儿　你先打，我先说话。

〔安得发、安琪儿再次抢夺"电话"。电话铃突然响了。

| | |
|---|---|
| 电　话 | 喂。 |
| 安得发<br>安琪儿 | 喂！ |
| 电　话 | 这儿是国立兽医院，请安得发先生听电话。 |
| 安得发 | （抢过"电话"）我是，我就是。 |
| 电　话 | 请您立刻到医院来。我们准备马上为您的猩猩做脑移植手术，需要您的签字。 |
| 安得发 | 你们找到脑子啦？ |
| 电　话 | 您的猩猩很走运。就在五分钟之前，一位年轻人的心脏停止了跳动。愿上帝保佑他的灵魂，阿门！ |
| 安得发 | （高兴地）阿门！ |
| 安琪儿 | （紧张地）谁？ |
| 电　话 | 这位年轻人生前是国际动物保护协会理事。他曾经立下遗嘱：把遗体捐献给动物…… |
| 安得发 | 太好了！我马上到！（扔下"电话"，跑下） |
| 安琪儿 | （抱住"电话"）他是谁？谁的心脏停止了跳动？ |
| 电　话 | 请记住这位年轻人响亮的名字吧，他就是当今流行乐坛的天王巨星：马当那！ |
| 安琪儿 | 啊……（晕倒在地） |

## 第二场　动物园猩猩馆前

〔舞台上有一个铁笼子，一只猩猩躺在里面，像是睡着了。乐队成员扮演游客三三两两地上。

| | |
|---|---|
| 游客甲 | 看，这就是"白雪公主"。听说它前些时候病了。 |
| 游客乙 | 是吗？那可是重要新闻，报上怎么没发消息？ |
| 游客丙 | 你看报只看股市行情，从来就不关心时事。 |
| 游客乙 | 行情就是最大的时事，怎么能说我不关心时事呢？ |
| 游客丁 | 不管行情如何，它像是真的病了。看它这样子，怕还没恢复过来呢。 |
| 游客甲 | 它是带病工作。来，给它个"红包"。（把一包垃圾扔进笼子） |

〔游客们笑着，纷纷把水果皮、面包渣和喝空的饮料罐扔向猩猩。

猩猩惊醒，打了个哈欠，茫然四顾。

游客丁　（对猩猩，戏谑地）朋友，你好吗？

猩　猩　（点点头）很好。现在几点了？

游客丁　啊……（倒退，拉扯众人）你们听你们听……

游客甲　什么？

游客丁　它、它、它会讲话！

游客乙　（笑着）是吗？也许它还会唱歌呢。

〔众人笑。

猩　猩　（不耐烦地）怎么啦，都没戴表？

〔众人惊愕地瞪着猩猩。

游客丙　（突然向周围大喊大叫）猩猩讲话了！猩猩讲话了……

〔乐队成员扮演的其他游客拥上，围观。

猩　猩　猩猩？哪儿有猩猩……这是什么鬼地方？（看自己身上）操！谁替我换了这身难看的皮装？这不是我的行头……（喊着）服装！化妆！导演！妈的，人都跑哪儿去了？（发现游客都瞪着自己，没好气地）你们他妈的是些什么人？

〔没人敢开口，都瞪大眼睛望着猩猩。

猩　猩　（生气地）他妈的你们都是哑巴？

游客甲　（壮起胆子）连你这畜牲都会讲话了，这世上恐怕不会再有哑巴。

猩　猩　你骂我？（欲冲向游客甲，却一头撞在铁栏杆上）操！我怎么在笼子里？（见众人笑）我还从没受到过这样的待遇！你们知道我是谁吗？

〔众人摇头。

猩　猩　你们真的认不出我？仔细瞧瞧……（摆出各种姿势）电视里每天播出的广告……大街上到处可见的海报……报刊杂志隔三差五有我的花絮和彩照……瞧出来了吗？（见众人还是摇头）一群弱智！你们中间谁是流行音乐的爱好者？

众　人　（齐声）我是！

猩　猩　（松了口气）我再问你们，当今最有名的歌星是谁？

众　人　（齐声）马当那！

〔猩猩满意地向众人挥手致意，双手抛吻。

游客乙 千万别告诉我们你就是马当那!

猩 猩 (生气地)为什么?我正要告诉你们,我就是马当那!

〔众人哄笑。猩猩发怒,发出一声咆哮。众人止住了笑,害怕地往后退着。

猩 猩 放我出去!我有演出!我的出场费是一百万,误了场你们谁赔得起?

游客甲 可怜的"白雪公主",它得的是精神病。

游客乙 说不定是狂犬病。

游客丙 啊……

〔众人更加害怕,退得更远。

猩 猩 (拼命地撼动铁笼子)放我出去!放我出去……

〔铁栅栏开始扭曲。众人发出惊叫,纷纷逃下。

猩 猩 嗨,别走!浑蛋……你们不信?你们真是有眼不识泰山!你们会后悔的!你们后悔都来不及!(见人都走光了,不甘心地)嗨,这儿有记者吗?

〔不远处传来一声虎啸,像是回答。

猩 猩 (打了个哆嗦)啊,有老虎!(尖叫)救命!我是马当那,我是马当那……你们不信?那好,我唱给你们听!(摆开架势,唱起一支情歌)

〔曲二:独唱。

〔少顷,安琪儿神思恍惚地上。

安琪儿 多么熟悉的歌声啊!这美妙的歌喉,除了马当那,谁还会有?可马当那的心脏已经永远停止了跳动。这怎么可能?我是在梦里吗?我是在天堂吗?为什么天空中又回响起他的歌声,空气中又弥漫着他的芬芳?啊,一颗多么高贵的心就这样陨落了,在高速公路旁!天使的眼睛、夜莺的喉舌、爱神的利剑、少女所瞩望的一朵娇花;时尚的明镜、人伦的典范、举世瞩目的中心——这样无可挽回地陨落了!我是一切歌迷中间最伤心而不幸的,我曾经从他盟誓一般的音乐中吮吸芬芳的甘蜜,现在却眼看着他高贵无上的大脑,像一串晶莹的葡萄塞进了粗俗的头颅;无比的青春美貌,在丑陋中凋谢!啊!我好苦!谁料过去的繁华,变作今朝的泥土……

猩　猩　够了！你是谁？奥菲利娅吗？

安琪儿　（回头，吓一跳）啊！

猩　猩　别害怕，别走，我是马当那。

安琪儿　（哀痛地）不，马当那已在车祸中丧生了……

猩　猩　不，你记错了，那是黛安娜。（想起什么）对了，我是有辆红色的BMW——我的车呢？

安琪儿　它已经成了一堆废铁……

猩　猩　（心疼地）可惜！虽然是一辆走私车，可也花了我一大笔钱哪！肇事者是谁？该把他关起来！

安琪儿　就是他自己。他酒后驾车，又超速行驶，为了赶场子……

猩　猩　我喝酒了吗？（走直线）我像是喝醉了吗？

安琪儿　你没喝醉，你被麻醉了。

猩　猩　麻醉？为什么？

安琪儿　手术需要。他们把一颗天才的脑子装进了你这畜牲的头颅。多么浪费啊，多么可耻啊……

猩　猩　我不懂你丫在说什么。咱们长话短说，快打开笼子放我出去！

安琪儿　不。你已经得到了过分的优待，不该再有非分的要求。

猩　猩　天哪，我算是倒了八辈子霉了！好吧，咱们做个交易：你放我出去，我为你签名。

安琪儿　马当那的签名？

猩　猩　还会是谁？快来吧！

　　　　〔安琪儿靠近笼子。猩猩从地上捡起一截烟头，在她衣服上划拉几下。

安琪儿　（惊喜地）真像是马当那的亲笔签名！你真幸运！但愿我是你——我宁可做一只会签马当那名、会唱马当那歌的猩猩。

猩　猩　我不是猩猩！

安琪儿　不是普通的猩猩。

猩　猩　我是马当那！

安琪儿　马当那的一部分。

　猩　猩　（失去耐心地）放我出去！

安琪儿　如果你再为我唱一首马当那的歌，我就违背我父亲的意志，给你自由。

猩　猩　真的？

安琪儿　真的。

猩　猩　（犹豫着）唔……

安琪儿　你不愿意？

猩　猩　你要知道，通常我唱一支歌的价钱是五万元。

安琪儿　（掏出钱包）我只有五十元……

猩　猩　（一把夺过）也行，打个的也许够了。这件事千万别曝光，不然下一步我该去地铁卖唱了。你想听什么？

安琪儿　马当那的成名作：《猩猩知我心》。

猩　猩　老掉牙了……

安琪儿　唱吧。

〔猩猩开始唱歌。安琪儿情不自禁地跟唱。

〔曲三：二重唱《猩猩知我心》。

〔猩猩示意安琪儿开门，安琪儿打开笼子。猩猩突然撒腿逃下，留下安琪儿独自在唱……

## 第三场　马当那家花园外

〔安得发扛着一杆老式麻醉枪气急败坏地上。

安得发　真气死我了！我那不孝的女儿，居然背着我，偷偷放跑了我的摇钱树，还被那能说会唱的畜牲骗走了五十元钱！这件事要是搁在旁人身上，我就是长着十六只耳朵也听不进去，就是打死我再让我死而复生，我也不敢相信！（向内喊）保安，保安！

〔一个上了年纪、戴着深度近视眼镜的保安气喘吁吁地上。

安得发　你说这事气人不气人？

保　安　气、气、我气都喘不过来了……老板，我们这是上哪儿去？

安得发　你说那畜牲会上哪儿去呢？要是你，从笼子里逃了出来，又抢了别人五十元钱，你会上哪儿去？

保　安　（思考）我想……我会赶紧回家。

安得发　对极了！（重重地拍了下保安的肩膀，使他一屁股跌坐在地）

　　　　　　瞧，这儿就是马当那的家。那畜牲不知道撒泡尿照照镜子，自以
　　　　　　为它就是马当那。所以，如你所想，它一定会到这儿来的。咱就
　　　　　　来它个守株待兔，让它坐以待毙！

保　安　　哇，好大的一片湖！

安得发　　那是花园。

保　安　　哦，好大的一条船！

安得发　　那是房子。（感慨地）没想到一个人会唱几支歌就能发这么大的
　　　　　　财！唉，我不让我女儿学唱歌真是犯了个大错误！

保　安　　（推了推眼镜）您真是个近视眼，老板。

安得发　　亡羊补牢，破罐子破摔，还来得及。我有个好主意！只要把那猩
　　　　　　猩抓回来……（打着如意算盘，不禁笑出声来）

保　安　　（紧张地）什么声音？是鲨鱼在叫吗？

安得发　　（生气地）你什么时候听见过鲨鱼叫？

保　安　　对不起，老板，我忘了戴助听器……

安得发　　行了，少废话，今天咱们一定要把猩猩抓到！哎，我的枪呢？

保　安　　在您手上，老板。

安得发　　哦。（把枪给保安）拿着，一发现它，就马上开枪！

保　安　　您要我打死它？我一辈子没杀过生……

安得发　　这只是一支麻醉枪。对了，你会开枪吗？

保　安　　（枪口朝着安得发）我试试……

安得发　　（忙推开枪口）不用了。

保　安　　（还枪）老板，这家伙是您的，还是您自己用吧。

安得发　　咳，你又不是不知道我对"白雪公主"的感情。你叫我怎么下得
　　　　　　了手？你开枪。

保　安　　您开枪，我掩护。

安得发　　不行，我了解动物。猩猩是一种很聪明的动物，它会记仇。我朝
　　　　　　它开枪，以后的事就不好办了。你就不同了，得罪了它也没关系。

保　安　　怎么没关系？我上有老下有小，万一它今后报仇雪恨，我一家老
　　　　　　小怎么活？您是老板，谅它也不敢对您怎么样。还是您开枪吧。

安得发　　你真老糊涂了！万一我一枪没打准，激怒了它，它扑上来，还不
　　　　　　把我给生吞活剥了？

| 保　安 | （恐惧地）啊…… |
|---|---|
| 安得发 | 趁现在天还没亮透，花园里没人，咱们赶紧潜伏进去，暗中搜查。 |
| 保　安 | 我没带搜查证…… |
| 安得发 | 你只是个动物园看门的，不是警察。快走吧！ |
| 保　安 | 那好，我听您的，老板。（转身欲下） |
| 安得发 | （一把把保安揪回来）大门在那边！ |

〔保安举着枪，双膝发软；安得发躲在他身后，推着他。两人横穿过舞台，下。

## 第四场　马当那家餐厅

〔两名乐队成员上，一个扮成镜子，一个扮做冰箱。猩猩上。

| 猩　猩 | 这下好了，总算回家了。（打开"冰箱"，取水，喝……突然从"镜子"里照见自己，一口水全喷了出来） |
|---|---|

〔"镜子"模仿着猩猩的动作。

| 猩　猩 | 哪儿来的猩猩？啊……我？这是我？（做了几个动作，痛苦地捂住脸）多么丑陋，多么可笑……我明白了，我的身体被人换了！噢，多么悲惨，我的身体！（停顿）为了保持体型，我几十年如一日，不敢多吃，拼命节食，牺牲了无数口舌之福。我爱冰淇淋，我爱巧克力，我爱奶油蛋糕，可我什么都不敢碰。寒冬腊月，我坚持冬泳、洗冷水澡；盛夏酷暑，我照样练功、长跑。我割眼皮、垫鼻子、剪眉毛、换牙齿、缝嘴唇、打耳洞、绷头皮，买了一顶又一顶的假发套。我花在健身房、美容院的钱足够买下一百座健身房和美容院，更不用说那些名牌服装。可如今这一切全白费了，全白费了！（抽泣，伤心地唱起"咏叹调"） |
|---|---|

〔曲四：独唱《我的身体》。

| 猩　猩 | 我饿了。（打开"冰箱"） |
|---|---|
| 冰　箱 | （诱人地）冰淇淋、巧克力、奶油蛋糕…… |
| 猩　猩 | 不管了，我要放开肚子吃个够。不然，我这身体算是白白换了。（狼吞虎咽地吃起来） |

〔谈坦穿着睡衣、喝着咖啡上。他低头看报，没发现猩猩。

| 猩　猩 | （犹豫一下，还是决定打招呼）早安，谈坦。 |
|---|---|

| 谈 坦 | 早安……（忽然觉得奇怪，抬头，惊叫，转身就逃，一头撞在"冰箱"上，晕倒） |
|---|---|
| 猩 猩 | （耸耸肩膀，对观众）这是我的经纪人。但愿他慢慢会习惯我的新形象。（拍拍谈坦面颊）嗨，醒醒，别大惊小怪的。起来，喝完你的咖啡。 |
| 谈 坦 | （醒来）你是……马当那？ |
| 猩 猩 | （边吃边聊）谢谢你还认得出我。别紧张，我只是被人偷走了身体，失了身。尽管这身体我不喜欢，但没办法，先将就着用吧。你好吗？ |
| 谈 坦 | 好…… |
| 猩 猩 | 怎么样，这几天又有哪些地方要我签约？ |
| 谈 坦 | 前天……跟殡仪馆签了个约。 |
| 猩 猩 | 殡仪馆？要我去给死人演唱？ |
| 谈 坦 | 不是演唱，是埋葬。昨天我们刚刚为你举行了葬礼…… |
| 猩 猩 | 行了，我不想在吃饭的时候谈这个话题。对了，你怎么一大早在我家里？还穿着我的睡衣？ |
| 谈 坦 | （渐渐镇定下来）是这样的，马当那……你是马当那吗？ |
| 猩 猩 | 别吞吞吐吐的，有话直说。 |
| 谈 坦 | 好吧。如果你真的是马当那，我就正式通知你：这儿已经不再是你的家了。 |
| | 〔猩猩大笑。 |
| 谈 坦 | （不悦地）你笑什么？ |
| 猩 猩 | （拍了下谈坦的后脑勺儿）你也学会开玩笑了…… |
| 谈 坦 | （被对方的轻蔑态度激怒）我没开玩笑！ |
| 猩 猩 | 好了，好了。我知道你一直很崇拜我，一直梦想成为我。我很感动…… |
| 谈 坦 | （脸涨得通红）我可以给你看所有的产权证明。我这就去拿…… |
| 猩 猩 | 等等。（见谈坦站住）你不是开玩笑？ |
| 谈 坦 | 当然不是！ |

猩　猩　你买下了这儿的一切?

谈　坦　对,一切。

猩　猩　你很有钱啊,这些年你靠我发了大财吧?

谈　坦　(受辱地)每份合同我提成百分之十五,这是你同意的。我从没
　　　　多拿你一分钱!

猩　猩　知道,知道,我忠实的朋友。可有一点我不明白:这儿的一切,
　　　　我不卖,你怎么买?

谈　坦　你已经死了。你太太艾莲继承了一切,是她卖给我的。

猩　猩　艾莲?(真生气了)她未免太性急了!好吧,就算你说的都是真
　　　　的,可现在我回来了。你也瞧见了,我没死,活得好好的,除了
　　　　身体被换了一下——没什么,一个外科手术而已,每个人或迟或
　　　　早总会一不留神碰到外科医生。

谈　坦　这事跟外科医生没关系。

猩　猩　好,我们不谈外科医生,我们谈谈艾莲。由于我还活着,她的继
　　　　承权就没有生效;她的继承权不生效,那么,你和她的所有合同
　　　　就无效。现在,请你脱下我的睡衣……

　　　　〔谈坦乖乖地脱下睡衣。

猩　猩　立刻从我的房子里消失!

谈　坦　(乖乖地朝外走……突然醒悟过来)不!你以为你还能像从前一
　　　　样,对我指手画脚、发号施令?照照镜子吧!全世界都知道马当
　　　　那死了,谁会相信你这头猩猩是他?我还怕你什么?(神气起
　　　　来)你现在站在我的地板上,吃着我的食物,用着我的冰箱,照
　　　　着我的镜子……该从这儿消失的是你,你!你给我滚!

猩　猩　好啊,谈坦,真看不出来。过去我一直以为你是个老实人,今天
　　　　你总算露了真相。从现在起,我解雇你了。

谈　坦　解雇我?哈哈哈哈……

　　　　〔艾莲上。她也穿着睡衣,一副刚睡醒的样子。

艾　莲　(撒娇地)亲爱的,什么事让你这么高兴啊?

谈　坦　(急忙挡住艾莲的视线,把她朝外推)艾莲,你出去……

艾　莲　(搂住谈坦)你让我去哪儿?

谈　坦　上楼去,到卧室去……

艾　莲　（吃吃地笑）刚完，又想啦？

　　　　　〔谈坦发窘。

艾　莲　可我饿了，得吃点儿东西才有劲儿。你耐心点儿，我的小宝贝。（转向"冰箱"，发现猩猩）噢，亲爱的，你养了头猩猩？怎么没告诉我？

谈　坦　不……

艾　莲　（兴奋地）多么雄壮的动物啊！它是雄的吗？谈坦，我可不许你养头雌猩猩！

　　　　　〔一直沉默的猩猩，这时向艾莲靠近。

艾　莲　（扑进谈坦怀里）我害怕，它会咬我吗？

谈　坦　我想……它不会。

　　　　　〔猩猩向艾莲伸出一只手。

艾　莲　它要和我握手吗？啊，多么有礼貌的动物！（伸手，让猩猩在手背上轻吻一下）真是个绅士。亲爱的，我敢肯定它是雄的。（被猩猩一把拖进怀里，尖叫）它爱上我了！谈坦，我该怎么办？

猩　猩　你该和我上床做爱，艾莲。

艾　莲　啊……它会说话！它知道我名字！它……

谈　坦　（夺过艾莲）别碰她，她现在是我的太太。

猩　猩　她把自己也卖给你了吗？她比你有钱，我想，是她买了你吧？

谈　坦　我们是为了爱。我们在上帝面前举行了婚礼。

猩　猩　什么时候？

谈　坦　昨天，埋葬了你之后。

艾　莲　你们在说些什么？谈坦，我被搞糊涂了。

猩　猩　真快啊！看来你们早就勾搭上了。我真是瞎了眼，没发现自己不是猩猩也是乌龟。你们这对奸夫淫妇！

艾　莲　难道它是……

猩　猩　是的，我是马当那，你的丈夫，他的主子！

艾　莲　我不是在做噩梦吧？谈坦，我们起床了吗？（使劲儿掐自己，又掐谈坦）

谈　坦　你弄疼我了！

　　　　　〔艾莲又去掐猩猩。

猩　猩　别掐了，咱们都醒着呢。来，艾莲，不管你以前做了些什么，我都不在乎。只要你把我的钱还给我，我还是认你这个老婆的。

艾　莲　呸，休想！就算你是马当那，就算你没死，就算你还是原来的模样，也休想再做我老公！

猩　猩　为什么？艾莲，我对你一向不薄啊！你要什么有什么，还有什么不满足的？

艾　莲　我们之间早就完了，这你清楚。

猩　猩　可我们并没有离婚呀。

艾　莲　那是因为你舍不得分我一半财产。

猩　猩　也是因为你舍不得不要那一半财产。

艾　莲　我恨你，我巴不得你死！

猩　猩　我还好，不怎么恨你。

艾　莲　自从我嫁给你之后，你从没把我当人。你像占有一件珠宝那样把我锁在匣子里，你像养一只宠物那样把我关在笼子里。你到处拈花惹草，甚至当着我的面。你把我当作你的奴隶、你的玩具、你的门面、你的宣传手段……

猩　猩　我还以为你喜欢这样的生活。

艾　莲　你是个没有人性的家伙。现在，你连人的模样也没了……

猩　猩　更糟的是我连钱也没了。

艾　莲　你走吧，不要让我再看见你！

谈　坦　（感动地）艾莲，我爱你！

猩　猩　（转向谈坦）你这趁火打劫的卑鄙小人！就算我过去有些对不起艾莲，可我从没对不起你呀！

谈　坦　呸！你还敢说你没对不起我？

猩　猩　（心虚地）至少我不记得了。你不知道，身体换了，记忆力也会受影响……

谈　坦　那好，我来提醒你！是谁勾引了我的妻子？（对艾莲）对不起，我是指我的前妻。（对猩猩）是谁使她吸毒成瘾，死于非命？（再对艾莲）感谢上帝，我现在有你！（对猩猩）是谁偷税漏税却嫁祸于人，让我背黑锅蹲监狱？（又对艾莲）如果为了你，我是情愿的！

猩　猩　　你累不累?

谈　坦　　你你你，你害得我家破人亡，身败名裂。在痛苦与绝望之中……
　　　　　（转向艾莲）我见到了你……

艾　莲　　我也见到了你……

谈　坦　　我向你倾诉……

艾　莲　　我也向你倾诉……

谈　坦　　你以圣母般的温柔安慰我……

艾　莲　　你以大地般的力量支撑我……

谈　坦　　你治愈了我心头的创伤……

艾　莲　　你驱散了我头顶的乌云……

谈　坦　　你恢复了我的自信……

艾　莲　　你重燃起我的热情……

谈　坦　　我们相爱了……

艾　莲　　我们相爱了……

谈　坦
艾　莲　　（紧紧相拥）我们成为一体!

猩　猩　　我要发疯了!（狂吼一声，推倒"冰箱"，砸碎"镜子"，扑向谈
　　　　　坦二人）我要把你们撕成碎片!
　　　　　〔谈坦和艾莲围着舞台逃，猩猩咆哮着、追赶着……
　　　　　〔安得发和保安上。

安得发　　果然在这里!保安，快开枪!

保　安　　（举着枪，满台乱转）在哪儿?在哪儿……

安得发　　（躲在保安身后，按住他身体，像是操纵一门炮）开火!开火……
　　　　　〔保安连连开枪，谈坦和艾莲先后中弹倒地。猩猩见状，飞快逃下。

保　安　　我打中了吗?我打中了吗?

安得发　　没打中，它跑了。快追!（甩开保安，欲追下）
　　　　　〔保安又开一枪，打中安得发。

安得发　　呃……（双腿打了几个弯，倒下）

保　安　　（得意地）这下我肯定打中了!老板，老板，别追了……（下）

## 第五场　城郊某处

〔风雨交加，电闪雷鸣。猩猩裹着一块又脏又破的塑料布，跌跌撞撞地上。

猩　猩　吹吧，风啊！涨破了你的脸颊，猛烈地吹吧！你，如我内心哭泣一样的倾盆大雨，尽管倒泻下来，如世人的唾沫，淹没我最后一点点高贵和尊严吧！你，思想一样迅速的硫黄的电火，劈碎橡树的巨雷的先驱，烧焦了强加于我的黑色的头颅吧！你，震撼一切的霹雳啊，把这生殖繁密的、饱满的地球击平了吧！打碎造物的模型，不要让一颗忘恩负义的人类的种子遗留在世上！这话怎么听起来有点儿耳熟？好像是莎士比亚的台词。可怜啊，表达自己的愤怒，说出来的却都是别人的话！难道我的伶牙俐齿从来就是鹦鹉学舌？难道我的才华和名声从来就是自欺欺人、哗众取宠？难道我从来就不会思想？可我现在是多么需要思想啊……今天一天发生的事情太多了，不容我不好好想一想。今天我才发现，过去我一直生活在虚伪和谎言之中。我打了无数通电话，我叩响每一个熟人的家门。他们曾经都自称是我最好的朋友，可我得到了什么？冷脸、脏水、石块、警棍。唯有一个瞎眼的小男孩央求他父母收留我，却遭到他母亲的呵斥、他父亲的一个大耳光。我通过Internet国际网络，在电脑上向全世界发出呼救。地球上各个角落都用同一种声音回答：疯子！全世界从没像今天这么团结。

〔一声巨雷。

猩　猩　尽管轰吧！尽管吐着你的火舌，尽管喷洒你的雨水吧！风、雨、雷、电，都不是我的女儿……不对了，又不是我的话。算了，不说了。我要忍受众人所不能忍受的痛苦，我要闭口无言。（停顿，又愤愤地）可是……我怎么能沉默不语？我受了愚弄，我遭到背叛，我有天大的委屈！昔日的荣耀，巨额的财富，鲜花、掌声、如云美女，顷刻间化成流落街头无处藏身的凄凉——这仅仅是因为被偷换了身体！身体真的就那么重要吗？世人为何只看重我的躯壳而无视我的灵魂呢？可我的灵魂，我自己过去也没太在意……唉，我真的无话可说了。（一惊）有人来了！我要躲起

来，我现在羞于见人，除非我的灵魂能使人忘记我的身体，让我重新做人。（躲到一旁）

〔安琪儿撑着雨伞上。

安琪儿　（焦急地）我老爸因为我放跑了他心爱的"白雪公主"，气得七窍生烟、茶饭不思。他一大早带着杆枪离家出走，到现在还没有回来。我真怕他一时想不开……（做出举枪自杀的动作，被吓着了）啊！可雨下得那么大，即使不发生这种可怕的事，我也担心他会得淋病……我是说他淋了雨会得病。（向四处喊）爸爸，爸爸……（发现背朝自己的猩猩）警察先生，我要向您报案！

猩　猩　（旁白）警察先生？我像警察吗？

安琪儿　（扯猩猩披着的布）我父亲找不到了——

猩　猩　（欲走开）我也找不到了。

安琪儿　（扯住猩猩不放）警察先生，警察先生……（用力过大，扯下了那块布，吃惊）啊……

猩　猩　（猛地一转身，没好气地）我不是警察，也不是你先生！

安琪儿　（惊喜地）"白雪公主"！

猩　猩　（更来气）我漆黑一团，更不是什么公主！

安琪儿　（不想惹猩猩发怒）啊，我想起来了，你是马当那！

猩　猩　我是吗？

安琪儿　当然。你的歌声、你的签名，都证明了你就是马当那。

猩　猩　可我的身体……

安琪儿　身体并不重要，重要的是灵魂。你的歌声就是你的灵魂！

猩　猩　（一把抱住安琪儿，潸然泪下）你是我真正的知音，唯一的知音……我感激你！我爱你！

安琪儿　哦，别哭，不要伤心。你怎么在这儿？我送你回家吧。

猩　猩　（更伤心地）我不想回家，我没有家、没有钱、没有爱。我的生活一团糟！别人对我不是心存怨恨，就是麻木不仁……他们明知道我没死，也不想让我活……

安琪儿　怎么会呢？你总会有些朋友……

猩　猩　什么是朋友？你走运，他妒忌；你倒霉，他高兴。这样的朋友我太多了！

**安琪儿** 如果你总这样想象别人，那让别人怎么对待你呢？

**猩　猩** （止住哭泣）也许你说得对，以前我确实也不够朋友……我很后悔。假如一切从头开始，我保证只做好事，不干坏事；不喝酒、不吸毒、不赌不嫖、不近女色，演出不要钱，要钱不交税——

**安琪儿** 好了，别说了。要是你愿意，就跟我回家吧。

**猩　猩** 我愿意。可是……

**安琪儿** 可是什么？

**猩　猩** 我不愿意再被关进笼子。

**安琪儿** 放心吧，我会说服我爸爸的。他心肠并不坏。

**猩　猩** 那我们快走！打的吧？

**安琪儿** 可我还没找到我爸爸……

**猩　猩** 这么大一座城市，上哪儿去找他？他难道不认识自己家？唉，我一身泥水，又饿又乏，真想快些回家，泡在浴缸里，边上放瓶酒，再请你替我按摩按摩。

**安琪儿** 那好吧，我先送你回家，再出来找我爸爸。

**猩　猩** 那……还是先找你爸爸吧。从今以后，我不能只顾自己。

**安琪儿** 你心真好！

**猩　猩** 才刚刚开始！

〔保安像个纤夫似的，拖着昏睡不醒的安得发上。

**安琪儿** 爸爸！（扑上前去）爸爸！（问保安）他怎么啦？

**保　安** （语无伦次地）他打中了，我没中，猩猩逃走了……（突然看见猩猩）啊，它在这儿！老板，老板，快醒醒！该死的，枪呢？（在地上乱摸一气）

**安琪儿** 他不是猩猩，他是马当那。

**保　安** 马当那？（凑上前去）啊，这下我看清楚了！是大名鼎鼎的马当那，跟电视上长得一模一样。（热情地与之拥抱）你小子唱的卡拉OK好听极了！知道我耳朵怎么会背的吗？就是因为喜欢听你小子唱。

**猩　猩** 谢谢，谢谢。

**安琪儿** （拼命摇着安得发）爸爸！爸爸！

**安得发** （打了个喷嚏，醒来）见鬼，房子怎么漏了？（看见猩猩，一跃而起）啊哈，你在这儿！

〔猩猩害怕地后退。

安琪儿　爸爸，我求求你不要再把他关进笼子！

安得发　谁说要把他关进笼子的？我吗？我说过这样的话吗？我连想都没有想过！关进笼子？哼！这种落后的、野蛮的、毫无人性的、不懂兽性的饲养方式在我的动物园里会被允许吗？关进笼子？哼！当代动物园的管理模式是：把动物放出来，把游客关起来！（走近猩猩，亲热地搂着它的肩膀）亲爱的老朋友，想不想重返歌坛？（见猩猩疑惑地望着自己）想不想东山再起再创辉煌再赚大钱？

猩　猩　但是——

安得发　（打断）听我说，我有个好主意。一切由我来安排……（连打几个喷嚏）

安琪儿　爸爸，你要淋病了……

安得发　对，对，我们上了车再细谈。（招手）Taxi，Taxi……

〔四名乐队成员扮成一辆出租车上。众人上"车"，在台上绕圈。

安得发　（始终搂着猩猩的肩膀）埋没天才是最大的罪恶。我绝不能听之任之，姑息养奸！我决定投资，为你成立一个演唱组，就叫猩猩演唱组，我女儿也加盟……

猩　猩　可我是马当那！

安得发　那就叫猩猩马当那演唱组。我负责一切，钱大家分。我们准能骇世惊俗，一炮打响！怎么样？

猩　猩　我能重新做人？

安得发　做人算什么？有了钱，你想做什么都行！

猩　猩　我只想做个好人。

安得发　那就签约吧。（从怀里掏出一张纸）我都准备好了。

〔猩猩看也不看，签名。

安得发　OK！全世界独一无二的演唱组诞生了！

安琪儿　我们又能听到马当那的歌声了！

保　安　太荣幸了！我目击了这历史性的一刻……

司　机　先生，你们到底要去哪儿？

安得发　电视台，召开新闻发布会！

　　〔猩猩突然激情澎湃地放声高唱起来……

　　〔曲五：独唱和伴唱《啊，我要重新做人》。

　　〔"出租车"载众人下。


## 幕间演出

　　〔由猩猩、安琪儿和乐队成员组成的"猩猩演唱组"开始演唱。猩猩穿着人的服装，其他人则穿着猩猩服。


# 第二幕


## 第一场　电视台直播厅

　　〔电视台主持人和安得发面对观众坐着，他们穿着猩猩服。

主持人　XingXingTV，XingXingTV，各位观众，晚上好！又到了我们的"猩猩黄金时间"。今天，我们十分荣幸地请来了大动物园主席、"猩猩演唱组"的创始人和经理、著名动物学家安得发先生！（热烈鼓掌）

安得发　（笑容可掬，挥手致意）女士们、先生们，你们好，我是安得发！

主持人　安先生，您创办的"猩猩演唱组"在当今流行乐坛掀起了一阵狂飙，就像引爆了一颗炸弹……

安得发　是氢弹，是原子弹！

主持人　的确如此。现在人们到处唱着猩猩歌，讲着猩猩话，穿着猩猩装，梳着猩猩头；厂家开发猩猩用品，商家争抢猩猩品牌，饭店推出猩猩套餐，银行发行猩猩磁卡；有关猩猩的科学读物和文艺作品畅销不衰，猩猩股票也牛气冲天；大众传媒密切关注"猩猩现象"，专家学者热烈讨论"猩猩文化"……真可谓"猩猩惜猩猩，猩猩知我心"！可以这么说，您的一只猩猩在全国范围内引起了一场流行与时尚的革命——

安得发　不仅仅国内，还影响了国际！

| 主持人 | 对，对。我们的一位编剧刚从美国的谢南多厄回来，他说那里也有人在谈论您的这只猩猩。 |
| --- | --- |
| 安得发 | （得意地）你们好，我的美国朋友们！ |
| 主持人 | 我想，观众们一定非常想知道：当初您怎么会想到办这样一个演唱组的？ |
| 安得发 | （停顿）灵感！你知道什么是灵感吗？灵感就是……灵感。天才与庸才之间的差别，就差这么一点点……灵感！ |
| 主持人 | 毫无疑问您是天才。不过我还是想请您满足我们观众的好奇：您是怎么让一只普通的猩猩学会了唱歌，并且唱得这么好呢？ |
| 安得发 | （神秘地微笑着）这是一个秘密。你知道金字塔的秘密吗？你知道尼斯湖怪兽吗？你知道斯芬克司的谜底吗？你知道蒙娜丽莎微笑的含义吗？你知道人体特异功能是怎么回事？你知道外星人下次什么时候再来？你知道上帝在创造万物时，他脑子里在想些什么？ |
| 主持人 | 您知道？ |
| 安得发 | 我不知道。但我了解动物，这就够了。 |
| 主持人 | 谢谢，安先生。好，亲爱的观众，现在插播广告，请大家不要走开，因为广告之后呢，还有更精彩的内容：我们将采访著名歌星猩猩本人！请大家锁定我们的频道。（下）<br>〔广告音乐起。乐队成员扮演的时装模特儿依次登场，他们展示着各款猩猩时装…… |
| 安得发 | "得发"猩猩时装系列，让您跻身明星之列。安得时装千万件，大庇天下猩猩俱欢颜。（高举起自己的头像）注册商标我的脸，谨防假冒莫受骗！<br>〔主持人匆匆上。 |
| 主持人 | 停！停！ |
| 安得发 | 怎么啦？ |
| 主持人 | 有重大新闻！各位观众，本台刚刚收到的新闻：著名歌星猩猩在此间宣布，把全部演出收入捐赠给国家慈善基金会—— |
| 安得发 | （恼火地）他又自作主张！ |
| 主持人 | 为此，首相向猩猩颁发"社会杰出人士"荣誉勋章—— |

**安得发** 这勋章该分我一半！

**主持人** 为此，议长发表讲话，提出反对——

**安得发** 我也反对！

**主持人** 议长认为：把一只猩猩称为"杰出人士"，是对文明的嘲弄，对人类的侮辱——

**安得发** 我不同意！议长歧视动物。

**主持人** 为此，猩猩发表公开声明——

**安得发** 声明什么？

**主持人** 它不是猩猩，它是人——

**安得发** 又来了，老调重弹！

**主持人** 它是已故歌星马当那本人——

**安得发** 无稽之谈！

**主持人** 为此，已故歌星马当那的遗孀艾莲女士和她的新任丈夫谈坦联合发表声明，提出最强烈的抗议——

**安得发** 乱成一锅粥了！

**主持人** 为此，议长提出《弹劾首相案》。现在本台实况转播议会就此提案的一般性辩论场面……

〔乐队成员扮成议员，分为两派，在打架。他们仍都穿着猩猩装，互相撕咬着……

**主持人** （兴奋地）辩论进行得精彩激烈！双方队员都发挥出最佳状态！现在场上的比分是0比0……

**安得发** （两边来回跑）加油！加油……

〔议员们越打越凶，两败俱伤，最后全部瘫倒在地。

**主持人** 表决结果：赞成票，百分之五十；反对票，百分之五十；弃权票，百分之百。表决无效，议会瘫痪。

**安得发** 我认为打出了水平，打出了风格！

**主持人** 为此，首相下令解散议会……

〔首相上。他穿一身清洁工的制服，拿着把大扫帚，把躺在地上的议员一个个扫下台去。主持人举着话筒追随首相，安得发也不甘寂寞地凑过去。

**主持人** 首相先生，对这次由一只猩猩引起的政治危机，您有何评论？

安得发　嘿嘿，首相大人，顺便提一下，这只猩猩是我的。嘿嘿……

首　相　（严肃地）首先，我重申：我反对把那位受人尊敬的歌星称作猩猩。我注意到了这位歌星的声明，也注意到了民众对这位歌星的喜爱和欢迎，我更注意到了这位歌星对社会所做的贡献。政府相信，对所有的社会成员来说，重要的不是他是什么，而是他做了什么。

安得发　（急了）可它的的确确是一只猩猩！它是外国元首送的，是外交礼物！您不知道，那时您还没当首相呢！要是它是人，那算是人质还是侵略者？要不算非法移民？要是您硬说它是人，国内危机您也许能摆平，国际争端您可摆不平！到那时您还得下台，我的首相大人哪！

首　相　（笑眯眯地）你是哪个单位的？

安得发　（不由得害怕起来）啊……

首　相　谢谢你的提醒。不过我想说，如果有证据证明这位歌星不是别的什么人，只是马当那本人，那么，你所担心的这些问题就根本不存在了。

安得发　（赔着笑，点头哈腰）对，对！首相英明，首相英明！……

主持人　（推开安得发）首相先生……您刚才的话是否意味着您认为那位歌星确实就是马当那？

首　相　关于这一点，我还需要充分听取科学家们的意见。因为只有科学，才能使我们看清事物的真相，从而做出正确的判断。

主持人　您说得对，首相先生。各位观众，现在就让我们来看一下由首相亲自主持的第一百零一次听证会的情况。即将上场的是科学院院士、著名医学专家A教授。

　　　　〔A教授抱着一大摞高过他头顶的书籍资料，步履艰难地上；因为视线被挡，不小心绊了一跤，书本和卡片撒了一地。他慌里慌张地东拾西找……首相拿出笔记本，专心记录。

A教授　（结结巴巴地）根据……鉴于……因为……所以……然而……但是……既然……那么……同理……同上……众所周知……毋庸置疑……首先……其次……最后……等等……综上所述……简而言之，要而言之，总而言之，统而言之："心脏死亡"理论，才是唯一科学的理论。换言之：判断哺乳类动物死亡与否的唯一依据，是该动物的心脏死亡与否。马当那的心脏早已死亡，而猩猩的心脏依然搏动。由此可见：这位歌星不是人，是猩猩！

**安得发** （激动地拥抱A教授，亲他）太精彩了，您真有学问！

**主持人** 各位观众，接下来上场的是科学院另一位院士、同样著名的医学专家B博士。

〔B博士戴着墨镜，穿着牛仔裤，叼着雪茄，拿着瓶威士忌潇洒地上。

**B博士** （口若悬河地）克拉托斯帕拉斯别阿斯地可斯赫淮斯托斯普罗米修斯伊阿波托斯忒弥斯俄刻阿诺斯伊俄伊那科斯迈亚赫拉宙斯赫耳墨斯卜塔西斯——

**安得发** 咝咝咝咝咝，像条毒蛇！

**主持人** 各位观众，博学多才的B博士在用拉丁语发言，本台正在赶制字幕……

**首　相** 请讲法定语言！

**B博士** OK！综上所述，简而言之要而言之总而言之统而言之换言之——

**安得发** 吱吱吱吱吱，像只老鼠！

**B博士** "脑死亡"理论，才是唯一科学的理论。即判断哺乳类动物死亡与否的唯一依据，是该动物的脑组织死亡与否。猩猩的脑组织早已死亡，而马当那的脑组织依然健全。由此可见：这位歌星不是猩猩，而是人！

〔首相不动声色，朝B博士弯弯手指。B博士走近首相。首相又弯弯手指，B博士把耳朵凑上去。

**首　相** 按"脑死亡"的说法，马当那没死。换言之，我授勋的对象是人而不是猩猩，对吗？

**B博士** 完全正确！

**首　相** 换言之，反对派的指责和攻击是没有道理的？

**B博士** 完全没有！

**首　相** 换言之，我和我的内阁成员不必引咎辞职？

**B博士** 完全不必！

**首　相** （激动地拥抱B博士，亲他）太精辟了，你大有前途！（转向众人）现在，我宣布——

〔全体肃立。

首　相　根据伟大的"脑死亡"学说，立即恢复著名歌星马当那人的身份和一切公民权。鉴于他对国家文化事业和社会公益事业的卓越贡献，再次授予他"社会杰出人士"金质勋章。

〔除A教授外，全体鼓掌。

A教授　这是错误的！因为……所以……

首　相　同时，本着科学、进步的原则，彻底废除"心脏死亡"的谬论；撤销A教授科学院院士称号，吊销其行医执照，勒令其在二十四小时之内出境，永远不得返回！

A教授　啊……（掩面大哭，边哭边下）

B博士　（追上A教授）你可以到我手下来干，我们在西伯利亚有个空缺……（随下）

首　相　（转向安得发）你还有什么疑问吗?

安得发　啊，不！不！我完全拥护首相大人的决定！

首　相　是选民的决定。我只是选民的公务员。（拿起扫帚，默默扫地）

安得发　（尾随着）对对对。啊，大人，您太英明了！我崇敬您，我敬仰您，我爱您！

首　相　本届政府不提倡同性恋。

安得发　是是是。（轻轻掸着首相衣服上的灰尘）您太累了，您为我们操碎了心……啊，您太俭朴了！这衣服都破了……

主持人　各位观众，现在我们看到的是首相和选民在一起的感人情景。他们俩像老朋友一样，拉起了家常……（把话筒凑近首相和安得发）

首　相　……说到衣服，我老婆和我女儿都很喜欢你的"得发牌"猩猩装——

安得发　真的? 我马上送几套最新款式给她们。

首　相　送是不可以的，这不符合我所倡导的廉政要求。

安得发　那让她们到我仓库去挑，随便拿。

首　相　拿更不行，那是犯罪！

安得发　那……那我身上的这套您先穿走。（急急忙忙脱下自己的衣服，要替首相穿上）

| 首 相 | 慢。（对主持人）请把话筒给我。（接过话筒）摄像，给特写！灯光，正侧反一起打！录音，注意同期声…… |
| 安得发 | （与主持人咬耳朵）首相以前一定拍过电视剧。 |
| 主持人 | （轻声地）他以前在我们台里干过制片…… |
| 首 相 | 现在，我宣布首相令：为尊重全体选民的文化观念和审美趣味，顺应时尚，追赶潮流，自即日起，全体国家公务员的制服，一律改为"得发牌"猩猩装。 |
| 安得发 | （狂喜）万岁！首相大人万岁，万万岁！（跪下，连连磕头） |

〔首相脱下工作服，穿上猩猩装，向"镜头"挥手致意。

## 第二场　马当那办公室

〔马当那上。经过整容手术，他的外貌已大为改观，介于猩猩和人之间的样子；一身簇新的名牌西服和领带，使他显得神采奕奕、英姿勃勃。总而言之，除了体型还不够完美外，他差不多可算是一个美男子了。

| 马当那 | 暖暖的阳光，柔柔的春风，润润的空气啊……（词穷地）润润的空气啊……（放弃了努力）啊，做人的感觉真好！人是一件多么了不得的杰作！多么高贵的理性！多么伟大的力量！多么优美的仪表！多么文雅的举动！在行为上多么像一个天使！在智慧上多么像一个天神！宇宙的精华！万物的灵长……这又是别人的话！可确实表达了我的思想。做人的感觉真好。遗憾的是我不是一个诗人，但我会歌唱，我要歌唱！（放声高歌） |

〔曲六：独唱《做人的感觉》。

〔安琪儿捧着一大束鲜花上。

| 安琪儿 | 马当那！噢，我简直认不出你来了！半年多没见面，你完全变了，真漂亮！ |
| 马当那 | 谢谢。现代医学真是奇迹！虽然我的身体换不回来了，但经过这几次整容，我差不多像个人了。 |
| 安琪儿 | 不，你一直是人。不管你的身体是什么，你一直是了不起的马当那。（把花给马当那） |
| 马当那 | 太美了！安琪儿，正如你的名字那样，你是个天使。你的心永远 |

像湖水那样清澄透明！你的声音，你的声音就像一张崭新的CD！你的呼吸像这初春的空气……润润的空气啊……你的容貌……（注视着安琪儿）天哪，我怎么现在才发现，你是个地地道道的美人儿！

安琪儿　（害羞地）你想喝些什么吗？

马当那　不喝什么我都醉了。（扔掉花，抓住安琪儿手）你爱我，是吗？

安琪儿　马当那，别这样……

马当那　说吧，安琪儿，说你爱我。我想我猜得不会错，在你遇到我之前你就爱上了我。是不是？（回忆往事，得意地）这并不稀奇，那时候有成千上万的女人疯狂地爱着我！（轻佻地笑）

安琪儿　（抽回手，不快地）马当那，我不喜欢你这样！

马当那　当然，你跟她们不一样。你是真的爱我，哪怕我被关在笼子里，哪怕我身无分文流浪街头，哪怕我是只猩猩。对吗？

安琪儿　我只是爱你的歌声。

马当那　（狡黠地）是吗？

安琪儿　（严肃地）是的。

马当那　（捏了一把安琪儿的屁股）你真是个犟头倔脑的傻丫头，哈哈……

安琪儿　马当那，我生你气了！

马当那　（没理会，吹着口哨，理理头发，整整领带，左顾右盼）我担心，歌迷们会喜欢我现在的样子吗？

〔安琪儿生气地沉默着。

马当那　（并不看安琪儿）你说我是不是该保持原来的形象？你怎么不说话？要不，在演出时我穿上猩猩装，好像我还是只猩猩……安琪儿，你怎么啦？

安琪儿　（仍生着气）现在除了公务员，谁还穿猩猩装！

马当那　（自负地）只要我愿意，我可以让人们重新穿上它。我马当那永远是领导时尚、创造流行的人。

安琪儿　那你还担心什么？

马当那　你说得对，我不用担心。（倒酒，喝了一口）啊，做人的感觉真好。（再次色眯眯地盯着安琪儿）安琪儿……

　安琪儿　干什么？

马当那　老实告诉我，你有没有梦见自己和我做爱？

安琪儿　（又羞又急）马当那，我不再理你了！

马当那　哈，你脸红了！内心深处的秘密暴露了……

安琪儿　你再说，我真的再也不理你了！

马当那　怎么啦，难道我不是你心中的偶像？不是你梦中情人？和偶像做爱，是多么刺激的一件美事啊！放在过去，你想都别想！你根本就不可能接近我。可现在，我，马当那，举世瞩目的歌坛巨星，就在这儿，在你面前。跟你说着话、调着情……窗外春意浓浓，屋里也浓浓春意。你不觉得像是在做梦吗？来吧，克服你的害羞，来实现你的欲望和梦想，来松开我的领带和裤带……（自己解下领带）不想看看我现在的身体吗？

　〔安琪儿转身想离去。马当那猛扑上去，把她按倒在地。

安琪儿　（挣扎，哭着）不！马当那，不……

　〔安得发领着艾莲、谈坦上。

安得发　老天爷啊！我看见了什么？

马当那　（恼火地）怎么不敲门？

　〔安琪儿趁机挣脱，哭着跑下。

安得发　孩子……（追下）

艾　莲　你还是老样子，马当那。

马当那　（从地上爬起，整整衣服）老样子？我是老样子吗？

谈　坦　不管你怎么整容，你还是头野兽。

马当那　少废话。你们来我这儿干什么？你们这对狗男女，我还没顾得上找你们算账，你们倒自己送上门来了。是不是看我又走红了，想来沾点儿光？你们可以写回忆录嘛，《我与马当那的私生活》《我与马当那夫人的恋情》，诸如此类，保证你们名利双收！

谈　坦　（打开皮包，取出两本书递给马当那）刚刚出版，送你做个纪念。

马当那　（翻书）你们还真写了？真不要脸。小心我跟你们打官司！

谈　坦　不怕。这样我们就又有新的题材可写了。唉，做个作家不容易！

马当那　（无奈地）你们大老远跑来，就为了送我这两本不要脸的破书？

谈　坦　破书？这可是热门书！正版的还没出，盗版的就已经铺天盖地了……

艾　莲　（不耐烦地打断）谈坦，你不要再跟他谈书了！他这个人从来就
　　　　　没文化！我还有正经事呢……

马当那　你有什么事是正经的？

艾　莲　既然那个混蛋首相恢复了你的公民身份，那么，我想我们有必要
　　　　　正式办一下离婚手续。我可不想犯重婚罪。

马当那　你已经犯了。

谈　坦　不能这么说。我们结婚时，你还是只猩猩。

马当那　要是我不想离呢？

艾　莲　那我们就法庭上见！谈坦，我们走。

马当那　等等……那是你们的新车吗？是用我的钱买的吧？

谈　坦　（骄傲地）你想错了！那是艾莲送我的礼物！

艾　莲　是我用稿费买的！我自己的钱！

谈　坦　（幸福地）是为了我们的结婚纪念日！

艾　莲　（依偎着谈坦）对，为了我们的爱情！

马当那　（旁白）气死我了！这个女人可从没送过我一根针！难道爱情
　　　　　真的会改变一个人，使一只臭鸡蛋变成一颗夜明珠？我可太了
　　　　　解这个女人了！我不信！让我来试试她。（转身，做出笑脸）
　　　　　艾莲……

艾　莲　（警惕地）干什么？

马当那　你真的想和我离婚？

艾　莲　那还用问？

马当那　再想想，我现在可比以前更有钱了！

艾　莲　我知道。你为了沽名钓誉，把钱都捐了。

马当那　嗳，那是毛毛雨。你以为我那么傻，把辛辛苦苦挣来的钱白白送
　　　　　人？再说，有时候捐出去的是一根毛，得到的回报可是九头牛呢！

艾　莲　（压低嗓子）你到底赚了多少？

马当那　（旁白）鸡蛋还是鸡蛋！（也压低嗓子）你想知道？

艾　莲　当然，那是我们的共同财产。

马当那　你不是要和我离婚吗？

艾　莲　所以我只要一半。

　马当那　（旁白）苍蝇不叮没缝的蛋。这蛋有缝了，让我再叮狠点儿……

（转向艾莲）休想，除非你跟他一刀两断。

艾　莲　（旁白）一个女人一生的需要其实并不多：一是钱，一是爱。爱是钱买不到的，可钱也不会自己找上门来。如果鱼和熊掌不可兼得，那就让我分个轻重缓急、先来后到。（转向马当那）我要先拿到钱！

马当那　你要先和他断！（旁白）别看这鸡蛋壳还硬，马上就要臭了。

艾　莲　（旁白）谁知道他是不是在要我，我可不能轻易上钩。（转向马当那）做梦！我决不会拿爱情跟你做交易！

马当那　啊？（旁白）怎么，苍蝇碰壁了？那好，我干脆一不做二不休，来它个鸡飞蛋打！

谈　坦　（不安地）你们在嘀咕什么？

马当那　（大声地）我们夫妻俩在商量家务事。

艾　莲　别睬他。谈坦，我们走。

马当那　等等。好，我同意离婚。

谈　坦　你总算做了件好事！（从包里拿出离婚文件）签字吧。

马当那　（爽快地签字，又从口袋里拿出支票本，签了张支票）另外，我想给你们一笔钱，作为送给你们的结婚礼物。一百万，祝你们百年好合！

谈　坦　谢谢，我们不需要。

艾　莲　等等！（拿过支票，反复鉴定）谈坦，这支票是真的！

谈　坦　（接过支票，也鉴定一番）真的也不要！（扔回给马当那）

马当那　我真遗憾。（欲撕支票）

艾　莲　慢！（狐疑地望着马当那）你为什么要这么做？

马当那　是你们的爱情感动了我。

谈　坦　别信他的！艾莲，我们走。

艾　莲　别急，谈坦，这毕竟是一大笔钱啊。

谈　坦　你……

马当那　（微笑着）我离开一会儿，你们商量商量。（收起支票，旁白）我让他们先吵上一架，然后一起完蛋！（下）

谈　坦　（着急地）艾莲，你听我说……

艾　莲　（更急地）不，你听我说……

〔谈坦、艾莲同时沉默。

谈　坦　(忧郁地) 好吧，你先说。

艾　莲　我们干吗不拿这笔钱？不拿白不拿。

谈　坦　可我们来这儿之前，你不是已经想好不要他的任何财产了吗？

艾　莲　那是因为我没想到他会给我。这不是天上掉下来的馅饼吗？

谈　坦　不！这不是馅饼，是陷阱！如果我们拿了这笔钱，马当那的阴影就会一直缠绕我们，折磨我们，我们总有一天会因此而产生裂痕。

艾　莲　不会的！

谈　坦　会的！现在已经开始了。

〔沉默。

艾　莲　谈坦，你真自私。

谈　坦　我自私？

艾　莲　是的。你只想到你的尊严、你的感情，全不管我的利益。

谈　坦　(痛心地) 我的尊严？我的感情？我还以为是我们的尊严、我们的感情呢！(敲自己的脑袋) 噢！噢……

艾　莲　你太夸张了，你这副样子只会让我觉得滑稽可笑！

谈　坦　如果我坚持要你放弃这笔钱呢？

艾　莲　你最好别这么做，这只会让我对你产生怨恨。

谈　坦　(拼命敲脑袋) 噢，我受不了了，我受不了了……

艾　莲　(冷冷地) 那你就离开吧。

谈　坦　你要我离开？

艾　莲　与其把头敲破，还不如离我而去，让心流血。

谈　坦　艾莲……

〔马当那上。

马当那　怎么样，商量好了吗？

艾　莲　没问题。把支票拿来吧。

谈　坦　噢，我受不了了，我受不了了……(敲着脑袋下)

马当那　他怎么啦？

艾　莲　他脑袋瓜有病，随他去吧。

　马当那　连声"谢谢"都不说吗？他这样开车，会出车祸的。顺便提一下，那辆车可真不错。

艾　莲　快给我支票！

马当那　急什么？我们好久没见面了，聊会儿不行吗？

艾　莲　你又想玩儿什么花招？

马当那　放心，我说话算数。只是……

艾　莲　只是什么？

马当那　只是我们夫妻一场，总该有个分手的仪式吧？（靠近艾莲）

艾　莲　你想干什么？

马当那　没什么特别的，对你来说很容易。

艾　莲　我懂了。可我还从来没和猩猩干过那种事！

马当那　凡事总有开头。和我共进晚餐，然后陪我过夜……

艾　莲　然后你再去向谈坦炫耀？

马当那　不，他不会知道的。他那辆新车已经把他送上了高速公路。

艾　莲　不。我不能……

马当那　不能？

艾　莲　不能过夜。

马当那　那就现在？

艾　莲　（摊开手）支票。

马当那　给。

艾　莲　（收起支票，躺到地上）来吧。

马当那　就这样？

艾　莲　你不是喜欢这样吗？

马当那　你真是个婊子！（扑在艾莲身上）

　　　　〔安得发冲上。

安得发　老天爷啊，我又看见了什么？

马当那　我说过要敲门！

安得发　谈坦先生死了！

艾　莲　什么？

安得发　他的车爆炸了！有人在他车里放了炸弹！

马当那　可惜，这么好的车。

艾　莲　（跳起来，指着马当那）是你干的？准是你！你谋杀了他……

马当那　是我干的又怎么样？他早该下地狱了！还有你，贱货！算你走运，没跟他一起走。但你也跑不了，下一个就轮到你了！（从艾莲身上搜出那张支票，撕掉）还想要我的钱，下辈子吧！

艾　莲　我去报警！我要让你坐上电椅！你死到临头了，畜牲！（跑下）

安得发　马当那，这下你有麻烦了！

马当那　（端起酒杯，慢慢喝了一口，微笑着）是吗？她有什么证据呢？（一饮而尽）啊，做人的感觉真好！暖暖的阳光，柔柔的春风……（慢慢下）

安得发　（呆呆地）我了解动物，可是人……我看不懂。

## 第三场　街道

〔保安上。

保　安　（拿着一沓照片，唠唠叨叨地）我说呢，人啊，不能上年纪，一上年纪就遭人欺；人呢，也不能有爱好，有爱好就有烦恼。可我偏偏既上了点儿年纪，又爱好拍照。结果呢？遭人欺，受闲气，自寻烦恼！你们瞧，前几天，报上说：13号星期五，13点13分，本地将发生本世纪最后一次日全食。什么叫日全食？就是天狗把太阳给吞了！我老婆说这是不祥之兆，要大祸临头了。扯淡！我这人一点儿不迷信，我有文化。我的眼睛就是因为看书看得太多才弄坏的。眼睛虽然不好，可也不能放着日全食不看哪！那可是百年一遇的大自然奇观，错过这次就没下次了。好在我精通摄影，有句话说得好，照相机是眼睛的延伸。我那架照相机还是我爷爷留下的。我花了一个下午，拍掉半打胶卷，好不容易用我爷爷的眼睛照下了这千载难逢的景象；又花了差不多一个月的薪水，交照相馆洗印。可我今天拿到的是什么？在这些照片里，既没有太阳，也没有乌云，哪里有什么日全食的影子！这些只知道赚钱的照相馆，八成是把我的底片给弄丢了，又拿别人的照片来糊弄我！他们知道他们弄丢的是什么吗？是我一生的机会！我是咽不下这口气的，我要去找他们算账……可我没看清那照相馆的地址，我得找个人问问……哎，有个小伙子过来了，向他打听打听。（迎上去）

〔安琪儿心事重重地上。

安琪儿 唉，命运太捉弄人！不幸的马当那，先是惨遭车祸，接着又被变成猩猩。凭着他动人的歌喉、不懈的奋斗、仁慈的心肠、慷慨的善良，他终于赢回了人的身份、人们的尊敬和社会的承认，可转眼又被指控为恐怖分子、杀人犯！此刻，他正站在被告席上，而不是他本该在的辉煌的舞台；他双手戴着冰冷的手铐，而不是本该捧着的芬芳的鲜花；等待他的，将是法律无情的严惩，而不是本该爆发的欢呼和掌声！他将再次魂归西天……啊，为什么他对我如此无礼，我的心却还在为他流泪哭泣？

保　安 她一个人叨叨叨的，简直叫我插不上嘴。听声音，好像是我老板的女儿……对不起，是安琪儿吗？

安琪儿 是保安大叔……

保　安 （亲热地）哎，是我，没错儿。你怎么啦，好像在哭？

安琪儿 （掩饰）没有。大概是沙子吹进了眼睛……

保　安 那可要小心！眼睛最最重要，眼睛不好，有照相机也不管用。来，让大叔替你吹吹……（对着安琪儿耳朵，使劲吹）

安琪儿 不用了，好了。

保　安 沙子吹出来了？

安琪儿 （含糊地）嗯……

保　安 这就好。俗话说，眼睛里揉不得沙子。眼明才能心亮……

安琪儿 （打断）大叔，您要去哪儿？

保　安 啊，我正想问你呢，你知道那家照相馆在哪儿吗？

安琪儿 哪家照相馆？……

保　安 就是那家呀，那家价钱很贵、态度很坏，还总把顾客的照片弄错的那家……

安琪儿 这样的照相馆很多，我不知道您指的是哪家。

保　安 我也不知道。那就算啦，我就自个儿慢慢找吧。安琪儿，你不回家吗？

安琪儿 不，我想一个人走走。

保　安 你在恋爱？

安琪儿 （一惊）没有……

保　安　你可瞒不过我的眼睛。你大叔眼明心亮！闹恋爱的人常常会说："我想一个人走走。"其实她心里还装着一个人，所以不想让别的人来打搅。

安琪儿　（害羞地）大叔……

保　安　好，好，大叔不打搅你了，我走了。尽管我不想一个人走走，可也只好一个人走走……（下）

安琪儿　您走好……（回过神来）我在恋爱吗？啊，为什么我脸发烫、心发慌？我整天魂不守舍，不知道该做些什么。我白天盼天黑，夜晚盼天亮；我盼着遇见他，我又害怕遇见他，我盼着我的害怕。哦，是的，是的，我爱他！可我又恨他！他曾对我那么无礼，那么粗暴……他为什么不能好好对我？我只需要他的一点点尊重，一点点温柔。一个亲切的眼神，一个文雅的微笑，一句含蓄的问候，我就会用我的整个心去回报！啊，如果我那天不那么害羞，如果我那天再有些勇气，如果我那天向他承认我的爱，那后来的一切事情也许就不会发生了……唉，我真后悔。如果时光能倒流，如果那过去的一天能重新开始，不管他说什么，我都不再生气；我会抛开姑娘的矜持、少女的羞涩、违心的自尊、世俗的顾忌，敞开心扉，将那难以启齿的隐秘和幻想，向他尽情倾诉！我要让他忘掉过去的荒唐，为以往的颓废和轻浮感到惭愧；我要让他品尝纯情的浆果、真爱的佳酿，把上苍赐予我们的幸福永远珍藏！可是，这一切，如今都为时已晚！啊，多么绝望！没有回声的呼唤，没有响应的痴心；不开花朵的蓓蕾，不见水流的河床；冰冷的烈焰，无声的雷霆——这，就是我的爱情！

〔音乐起。

〔曲七：女声独唱《无望的爱》。

## 第四场　法庭

〔诙谐的音乐声中，乐队成员扮成法官、检察官、辩护律师和书记员上。他们各自拿着自己道具，边舞边唱。

〔曲八：小合唱《如果你是个坏蛋，你可要小心》。

**法　官**　把被告押上来！

〔由另一名乐队成员扮演的法警，押着戴着手铐的马当那上。

**马当那**　（对观众）没想到我又被关进了笼子，这回还戴上了手铐。最让我恼火的是，监狱不像动物园，没有游客来参观。你们知道，像我这样的明星，什么都能忍受，就是受不了没有观众。与其冷冷清清地享受自由，不如热热闹闹地当个囚犯，哪怕是猩猩。所以我现在很高兴，因为有你们这么多人来旁听。谢谢，谢谢……（高举双臂向观众致意，无奈手铐碍事）法官大人，我请求解除手铐，以便我更好地与观众们交流。

**法　官**　好说，好说。我本人没意见。

**马当那**　谢谢。

**法　官**　（翻着厚厚的《法典》）但是，根据《审判法》第一二三条第四五六款之规定，对于涉嫌杀人、有暴力倾向的恐怖分子，不得解除手铐。因此，本法官驳回你的请求。

**马当那**　啊？

**法　官**　（命令法警）再给他加上脚镣。

**法　警**　是。（给马当那戴上脚镣）

**马当那**　（对观众）不好意思，不好意思。不过这算不了什么，世界上哪有不受限制的艺术呢？伟大的艺术家，即使戴上手铐脚镣，也照样表演。

**检察官**　法官大人，我抗议被告的胡说八道。这是藐视法庭！

**法　官**　抗议有效。被告，你要面对现实，知道这儿的规矩。我劝你说话留点儿神。好，闲话少说，言归正传：你认罪吗？

**马当那**　我不知道我做错了什么，大人。但说起认罪，我倒是认识一些罪的。

**法　官**　很好。什么罪？

**马当那**　我太太还没和我离婚，就跟别人结了婚，这是犯了重婚罪、通奸罪、流氓罪；他们趁我住院动手术，霸占了我的房子、我的睡衣、我的所有财产，这是犯了侵吞罪、抢劫罪、盗窃罪；他们把我赶出家门，害得我到处流浪，伤风感冒，这是犯了遗弃罪、虐待罪、故意伤害罪；他们未经我同意，擅自出版回忆录，暴露我的私生活，这是犯了诽谤罪、剽窃罪、传播色情罪、泄露个人机密罪……

法　官　够了！我问的是你犯的罪。

马当那　我犯的罪？我犯了什么罪？

法　官　你……（问检察官）他犯了什么罪？

检察官　一级谋杀罪、私藏炸药罪、强奸未遂罪。

法　官　听明白了吗？如果这些罪名成立，你将被分别判处死刑、终身监禁、三年以上三百年以下有期徒刑并处巨额罚款。

马当那　捐款行吗？

法　官　恐怕不行。这次大选结果已经揭晓，首相垮台了。

马当那　新首相是谁？

法　官　就是原来的议长。

马当那　糟了，那家伙也许不赞成"脑死亡"理论。

检察官　抗议！这儿是法庭，不是街头咖啡馆。

法　官　抗议有效。被告，本法官问你，你收到起诉书并仔细读过了吗？

马当那　回禀法官大人，起诉书我收到了，但没读。

法　官　为什么？

马当那　我有我的阅读习惯。一般我只读歌词，一般歌词只有短短几行。可这家伙写的东西又臭又长，毫无乐感……

检察官　抗议！

法　官　行了，别叫了，我耳朵都快震破了……被告，既然你文化程度不高，还没养成读起诉书的习惯，本庭就把起诉书的主要内容，以简明扼要、通俗易懂、你喜闻乐见的方式告诉你。

马当那　那有劳您了，大人。

〔法官向内招招手，三个哑剧演员上。其中一人趴在地上，做轿车状。

马当那　这是什么？乌龟吗？

法　官　这是谈坦先生的车。

马当那　哦，那可是辆好车！

〔另一个演员贼头贼脑地走到"车"前，东张西望……

　马当那　他是谁？

法　官　你。

马当那　我？他整容整得比我好，一点儿看不出猩猩的样子。

〔那演员掰开"车"嘴，往里面塞了些什么，溜下；"车"呷巴着嘴，吞下那些东西。

马当那　他喂他吃了什么？

法　官　炸弹。

马当那　哦，炸鸡蛋。

〔第三个演员匆匆上前，上"车"，做驾驶状……

马当那　这不用说，是谈坦。瞧他得意的……乡巴佬！巴子！

〔突然，"车"发出一声轰响，伴着人的惨叫，蹦起，摔下，翻滚，滚下舞台。

马当那　（激动得有些反常）车祸！肯定是车祸！现在到处都是车祸，车祸特别多，司空见惯，不足为奇……戴安娜！你们知道吗？我本人也曾经是车祸的受害者！

检察官　哼，你这是做贼心虚，欲盖弥彰，此地无银三百两！

马当那　（回避检察官，望着法官）他说什么？要我出三百两银子？

法　官　他的意思是那不是车祸，是蓄意谋杀！

马当那　谋杀……谁干的？

法　官　你说呢？

马当那　我说？我说……哦，对了！我想起来了，是刚才那个演哑剧的干的！哎，怎么让他跑了？我去把他抓回来……（欲逃，被法警一把揪回）

法　官　说吧，你到底干了什么？

马当那　（嘀咕）既然你们都知道了，还问我干什么？

〔辩护律师着急地捅捅马当那。

法　官　这么说，你承认了？

马当那　承认什么？

法　官　刚才演出的那一幕是真实的？

马当那　是……

〔辩护律师急得捂马当那嘴，马当那挣脱。

马当那　是艺术的真实，不是生活的真实。

| 法　官 | 可是，艺术不就是生活的反映吗？ |

法　官　可是，艺术不就是生活的反映吗？

马当那　嗨，那种观点早过时了！我说的是现代派、后现代派……

法　官　现代派、后现代派的观点是什么呢？

马当那　嗨，我也说不清楚……反正艺术是艺术，生活是生活，浑身不搭界！

检察官　抗议！这儿是法庭，不是文艺沙龙！

法　官　（生气地）抗议驳回！这与本案有关。好吧，被告，你至少承认了法庭刚才模拟的作案场面，如果不以现代派、后现代派的观点去看，是真实的。（对书记员）这一点很重要，请在法庭记录中重点标出。好在持现代派、后现代派观点的人并不多。

律　师　（对马当那，埋怨）言多必失！你有权保持沉默……

马当那　可惜我的权利被你滥用了，你一直沉默！

律　师　我会反击的……

马当那　什么时候？判决以后？

律　师　等火候一到……

马当那　什么火候？等到我被绑上电椅，被高压电烧成焦炭？等到我被扔进火葬场，被化尸炉烧成骨灰？

律　师　别说了！看我的！（跨前一大步，气宇不凡）法官大人，作为被告的辩护律师，我要求询问证人。

法　官　允许。传证人到庭。

　　　　〔艾莲和安得发上。

律　师　（对艾莲）请用"Yes"或者"No"来回答我的问题，明白吗？（见艾莲点点头）你叫什么名字？

艾　莲　Yes。

律　师　你叫艾莲！

艾　莲　Yes。

律　师　你控告你的丈夫谋杀了你的丈夫，是吗？

艾　莲　（想了想）Yes。

律　师　你亲眼所见吗？

艾　莲　No，但是——

　律　师　（打断）Yes或者No！

艾　莲　No，可是……

律　师　Yes或No！

检察官　抗议！被告律师限制证人用词，是干扰法庭调查。

法　官　抗议有效。证人，除了Yes或No，你还可以用些别的词。

艾　莲　Yes……Thank　you.（醒悟过来，指着马当那）是他自己亲口承
　　　　认的！他说："是我干的又怎么样……"

律　师　（大叫）我没问题了！

艾　莲　他还说，谈坦早该下地狱了——

律　师　我没问题了！

艾　莲　他还想杀死我——

律　师　我没问题了！

艾　莲　（发火地）我有问题！

律　师　（一愣）那你问吧。

艾　莲　安得发，你当时也在场，是吗？

安得发　Yes。

律　师　但是……

艾　莲　他说的那些话你也亲耳听见了，是吗？

安得发　Yes。

律　师　可是……

艾　莲　（转向律师）你给我闭嘴！

律　师　Yes。

马当那　抗议！

法　警　抗议有效……

书记员　全乱套了！证人提问，被告抗议，法警下裁决……这记录我还怎
　　　　么做？

检察官　（殷勤地）小姐，让我来做吧。

书记员　那怎么好意思，您是检察官……

检察官　别客气，当书记员很辛苦。

书记员　您办案更辛苦……

检察官　这案子我准赢！（低声地）今晚有时间吗？我想请你共进晚餐。

书记员　谢谢，我喜欢第26街的意大利餐馆……

〔响起重重的槌声。

法　官　　肃静！肃静！

　　　　　〔全体肃静。安得发的BP机突然响了。

安得发　　（看BP机）"十万火急，首相召见"……对不起，我得走了。

法　官　　哪个首相？

安得发　　当然是新首相！（一溜烟下）

法　官　　被告律师，你的问题完了吗？

律　师　　（气呼呼地）没完！（指着艾莲）我和她没完！

艾　莲　　（也气势汹汹地）你想怎么样？

律　师　　你想怎么样？

艾　莲　　我不许你为杀人犯狡辩！

律　师　　我不许你这重婚犯诬陷！

艾　莲　　我没诬陷！

律　师　　我没狡辩！

艾　莲　　你狡辩了！

律　师　　你诬陷了！

艾　莲　　啊，气死我了！（像疯牛一样扑向律师）

　　　　　〔律师一把拉下艾莲的红围巾，张开，在艾莲的攻击中左躲右闪。
　　　　　幕后奏起《斗牛士之歌》。

律　师　　（在音乐和动作中）陪审团的女士们先生们，我只有一个问题：
　　　　　谁看见马当那在车里放了炸弹？有人亲眼看见了吗？有人当场发
　　　　　现了吗？谁？谁是目击者？没有！一个都没有！哈！哈哈！

　　　　　〔艾莲被法警拖到一边，精疲力竭地坐下。

律　师　　（没发现，依然踩着舞步）事实上，迄今为止，说马当那，故意
　　　　　杀人，纯粹是，一个假设，一种推测。这指控，它不成立，因为
　　　　　没有，任何证据！没有证据没有证据没有、证据！

　　　　　〔保安拿着照片跌跌撞撞地上，被眼前舞动的红围巾搞得晕头转
　　　　　向，一头把律师撞倒在地。

保　安　　这照相馆的门可真重！（四下张望）有人吗？

　　　　　〔众人一时都没反应过来。

　保　安　　这么早就关门了？（高声地）这儿有人吗？

法　官　嗨！

保　安　（发现法官）对，昨天就是你！

法　官　是我什么？

保　安　是你接待我的，别想赖账！

法　官　我接待过你？你是谁？

保　安　我是谁？这重要吗？你们照相馆弄错了我的照片！

法　官　什么乱七八糟的。谁放你进来的？

保　安　你这是什么态度，小心我去法官那儿告你！

法　官　我就是法官……

保　安　（大笑）你就是法官？你这臭小子口气倒不小啊！你是法官，我就是首相了！（无意中碰到检察官）啊，这位先生，您也来这儿印照片吗？我劝您到别处去印，这儿太糟糕了！态度不好就不说了，您刚才也看见了，还把您辛辛苦苦拍的胶卷弄丢！您给他牛头，他还您马嘴，您拍的是百年一遇的日全食，他给您什么？您瞧瞧！

检察官　（瞥了一眼照片，发出一声惊喜的欢叫，夺过照片）啊？哈哈，哈哈哈哈……

保　安　好笑吧？可这样的事要是让您碰上，您就笑不出来了！

检察官　证据有了！

保　安　对！我就凭这证据去告你们照相馆！

检察官　法官大人，这是一组连续拍摄的照片，照片上的男子就是被告，这辆车就是谈坦先生的车。（列举着照片）看，被告走近车；被告掀开车盖；被告掏出炸弹；被告把炸弹放进车头；被告关上车盖；被告拍拍手，吹着口哨，一脸奸笑；被告扬长而去……简直精彩极了！这是一组不朽的新闻摄影，应该得普利策奖！

保　安　谁拍的？

律　师　（一把揪住保安）这照片哪儿来的？

保　安　问他们照相馆！

律　师　法官大人，我必须申明，通过非法途径获取的证据在法律上是无效的！

法　官　这不用你提醒。喂，这位戴眼镜的公民，请过来一下。

保　安　叫我吗？怎么样，你们照相馆这下没话说了吧？快把我拍的日全食照片找出来吧！

法　官　首先我告诉你，这儿不是什么照相馆，是法庭。

保　安　法庭？我干吗上法庭了？

法　官　其次我告诉你，本地近期内从没有过日全食。

保　安　怎么没有？（掏出张报纸）你是从来不看报呢，还是个不识字的睁眼瞎？看看！

法　官　那是去年的报纸。

保　安　啊……那我那天忙乎了一下午，都拍了些什么？

法　官　就是这些照片。

保　安　我拍错了？

检察官　不，你拍得好！好极了！

保　安　谢谢！我热爱摄影艺术。我拍的是什么？

检察官　一个罪犯的犯罪过程。

保　安　啊？

法　官　马当那，你还有什么可说的？

保　安　马当那？马当那在这儿？（逐个辨认，终于找到马当那，与之热烈拥抱）很高兴再次见到您！想看看我拍的照片吗？他们都说我拍得不错……

　　　　〔马当那发出一声咆哮，推倒保安。他挣脱手铐，扯断脚镣，掀翻扑向他的法警……

保　安　啊，他不是马当那，它是猩猩！

法　官　不！他是为了逃避惩罚！（被马当那抓住）啊……救命……

检察官　马当那，你咆哮公堂，罪加一等！本庭现在就判你死刑，立即执行！来人哪……

　　　　〔安得发内喊："刀下留命——"上。

安得发　新首相发布一号令，马当那不是人，是猩猩！我这就把它带回动物园去……

检察官　胡说！

　安得发　不信你们看电视！

〔书记员按了下遥控器：舞台后方亮起一束光，新首相出现，模样和旧首相如同一人。

**新首相** ……彻底废除"脑死亡"的谬论。根据"心脏死亡"学说，立即剥夺著名猩猩马当那人的身份和一切公民权。该猩猩对他人及社会所造成的一切危害，由前首相承担全部法律责任……

**马当那** 不！我是人，我是人！（举起手铐脚镣，砸向"电视机"）

〔"电视机"被砸碎。

**法　官** 安得发，还不快把你的猩猩带走！

〔安得发举起麻醉枪，一枪击中马当那。

**马当那** （摇晃着）我要做人……

**法　官** 别烦了，你要么死，要么做猩猩。退庭！

〔马当那倒下。

## 第五场　动物园猩猩馆前

〔舞台上有一只铁笼子。猩猩躺在里面，像是睡着了。乐队成员扮演的游客三三两两地上。

**游客甲** 看，这就是"白雪公主"，听说它以前会说话，会唱歌。

**游客乙** 以前它可不叫"白雪公主"，叫"马当那"。

**游客丙** 它现在怎么不说话？

**游客丁** 它不想死。

**游客丙** 它现在怎么不唱歌？

**游客丁** 它不想死。

**游客甲** 它一开口就得死吗？

**游客乙** 不会吧？没有哪条法律禁止动物说话、唱歌。

**游客丁** 反正它不想像个人似的又说又唱。它不想死。

**游客甲** 看来它也像咱们人一样，学会了"好死不如赖活着"。

**游客乙** 真没劲！

**游客丙** 嗨，马当那，唱个歌吧，给你奖赏。（朝笼子里扔东西）

〔猩猩一动不动。

**游客甲** 哈喽，你好吗？

〔猩猩毫无反应。

游客乙　真扫兴。

游客丙　动物园做虚假广告。

游客丁　走吧，快关门了，我可不想被关在动物园里。

〔游客们下。

猩　猩　（睁开眼睛）一群庸人！我不想死不是因为我怕死，而是他妈的你们不让我死！你们不让我做人！你们要我做猩猩！好吧，我就做只猩猩，做只让你们觉着没劲的猩猩，扫你们兴的猩猩，吃你们的喝你们的却不给你们任何乐趣的猩猩。让你们养着，但休想从我这儿得到一丁点儿快乐！做梦去吧！反正我是外交礼物，谅你们也不敢亏待我。你们笑够了吧？从现在起你们没什么可笑的了。我不和你们玩儿了，我已经退出了娱乐圈。别再来打搅我，我要坐禅了。我将在沉思冥想中找到我自己。（闭目静坐）

〔安琪儿端着食物上。

安琪儿　马当那，吃晚饭了。

〔猩猩一动不动。

安琪儿　游客们都走了，没人再来打扰你了。你不想和我说说话吗？

〔猩猩沉默。

安琪儿　你不用担心，没人会听见的。这儿只有你和我。

〔猩猩依然沉默。

安琪儿　（鼓足勇气）好吧，我向你承认，我爱你……不单单是因为你的歌声……你听见了吗？

〔猩猩睁开眼睛，看了安琪儿一下。

安琪儿　（焦急地）你想说什么？

〔猩猩又闭起眼睛。

安琪儿　哦，马当那，你真的什么也不想对我说吗？（伤心地）为什么？为什么会是这样？你也许不是真的爱我……哦，我真傻！（扶着铁栅栏慢慢跪下，和猩猩面对面，隔着笼子）马当那，请最后再为我唱支歌吧！

〔猩猩一动不动。

〔长时间的沉默。

安琪儿　（绝望地）那……我为你唱吧。（轻轻地唱起了主题曲）

　　　　〔曲九：主题歌《猩猩，我为你哭泣》。

　　　　〔猩猩终于发出一声出自肺腑的哀号……

——剧　终

　　《歌星与猩猩》1998年3月20日由上海话剧艺术中心——上海青年话剧团在逸夫舞台演出，导演熊源伟，音乐设计姜小丽、邹辉明，主要演员有周野芒、李道君、曹艳艳等。剧本获'99中国曹禺戏剧奖·剧本奖（1998年）。

## 作者简介

赵耀民　男，1956年出生，上海人，上海话剧院编剧，上海戏剧学院教授。代表作品有《天才与疯子》《原罪》《闹钟》《午夜心情》《良辰美景》《志摩之死》等。

·京 剧·

# 骆驼祥子

（根据老舍先生同名小说改编）

钟文农

·百部优秀剧作典藏·

人　物　祥子、虎妞、小福子、刘四爷、曹先生、孙排长（后为孙侦探）、老马、二强、高妈、墩子、麻杆、顾主、丑女人等。

〔1925年间，北平西城某街市。

〔一派京味叫卖声："豆腐，豆腐，老豆腐！""菜包子哩卖！""喝——豆汁啰！""芝麻——烧饼！"

〔女声独唱：

"四方四正京都古城，

军阀混战民不聊生。

百家百姓三六九等，

人力车夫活在底层。"

〔幕启。舞台一侧露出半个带补丁的烂布棚，一条长凳。

〔叫卖声中，二强、墩子、麻杆等车夫一拥而上。虽是早春天气，他们却穿得很单薄，一律套着号坎，不停擦汗。

墩　子　二强叔，麻杆兄弟，歇歇腿儿吧！（向内）掌柜的，沏一壶茶，来十个烧饼！

二　强　（向内）来两碗老豆腐！一趟西大街差点儿没把大肠跑断，才他妈十五个铜子儿。

麻　杆　拉洋车这行当，真他妈不是人干的！七十二行数它窝囊。你说是不，墩子哥？

墩　子　那得看谁干。瞧人家祥子，铁扇面儿的胸，直硬的背，宽阔的肩膀，结实的腿，出"号"的大脚健步如飞！

二　强　祥子是头等车夫少壮派。咱们哪，已然是黄瓜敲鼓——半截儿没啦。唉，快成老弱派啰！

麻　杆　墩子哥，少壮派什么样？

墩　子　瞧，说到就到——少壮派来啦！

〔众车夫隐去。

〔祥子内唱："三年苦熬车一辆——"一束追光引祥子健步拉新车
跑上。他身穿阴丹士林布裤褂，白布号坎，裤脚用细带子系住，
头剃得精亮，浑身显得结实挺脱。

祥　子　（圆场，停下，擦汗，瞧车直乐，接唱）

弓子软喇叭响，双灯闪车板亮，

我越看越爱心发烫脸发光。

车啊车，我为你终日奔波血汗淌，

风霜雨雪四季忙，

腰酸腿疼折两膀，

自苦自贱忍饥肠。

从今后你是我生死搭档，

你是我活命钱粮，

你是我衣食父母，

你是我不说话的哑巴新娘。

我伴你东西南北去闯荡，

你随我春秋冬夏走四方。

〔众车夫上，围着新车转悠，啧啧赞叹，羡慕。

二　强　好车！弓子软，铜活地道。

墩　子　钢条结实，漆活不赖！

二　强　祥子，瞧你这身汗，像刚从水盆里捞出来的。拉上自己的新车就
不要命啦？

祥　子　（老实巴交地一笑）二强叔，拉上新车不快跑，对不起车也对不
起自己。

墩　子　敢情！我要是有一辆自己的车，我他妈累死也值！

祥　子　（擦车，在漆板上照来照去，按几下喇叭）等我挣了钱，要买一
辆比这更好的车。闯京城好几年，推扛挑抬都干过来了，还得拉
车。我琢磨着，什么都是假的，车是真的！

〔幕内喊："洋车，上前门！大个子拉过来！"

麻　杆　祥子，座儿叫你哪！

祥　子　（向内）对不起您哪。我有座儿了！

二　强　祥子，你这是……

祥　子　二强叔，您家孩子多，拉家带口的，您去吧。

二　强　（感激地）唉唉。

〔二强欲下，迎面碰上提香烟篮的小福子。

小福子　爹，给您窝头，刚出锅，您趁热吃吧。

二　强　（顺手揣在怀里）有瓶老白干该多好！（下）

小福子　（朝二强背影）爹，悠着点儿跑，小心崴了脚！

〔二强内应："知道啦！"

〔众车夫隐去。

小福子　（摇头叹息）唉，就离不了老白干！（大声叫卖）香烟香烟，老刀牌儿哈德门黄狮子！

祥　子　福妹子！

小福子　祥子哥！

祥　子　今儿个生意还行吗？

〔小福子摇摇头。

祥　子　（想了想）来两包黄狮子。

小福子　你从不抽烟，买它干吗？

祥　子　今儿个是我的双寿，买两包请客。

小福子　双寿？今儿是你的生日？

祥　子　不，今儿买了新车，就算我和车的生日吧。（唱）

　　　　　　自幼儿失父母贫穷孤单，

　　　　　　从不知生日是何年。

　　　　　　三年来节衣缩食汗滴成河苦把钱攒，

　　　　　　买回新车苦变甜。

　　　　　　出车之日算我寿诞，

　　　　　　人车双寿在今天。

小福子　（唱）祝愿祥哥时运转，

　　　　　　万事如意福寿添。

　　　　　　今日得遂平生愿，

　　　　　　福妹送你两包烟。

086

祥　子　（推辞）那哪儿成！你家人口多，生活不易。（给钱）拿着吧。

小福子　要不了这么多。

祥　子　拿着吧，再跑一趟就挣出来了。

小福子　（含情脉脉地）祥子哥，你真好。我走了。

祥　子　等等！

〔小福子停步。

祥　子　福妹子，今儿个我拉自己的新车，头一个座儿得是最体面、最乐意拉的人。

小福子　（憨憨地）敢情！头一个座儿得图个吉利不是？祥子哥，你别在这儿傻等，赶紧拉车到热闹大街应座儿！

祥　子　（含笑）头一个座儿已经有了人。

小福子　这么现成儿呀！在哪儿？（四处张望）

祥　子　你。

小福子　（一怔）我？（低头打量自己，摇摇头）我这么寒碜，哪儿像座儿啊！

祥　子　我乐意拉你。福妹子，上车吧，试试我的新车！

小福子　（一个劲儿摇头，摆手推谢）别，别！

祥　子　（温和地，像哄小妹妹）上啊！别怕。

〔小福子惊喜、羞涩，稍稍犹豫之后，掸掸衣裤，蹭蹭鞋底，慢慢跨上车坐好。

祥　子　（抄起车把）福妹子，坐稳喽！

〔欢快的音乐声中，祥子拉上小福子绕舞台跑了两圈停车。

小福子　（跳下车）哎呀！祥子哥，你拉车又快又平稳，我在车行人家长到十七岁，今儿个还是头一回坐车哪！

祥　子　只要你乐意，我拉你逛天桥。

小福子　那哪儿成啊，你得挣钱吃饭呢！祥子哥，多谢你，我走了。（叫卖）香烟香烟，黄狮子哈德门老刀牌儿——（下）

祥　子　（目送小福子身影）好姑娘！（唱）

　　　　　福妹善良又勤俭，

　　　　　生活重担压在肩。

　　　　　衣单体弱任劳怨，

　　　　　沿街叫卖令人怜。

〔墩子、麻杆上。

祥　子　（对内）掌柜的！来一壶茶叶末儿，十个菜包子。

墩　子　我说祥子，你还喝一个铜子的茶叶末儿啊？

祥　子　一个车夫想剩下俩钱，不这么自苦哪儿成呢！

墩　子　（摇头）你呀！

祥　子　我就认这个理儿，什么都是假的，车是真的。

〔老马瑟缩地上，他衣不蔽体，白发蓬乱。

老　马　（唱）空腹只盼饱和暖，

　　　　　　　　破衣难挡风与寒。

（摇晃着倒下）

〔众人急上前搀扶。

墩　子　老爷子，您怎么啦？（贴着老马脖颈听了听）还好，不是痰。

麻　杆　（端来一碗豆腐）怕是饿的吧。老爷子，来，喝碗老豆腐。

老　马　（喝完老豆腐，用手抹抹嘴）劳各位驾，不碍事。我这是又冷又饿，拉了一趟车，累得发晕。不碍事。

墩　子　唉，作孽呀！到头发惨白的年岁，早晚是一个跟头摔死在大街上。

〔祥子用手巾托住十个菜包子，心情沉重地放到老马面前。

祥　子　大叔，吃吧。（走到一边蹲下，低头不语）

老　马　到底是穷哥们儿啊！（站起来要走）

墩　子　大叔，吃呀！

老　马　我给小孙子送去，他在那边儿看车，也饿着哪。才十一岁，就帮我推车。儿子叫抓兵的拉走了，媳妇改嫁，咱爷儿俩就靠一辆破车苦混，没法子……

墩　子　瞧见了吧？麻杆，这就是老弱派的下场！

〔墩子、麻杆搀老马下。

祥　子　（紧走几步，望着老马走去的方向，呆立不动）唉！

〔内喊："有上清华园的吗？清华园，两块大洋！"

〔墩子跑上。

墩　子　祥子，听见了吗？拉清华园，两块大洋！

祥　子　墩子，你听错了吧？拉清华园顶多三毛钱，干吗两块？

墩　子　嗨，你还不知道啊！（唱）

城外四乡闹兵灾，

长辛店混战已打开。

拉民夫常在西直门外，

出城遇险划不来。（跑下）

祥　子　（唱）受苦人一身无挂碍，

哪怕四乡闹兵灾。

有客不拉闲等待，

怎能挣得铜钱来？

两块大洋，我拉！（拉车跑下）

〔灯光转弱。

〔一阵乱枪。

〔孙排长内喊："抓住他！"

〔祥子内喊："我的车！我的新车！"

〔孙排长带三个乱兵上。

孙排长　新车！正好拉枪弹粮食！（唱）

八方军阀打混战，

张、阎大帅争地盘。

乱世之年吃官饭，

抢到手中俱是钱！

连人带车给我拉回兵营！（带乱兵下）

〔祥子内喊："凭什么欺侮我？凭什么？"

〔切光。

〔各种小贩的叫卖声。

〔光起。"人和车厂"的招牌高高地竖着。

〔舞台正中有一几两椅，刘四爷与虎妞对坐，几上摆着杯盘碗筷，像是刚吃罢饭。刘四爷阔嘴大鼻，身板高大结实，剃平头不留胡子。虎妞有一对显眼的大虎牙。

刘四爷　（一仰脖，喝完满杯）好酒，好酒！啊哈哈……（唱）

父女联手开车厂，

虎　妞　（唱）日夜操劳里外忙。

刘四爷　（唱）人和地利家业旺，

虎　妞　（唱）虚度三十守空房。

刘四爷　虎妞，明儿是你姑妈的生日，我得去祝寿，三天之后回来。厂子交给你。那些个臭拉车的，滑得跟泥鳅似的，交车份儿的时候，你可得多留点儿神！

虎　妞　爹，您放心，凭他是谁，少一个镚子儿也饶不了他，叫他尝尝姑奶奶的厉害！

刘四爷　这就对了！（欲走又回）咳，祥子好些日子没见，干什么去了？

虎　妞　没准儿拉包月去了吧？他的铺盖还在这儿哪，也不过来瞧瞧，死没良心的！

刘四爷　这小子，买上新车就不见面儿了，多咱丢了事由，还得来求我刘四爷。

虎　妞　那是啊。可话说回来，祥子干活真是把好手，又勤快，又麻利。甭说别的，他在这儿，院里门外老是扫得干干净净的。

刘四爷　你少夸他！

虎　妞　本来嘛！

刘四爷　帮我收拾收拾寿礼。墩子在门口等着送我，我这就走。

虎　妞　知道啦！（下）

〔刘四爷下。

〔祥子垂头丧气，一瘸一拐上。他穿一身又脏又破的灰军服，裤脚卷起，军服扣子已扯掉，两只袖子结在胸前，活像逃兵。他抬头望了一眼"人和车厂"的招牌，抱头蹲下。

〔虎妞拎着包袱随刘四爷上。

虎　妞　您见到姑妈，替我带个好儿，就说我要看厂子，不能去给她老人家拜寿。

刘四爷　嗯。

虎　妞　客多酒多，还不得挨个儿敬您，您可别喝多喽。

刘四爷　知道。

〔虎妞出门，差点儿被祥子绊倒。

　虎　妞　哟，是哪个臭要饭的！

〔祥子磨磨蹭蹭站起身。

**刘四爷** 这不是祥子吗?

**虎　妞** (又惊又喜)哟,真的是你!(见祥子的狼狈样,笑弯了腰)瞧这
德行劲儿,就跟逃兵似的。

**刘四爷** 好小子,你让狼叼了去啦?死不了又找四爷来了不是?

〔祥子哼了一声,什么也没说。

**虎　妞** (眼不离祥子,笑挂在脸上)爹,您走您的,犯不着跟他啰唆。

**刘四爷** (绕圈打量着祥子,拉虎妞到一边,不放心地)我不在家,你少
跟他套近乎!

**虎　妞** (收起笑容,把脸一沉)那——您在家看着!

〔刘四爷看看虎妞,看看祥子,摇摇头下。

**虎　妞** (温和地)傻站着干什么?进屋去呀!

〔祥子跟在虎妞身后进屋。二人对坐。

**虎　妞** (埋怨地)这些个日子不见面,你怎么成了这副德行?

**祥　子** (一声长叹)唉——

**虎　妞** (关心地)你的新车呢?

**祥　子** (触动痛处,脸色骤变)车——我的车!我的新车——(唱)

　　　　提起车痛得我碎肝裂胆,

　　　　两块钱失新车悔恨难言。

　　　　为买车三年来我自苦自贱,

　　　　喝茶末啃窝头省吃省穿。

　　　　为买车多拉座腰腿跑断,

　　　　风里来雨里去不敢偷闲。

　　　　为买车滴滴汗珠摔八瓣,

　　　　一文钱恨不能掰成两半边。

　　　　为买车苦攒钱日夜盘算,

　　　　苦一天攒一天整整苦攒一千天。

　　　　只说是买新车时运好转,

　　　　又谁知兵荒马乱大祸临头,

　　　　人车遭劫在清华园。

　　　　可叹我枉费了三年血汗,

都怨我命不济空劳一番。（泣不成声）

虎　妞　（同情地）祥子，你哭啦？（唱）

祥子把丢车事细讲一遍，

虎妞我又疼又怜又心酸。

早有心与祥子结成姻眷，

只怕是我老爹嫌他贫寒。

他有难我正好雪中送炭，

今日里休错过大好机缘。

祥子，别难过，车已然丢了，哭也白搭。人和车厂有的是好车，你随便挑！

祥　子　不，租的车再好，也是别人的。我还得买上自己的车，再苦再累我也不怕。

虎　妞　（撇撇嘴）哼，受累的命！

祥　子　自己有了车，睁开眼就有饭吃，甭愁车份儿。

虎　妞　窝头脑袋！

祥　子　什么都是假的，车是真的。不拉自己的车，白活！

虎　妞　得，不想跟你闲嗑牙。吃过饭了吗？

祥　子　喝了两碗老豆腐。

虎　妞　老豆腐能顶饭吃？过来，坐着歇会儿，我给你弄好吃的。

祥　子　虎姑娘，我这儿有三十五块钱，请四爷先替我拿着。

虎　妞　三十五块？哪儿来的？

〔二强、墩子、麻杆上，发现说话声，放轻脚步偷听。

祥　子　我从兵营逃出来的时候，拉走三匹没人管的骆驼，半路上卖了三十五块钱。

虎　妞　傻大个！三匹骆驼才卖三十五块？要是拉进城卖给汤锅子，少说也值六十块！

祥　子　唉，我跟骆驼都是逃出来的，卖给汤锅子挨刀吃肉，那多缺德！

虎　妞　（用指头轻点祥子的额角，疼爱地）你呀，真是个傻骆驼！

墩　子　（学虎妞，点麻杆额角）你呀，真是个傻骆驼！

虎　妞　（脸一沉）滚一边儿去！德行。（手一伸）交车份儿！

〔众车夫掏钱交租。

虎　妞　（一一数点）麻杆儿，你少俩铜子儿！

麻　杆　（磨磨蹭蹭掏出两个铜元）得，明儿个喝茶叶末的钱都没了！抠！

虎　妞　放屁！姑奶奶怎么抠了？你们拉厂里的车，在这儿白住不收房钱，除了人和车厂，哪儿有这么便宜的事？你满城打听去。嫌抠，趁早滚！

墩　子　虎姑娘，您别生气，麻杆儿八成是穷疯了。

麻　杆　（点头哈腰）虎姑娘，麻杆儿嘴臭，您别生气。（抽自己一个嘴巴）臭嘴，哎哟！

虎　妞　（扑哧乐了）该！（收拾餐具对祥子命令地）祥子，你等会儿，我这就来！（端盘子下）

墩　子　你这小子，又发横财，又交桃花运，可真是福大命大造化大呀。

麻　杆　祥子，说说你怎么发的财？

二　强　你到底拉回来多少骆驼？三匹还是十三匹？

墩　子　快说呀，祥子，你怎么发的财？

祥　子　（急了）发财？我他妈的新车哪儿去了？不就是三匹骆驼吗？

　　　　〔大伙不响了。

二　强　可也是，骆驼……祥子……

墩　子　（指着祥子）嘻嘻，骆驼祥子——骆驼祥子……好名儿！

麻　杆　好名儿。骆驼祥子！嘻嘻，真逗……

祥　子　（怒目瞪视，气哼哼地）哼……（抱头蹲下）

二　强　（和稀泥地）好了好了，墩子、麻杆，拉一天车够累的了，你俩早点儿歇着吧。我也该去小酒馆喝两盅了。

墩　子　（惊讶地）去小酒馆？您哪来的钱？

二　强　（支吾）我……我……（下）

　　　　〔墩子、麻杆伸懒腰打哈欠下。

　　　　〔转暗。

　　　　〔一束追光引小福子惊恐不安地上。

小福子　（擦泪）唉！（唱）

　　　　　　福妹我孤苦伶仃命如纸薄，

　　　　　　生长在车行人家受尽煎熬。

　　　　　　爹贪酒娘病弱弟妹幼小，

十七岁早把那生活重担挑。

我只求天天得温饱，

我只盼弟妹早长高，

我只望终身有依靠，

我只愿全家灾祸消。

不料想穷人穷命穷日子也过不好，

高利贷逼爹卖我厄运难逃。

我像那风吹雨打一根草，

颤惊惊晃悠悠东飘西摇。

呼天天渺渺，

叫地地悄悄。

满腹辛酸无处诉无处告，

到头来逼我走上险恶路一条。

〔灯复明。小福子发现蹲在暗处的祥子。

**小福子** 祥子哥，你这是……

**祥　子** 福妹子，我在清华园遇上乱兵，被抓到西山兵营充苦役犯，车——也丢了。

**小福子** （为之痛惜）苦了三年，丢在一天，唉！（安慰地）只要人平安就好，车还能挣回来。祥子哥，你别太难过伤了身子骨，啊！

**祥　子** （深受感动）唉！福妹子，你、你真好……

**小福子** （羞涩）这世上只有你——说我好。

**祥　子** 我说的是真心话。我要是有一个你这样的妹妹，该多好！

**小福子** 妹妹？（失望地）唉——祥子哥，看见我爹了吗？

**祥　子** 他刚出去，说是要喝两盅儿。

**小福子** 都说酒能解愁，让他喝去吧。

**祥　子** 解愁？

**小福子** 我家人口多，妈有病，弟弟妹妹还小，接不上茬儿的时候，只好借高利贷，我爹还不上钱，无奈……

**祥　子** 怎么？

**小福子** 无奈把我给——卖了！

094　**祥　子** （大惊失色）啊？卖、卖给谁了？

| 小福子 | 卖给兵营里——一个连长了。 |
|---|---|
| 祥　子 | （急切地）你你、你愿意? |
| 小福子 | （一个劲儿摇头）人家逼债，没法子。（擦泪） |
| 祥　子 | （懊丧地）唉!（唱） |

　　　　　　我失新车她被卖，

　　　　　　同病相怜同遭灾。

| 小福子 | （唱）人穷命苦难相爱， |
|---|---|

　　　　　　深情一片心底埋。

　　　（哽咽）祥子哥，我走了，你多保重。

| 祥　子 | （默默点头）福妹子，你也要多当心哪! |
|---|---|

　　〔小福子恋恋不舍地下。祥子欲送。

　　〔虎妞上，一把拉回祥子。她浓妆艳抹，容光焕发，上穿浅绿绸衣，下穿黑缎裤，端着盘子，盘子里有半只烧鸡和一些熏肝酱肚。

| 虎　妞 | 你瞧，今儿个老爷子犒劳我。我吃过了，你也尝尝。（拉祥子）来，坐这儿。（斟满酒盅）吃肉，喝酒，别老跟霜打了似的。 |
|---|---|
| 祥　子 | 我不会喝酒。 |
| 虎　妞 | （佯怒）好心好意，不领情是怎么着? 不喝就滚! |

　　〔祥子转身要走。

| 虎　妞 | 回来，傻骆驼! 辣不死你。我还能喝四两呢，不信你瞧。（一气儿喝完一盅，朝祥子哈出一口气，举起另一盅）你喝，要不我揪着耳朵灌你。 |
|---|---|
| 祥　子 | （心事重重地接过酒盅）唉! |
| 虎　妞 | （突然温柔地）我知道，你丢了车心里憋屈。别担心，我会帮你的。俗话说，一醉解千愁，喝吧! |
| 祥　子 | 一醉解千愁，好，喝!（一仰脖喝干，伸长脖子挺直了胸，显得十分可笑） |
| 虎　妞 | （大笑）哈哈……瞧你，傻骆驼! |
| 祥　子 | （赶紧伸头向外面看了看）小点儿声! |
| 虎　妞 | 放心，没人。老头子去南苑给姑妈做寿去了。三天之后回来。那些个臭拉车的早就睡死啦。（一边说一边给祥子倒满酒盅，脸对脸笑眯眯地）再喝一盅! |

祥　子　（望着虎妞，心神不定）虎姑娘！（唱）

　　　　　　　虎姑娘好意我领受，

虎　妞　（唱）见祥子归来喜心头。

祥　子　（唱）往日她布衣衫性情执拗，

　　　　　　　却为何浓妆艳抹显露风流？

虎　妞　（唱）姑娘我年过三十难寻配偶，

　　　　　　　傻骆驼正是我梦寐所求。

祥　子　（唱）她那里殷勤来劝酒，

虎　妞　（唱）他那里面带几分羞。

祥　子　（唱）虎姑娘心思猜不透，

虎　妞　（唱）等鱼儿落网中再把绳收。

　　　　　　　似这样好男人我怎肯放手，

　　　　　　　趁时机借酒兴诱他上钩。

　　　　　　祥子，喝呀！（连灌祥子三盅）

祥　子　（醉眼蒙眬，渐渐失控）虎姑娘，你……

虎　妞　（妖媚地）祥子，我真心疼你，日夜想你。我的傻骆驼，我的好
　　　　　人儿，来吧！（挽着摇摇晃晃的祥子下）

　　　　　〔光暗。

　　　　　〔女声伴唱：

　　　　　　　"一个是，有心生米巧做熟饭，

　　　　　　　一个是，无心攀花误入桃源。"

　　　　　〔光复明。各种小贩热闹的叫卖声，二强、墩子、麻杆匆匆过场。

　　　　　〔穿长袍、戴眼镜、文质彬彬的曹先生上。

曹先生　（唱）诗书文墨终身为伴，

　　　　　　　功名利禄过眼云烟。

　　　　　　　爱花爱草旷达恬淡，

　　　　　　　忧国忧民己任在肩。

　　　　　〔祥子把帽檐压低、头也不抬地上，迎面撞上曹先生。

曹先生　哟，这不是祥子吗？

祥　子　是我，曹先生。

曹先生　祥子，我正要去找你。还上我家拉包月吧，我现在缺人，你愿意
　　　　来吗？

祥　子　（精神一振）太愿意了，先生，几儿上工呢？

曹先生　明儿吧，行吗？

祥　子　行行，先生，明儿一大早就去！

曹先生　敢情好，那就明儿见！

祥　子　明儿见，先生！（高高兴兴与曹先生相背下）

　　　　〔暗转。


　　　　〔曹先生家小院，台右有一道乳白色镂花门墙，两个小石凳，几
　　　　盆花。

　　　　〔高妈提喷壶浇花。

高　妈　（唱）曹先生仁厚又和善，

　　　　　　　太太温良待人宽，

　　　　　　　似这样好东家实难寻见——

　　　　〔祥子手、脸带伤，拿着一截断裂的车把上，曹先生托着右手
　　　　同上。

祥　子　（唱）车毁人伤心不安。

高　妈　（大惊）这是怎么啦？

祥　子　高妈，快，快给先生取药！

曹先生　别管我。祥子，先看看你自己的伤。

　　　　〔曹先生下，高妈跟下。

祥　子　（一屁股坐在石凳上，取毛巾擦汗——擦下来的是血，这才觉出疼
　　　　痛，撩起衣裤一看，右肘、双膝皮破血流，呆呆地望着断裂的车
　　　　把，沉重叹息）唉，我这是怎么啦？以往拉车轻快平稳，自从与
　　　　虎妞……总觉着胳膊酸腿打软。唉，拉车的就得一辈子打光棍儿！

　　　　〔曹先生拿药、高妈端盆先后上。祥子赶快站起。

曹先生　祥子，摔得不轻吧？

高　妈　快来洗洗，先生等着给你上药呢！

祥　子　（呆立不动，半晌，低声地）先生，我对不起您，这个月的工
　　　　钱，您留着收拾车吧，车把断了，右边的灯碎了块玻璃。您——

您另找人吧。

曹先生　来，祥子，先洗洗，上点儿药再说。

祥　子　（仍然不动）不用了，一会儿就好，一个拉包月的车夫，摔了主人碰了车，没脸再……（难过得说不下去）

曹先生　祥子，不用说什么辞工的话，这不是你的错，修路放石堆该挂个记号。算了吧，快来洗洗，上点儿药。

〔祥子洗去血污，曹先生给他抹药，高妈端脸盆、药水下。

祥　子　（表达不尽内心感激之情）先生，只有您拿我们拉车的当人看，您真够得上大贤大德的孔圣人。

曹先生　我怎能比孔圣人，我只不过是一个普通而平凡的文人罢了。（掏出几块钱）祥子，这钱你拿着，明儿去修车。你也累了，休息去吧。

祥　子　是，先生。

〔曹先生下。祥子欲下，高妈上。

高　妈　（喜笑颜开）祥子，太太过生日给的赏钱，一人一块大洋，给！

祥　子　（老实巴交地）我摔了先生碰了车，不要。

高　妈　（一乐）别死心眼儿了，拿着！（将钱塞进祥子上衣口袋）我说祥子，不是我攀大，你呀，还是小兄弟呢！（唱）

　　　　　　我多年在外谋生活，

　　　　　　这样的主子并不多。

　　　　　　我劝你安安稳稳把日子过，

　　　　　　烟不抽，酒不喝，不贪女色，不赌博。

　　　　　　有钱别往兜里搁，

　　　　　　放出一个变两个，

　　　　　　一块小钱变一窝。

　　　　　　但等三年并两载，

　　　　　　准保你买一辆崭崭新、亮锃锃、黄铜喇叭玻璃灯精光闪亮的上等车！

祥　子　（听得入了迷，乐呵呵地）嘿嘿，嘿嘿！

高　妈　你别乐，我是为你好。

〔祥子腼腆地摇头。

098　高　妈　不放心？（想了想）这么着吧，到银行立个存折，怎么样？

| 祥 子 | 存折我见过，巴掌大一小块纸片，白花花的现大洋交进去，凭人家三画两画，那钱就变成虫子似的几个字，太悬乎。 |
|---|---|
| 高 妈 | （扑哧笑了）你呀，真是榆木脑袋不开窍。我看出来了，你是轻易不撒手钱，对不对？ |
| 祥 子 | （不好意思）嘿嘿！什么都是假的，钱是真的，有钱就有车。 |
| 高 妈 | 你真行，小胡同赶猪——直来直去，也好！（下） |
| 祥 子 | （从后腰带上取下一个闷葫芦罐，又从贴身背心口袋取出几块大洋，一块一块塞进闷葫芦罐，再把刚拿到的一块赏钱也塞进去，然后摇摇钱罐，听听钱响，乐了，自言自语兴奋地）吃吧，伙计！多多地吃，快快地吃吧，多咱你吃饱了我的车就行了！我一定得买一辆更好的车！（跳起拉车、爱车、擦车的虚拟"车舞"） |

〔虎妞上。

| 虎 妞 | （念）祥子三月无音信，<br>　　　　曹公馆内来找寻。<br>（打门）有喘气儿的吗？出来一个！ |
|---|---|
| 高 妈 | （跑出）谁呀？高声大嗓儿的瞎嚷嚷。（开门见怒容满面的虎妞，吓了一跳）哟，你找谁呀？ |
| 虎 妞 | （敌意地打量高妈，没好气地）劳驾叫祥子出来！ |
| 高 妈 | （进门对祥子）门口儿有个女人找你。（低声）说话挺冲，怪吓人的！ |
| 祥 子 | （知道是谁，忽地站起，却又脚步缓慢地往外走）唉，要坏！ |
| 高 妈 | 咦？这是怎么回事儿？（摇摇头下） |

〔祥子迈出大门，不敢正眼瞧虎妞。

| 虎 妞 | （立眉竖眼，一脸霸道，见祥子出来，撇了撇嘴，一丝冷笑。最后，吐一口长气，总算把一肚子火压下去，半恼半笑，打了句哈哈）你可倒好，便宜占够了就肉包子打狗，一去不回啊！ |
|---|---|
| 祥 子 | （声音小而有力）别嚷！ |
| 虎 妞 | （恶狠狠地）哼！我才不怕呢！怨不得躲着我呢，敢情这儿有个小老妈儿啊！我早知道你不是玩意儿，别看傻大黑粗的，其实不傻装傻！ |
| 祥 子 | （朝门里望望）别嚷嚷！这边儿来！（边说边走） |

虎　妞　上哪儿我也是这么大嗓儿！（边说边跟上去）

祥　子　（抱胳膊一蹲）你来干吗？

虎　妞　我？哼，事儿可多了！（左手叉腰，低头看祥子一眼，突然温和地）祥子，我真有事儿，要紧事儿！

祥　子　（抬头看虎妞，也温和了些）什么事儿？

虎　妞　（往前凑了凑，轻声）我有啦！

祥　子　（一时蒙住）有什么啦？

虎　妞　这个！（指指微凸的肚子）你拿主意吧。

祥　子　（忽地站起，愣头磕脑地）啊！

　　　　〔激越的女声伴唱起：

　　　　　　"风雪交加雷轰顶，

　　　　　　索命冤家逼煞人。

　　　　　　怨天无眼辨邪正，

　　　　　　恨地无缝藏我身。"

　　　　〔祥子浑身发抖，连嘴唇也在哆嗦。

虎　妞　祥子，你在发抖？（也打了个寒战）怎么，没主意了？

　　　　〔祥子僵立不动。

虎　妞　（温柔地）祥子，别犯傻，我是真看上了你，打心眼儿里喜欢你，就说比你大吧，也大不了几岁——小女婿才招人疼哩！

　　　　〔祥子茫然瞪视前方。

虎　妞　得，这么着吧，赶到二十七，是老爷子七十大寿，你来一趟！

　　　　〔祥子毫无反应。

虎　妞　你听见没有？

祥　子　我忙。

虎　妞　（嗓门儿又高起来）我就知道你小子吃硬不吃软，跟你说好的算白搭！告诉你，我可没工夫跟你白费唾沫，说翻了，我堵着你的大门儿骂三天三夜！

祥　子　（躲开一步）别嚷嚷行不？

虎　妞　怕嚷嚷啊？当初别贪便宜呀！也不瞧瞧我是谁，跟我犯牛脖子，没你的好儿，告诉你！

100　　祥　子　（无可奈何）那你慢慢说，我听着。

虎　妞　这不结啦，甭找不自在！（一笑，露出俩虎牙）不屈心，我是真疼你，想给你出个好主意。（手搭祥子肩上）

祥　子　（身子一拧甩开）说你的！

虎　妞　（扳祥子过来，脸对脸地）你好好听着！（唱）

　　　　　我与你三生有缘分，

　　　　　看上你这拉车人。

　　　　　若提亲我爹八成不答应，

　　　　　他拴车，你拉车，他怎肯往下来做亲。

　　　　　倒不如借拜寿趁他高兴，

　　　　　先认干爹后露风声。

　　　　　等他知道我身怀有孕，

　　　　　他必审问我一声不吭。

　　　　　他刨根挖底再追问，

　　　　　我就说是死人乔二种的根。

　　　　　若要老脸不伤损，

　　　　　顺水推舟咱俩好事成。

祥　子　（绝望地）唉！（转身就走）

虎　妞　等等。（拿出一沓钞票）给，你存的三十来块钱，有几毛钱的零儿，我给你凑足整四十块，就为表表我的心。我惦着你，护着你，疼你，好好拿着，丢了可别赖我。

　　　〔祥子接过钞票，呆立不语。

虎　妞　得！二十七见，不见不散。（龇牙一笑，转身下）

祥　子　二十七！二十七！一个车夫，命该如此，倒霉，受屈，认命！（唱）

　　　　　虎妞撒下绝户网，

　　　　　将我这寸大的小鱼网里装。

　　　　　堵心的事不敢细想，

　　　　　她似那千斤闸压我胸膛。

　　　　　我若是依从她拜寿前往，

　　　　　认干儿招女婿好不窝囊。

　　　　　我若是不依从软泡硬抗，

　　　　　她是虎，我是羊，羊入虎口定要遭殃。

悔不该酒后误入迷魂帐，

纵然是跳进江河也洗不净我这满身脏！

〔祥子看钞票，数钞票，一次，两次，总数不利落，一把揣进衣兜。

〔孙排长——如今的孙侦探鬼鬼祟祟上，祥子赶紧躲在暗处。孙侦探在门外四处张望。

祥　子　（一惊）是他！

〔祥子趁孙侦探背转，溜进院子里去关上门。

祥　子　（紧张地）先生！先生！

〔曹先生上。

曹先生　什么事儿？祥子。

祥　子　门外有个坏人探头探脑，我认出来了，他就是抢我新车的乱兵排长！

曹先生　（想了想，镇静地）祥子，你先别慌，看样子他是冲我来的。我和太太从后门出去，到左先生家暂避一时。如果你见事不好，就到隔壁王家躲一躲。这五块钱你拿着，我走了。

〔曹先生急下。传来打门声。

孙侦探　开门！他妈的，刚才还开着呢，转脸儿就关上了！开门——

〔祥子把钞票塞进钱罐，抱着钱罐转悠，无处安置，最后，只好把它放在花盆后面。

孙侦探　（打门更急）开门！开门！

〔祥子朝里望望，然后慢吞吞打开门。

孙侦探　（仔细打量）这不是祥子吗？嗬，穿得好，吃得饱，你倒抖起来了！

〔祥子不理不睬。

孙侦探　怎么，不认识了，前不久你连人带车教我们拉到西山，我就是那个孙排长啊！

祥　子　（恨得咬牙切齿）嗯……

孙侦探　小排长没什么油水，如今改行当侦探了。（朝里探头探脑）

祥　子　有事吗？

　孙侦探　自然有事儿！我问你，姓曹的在家吗？

祥　子　不在。

孙侦探　哼！（进内搜寻）

　　　　〔祥子担心地将钱罐朝里挪挪。孙侦探上。

孙侦探　黑灯瞎火的，这一家人上哪儿去了？

祥　子　我睡得早，不知道。

孙侦探　不知道？（转圈打量祥子，唱）

　　　　　　看祥子光景真不赖，

　　　　　　大宅门里当美差。

祥　子　（唱）狗侦探心肠毒又歹，

　　　　　　不知怀揣啥鬼胎？

孙侦探　（唱）他油光满面好穿戴，

　　　　　　腰包必定有钱财。

祥　子　（唱）他贼眉鼠眼一脸坏，

　　　　　　夜猫子进宅祸事来。

孙侦探　（唱）我略施小计捞外快，

祥　子　（唱）我只怕今天又要遭灾。

孙侦探　干脆对你说了吧。曹某是乱党，抓住要挨枪，劝你早打算，免得
　　　　遭祸殃。

祥　子　好，我走。

孙侦探　（冷笑）哼哼，就这么走吗？

祥　子　那——

孙侦探　（拍祥子胸脯）伙计，你太傻了！我孙侦探是干什么的，姓曹的
　　　　跑了，你这带手的"活儿"，我能随便放你走？

祥　子　（倒抽一口冷气，稍停）怎么着吧？

孙侦探　别装傻，你多少总有点儿私财，拿出来买命！

祥　子　（软瘫在石凳上）得——得多少？

孙侦探　有多少拿多少！

祥　子　我等着下大狱得了！

孙侦探　这可是你说的，可别后悔！（掏出手枪）瞧这个！我马上可以拿
　　　　你，一进狱门，别说钱，连你这身衣裳也得扒下来！说不定哪天
　　　　晚上，拉你出去垫背吃枪子儿！

103

祥　子　（哭音）我招谁惹谁了？干吗老挤对我？

孙侦探　你谁也没招，就是碰在点儿上了。姓曹的是正犯，发表文章，煽动学潮，抓住有赏。你呢，正好捎带上了。你想，我不图点儿什么，难道教我一家子喝西北风？拿钱呢，你走你的；不拿，别怨我无情！这么便宜买条命还不干，我可就没法儿了。你有多少钱？

祥　子　（一蹦立起，双手攥拳，准备拼命）妈的！

孙侦探　想动手？先告诉你，外边还有一大帮侦缉队呢，把你杀了像抹个臭虫！（脸一沉，凶相毕露，用枪顶住祥子）快点儿拿钱！

〔祥子不动，孙侦探进内搜寻，复出。

孙侦探　妈的！钱藏在哪儿？不说，我抄了这个家！

〔孙侦探踢翻所有花盆，发现钱罐。祥子护钱罐，二人撕扯扭打，孙侦探用枪威逼祥子，抢到钱罐。

孙侦探　（摇了摇钱罐）有多少？我瞧瞧！（将钱罐使劲往石凳上一磕）

〔钱罐碎裂，银元、钞票撒了一地。

祥　子　（悲呼）天哪！（唱）

　　　　　　　钱罐破碎我的心肝碎，

　　　　　　　几年血汗顿成灰。

　　　　　　　两次遇上催命鬼，

　　　　　　　豁出性命拼一回！

　　　　（喊）还我的钱！还我的车！

〔祥子冲过去与孙侦探厮打，孙侦探朝天开一枪。

〔切光。稍停，远处传来凄凉的叫卖声。


〔光起。舞台正中悬挂大红烫金"寿"字，下设一张大红绣帔太师椅。

〔刘四爷头剃得精亮，喜笑颜开地与虎妞上，他一手抱水烟袋，一手提算盘。

刘四爷　（唱）人逢喜事精神爽，

　　　　　　　七十庆九摆风光。

　　　　　　　大摆酒宴在人和厂，

　　　　　　　添福添寿春满堂。

虎　妞　爹！（唱）

　　　　摆风光，春满堂，

　　　　里里外外要排场。

　　　　大门旁门挂彩帐，

　　　　暖棚搭在院中央。

　　　　大红烫金寿字亮，

　　　　五彩汽灯放霞光。

　　　　四块红毡铺地上，

　　　　八个大座摆厅房，

　　　　留声机唱来麻将牌响，

　　　　鞭炮声声闹吉祥。

　　　　宴席订好厨师棒，

　　　　请帖发出二百张——

　　　　诸事安排已妥当，

　　　恭贺寿星福如东海，寿比南山，福寿永绵长！

刘四爷　（乐得开怀大笑）哈哈哈哈！我的好闺女，真有你的，爹没有白疼你！（坐太师椅上）

　　〔虎妞递上烟袋，刘四爷接烟袋，与虎妞打算盘算账。

　　〔雪花飘洒。

　　〔祥子拎着小铺盖卷，垂头丧气地上。

祥　子　（自言自语）想我祥子，本也是头顶着天，脚踩着地一条硬汉。讲体面，好义气，老实，要强，钉着坑儿拉车，拼着命攒钱，为的是挣一辆自己的车。可怎么祸事偏偏落在我头上？买车，丢车；攒钱，丢钱。在北平城混了四年多，现如今只落得一床铺盖五块钱！（把小铺盖卷一扔，坐下）这么大一座北平城，哪里是我祥子投奔之处、立足之地？往后怎么办？做小买卖？不会。伺候人？不会。洗衣做饭看孩子？也不会。我只不过是一个傻大黑粗的拉车人！（站起，茫然四顾，寒风吹来，一阵瑟缩，唱）

　　　　寒冬腊月北风冽，

　　　　冰凉世界漫天雪。

　　　　奔波京城日与夜，

　　　　　　枉自抛洒汗与血。

　　　　　　如今无家又无业，

　　　　　　条条道路都堵绝——

（徘徊沉吟，一跺脚）罢罢罢！人和车厂去赁车，把这条不值钱的命，交给刘家父女——（接唱）

　　　　　　任他摆布任他捏！

（拎起小铺盖卷，走进人和车厂）

虎　妞　（眼睛一亮，满脸堆笑）哟，你回来啦！

祥　子　（低沉地）我想租辆车。

虎　妞　（一努嘴）跟老爷子说去。

刘四爷　祥子，你这小子还活着哪！又是好几个月没来了，买上新车了吗？

祥　子　（伤心地摇头）四爷，给我一辆车拉吧。

刘四爷　哼，事儿又吹了？要不，你还不来呢。（想了想）这么着吧，二十七是我的生日。七十庆九，百年长寿，我要搭个棚请客，你先别急着拉车，帮我几天忙儿。

虎　妞　（赶紧帮腔）那敢情好！还是祥子靠得住，不像麻杆他们吊儿郎当瞎起哄。

刘四爷　该干什么就干，甭等我说。

祥　子　是，刘四爷。

虎　妞　是不是？还是祥子，别人都差点劲儿！

刘四爷　（白了虎妞一眼）怎么着，不夸两句不过瘾？（对祥子命令地）干活去吧！（大摇大摆地下）

　　　　〔祥子欲下，被虎妞拉住。

虎　妞　等等……给你两块钱，去请一堂寿桃，八个寿桃要插上八仙儿，点上红嘴儿，图个吉利，讨老爷子喜欢。快去！

祥　子　（只好由虎妞摆布）咳。（下）

　　　　〔虎妞目送祥子的背影，满意地一笑，下。

　　　　〔稍停，唢呐吹奏的喜庆音乐中，夹着吆七喝八的猜拳声、喧闹声和笑声。

　　　　〔二强、墩子、麻杆穿着不合体的长衫，醉醺醺地上。

二　强　（念）四爷做寿要体面，

墩　子　（念）人力车夫穿长衫。

麻　杆　（念）吃完寿面叫滚蛋，

二　　强
墩　　子　（念）送礼误活白赔钱！
麻　　杆

〔祥子也穿长衫上。

麻　杆　祥子……骆驼，你这差事美呀，足……足吃一天，侍候老……老爷小姐。

墩　子　赶明儿你甭拉车了，当——跟包儿去！

〔刘四爷上，在一旁听，越听越上火。

麻　杆　不……不不！人家要当……厂主啦！

祥　子　（红着脸，低声）我哪能当厂主？

二　强　怎么……不能？眼看就呜儿里啦、呜儿里啦了！（做吹唢呐状）

墩　子　祥子，别看你不吭不哈的，你才是……哑巴吃饺子，心里……有数哪！

麻　杆　是不是？祥子，（指着祥子的脸）你说，你说呀，傻骆驼！

祥　子　（被激怒）有种出去说！谁敢？（一把揪住麻杆的领口，几乎将他提起来）

〔众人愣住了。

墩　子　得。祥子，这不是逗你玩儿嘛！

二　强　祥子，我们不闹了，放了他吧！

刘四爷　（大喝一声）放了他！（向众车夫）你们听着，有屁外边放，少在这儿喷粪恶心人。招急了我把你们都赶出去！滚。

〔车夫们快快地下。祥子怒冲冲哼了一声，大踏步下。

刘四爷　妈的，拉车的没一个好杂碎！

〔虎妞抱账本上。刘四爷坐椅上吸水烟袋。

虎　妞　（一边捶腰一边报账）爹，账结好了，进了二十五条寿幛、三堂寿桃寿面、一坛寿酒、两对寿烛，还有二十来块钱礼金。

刘四爷　怎么才二十来块？别打马虎眼！

虎　妞　（眼一瞪）谁打马虎眼了？人头不少，可那些车夫多数是一毛钱或四十个铜子儿。钉是钉，铆是铆，账本在这儿，不信，您自己

查。（将账本摔在刘四爷怀里）累死我了！（捏胳膊捶腿）

刘四爷　（火了，将烟袋重重一蹾）妈的！吃我三个海碗带火锅的筵席，才他妈四十铜子儿一毛钱的人情！这简直是拿我当冤大头！早知这样，就该吃大烩菜！我刘四可真是聪明一世，糊涂一时，教一群王八羔子猴儿崽子白吃一口！

虎　妞　爹！（唱）

　　　　　这一帮穷鬼不像样，

　　　　　祥子的寿礼最排场。

　　　　　八仙端坐寿桃上，

　　　　　富贵长寿又吉祥。

刘四爷　（唱）臭车夫何需你夸奖，

　　　　　想要嫁他算空忙。

　　　　　你爹我年老眼睛亮，

　　　　　早看出你俩有文章。

虎　妞　（唱）有文章就有文章，

　　　　　女大当嫁本平常。

　　　　　青春年华谁不想，

　　　　　难道教我守空房。

刘四爷　（唱）刘四在西城有名望，

　　　　　人和车厂冠车行。

　　　　　身为厂主人尊仰，

　　　　　岂肯招车夫做婿郎！

虎　妞　（唱）你开车厂谁相帮？

　　　　　姑娘为你撑大梁。

　　　　　祥子人品我早看上，

　　　　　非他不嫁你早作主张！

　　　　　〔祥子扫地上。

刘四爷　呸，你简直是要气死我！把我气死，你好去倒贴那个臭拉车的？没门儿！

祥　子　（提起扫帚直逼刘四爷）说谁呢？

　　　　　〔众车夫上，站在一边看热闹。

刘四爷　（狂笑）哈哈……你小子要造反吗？说谁？说你哪！四爷我给你面子赏你脸，你敢在太岁头上动土！我刘四闯荡一生，打过群架，跪过铁链，自小便是放屁崩坑儿的主！你也不打听打听，上这儿找便宜来啦！

〔众车夫议论纷纷为祥子不平。

虎　妞　这是怎么个碴儿？老爷子，这可是您存心找病，谁也怨不着！

刘四爷　你给我闭嘴！今儿是有他没我，有我没他——不能叫个臭拉车的闹得我人财两空！

祥　子　（忍无可忍）刘四，你欺人太甚！（唱）

　　　　我也是堂堂男子汉，

　　　　怎肯受辱在人前。

　　　　恨不得痛打你这老浑蛋——

（举扫帚逼近刘四爷）

刘四爷　你敢！

虎　妞　祥子！（接唱）

　　　　暂息怒火慢商谈。

（夺下扫帚扔在一边）

刘四爷　滚，一辈子别让我瞧见你，快滚！

祥　子　我早就待腻歪了。哼！（掉头就走）

虎　妞　（一摆手）等等！祥子，咱俩是一条绳拴俩蚂蚱，谁也跑不了。（对刘四爷）干脆说了吧，我已经有了，祥子的，他上哪儿，我也上哪儿！

刘四爷　（气得发抖）你——你你你真有脸说，我这老脸都替你臊得慌！（打自己一个嘴巴）呸，好不要脸！

〔祥子一跺脚下。

虎　妞　（毫不示弱）我不要脸？我这才是头一回，你什么屁没拉过？男大当婚女大当嫁，你六十九了，白活！当着大伙，就着这个喜棚，你再办一通事儿得了！

刘四爷　（一副光棍嘴脸）告诉你，我放把火烧了也不给你用！

虎　妞　（也不含糊）我也告诉你，姑奶奶还是非坐花轿不出这个门儿！

〔切光。

〔远处传来小贩慢悠悠的叫卖声。

〔光起。舞台正中一个大红"囍"字，一桌两椅。

〔祥子穿一身新衣，没精打采上，软坐椅中，闭目养神。

〔小福子抽烟卷上，她穿花旗袍，烫发，脸色疲惫、憔悴。

小福子　祥子哥！

祥　子　（站起，意外地）福妹子，是你！来，坐下说话。

小福子　虎妞姐呢？

祥　子　她逛天桥去了。

小福子　你怎么不陪她？

祥　子　我不乐意逛就自己先走了。

小福子　啊。（猛抽几口烟）

祥　子　你学会抽烟了？

小福子　（苦笑）闷得慌就抽上了。

祥　子　福妹子，你——过得好吧？

小福子　（摇摇头，凄苦地）祥子哥！（唱）

　　　　　我爹还债将我卖，

　　　　　卖与军官当奴才。

　　　　　白日里担水劈柴做饭带买菜，

　　　　　到夜晚铺床叠被洗脚又提鞋。

　　　　　伺候不周稍懈怠，

　　　　　非打就骂实难挨。

　　　　　队伍开拔去关外，

　　　　　军官将我赶出来。

祥　子　（无限同情地）福妹子，真苦了你啦！（唱）

　　　　　小福妹本是我心中所爱，

　　　　　钱财所逼两分开。

　　　　　可怜她一朵小花遭伤害，

　　　　　风吹雨打粪土埋。

　　　　　可叹我无舵的船儿由人摆，

　　　　　逆水顶风船头歪。

自身命运难更改，

无力助她免祸消灾。

〔小福子与祥子低头无言。

〔虎妞急匆匆上，她穿红着绿，头插绒花。

虎　妞　（念）逛天桥祥子溜掉，

急匆匆回家来瞧。

（进门，见状一愣，立即沉下脸，故意慢吞吞地）我说呢，冷不丁地溜了，敢情在这儿私会呀！

祥　子　（急得结结巴巴地）福妹是——她来……

小福子　虎妞姐，我不是找祥子哥，我是——

虎　妞　（一摆手）甭说了！哥哥妹妹的，我听着恶心！

小福子　（更急了）虎妞姐，我是来找你的。真的！

虎　妞　（冷笑）哼哼，找我？

小福子　真的，是为车的事，我爹想卖那辆新车，问你们要不要？给六十块就行。

祥　子　（被吸引）什么？二强叔要卖车？六十块？

虎　妞　（堵祥子）不关你的事！（对小福子，嘲讽地）你们家的车，不是卖了你才买的嘛，怎么又要卖？

小福子　（无地自容）这……

虎　妞　（步步紧逼）你听着，就你们家那辆黑白两色的寡妇车，我嫌晦气，不要！你到别处卖吧。

小福子　（听出话中带刺，哽咽地）你、你……（看了祥子一眼，转身跑下）

虎　妞　哼！吊膀也不看地方，卖到我这儿来了。臭婊子！

祥　子　骂谁呢？

虎　妞　骂她！怎么，你心疼啦？她以前卖烟，眼下卖肉，谁不知道？

祥　子　你……

虎　妞　甭说了，反正我对得起你，我跟爹闹翻了，嫁给你，别不知好歹！

祥　子　好歹我要拉自己的车！

虎　妞　受累的命！在家闲着，少不了你的吃喝！

祥　子　我不乐意闲着！

虎　妞　不爱闲着，做个小买卖去！

祥　子　　我不会，赚不来钱。我会拉车，我爱拉车！

虎　妞　　就是不准你拉车——不准你一身臭汗上我的炕！你得在家守着我，陪着我！

祥　子　　（真火了）拉车——拉自己的车！谁拦着我，我就走，永世不回来！

虎　妞　　（拉长声调）哟——（唱）

　　　　　他那里怒气冲冲翻了脸，

　　　　　虎妞我心中盘算绕个弯。

　　　　　他本是刚强一硬汉，

　　　　　硬汉说话撑破天。

　　　　　我爱他嫁他称心如愿，

　　　　　又何必为小事与他闹翻。

　　　　　只要他欢欢喜喜心舒展，

　　　　　夫妻俩和和美美对枕眠。

　　　　　（换一副笑脸）得得得！你爱拉车，我随你，行了吧？那就给小福子六十块，把车拉回来。

祥　子　　（冲虎妞真心一笑）嘿嘿！

虎　妞　　嗬，这还是头一回见你乐！不过，你得答应我，不准拉包月，只拉散座儿，天天得回家陪我。

祥　子　　（无可奈何）嗯。

虎　妞　　（瞅着祥子突然发笑）哈哈……

祥　子　　笑什么？

虎　妞　　（边笑边说）告诉你，我真有了！（指肚子）

祥　子　　（大惊）啊？你到曹家找我那天，你不是说有……

虎　妞　　要不这么冤你一下，你怎么会死心塌地娶我呢？我在裤腰上塞了个小枕头，你这个傻骆驼！哈哈……（笑弯了腰）

祥　子　　（气得砸自己的头）唉，唉！

虎　妞　　你别怨我，我要点儿花招也是被逼无奈。

祥　子　　（忽然一把揪住虎妞）那，这一回呢？

虎　妞　　（止住笑，一脸柔情）这一回是真的有了，祥子，我给你生个胖儿子，好好跟你过。

祥　子　（松手，一股暖流涌上心头）胖儿子！这么说，我真的要当爸爸了！

虎　妞　傻骆驼！有了家，有了媳妇，再有个胖儿子，你还有什么不称心的？

祥　子　（蒙眬中感到一丝喜悦）家，媳妇，儿子……是啊，该知足了！

　　　　（唱）听她一番暖心话，

　　　　　　　祥子总算有个家。

虎　妞　（唱）但等十月怀胎罢，

　　　　　　　给你养个胖娃娃。

祥　子　（唱）娃娃周岁会说话，

虎　妞　（唱）管你叫爹——

祥　子　（唱）管你叫妈，

　　　　　　　我拉上你俩逛白塔。

虎　妞　（唱）日月流转儿长大，

祥　子　（唱）给他买辆新车拉，

　　　　　　　拉上咱俩拜菩萨。

虎　妞　不！（唱）

　　　　　　　日月流转儿长大，

　　　　　　　他开车行当东家。

祥　子　拉车！

虎　妞　拴车！

祥　子　拉车靠力气吃饭！

虎　妞　拴车能挣大钱！

祥　子　干脆！（唱）

　　　　　　　日月流转儿长大，

　　　　　　　不拉车也不当东家。

　　　　　　　送他念书学文化，

　　　　　　　做一个像曹先生那样的人——

虎　妞
祥　子　（接唱）样样都不差！

虎　妞　（轻唤）他爹！

祥　子　（轻唤）他妈！

113

〔虎妞和祥子相视而笑。虎妞投入祥子怀抱，祥子接纳。

〔切光。


〔凄凉的叫卖声。

〔光起。幕内传来虎妞的呻吟声，叫喊声："哎哟！我的妈呀……菩萨呀，救救我吧！哎哟……"

小福子　（焦急地张望，唱）

　　　　虎妞难产已三天，

　　　　喊娘呼天实可怜。

　　　　祥哥深夜上医院——

〔祥子大步跑上。

祥　子　（接唱）求救无门转回还。

小福子　（急切地）祥子哥，医生来了吗？

祥　子　（气喘吁吁地）医生来一趟——要十块，接生二十块，送——送医院先交……一百块！

小福子　（惊）啊？这么多啊？

祥　子　（绝望地）我哪儿有这么多钱哪！

小福子　（退下手腕上的一对银镯）我只剩一对银镯子，快拿去换钱！

祥　子　不不！我把车卖掉！

小福子　车不好出手，来不及了！

〔幕内突然传来虎妞一声惨叫。

祥　子　（狂喊）虎妞！（狂奔下）

小福子　（喊）虎妞姐！（跑下）

〔光暗。

〔女声伴唱：

　　　　"一条破船逢恶浪，

　　　　一朵残花遭寒霜。

　　　　一场噩梦三灾降，

　　　　一番生死两渺茫。"

〔光复明。室内空无一物，地上有个小铺盖卷。

114　　祥　子　（挂着地慢慢立起，环视四壁，凄然泪下）人——死了，车——

又卖了……没了，什么都没了！

〔远处传来鸡啼声。

祥　子　（唱）妻和儿带走我活命指望，

顷刻间生死别透心冰凉。

叹虎妞嫁车夫抛家弃厂，

可怜她母子俩二命俱殃。

几年来拼性命奔波闯荡，

只落得一贫如洗家破人亡。

唉，也罢！（接唱）

从今后无牵挂独来独往，

混一天算一天流浪四方。

〔小福子拿包袱上。

小福子　东西都归置好了，这是虎妞姐的衣服。（将包袱递给祥子）

〔祥子接过包袱，哭。

小福子　祥子哥，人去不能再生，你别太伤心，哭坏了身子骨可怎么好？还得料理后事呢。

祥　子　虎妞跟她爹闹翻，舍了家丢了财产，嫁给我这个穷拉车的。现如今又带着个没出世的孩子……走了，这都是我害了她，我害了她啊！（痛哭）

小福子　祥子哥，别哭了，眼下不管多难，也得咬紧牙关挺过去。

祥　子　（擦泪）唉！这是她的衣服，没穿几天，你留着穿吧。

〔小福子默默接过包袱，祥子拎起铺盖卷。

小福子　怎么，你要搬走？

祥　子　（狠了狠心）嗯，搬走。没了她，这个家——也就完了。

小福子　那你……（背转身擦眼泪）

祥　子　我心里乱得慌。什么也没法儿想，也不知道该怎么活。（慢慢拎起铺盖）福妹子，你多保重，我——走了！（拎着铺盖卷头也不回地下）

小福子　（追到门口）祥子哥！（唱）

想说的话儿难出口，

千言万语在心头。

115

　　　　　　　爱慕祥哥时已久，

　　　　　　　无奈他已娶虎妞。

　　　　　　　如今祥哥新丧偶，

　　　　　　　孤身怎度春与秋。

　　　　　　　有心与他长相守，

　　　　　　　话到嘴边又觉羞。

　　　　　　　天保佑苦命人儿重聚首，

　　　　　　　我和他共患难风雨同舟。

　　〔切光。


　　〔各种小贩的叫卖声此起彼伏。

　　〔光起。祥子拉一辆破车上。他叼着烟卷，歪戴小帽，裤腿一高
　　　一低，捋着衣袖，一副懒洋洋的样子。

祥　子　（吐出一口烟）呼——（唱）

　　　　　　　喝酒赌钱随大流，

　　　　　　　打架骂仗耍刺儿头，

　　　　　　　抢座争价脸皮厚，

　　　　　　　马王爷见我也发愁！

　　　　（将车随便一撂，坐车垫歇息）

　　〔墩子、麻杆擦汗上。

麻　杆　祥子，哥们儿！好几天不见你出车了。

墩　子　往日你可是天天不歇的呀。这二年你大变样儿啦！

祥　子　（懒洋洋地）往日勤苦卖力只求一包茶叶末儿、俩窝头，可从没
　　　　得过公道，临完连个老婆也保不住。今儿个方明白自己的血汗不
　　　　能白流，少出一滴算一滴。

麻　杆　可不，如今这世道拉洋车的到哪儿去讨公道？都叫张大帅、阎大
　　　　帅把咱们害苦了。

墩　子　多会儿老天兜着底儿翻个过儿，咱穷哥们儿就有指望了。

祥　子　现如今我算看透了，什么他妈的善有善报、恶有恶报？没那门子
　　　　事儿！这年月穷人的命不如一条狗，想有什么镏儿，比他妈登天
　　　　还难！老实、规矩、要强、清白都他妈没用，只有混一天算一

116

天。哼，什么都是假的，窝头是真的！

〔西服革履的顾主上。

顾　主　西四牌楼，大个子，拉过来！

〔祥子一动不动。

麻　杆　祥子，座儿叫你哪！

祥　子　（强横地）四十铜子儿，少一个不去！

顾　主　（一想）好，就四十铜子儿！

祥　子　只拉到胡同口儿，进胡同里得另加钱！

顾　主　有你这号拉车的吗？谁去？

墩　子　谁去都得加钱。

顾　主　哼，臭拉车的！（拂袖而去）

祥　子　（一把拉住顾主的胳膊，愠怒）你凭什么骂人？

顾　主　（急得大喊大叫）嗨，放开，瞧你那大黑手！我这身洋服值六十多块哪！

祥　子　你一身洋服就六十多块，可你舍不得给穷哥们儿加几个铜子儿，你也太抠门儿缺德了！

〔顾主的细胳膊让祥子攥得生疼，好不容易挣脱出来，边掸衣袖，边骂骂咧咧下。

〔众车夫大笑。

墩　子　哈哈……洋先生的洋服叫祥子盖了一个大黑手印儿！

祥　子　（开怀大笑）哈哈哈……

〔灯渐暗。众车夫隐去。

〔祥子坐车垫等座儿，小帽盖住脸。

〔音乐起。小福子浓妆艳抹地上，强颜欢笑，左顾右盼拉客。过往行人有的厌恶，有的躲避。

〔一阵风雨袭来，祥子发现远处还在拉客的小福子，心痛如绞，爱莫能助。

〔小福子在风雨中簌簌发抖，不断拧衣服、头发上的雨水。

〔祥子见状十分不忍，拉车迎过去。小福子见到祥子。转身想逃，被祥子一把拉住。祥子摘下腰间汗巾，替她擦去头上、脸上雨水。小福子羞愧不堪，无地自容。祥子搀她上车，她推拒。

祥　子　（温和地）夜深了，咱们都别等了，我送你回家吧。

〔祥子拉小福子绕场，小福子双手掩面，双肩耸动，无声抽泣。

〔女声伴唱：

"一个是又怜又爱情难断，

一个是又羞又愧苦难言。"

〔祥子拉小福子下。

〔光渐暗。


〔光复明。

〔孙侦探醉醺醺地上。

孙侦探　（哼"大鼓调"）"花明柳媚，爱……春光，月朗风清……小佳人……爱的是少、年郎……"他妈的！白泡一宿，半块小钱——没捞着……（呕吐）洋车！灯市口！

〔祥子内应："三十个铜子儿！少一个不去！"

孙侦探　姥姥的！瞎……瞎了眼啦？也不看、看看我……是谁！老子坐车从、从不给钱！

〔祥子略带醉意上。

孙侦探　（一边呕吐，一边骂）要钱？老子……崩了你！

祥　子　（听出孙侦探的声音，摩拳擦掌，唱）

冤家路窄遇孙某，

新仇旧恨涌心头。

举拳痛打这恶狗，

冤报冤来仇报仇！

（一把拎起孙侦探，左右扇他两个嘴巴，然后一顿"醉打"）

孙侦探　（大喊大叫）我是孙侦探，你敢……打我！

祥　子　老子打的就是你！（将孙侦探一顿痛打之后，飞起一脚将他踢下）痛快，痛快呀！哈哈！

〔刘四爷上，他穿戴阔气，趾高气扬。

刘四爷　拉车的，送我上毛家湾！

〔祥子听声音很熟，上前打量，认出刘四爷。

　刘四爷　（也认出祥子）祥子？是你！

祥　子　（恶狠狠地）是我!

刘四爷　我的闺女呢? 虎妞——她好吗?

祥　子　（感觉脑袋轰的一下，半晌）死了!

刘四爷　（哭腔）什么?

祥　子　（凄凉地）两年前，难产没钱治! 死了! 埋了!

刘四爷　落在他妈的你手里，还有个不死的!

祥　子　（步步直逼刘四爷）我穷! 我想救她，我没钱，可你万贯家财，你干什么去了?（怒吼）你为什么不救她? 为什么!

刘四爷　（退缩）我、我……我问你，她埋在哪儿?

祥　子　不告诉你，你不配!

刘四爷　你个缺德带坑人的臭王八蛋!

祥　子　（攥紧双拳）再骂，揍你个老不死的! 滚!

　　　　〔刘四爷下。

　　　　〔曹先生上。祥子误以为身后是刘四爷，反身举拳。

曹先生　（安详地）祥子!

祥　子　（又惊又喜）曹先生，是您哪! 我还以为……

曹先生　（温和地笑）你这个循规蹈矩的人，怎么也动起拳头来了?

祥　子　先生，不怕您笑话，这年头人太软只能受欺压。

曹先生　咦? 你也悟出这个理儿了?

祥　子　都是逼出来的。一个拉车的，想要一辆车，一个老婆，一口饭……难哪! 唉，这年月什么都是假的，窝头是真的!

曹先生　祥子，你瘦多了。这两年你过得挺艰难吧? 我还让高妈去找过你哪!

祥　子　（黯然）老婆死了，车又卖了，家，也完了!

曹先生　（同情地）啊。这年月，学生不能安心读书，老百姓过不上安生日子，劳苦大众吃不上窝头。我看呀，世道不会老这样。祥子你还年轻，别灰心，振作起来往前奔吧。

祥　子　（点头）嗯，先生说的是。

曹先生　那年我到上海避了避风，现在回来还住老地方。

祥　子　孙侦探说您是什么乱党，正犯。先生，您还得防着点儿。

曹先生　（朗声一笑）哈哈……我哪是什么党啊! 只不过同情学生，提倡

119

爱国罢了。

祥　子　我知道先生是好人。

曹先生　祥子，你要是愿意，还上我家拉包月，好吗？

祥　子　太好啦！可我——我有……

曹先生　有什么？说吧。

祥　子　我认识一个姑娘，叫小福子，她无依无靠，我呢……

曹先生　我明白了。（想了想）这么着吧，反正你在我家一人占一间房，可以将就你俩住。不知道她会不会洗洗涮涮什么的？

祥　子　会会！她什么都会，可勤俭啦。

曹先生　那就好。我太太不久要生小孩，我家只留高妈一个人了，收入也少了。那就让她帮高妈做些事。她呢，白吃我的饭，我可也就不给她工钱，你看怎么样？

祥　子　（天真地笑了）那敢情好！先生，您的大恩大德我一辈子也忘不了！（扑通跪倒）

曹先生　这是干什么？起来，起来。（搀起祥子）

〔光暗。


〔光复明。

〔悠远的驼铃声，清脆的叫卖声。

〔祥子穿戴整齐，满脸喜色地拉破车上。

祥　子　（唱）风和日暖天晴美，

　　　　　　　驼铃欢唱白鸽飞。

　　　　　　　重现生机心宽慰，

　　　　事由、工钱、小福子！（接唱）

　　　　　　　苦到尽头有家归。

　　　　　　　街巷叫卖声声脆，

　　　　　　　车轮飞转步步催。

　　　　　　　插翅奔向小福妹，

　　　　　　　生死相依永相随。

〔老马拄木棍缓缓上，他更加衰老，衣衫更加褴褛，脖子上挂一个破元宝筐子，里面装着些硬面饽饽。

老　马　（虚弱而苍老的声音）硬面——饽饽——

祥　子　（近前）老爷子，还认得我吗？我是祥子。

老　马　认得，认得。你还给我和小孙子买过包子呢！

祥　子　您的小孙子呢？长大了吧？能拉车了吗？那可是个孝顺孩子，又听话又机灵，准能拉车养活您了。

老　马　（唏嘘）他——死了。生了病，没钱抓药，死在我……怀里。（像孩子般呜呜地哭起来）

祥　子　（心酸不已，掏出一块光洋，塞在老马手中）老爷子，拿着。

老　马　（看手中的钱）一块大洋！祥子，不能，这是你的血汗钱呀！

祥　子　拿着吧，天冷了添件衣裳。

老　马　咳。（颤悠悠地将钱揣进怀里）祥子，你知道不？二强又把闺女卖了！

祥　子　（晴天霹雳）什么！二强又把小福子卖了？卖到哪儿了？

老　马　唉，这回更惨，卖到白房子当窑姐儿了。

祥　子　（一声呐喊）福妹子！（狂奔圆场）

老　马　咱们卖血汗，咱们的闺女卖肉。唉，这世道……（凄惨的声调）硬面——饽饽——（下）

祥　子　（唱）晴天霹雳惊好梦，

　　　　　　万把尖刀刺我胸。

　　　　　　心急如焚往前奔，

　　　　　　誓救福妹出火坑！

〔光暗。


〔光复明。半堵斑驳破败的灰墙，墙上有个挂红帘的窗洞。
〔祥子走近灰墙，敲窗。窗帘拉开，一个涂脂抹粉、头发蓬乱的丑女人探头出来，祥子吓得后退好几步。

丑女人　（浪声荡气地）进来呀！傻乖乖。

祥　子　（急切地）我是来找人的。

丑女人　不找我，找谁？

祥　子　找一个叫小福子的年轻女人。

丑女人　（摇摇头）小福子？不知道。你说说，她长得什么样儿吧？

祥　子　她长得挺好看。瘦瘦的，有一口小白牙。

丑女人　（猛然想起）噢，有这么个女人，年轻轻的，一口小白牙，细皮嫩肉的，大伙儿管她叫"小嫩肉"。

祥　子　（急不可耐地）对，是她！快告诉我，她在哪间屋？

丑女人　她？早完了，吊死在那边树林里了！

祥　子　（痛不欲生）福妹子，我来晚了，我来晚了！（悲呼）福妹子！你为什么不等我？不等我……（晃晃悠悠地走着，眼泪一串串地往下落）

〔追光中显现出一段树杈，上面挂着一幅白绫。

祥　子　（哀号）福妹子！（双膝跪地，蹉步向前，捶胸拍地，号啕大哭）

〔凄凉的音乐起。祥子取下树上的白绫，抱在胸前。

〔雪花飘洒。

祥　子　（哽咽）死了，都死了！（惨笑）什么都是假的，都是——假的……（叹息似的轻唱）

想要得不到，

得到非所要。

想要非要俱失掉，

恩怨爱恨全勾销。

想当初闯京城为求温饱，

一辆车一个家心比天高。

买车丢车，丢车买车三起三落穷困潦倒，

到如今两手空空末路一条。

为什么贫贱车夫总也混不好？

为什么兵匪恶霸自在逍遥？

为什么善良本分并无好报？

为什么穷人血汗空洒枉抛？

人间何处讨公道？

苦海何方寻渡桥？

心被掏，魂离窍，

空余躯壳人海飘，人海飘。

　　〔雪越下越大。

〔一束追光中，二强在前打幡。墩子、麻杆及送殡人们抬着破席卷着的老马缓缓上。

〔苍凉的女声伴唱：

"压低高昂的头，

累弯挺拔的腰，

鲜活的祥子陷泥淖，

生死难逃千刃刀！"

〔伴唱声中，祥子神情木然，将白绫系在头上，低头弯腰，步履蹒跚地走进送殡行列，颤抖的手拾起地上的烟头夹在耳上。

〔幕徐徐落。

——剧　终

《骆驼祥子》1998年江苏省京剧院首演。导演石玉昆，主要演员有陈霖苍、黄孝慈、石业群等，剧本获得'99中国曹禺戏剧奖·剧本奖（1998年），剧目入选中宣部第七届精神文明建设"五个一工程"、获得文化部第九届文华大奖。

## 作者简介

钟文农　女，1935年出生，四川人，甘肃省京剧团编剧。代表作品有京剧《骆驼祥子》，曾获九项国家级奖项。出版有《钟文农剧作选》。

·话　剧·

# 父　亲

李宝群

谨以此剧献给艰难前行的工人们。

——题记

时　间　20世纪90年代后期，飘雪的冬季。

地　点　东北某工业老城工人村、杨家。

人　物　父亲（老杨头儿）、母亲、大强、大玲、二强、宝成、莹莹、小方、老梁头儿、老宋头儿、老丁头儿、冯大个儿、拉弦师傅。

# 第一幕

〔光起。北中国，寒冷的冬季，处处白雪覆盖。

〔日，无数大工厂的丛林中一座工人村，许多老式平房。天下着小雪，一些可见的树木上落着雪，远远近近一应景物尽在皑皑白雪中。

〔杨家。东北普通工人人家，客厅，有门通向卧室、厨房、偏厦。厅内置有沙发、茶几、一家人吃饭用的圆桌、一把老旧藤椅（老杨头儿的专用椅子），墙上挂有大小不一的老旧照片镜框等，一侧有地炉子、火墙。

〔厨房内炊烟游动。一头银发的母亲系着围裙忙着做菜备席，又切又剁。

母　亲　（喊）二强，死崽子都啥时候了还不起来？你爸上厂子开会快回来了，找挨骂呀。下岗大半年了不着急找工作整天在家睡懒觉，我可和你说，你爸这几天心脏病又犯了！你要再惹他生气，别说我不给你好脸！你就不能和你大哥学学，你看他多争气，就要当副厂长了。

〔大玲、宝成领背着书包的莹莹上。宝成手里提着两瓶酒。

莹　莹　奶，我回来了！姑姑姑夫接的我。

母　亲　好孙女。大成也来了。

宝　成　妈，我给爸又淘弄了两瓶好酒。

母　亲　又买酒了？（看酒）哟，这得啥肚子喝这么好的酒？

宝　成　孝敬爸妈花多少钱我都不心疼！（取围裙系腰上）老规矩，还是

　　　　我上灶。妈，今天有啥好事呀？

母　亲　大玲没和你说呀，大强当副厂长了。

宝　成　说了，可那只是第九副厂长啊！

母　亲　好歹也是副厂长啊，这段家里尽是闹心事，你爸愁得跟啥似的，觉都睡不好。今天借大强这事，咱们好好吃他一顿乐呵乐呵，去去晦气！

宝　成　好，今天我好好做他几个菜！大玲，让妈歇着，咱俩干。（挽袖子入厨房）

　　　　〔大玲也忙起来。

母　亲　大玲，今儿个工作找得咋样？有可心的没？

大　玲　又跑了好几家职业介绍所。这回我把以前在厂里得的先进证书都拿去了，他们看了挺热情，说优先帮我联系，一有消息就通知我。

母　亲　那可太好了！一会儿和你爸好好说说，让他高兴高兴！（入厨房）

大　玲　二强，那些职业介绍所都愿意要三十岁以下的男的，我给你报了名。

　　　　〔二强从偏厦出。大玲递给二强一张表。

二　强　真的？（看表）还是这些活，保姆保安加做饭，刨马路掏下水道外带扛大个儿，全是苦活累活破活，我才不干哪！（笑嘻嘻地）姐，借我点钱，今天小方过生日，我要请她吃顿饭。嘿嘿，够意思，面子事！

大　玲　又要钱？头两天刚给过你，都花了？（取钱包）

二　强　哎呀，现在干啥不得花钱？咱家老头儿整个儿一铁公鸡，抠门儿！都这会儿了有老箱底也不拿出来，整得我可哪要小钱。你下岗了有我姐夫不缺钱，我可是死的心都有！就这点儿呀？再给点儿。（一把抢过去大玲的钱包）全给我吧！嘿嘿，唉，咱家现在除了你和妈，数这东西最亲，（吻钱）我亲爱的四位老人家！

　　　　〔大玲叹气。

二　强　姐，你听我的，死靠住我姐夫，没钱就管他要！当年他父母去世是咱爸咱妈把他拉扯大的！咱爸的手都是为了救他弄残的。眼下咱家点儿背，就他情况好，正是他表现的时候。

| 大 玲 | 你呀！咱俩还是得早点找到工作上班挣钱。管人要钱的日子…… |
|---|---|
| 二 强 | 那怨谁？全怨咱家老头儿！当年非说当工人光荣，逼着赶着让咱们仨全进了这破机床厂。现在可好，厂子一玩儿完，全他妈成难民了！（扯嗓子发泄地号唱）工人村的太阳就要落山了，工人村里静悄悄，十个有九个把岗下，还有一个在放长假…… |

〔歌声中，大玲默默择菜。宝成的手机铃响。宝成从厨房出。

| 宝 成 | （接电话）谁呀？孙胖子，哎呀，你那点钱我还能不还你吗？一天到晚老催啥催，我正想办法哪，（听见手机铃又响）不和你说了。（切换通话）是小亮。儿子，学校咋样？哦哦，放心，爸马上给你寄钱去！（挂电话） |
| 大 玲 | 小亮的电话？啥事？ |
| 宝 成 | 生活费不够了。（取钱递给大玲）这是一千，回头你抓紧给他寄去。哎，别老愁眉苦脸的，回家了乐呵点。放心，你就是找不着工作我也照样养活你！（回厨房） |

〔大玲拿着钱，自尊心很受伤害，埋头干活。小方怯生生上。

| 小 方 | 大姐，二强在吗？ |
| 大 玲 | 在，快进去吧。 |

〔小方入偏厦。大玲切好菜也入厨房。

〔父亲穿中山装戴着劳模奖章上，郁郁不欢，他一一摘下劳模奖章，仔细放入柜内，脱下外衣，坐到老藤椅上。母亲从厨房出。

| 母 亲 | 回来了！会开得咋样？ |
| 父 亲 | 表扬我了，让我代表下岗工人的家长讲话，还直夸我俩孩子都下岗了给大伙儿做了榜样。唉，我他妈巴子都不知说啥好。这个会开得真窝囊！ |
| 母 亲 | 那大玲工作的事你没说呀？ |
| 父 亲 | 咋说？一劲儿表扬我。 |
| 大 玲 | 妈，你就别让爸为难了，我和厂里谈过，一点儿用没有。 |
| 父 亲 | 唉，在厂里转了转，烟囱不冒烟，车间一点儿动静没有，连点儿热乎气都没了，越转心里越冷，从里往外冷啊！ |
| 母 亲 | 唉！得，别想这些堵心的事，吃药！（递药）不管咋的让你去开会也算是厂里还记着你。再说大强要当副厂长了，这也算是件喜 |

事。宝成大玲都来了，一会儿大强回来一块儿乐呵乐呵。

父　亲　乐？现在不是乐的时候！一会儿帮他研究研究咋干，让咱干咱就得干好。

〔偏厦里传出二强、小方的笑声。

父　亲　哼，黄鼠狼下豆杆子，一窝不如一窝！我十六岁进厂当学徒，十八岁挑门立户过日子，二十岁东三省技术比赛拿头名，大强大玲二十多岁也下乡种地了，这可好，天天在家趴窝！再趴几天兴许都能孵出小鸡了！

〔二强从偏厦冲出。

二　强　你！有你这么损人的吗？我倒希望我能孵小鸡，那咱家还省着买鸡蛋了，闹好了我开一个老杨家鸡厂，你们都跟着沾光！

父　亲　你少跟我贫！我跟你说，三天之内再找不到工作你就别进这家门、别端我的饭碗！你还搞对象，成了家你拿啥养活小方？实在没事干上街摆摊卖肉串去！

二　强　啥？这大冷天你让我干那个，一天才挣几个钱？我不干啊！还不让我吃饭？我是你儿子，你不养活我谁养活我？

父　亲　你说啥？养活你？我凭啥养活你？你多大了？

二　强　又不是我不想干活，那是厂子定的，国家定的，和我来什么劲？

母　亲　哎呀，你俩这是干啥呀，一见面就吵。（对二强）去，换啤酒去！

〔小方从偏厦出。

〔大玲拉开二强，递筐让小方领二强下。宝成出厨房。

父　亲　妈个巴子看见他我就不烦别人！跟老弱病残一块儿下岗，还把人厂领导打了，我的脸都丢尽了！我怎么养了这么个败家玩意儿？

宝　成　爸，现在的事您就得往开了想。要我说，可着工人村数咱家情况还算是不错的，大玲下岗了我能挣钱，大强又要提副厂长，就一个二强，将来好歹给他找个工作也凑合了，您老还是得知足。妈，您说是不？

母　亲　没错，宝成说的在理！得，饭菜我都做好了，要不你爷俩儿先喝着？

父　亲　不急，等大强！我有话要和他说。宝成，这段你那生意咋样？见好没？

宝　成　企业效益不好，我也跟着点儿背，做啥赔啥！不过最近我准备做一笔大买卖。爸，您瞧好吧，东方不亮西方亮，只要这笔买卖拿下来，我就转运了。

父　亲　生意上的事我不懂，报纸上尽是你骗我我骗你的事，你干啥都得留点心眼。

〔莹莹自外跑上，大强随上。

莹　莹　爷，奶，我爸回来了！

父　亲　都上桌，大成，倒酒！

〔众人落座，宝成倒酒。

父　亲　大强，打前天听着这信儿我就想和你唠唠，爸就说一句话，厂子现在是难，可这会儿正是咱老杨家上阵出力的时候！（畅想起来）你好好干他三年五载把厂子弄上去，到时大玲接着回厂上班，二强子再找到个工作，小莹莹再考个好大学，将来工作也差不了，咱家日子……

〔大强一直无话。

父　亲　别闷葫芦似的！和我交个底，你小子想咋干？这头一笊篱从哪下？要我说，头一件得把大伙儿的精气神儿弄起来，厂子也好人也好，精气神儿没了，就啥事都干不成。我帮你把你梁叔他们都请回去讲讲咱厂的光荣传统。二一个好好抓抓厂风厂纪，好好立几条规矩，最要紧的是生产得上去……

〔二强提着啤酒晃晃地上。

二　强　您可真有意思，我哥已经辞职了，马上就领一帮人到一民营厂当厂长了！

母　亲　什么？大强啊，这，这是真的？

二　强　外头都传开了，我哥辞职书都交了！地球人都知道了，就咱家人还蒙在鼓里！嘿嘿，这下好了！我姐下岗了，我哥也下岗了，咱们仨都平等了！

〔全家震惊。

父　亲　（脸色大变）大强，这，这是怎么回事？

大　强　是真的！今天我正式辞职了！我把厂子给炒了！再也不用侍候他

们了，那压得人喘不过气的大黄楼，看人脸色活着的日子，全结束了！爸，我要下海！王工带着他的专利产品和我一块儿走，我们到新开发区去搞个新厂子！

父　亲　（直视大强）那厂长不当了？厂子不待了？这么大的事你自己就做主了？

大　强　我考虑了好多天，那个牌位厂长我不想干！这么些年我什么都看透了，在厂里根本干不成事，要干就得自己出去干！这事已经定了，我……

〔父亲面沉如铁，全家都不敢出声。

父　亲　你！你们都走，我和他一个人说话。走啊！

母　亲　老头子……大强，你呀！（担心地入卧室）

〔其他人散去，场上只剩下父子俩。

父　亲　（压着火）明天一早你就到厂里收回你那屁辞职书，回厂上班！厂子一天不黄你就得在厂子干一天！我和你妈都是建厂时的老工人，几个车间厂房都是我一砖一瓦盖的，这机床厂就是咱的家呀！明告诉你，死了这条心！兴厂子不要咱们不兴咱自己跳槽！

大　强　爸，这些年我啥啥都听您的，这件事您就让我做一回主吧！

父　亲　什么？你再说一遍！你小子真浑哪。我老了干不动了，就指望你们几个接着给厂子出点力。二强下岗是他自己作的，大玲下岗我没法子，可你，你是这个家的顶梁柱呀！这些年你干的也不错，当工长当车间主任，你有屁点好事我在背后都偷着乐，走在工人村里我腰板挺得都比别人直！可现在你……你这是在摘我的心哪！

大　强　爸，直说吧，这事我铁了心了！这么多年我一直听你的话照你说的做，守着熬着盼着等着，可又怎么样？莹莹妈嫌我不活泛死心眼挣钱少跟别人跑了，现在二强下岗了，姐也下岗了，要再听您的我就彻底废了！

父　亲　你——

大　强　我从小是在厂子里长大的，对厂子的感情我不比谁差。可，这几年厂长换了七八个，建议、方案我就提了多少回，上次换新厂长我点灯熬油写了几十页的长信，可根本就……王工的专利产品是国内领先的，他们不上，上了一个不行的产品赔了个底朝天。看着仓库里积压的那些产品，我急得都要疯了！这一腔子血憋得直涨啊！这个第九副厂长根本就是个虚职，我前边还有八个人，还是啥都干不成。

父　亲　那，那也不能走！你给我等着，等厂子好的那一天！你小子咋不知好歹哪，厂里是把你当回事才提你，上万人的厂子当副厂长，咋的也比民营厂强啊！

大　强　那可不见得！人家重视我让我说了算，王工的新产品过去就能上。我提议搞股份制，人人都入股，挣了钱人人都有一份，大伙儿热情特别高。

父　亲　都他妈歪五六，我不听。

大　强　爸，我都过四十了，这些年我错过不少机会！错过这个机会我会后悔一辈子的！

父　亲　你，你是要气死我呀！你要真敢走，就别回来！

大　强　好，不干出样来，我不回来！

〔母亲闻声出现在卧室门口。

父　亲　你，明告诉你，这事没商量！搁我这儿通不过！两条道你自个儿挑，一个收回你的辞职书，明个回厂上班，还得写份检讨书；一个你走，你爱上哪上哪，可你要是迈出这个门，老杨家就没你这个儿子！两条道你自己掂对吧。老婆子，咱们进屋！让他自己掂对。（进卧室）

〔大强急得满屋乱转，不管不顾收拾起东西。莹莹偷上，看着，抹泪。宝成、大玲出。

大　玲　大强，爸有病，你就听他的吧，别走了！

宝　成　你呀，又来那个犟劲了，你知道这海里的水有多深啊，万一你……

大　强　不，车票都买好了！姐、姐夫，我一时半会儿回不来，爸妈都老了，好好照看他们。小莹莹也托付给你们了！莹莹，一定听大人话，别让爷爷奶奶操心。

莹　莹　爸，你、你不要我了？

大　强　爸怎么会不要你？好莹莹，忙过这一阵儿爸会回来看你的。

莹　莹　不，不让你走！（一把抢过大强的包，撒腿就跑）

大　强　莹莹！莹莹！快给爸。

莹　莹　不给，就不给，你没有包就走不了！（一溜烟跑出家门）

〔宝成、大玲忙拿起莹莹的棉衣追下。

〔雪花纷纷。揪心的音乐。大强向里屋鞠了一躬，决然出门，走入风雪中。

母　亲　（从卧室出，追）大强——大强！你给我回来！

父　亲　（从卧室冲出）走了，真走了？（痛喊）杨大强——走你就别回来！老杨家再没你这儿子！（气得发抖）

母　亲　老头子，你有病，医生说你不能着急上火，快，吃点药。

父　亲　吃药吃药，我吃什么药！（摔药瓶）走吧，都走吧！我也走，进太平间上火葬场，眼不见心不烦！（跌坐老藤椅上）

〔音乐飘动。

母　亲　（抖抖地捡拾地上的药片，走过去）老头子，你别这样，求你了，你这样我害怕呀！这是咋的了？咋成了这样了？二强、大玲都下岗了，大强又……这往后的日子可咋过呀？

父　亲　乱套了，全乱套了！这个家要完了！

〔暗转。


〔雪花飘飘，音乐低回，夜色苍茫。

〔舞台慢慢旋转，雪中父亲慢慢走来，默望远方。远处火车声传入。

〔路灯下，冯大个儿和老丁头儿在下棋，老梁头儿坐在轮椅上专注地听着半导体，拉弦师傅不紧不慢地拉着京胡，老宋头儿一下下打着板。

老丁头儿　这回你承认你是臭棋篓子了吧！

冯大个儿　你说啥？我臭棋？你才臭哪！你这样的我让你一车一马也赢你！

老丁头儿　哎你这老家伙，输了还不服？大伙儿给评评理，不臭棋篓子下这么臭的棋？

老宋头儿　算了吧，他冶炼厂那俩小子全下岗了，哪有心下棋？

〔一片沉默。

冯大个儿　管我要钱不说，领着老婆孩儿排着号上我那儿盛饭吃，厕所都在我那儿上，说是要省水费！劳保开得都费劲，药费条子压了一堆报不了。我……

**老丁头儿** 得，算我输了我臭棋篓子行了吧。大个子，你别这样啊！

**老梁头儿** 家家都有本难念的经啊！万山，大强的事我才听说。唉，这孩子！以前遇上坎咱有厂子有主心骨有老猪腰子，可这次，怕是数这个坎最不好过呀！

**父　亲** 是呀，这心里头跟压了座大山似的不欠缝不透亮啊！

**老梁头儿** 算了，不提这些闹心事！来，老哥儿几个，吼他几嗓子！（唱）

看夕阳照枫林红似血染，

秋风起卷黄尘四野凄然。

张定边思国事心中烦乱，

尽忠言劝主公力挽狂澜……

〔远处火车鸣叫着隆隆驶过。车灯光柱照着几个老头儿的身影。

〔雪越下越大，落满老人们的身上。

〔暗转。

# 第二幕

〔夜色笼罩工人村。

〔大雪纷飞，风声喧响着。火车声不时传入。

〔杨家，灯下，俩老人心绪不宁。母亲做手工活，不时向外张望，听声。

**母　亲** 大玲有阵没来了，也不知工作找得咋样了。唉，多亏宝成还不错，当年把大玲嫁给他是嫁对了。大强走以后也没个信儿，看样子不干出名堂不会回来了。

**父　亲** 爱回来不回来，死了才好哪！我跟你说，他要是回家，你不许给他开门！

**母　亲** 你呀，就是嘴硬。这些天有事没事就上外头遛去，还不是去哨听大强的事？

**父　亲** 说啥哪？我、我那是遛弯儿，串门！我哨听他，我早就不想他了，我和他没了关系了！（烦躁地走动）二驴子这么晚了又跑哪野去了？一天到晚一点精气神儿都没有，就他妈闲溜达乱逛荡。走吧，都走，都别回来，这个家快成大车店了，往后啊咱们到点

　　　就关门，过点不管饭！

母　亲　得了，别闹腾了，去屋里和莹莹说会儿话。孩子这些天心情不
　　　好，想爸了。

　　　〔父亲入内。母亲叹气，入厨房。大玲疲惫地上。母亲从厨房出
　　　来刚好看到。

母　亲　大玲，是大玲吧？咋的，出啥事了？

大　玲　没，没事。

母　亲　锅里给你热着饭哪，快趁热吃。

大　玲　我吃过了。妈，我找着工作了。

母　亲　太好了，干啥活？

大　玲　（取出大衣下藏着的报袋）今天我在五马路卖了一天报。

母　亲　什么？这大风小号的，你在街上卖报？妈不和你说找个别太苦的
　　　活儿吗？

大　玲　王丽丽卖衣服，小金子卖油条，都找着活儿了，就剩下我了。
　　　妈，卖报纸这活儿倒是挺适合我的，不像卖服装啥的，赔了也没
　　　多少钱，蹲着道边就能卖。拿到报纸的时候我这心……找了这么
　　　长时间我总算找着工作了！

母　亲　唉，卖得咋样啊？（看报袋）剩了这么多？

　　　〔父亲欲向外走，听见母女俩说话，怔住。

大　玲　（哭出声来）妈，你打我一顿吧！咱家我最大，可数我最没能耐！
　　　我成了一个废人了，干啥都干不好。人家都连喊带叫的，可我
　　　就是张不开这个嘴，帽子围巾口罩都戴上了，可看见熟人还是
　　　想躲，站了一天就卖出去十几张，看着人家乐呵呵地收摊回
　　　家，我……

母　亲　唉，你呀，这是头一天，这就不善了。

大　玲　到哪找工作都要三十岁往下的，还要有中专以上文凭。这些年我
　　　一直记着爸的话，就想当个好工人，我一直在拼命地干活，从
　　　来就没想过厂子会不要我，我没想到过要拿文凭，更没想过学
　　　别的，爸老说那是不务正业。现在咋又要这些了，我会给机床
　　　上油，会车出别人车不出来的活儿，可我就是干不好这些事！
　　　我真是不知道该怎么办了。妈，一个人四十多了，难道还要重

活一次吗?

母　亲　唉,这是咋说的,这可咋整啊?

大　玲　这一段我老是梦见厂子好了,我又回厂里干活儿了。姐妹们也都回来了,围着我又喊又叫的,大伙儿一块儿在厂子食堂吃饭,一块儿在厂子浴池里洗澡,一起骑着自行车唱着歌下班,那个高兴那个……

〔传来姐妹们欢快的笑声、清亮的自行车铃声、掠过空中的鸽哨声。

〔声音渐弱渐远,听不见了,只剩下啸叫的风雪声。

〔父亲听着母女对话心如刀绞,慢慢走出,走入飞雪中。

母　亲　玲啊,妈倒不觉得卖报有啥丢人的,妈以前家里困难时也啥都干过,拉煤车,烧锅炉,咬咬牙也熬过来了!唉,今年冬天太冷了,卖报也挣不了几个钱,要不这个冬天就在家猫着吧,反正还有宝成挣钱哪。

大　玲　小琴她们也这么劝我,可我才四十多岁,没病没灾的我干吗让他养活我?那种日子别人愿意过,我一天也过不了,自己挣钱苦点累点可花着心里舒坦!

母　亲　那就慢慢来,慢慢来,心里不好受就回家和妈说说心里话,妈帮不了你别的,听你说说还行。妈这心里也空落落的,老想找个人说说话,虽说你们都大了,可这个家到啥时候都是你们的窝呀。

大　玲　妈,你不用担心我,刚下乡时挑大粪,进厂时在翻砂车间翻砂都挺苦的,我不也挺过来了吗?明天我还接着上街。我想好了,明天哪儿人多我上哪儿去卖,说死也要拉下脸来多卖几张,我就不信,别人能卖好我就卖不好!(喊叫)卖报,卖报,日报晚报文摘报,球报广播电视报!嘿嘿,我呀,就当过去在乡下割完地一个人在地头上唱歌了。妈,你不老说熬过去日子就会好了,你放心,我也会挺过来的。我去看看莹莹。(拿着报袋入内)

〔母亲叹气入厨房。二强由小方扶上。

二　强　(捂着伤处)哎哟哎哟……真疼!这帮小子下手真狠。

小　方　(关心地又揉又吹)还疼吗?吓死我了,以后我再不去舞厅了。

二　强　怕啥？谁敢打你主意我还跟他干！为你牺牲了我都不带眨眼的。哎，你这一揉好多了。

小　方　你呀。唉，你看舞厅里谁像咱俩？尽买便宜饮料。看那些女孩子穿的戴的，都比我好。那个小霞在洗头房洗头，挣的都比我多，还戴两个戒子哪。

二　强　跟她们比啥？咱那是保持工人本色，艰苦朴素。再说便宜饮料不也是饮料？

小　方　行了吧，你心里也不好受，当我没看出来？舞跳得那么疯，和人家打架那么凶！唉，咱俩咋这么点儿背哪！我干活儿的那饭店要黄了，爸还不许我和你好，怕我跟着你受苦。二强，人家那些下岗的都在找工作，你这么个大男人……听两家老人那么说你我头都抬不起来！咱俩处一处玩玩行，要是真跟你过一辈子真不如去上吊！

二　强　（急）咋的，变心了？看不起我了？你以为我愿意这样，我不想让你过好日子？看别人那样我……小方，我现在啥都没了，就剩下你了，我对天发誓我真喜欢你，不管别人咋说，我杨二强非你不娶！小方……（上去欲亲小方）

小　方　（先是和二强拥抱激吻，后推开他）你就会来这个！这鬼日子啥时是个头儿啊！

二　强　小方，你再给我段时间行不？我和铁子、三儿几个商量了，想一块儿去关里闯一把！这回我豁出命也要干出个样来让他们看看，我要体体面面地和你结婚，让你在人前把头抬得高高的！

小　方　你要真能这么做，刮风下雪下刀子我都跟着你，跟你一辈子！可你要是再这么下去，我就到洗浴中心挣钱去，真逼急了我就去傍大款、当二奶！（跑下）

〔母亲从厨房出。

二　强　小方，小方——妈，我想去挣笔大钱，你给我贷点款！

母　亲　贷款？你当你妈是开银行的呀？

二　强　妈，几千块就行！

母　亲　几、几千？你想把你妈剥皮吃了？

二　强　妈，咱家不是有老箱底吗？

母　亲　那钱是你爸的工伤费和头几年到处补差卖老命攒下的，你爸发话了，谁都不许乱动，特别是不能给你。

二　强　先别告诉他，我挣了钱你俩啥都不用干了，给你俩开双份工资。

母　亲　等你给我开工资，不得等到我咽气呀！

二　强　妈，您，老嫌我不能挣钱，可挣钱得有本钱哪。你舍不得孩子我套不住狼啊！妈，最后赞助我一把。妈，钱放哪儿了？

母　亲　不行！好不容易才攒那点钱……再说就你这号的能干啥呀？干啥不得赔个底朝天！老实待在家里，妈能蹦跶就饿不死你！

二　强　妈，您怎么也这么看我？您要是不给，我可去偷去抢了！

母　亲　你敢！妈求你了，你让我省点心行不？（入厨房）

〔二强潜入里屋，又悄手悄脚出，奔到院子。父亲上。

父　亲　站下，你小子鬼鬼祟祟哪儿去？

二　强　我，我出去一会儿。有点事。

父　亲　有事？你能有什么事？除了要钱花钱……

〔二强不理，扭身欲下。

父　亲　你给我站下！我话没说完哪，我问你，这段天天回家晚，在外头干啥了？

二　强　没干啥！

父　亲　没干啥？冯叔家老二都告诉我了，你在舞厅和人打架，还进了派出所，有这事没？妈巴子你还跟人家公安支把，差点儿没把公安给打了。

母　亲　（从厨房出，听到）这、这是真的吗，二强？

二　强　是真的，咋了？欺负小方我就和他干。公安局咋的，他们就可以不讲理呀！

父　亲　嘿，你还有理了？啊，在厂里打，在外头打，还打上公安了，你今晚上就给我站这儿，哪儿也不许去！好好想想你以后咋办。啥时想好啥时进屋睡觉！

二　强　爸，你这也太不人道了，下这么大雪，你让我……

父　亲　就站这儿，小北风吹吹，让你清醒清醒！你给我立正！立正，我不说话不许你动地方！

二　强　摆啥威风？还以为是你当劳模那会儿哪？你要是那种有能耐的爸

爸给我弄个好工作，我至于这样吗？

父　亲　你，你说啥？

二　强　你知道现在外头怎么说您这种爸爸？一等爸爸没牵挂，儿女想啥就干啥；二等爸爸打电话，儿女工作也不差；三等爸爸跑上又跑下，送点礼也能安排下；四等爸爸没能耐，只会待在家里骂！您也就会在家里骂骂我……

父　亲　好你个浑小子，我这回还不骂了！（找东西，抓起一木棍就打二强）

母　亲　老头子，你这是要干啥呀？

父　亲　我没能耐，我是四等爸爸！你他妈是几等儿子？都快三十了，还靠你四等爸爸养活，纯粹是等外品。你给我站好了！站直了！

母　亲　老头子，你消消气，有啥话咱进屋说，这么大的雪让他站着冻出毛病咋整？

二　强　我说错了吗？这些年为了您这破劳模，我们尽做牺牲了，我哥我姐下乡进工厂尽让他们干苦活累活，分房子您让别人，涨工资您往后捎，我们几个沾您啥光了？干了一辈子您给我们留下啥了？您那些破奖状现在一分钱不值，拿旧货市场卖都没人买！

〔父亲气得发抖，狠打二强。二强躲闪着。大玲、莹莹奔出，拦，劝。

父　亲　你个王八蛋！我没能耐，我一分钱不值！我一天到晚这是为谁呀？老了，老了我成了四等爸爸！我四等爸爸！

二　强　（不顾不管地）您现在什么都不是了知道不，我们混到今天这样全是因为您！您知道我们心里怎么看您？我们三个全都恨您！

〔呼号的风雪声。父亲震惊地呆在那里。

母　亲　（狠狠打了二强）你胡说什么，你去给你爸道歉，去呀！

大　玲　二强，你说些啥，爸有病你不知道啊！快去给爸认个错！

二　强　不，我就不！（恸喊着）都是我不对，到啥时都是我不对，他心里不好受我心里就好受啊？打吧打吧，你打死我吧！

〔大雪纷飞，父亲慢慢下。

〔音乐中暗转。

〔暮色森森，雪花飘飘。舞台无声旋转。父亲慢慢走上。

〔路灯下，拉弦的拉着京胡，老哥儿几个坐、立雪中，沉浸在杂乱的回忆里。

**老宋头儿** 那会儿全国机床厂咱是老大哥，走到哪儿一说咱厂的厂名没有不羡慕咱的，"共和国的长子""领导阶级"，啥好词都给咱们了。我媳妇和我结婚那天我问她，嫁给我这么个出大力流大汗的工人，你不屈呀，她说不屈，就因为你是工人才嫁你，嫁给工人光荣！傻了吧唧的！

**老丁头儿** 刚建起这工人村那会儿，可是了不得，全城数咱这儿是最漂亮最气派，牛气！路过这儿的人没有不羡慕咱们的，外国人上咱这儿来参观都直竖大拇指。

**冯大个儿** 早晨上班，成千上万的自行车一块儿往前赶，前前后后看吧，冶炼厂的、机床厂的、车辆厂的、桥梁厂的，那阵势，浩浩荡荡，铺天盖地。

**老梁头儿** 国庆大典上天安门观礼台，我是站在头一排头一个。头一排头一个。唉。

〔欢呼声、掌声、强劲的锣鼓声响起。火车声隆隆远去。琴音苍凉焦灼急切。

**老丁头儿** 雪大了，咱们该撤了。太晚老伴儿又着急了，我先回了。

**老宋头儿** 我也回去了。

**老梁头儿** （叨念着）头一排头一个，头一个。

〔老丁头儿推着老梁头儿慢慢走下。父亲孤立雪中，如雕似塑。

〔飞雪中，母亲喊着上。

**母 亲** 老头子，老头子！你在哪儿哪，该回家了。（看见父亲，奔过来）你一人在这儿干啥哪！唉，二强跑了，和铁子几个一块儿上关里打工去了，还把我藏的三千块钱偷走了。（失神地远望）上哪儿去了？就这么走了，连个招呼都……老头子，你咋不说话呀？

**父 亲** 老婆子，你和我说句实话，孩子们恨我，你也恨我吗？

**母 亲** 那都是气头上的话，你别往心里去，这么多年别人不知道我知道。

**父 亲** 唉，就算是他们不恨我，我也恨我自己。我这个爸没当好啊！眼瞅着他们一个个……唉，我是真没想到会这个样，会有这么一天。这么些年国家怎么教我，我就怎么教他们，当工人，当个好工人，要爱厂如家，要把一切都献给厂子，这些都错了吗？我那些奖状、那些奖牌，真像二驴子说的那样一分钱都……我这辈子是不是白活了？

母　亲　你说什么哪，你怎么就白活了？老头子，不管孩子们怎么看，在我心里，你和谁比都一点不低气！那些奖状孩崽子们不当回事，我当回事！那是你流血流汗拼老命拼来的！是我一张张攒下的，到啥时我都留着它们，留到死！

父　亲　老婆子！

母　亲　我还记得当年你从东三省得状元回来，那么多人敲锣打鼓去车站接你。你从车上下来，戴着那么大红花，我心里那个得劲呀！还有那次你从北京参加完国庆大典回来，全工人村的人都跑到咱家来，挨着个儿握你的手，我真是……老头子，这辈子跟了你，我知足，我有福啊！

父　亲　老婆子，现在只有你还这么把我当回事。

母　亲　老头子，你得挺住啊，你可不能倒下。

〔老两口手相握，两无声。

〔远处火车声声。漫天雪花飘舞。

〔暗转。


〔夜，阵阵风声。客厅内空无一人。大强、宝成自雪中上。大强拿营养品。

宝　成　哎，一会儿见到爸，你小子别犯倔。

大　强　放心，只要他能点头，让我咋的都行。

〔母亲从卧室出。

母　亲　天，大强，你可回来了！快，快去见见你爸！

〔莹莹从偏厦出。

莹　莹　爸！爷爷，我爸回来了！

〔父亲从卧室出，无话，走向老藤椅，坐下。

母　亲　老头子，你这是干什么，儿子回来了！

莹　莹　爷爷，您不是早就想见我爸吗？

父　亲　谁说我想他了？我才没想他哪！

大　强　爸，都这么多天了，您老的火还没下去？要是您还有气，您打我两下。（送上补品）我知道您老不会真不认我的。

母　亲　（接过补品）你就别犯倔了，看儿子还给你买了营养品，借台阶就下吧！

父　亲　打一巴掌给个甜枣，把我当三岁小孩了。（推开补品）没干好，想回头了？

大　强　看您说的，我干得挺好，回啥头？再者说，我要真干不好，灰溜溜地折回来了，那不也给您老丢脸吗？

父　亲　那你回来干啥？出去！

宝　成　爸，您就当给我个面子。知道您担心大强，我特意去了趟大强厂子，厂子管得挺有样，上上下下全挺服他，真没看出来他还有这两下子。爸，上阵亲兄弟，打仗父子兵，他既然不想回头，我看咱就得帮他。我和大强说了，他的事就是我的事，我那儿就是他的办事处，缺啥我给他跑！我俩整个产供销联合体一块儿闹！
（示意大强）

大　强　爸，我给您老道歉了！（鞠躬）咱爷俩儿这些年我最知道您，您嘴上不说心里肯定放心不下我。爸，别看咱这工人村里这么多人，我心里最服的就是您！这些年我一直想给您老做脸，想干得比您还好！可我看明白了，您那个时代已经过去了！一辈人成一辈人的气候，我得重新开始，得换新活法！这段挺苦挺累，可我浑身是劲使都使不完！过去我像是一根火柴盒里的火柴等着别人来划，要是火柴盒湿了潮了就完了，现在不用别人划我自己着了，这心里头堆满了柴，一旦着起来我就能着一场大火！爸，厂里一百多号人都让我点着了，大伙儿都嗷嗷叫，精气神儿可足了！这场火小不了！您去我那儿看看，您儿子不白给！条条大路通罗马，民营工厂也是工厂，我厂子现在是小，可您给我起名叫杨大强！我不干拉倒，干就要做大做强！将来厂子有钱了，我头一件就掉过头和老机床厂搞兼并联营，到那会儿您瞧好吧。

**父　亲**　吹吹吹，没咋样哪就他妈吹，就你那两下子还兼并还联营？还都是你的了哪！你爸是工人，看真的信实的，你现在说出龙叫唤来也没用！还他妈罗马，你是骡子是马还不一定哪！

**大　强**　好，我和您立军令状，咱五年内见！您等着看有没有那天！

**父　亲**　坐，我让你坐。说吧，你小子回来干啥来了？十有八九你是有事。

**大　强**　到底是我爸，真了解我。爸，我是回来请您老出山的！厂里为王工的专利产品做样品，可最关键的三号轴我领十几个人干了七八天老是车不出来，工艺总也不过关。

**父　亲**　哼，我就知道你没事不会回来！油嘴八舌说了半天，百十号人的厂子连个样品都弄不出来，还好意思吹。

**大　强**　爸，说实话，我是请您暂时给我救救急，把样品先赶出来。客户急等着看样品和我们签合同！按王工的设计要求应该用数控机床干才能确保质量，可我订购的数控机床下月才能运到，那就来不及了，只能靠人工干。爸，连批量生产用的原材料宝成也帮我联系得差不多了，现在是万事俱备只欠东风，这头一炮打响国内市场就打开了，往后就好干了，要是不能尽快拿出样品，啥啥都泡汤了。爸，全厂一百多号人都眼巴巴地等我的消息哪，您老——

**宝　成**　（打开图纸）爸，我看了图纸，是挺难弄的，还真得您这八级大工匠出山。
〔母亲递老花镜，父亲接花镜戴好，接过图纸。

**父　亲**　（看了图纸）这活儿我干不了！

**大　强**　爸，他们都说您能干，我和王工都打了保票了。您真不帮我？

**父　亲**　不是帮不帮的事。这三花的活最要劲，进刀要稳要准，收刀要快，差一丁点儿都不行。当年这活儿我干过。不行了，老了，这手不听使唤了。可着城里数，没几个能拿得下来的，三厂的老胡头儿兴许能行，去找找他。

**大　强**　胡叔家我知道，我这就去找他。宝成，走！（带宝成下）
〔父亲默默地看着自己的手。
〔暗转。

# 第三幕

〔黄昏。远天的夕阳如血映照着工人村，一地夕晖。

〔杨家。宝成上，他躲躲藏藏，不时向后张望着。

〔手机铃响。

宝　成　（看来电号码后接电话）是我，我正在火车上……对，我就是要
　　　　钱去，要回来我先给你……哎呀，外头不只老刘一家欠我钱，钱
　　　　马上就会打到你账上！（挂电话，向外看）

〔大玲穿着报嫂坎肩、背着卖报袋上。她看着宝成。

大　玲　哎，你干啥哪？

宝　成　没，没干啥。

〔莹莹从偏厦出。

莹　莹　姑，姑夫！

宝　成　莹莹，替姑夫看看有辆面包车是不还停在那儿！

〔莹莹跑下。

大　玲　到底出啥事了？昨晚在家来电话你都不敢接，像是躲啥人似的。

宝　成　我的事你别管！（没好气地）你又上街卖报了？你找工作我不反
　　　　对，可我大小也是一个老板，老婆在街上卖报，这要是让我那些
　　　　朋友知道了，我还怎么和他们谈生意？真没治，你一个月卖报挣
　　　　多少钱？我全给你！

大　玲　唉，除了给我钱，你好像就不会别的。在一起这么多年了，你真
　　　　不知道我想啥？我就是不想让你养活。像小猫小狗似的要饭吃，
　　　　不是我杨大玲！

宝　成　你，和你说点啥咋这么费劲！你想啥我是不知道，我一天到晚在
　　　　外头忙活，压力有多大你知道吗？现在生意场就是战场，桌子底
　　　　下埋着地雷，椅子下面全是坑，连笑都他妈是假的。我是在跟一
　　　　群狼打交道，没后台没帮手全得靠我一个人，弄不好就让他们给
　　　　吃了。我这么干为啥？还不是为你为孩子为这个家！我要是钱再
　　　　多点，你和小亮日子就……爸妈也……

　大　玲　你能不能不让我担心，这些天你老没缘没故发火，到底遇上啥不

顺心的事了？

宝　成　和你说了也没用。

大　玲　唉，最近我常想你下海前那段日子，多好啊，早上咱俩一块儿上班，晚上一块儿回来，星期天还能一块儿领亮亮逛逛公园看看电影啥的，想事也能想到一块儿去。从打你辞职下海就好像离我越来越远了，现在你和我和孩子之间好像就剩下钱了。想想我就……

宝　成　废话，过日子过啥？不就是钱吗？现在有多少女人想有钱都想疯了，看着钱眼睛都冒蓝光！我知道你是说我变了，可社会在变，啥都在变，我不变行吗？要活下去不变你就得完蛋！你以为我不愿意逛公园看电影，可我是在钢丝绳上走路，在火上跳舞……

〔手机铃响。

宝　成　（焦灼地接电话）孙胖子，你别逼我行不？逼急了你一分钱也得不着！这样，你最后再给我点时间，我保证……好，就这么的。

〔宝成欲下，母亲和大强拿穿肉串用具上，宝成忙过去帮着母亲脱外套。

宝　成　妈回来了。

母　亲　你俩咋了？

宝　成　（掩饰）没有，我俩商量事哪。

大　玲　是，妈，我们正说小亮在学校的事。大强，你的样品怎么样了？

大　强　唉，胡叔去了，还是没干下来。我来拿点东西，马上去找五厂的刘师傅。想不到这么不顺！

母　亲　这些天你爸天天打听这事，唉！

大　强　宝成，你提供的几家有原料的公司我们联系了，张家口侯总、哈尔滨孙经理那儿有货，业务员已经去看货了。你再和他们说说，样品出来合同一签我就进货。

宝　成　好！大强，我看你还是上哈尔滨孙胖子的，他和我熟，我可以帮你压压价。

大　强　好！（进偏厦）

〔莹莹跑上。

莹　莹　大姑夫，面包车不在了。

宝　成　妈，大强，我有点急事，先走了！（急下）

| 母 亲 | 玲啊，宝成出啥事了咋的？ |
|---|---|
| 大 玲 | 没啥，生意上的事。 |
| 母 亲 | 他也不易啊。玲，你得多体谅他点，有啥事让着他点，你俩可不能再出啥事了，那可就要你爸的命了。 |
| 大 玲 | 不能啊，您放心吧。 |

〔大强从偏厦出。

| 大 强 | 妈，我得走了。（欲下） |
|---|---|
| 母 亲 | 等等，你毛衣秃噜线的地方昨晚上我给你补了针，换上。 |
| 大 强 | 妈—— |
| 母 亲 | 不成，快换上。（帮大强换上毛衣）一忙就啥也不顾了，瞧你这样！胡子拉碴的，还厂长哪，可哪儿办事也不怕人笑话。 |
| 大 强 | （穿好衣服）挺好，妈，我走了。您还是劝劝爸肉串就别卖了，大冷的天！ |
| 母 亲 | 唉，我哪劝得了他，非要把二强偷的钱挣回来，还想给莹莹攒补课班的钱。 |

〔大强急下。

| 母 亲 | 身边要有个人照顾他就好了。玲，你感冒好点没，还发烧不？ |
|---|---|
| 大 玲 | 没事了。在厂子多少年我都没请过假，这点病不算啥。妈，我现在报纸卖得可好了，都有回头客了，每天快收摊的时候总有一个瘦老头来买晚报，一买就买不少张，说是给他邻居带的。我省老事了，提前半个点就能收摊。 |
| 母 亲 | 是嘛。这可太好了！走，和妈一块儿做饭！厨房唠去。 |

〔母女俩进厨房。二强一身打工装扮手缠绷带上，探头探脑。大玲从厨房出来。

| 二 强 | 姐！ |
|---|---|
| 大 玲 | 二强！老天爷，真是你！ |

〔母亲从厨房出。莹莹也出。

| 母 亲 | 天，二强！（一把抱住儿子）快让妈看看，这段你跑哪儿去了？也没个信儿！ |
|---|---|
| 二 强 | （抱母亲）妈，你身体咋样？ |
| 母 亲 | 好好，妈挺好的。快说说，你这些天都在干啥？ |

二　强　妈，我饿了，先给我弄点吃的。

母　亲　有，有。大玲，把锅里热的饭菜都拿来，快！

〔大玲入厨房，端着饭菜复出。

二　强　太好了，我就想这口。（坐下大吃起来）

母　亲　慢点，别噎着了。这咋像多少顿没吃着饭似的？强啊，你这手咋的了？

二　强　没事，冻的。

母　亲　妈呀，咋冻成这样了？妈给你上点药。（为儿子抹冻伤膏）瞧瞧，干啥活冻成这个样？累不危险不，快说呀！

二　强　妈，姐，我和铁林、三子他们合伙儿包了个活儿，专门给高层建筑，就是高楼粉刷外墙面。老好玩了，爬上爬下挺适合我们的。不少南方人都想包，让我们硬抢过来的。

母　亲　就、就是吊在楼外头拿刷子刷楼啊！强啊，那是玩命的活儿呀！

二　强　挣钱也多啊！哎，你们看过电影《超人》没？我现在跟他差不多，特刺激特过瘾！对了姐，把我棉衣服找出来，还有妈给我做的手闷子。

大　玲　唉。（入内）

母　亲　（捧着二强的手）强，妈再也不让你走了，宁可让你在家待着。

二　强　那可不行，我正干得来劲哪！不少下家都等着我们哪。妈，你放心吧，头一次从高楼上往下看，真挺害怕，肝儿都颤啊！现在一点儿都不怕了。每天早上太阳出来我们就往高高的楼顶上升，悬在几十层高的大楼上那感觉，特牛！整个世界都在我脚下，天比往常蓝，阳光比往常亮，空气都比在地上新鲜，广场、公园、街道，啥啥都看得真真的，闷了我们就在半空中喊他几嗓子唱他一段，那动静干老远了！（唱）

　　　　　蓝蓝的天上白云飘，

　　　　　白云下边我刷大楼，

　　　　　荡起绳子我唱起歌，

　　　　　天下我最牛！

〔空际中传来车声、人声、几个年轻小哥高亢的喊声、激情粗放的吼唱声。

〔回声悠远动人，渐弱。

二　强　（狼吞虎咽地大吃）还有没，再来点！（喝汤舔碗）真香。啥都好，就有点想家想小方想你们，你们说怪不？到了外头就觉着家里啥都好，爸动不动就骂我打我，可一离开家连他我都想……

母　亲　强啊，你走这些天，妈天天都在想你，做梦都梦见你。

二　强　妈，我也老梦见您。梦见您给我盖被，给我做好吃的，饭了菜了，全是我爱吃的，一大桌子，吃得正香哪，我爸拿着棒子来了，我扔下碗就跑。

母　亲　（笑）这死崽子！知道你偷钱跑了你爸没气死，说要把你腿打折哪！

二　强　嘿，准急雷暴跳的。

莹　莹　要不是你偷钱，爷和奶还不能上街卖肉串哪。

二　强　（沉默一下，起身）饱了，这顿饭真香，能顶他十几天。我得走了！

母　亲　这就要走？那可不行，咋的也得待几天哪。

二　强　下次吧，小方我已经看着了，你们也看了，饭也吃了，全部到位！（脱下旧工装换上棉衣）妈，告诉爸，我会带着钱回来见他的！

母　亲　你，你不见他？他一会儿就回来了……

二　强　别了，您还是留着我这条腿干活儿吧！姐，代我好好照看爸妈。（鼻子一酸，咬牙忍泪，戴上手闷子）这回好了，想家了我就把手放到这手闷子里暖暖，就当小时候妈给我焐手。走喽！现在呀，时间就是嘎嘎响的老头票！（抓起棉衣跑出门）

母　亲　二强，你得带点钱哪！二强，妈送你上车！（拿着钱追下）

大　玲　妈，妈！您慢点！（拿起母亲的棉衣追下）

〔父亲夹着报纸从寒风中上。

莹　莹　爷，您上哪儿去了，这几天您怎么老是这么晚才回来？刚才小叔回来了！

父　亲　哦，在哪儿哪？（急四下寻看）

莹　莹　走了，他不敢见您。

父　亲　他还敢回来！妈巴子见着他我打折他的腿！臭小子偷我的钱！

（猫腰将报纸放入柜子，关好柜门）

〔小方拿两只旅行袋上，都是给二强买的东西。

小　方　大叔，二强哪？

父　亲　走了！

小　方　啊，我给他买了这么些东西，咋说走就……大叔，不会是您把他打走的吧？

父　亲　面都没见着，我上哪儿打他？

小　方　大叔，二强在外边吃老了苦了，天这么冷，他天天悬在数十层高的大楼外刷大楼，住的四面透风的工棚，手脚都冻伤了。

父　亲　啥？刷、刷大楼？这小子跟你编扒吧？他那好吃懒做的货还能干那活儿？

小　方　您，在你们眼中二强是最差的，可在我心中他是最棒最酷的！可着工人村有几个人敢像他这样刷大楼玩命？这才叫男人！他说了，不干出个样就不回来见您！

父　亲　这小子还有这尿性？小方，你刚才说的都是真的？

小　方　当然是真的。我没看错二强，这辈子我跟定他了，再穷再苦我也乐意！别人爱说啥说啥，我去找他，到他工地上帮他做饭，照顾他！

父　亲　真是没想到，你等等。（取出身上所有的钱，抱出狗皮褥子）把这些都交给他。哎，告诉那兔崽子，干活时加小心，给我全须全尾地回来！

〔小方向父亲鞠躬，跑下。

父　亲　（默默拿起二强脱换下来的破烂工装看着）这臭小子找啥活儿干不行，偏找这种玩命的活儿，这要出个三长两短的，唉！

〔母亲和大玲上。

母　亲　（流着泪）这个死崽子，跑得这么快，追都追不上。进屋这么一会儿就……都是你，硬把他骂走了，大冷的天挂在大楼外头干那么悬的活儿，真要出了事我管你要人！（进厨房）

大　玲　爸，二强说在外头也挺想您的，做梦还梦见您了。（进厨房）

〔父亲默默无语，他坐下，活动着手，取出老花镜戴上，拿起老太太做活的针线，对着灯光细心地纫起针来。

莹　莹　（走过来）爷爷，您看，这次大考我得了全班第一名。

父　亲　（看成绩单）好，好啊，莹莹，来，爷爷给奖励。唉，爷这辈子就是书读得少，妈巴子咱家说啥也得出个有文化的，爷就是拼了老命也要让你上大学！

莹　莹　要是我考上研究生博士生哪？

父　亲　那爷爷也供你！只要爷爷有一口气，爷爷就供你。

莹　莹　爷爷您真好。您放心吧，我肯定给您争气做脸。我长大了准比我爸我姑他们都强！（看着针线）爷爷，这两天您老摆弄这个，您想缝啥呀？

父　亲　嘿嘿，不缝啥，闲着没事，爷爷弄着玩。（没纫上针）

莹　莹　我来帮您吧！

父　亲　不用不用，爷自己来。（手发抖，纫了几次又都没纫上）

莹　莹　真笨，看我的！（接过针线纫上）

父　亲　嘿，这小手真灵巧。来，看爷爷的！（扯出线，想再纫）

莹　莹　爷，您这是干吗？我都给您纫好了。

父　亲　嘿嘿。爷爷整着玩，整着玩。（眯眼纫针）老了，真老了，这破手不争气了，干点啥就发抖，看爷再来一遍！（再纫，纫上了）嘿嘿，纫上了！哈哈，还行还行。（拿起绣花板绣起来）莹啊，你说你爸这破厂子能办成吗？

莹　莹　肯定能，我爸几百人的大车间都能管，这个厂子才一百人。爷，我爸读的书可多了，懂的事也特多，活儿干得好，和大伙儿的关系也好。

父　亲　到底是女儿，尽给他说好话。唉，管个车间和管个厂子可不一样。

莹　莹　爷，听奶奶说，我爸厂里那个活儿胡爷爷去了也没干出来。要是整不出来就……爷，姑姑说那活儿您能干，他们都说您以前可能耐了，您不帮帮我爸呀？

父　亲　唉，爷老了，要搁过去比这难弄的活儿爷也能干，现在……（继续绣着）

〔大玲从厨房出。

莹　莹　姑，您帮我给新书包书皮好吗？

大　玲　好。报纸在哪儿哪？

莹　莹　（跑到柜子前取出一些报纸）这些都是爷这几天拿回来的。

大　玲　（看着）这、这些报……（拿着报纸走向父亲）爸，原来那个瘦
　　　　老头是——

父　亲　什么瘦老头！这个莹莹，你把它们翻出来干啥？

大　玲　爸，您就别瞒了，给那个瘦老头的晚报我都是编了号的。怪不得
　　　　的，原来是您把那些报纸买去了。

父　亲　唉，这段天这么冷，你这几天还有病闹感冒，我寻思在路口帮你
　　　　卖几张，你就少站会儿，早点儿回家，少挨会儿冻。嘿嘿，还
　　　　行，一天就剩不几张。爸老了，没别的能耐，帮你卖几张报纸还
　　　　行啊。唉，这些年你们跟着我没得着啥好，爸欠你们的呀！

大　玲　爸，您别这么说。您和妈这么大岁数还上街卖肉串，我挨点冻卖
　　　　点报有啥？和二强的活儿比我这更不算事。这些天我把挺多事都
　　　　想开了，老把自己当先进当典型，老想什么国营厂什么下岗不下
　　　　岗的就没法活了。我就是个大街上卖报的，靠劳动挣钱不砢碜也
　　　　不丢人。这一想开呀心里敞亮多了！精气神儿也足了。爸，最近
　　　　报社搞报亭承包，我和两个下岗的姐妹已经凑钱承包了九路市场
　　　　的一个报亭。卖报我也要卖出个样来，我要让大伙儿看看，杨大
　　　　玲干啥也不会落在别人后边。

父　亲　好，好啊。

大　玲　爸，还记着我小时候您教我骑自行车吗？您在后边都撒手了我还
　　　　在骑，结果我骑了那么远才发现您都撒手了，可就那一会儿我就
　　　　会骑了！

父　亲　这你还记着，嘿嘿，那会儿你老是怕摔倒，我就用了这个法儿。

大　玲　是呀，得亏您用这个法儿，要不我还得学好多天。爸，现在我和大
　　　　强二强都在往前扑奔，咱家的日子肯定会好起来，等小亮、莹莹起
　　　　来了还会更好。爸，您就撒手吧，我们的车还会照样往前走的！
　　　　〔空际中回响着几个孩子童年时的笑声、喊声。
　　　　〔当年大玲的喊声："爸，看哪，我自己能骑了，我自己能走了！"
　　　　〔声音渐弱，消失。
　　　　〔父亲起身，穿衣服。

大　玲　爸，天黑了，您要上哪儿去？

父　亲　我出去转一会儿。你们该吃饭吃饭。（猫腰从柜子里取出工具袋）别管我。（慢慢走出家门）

〔空际中响着孩子们的声音——

大强画外音："爸，不用别人划我自己着了，这心里堆满了柴，我要着他一场大火！"

大玲画外音："爸，您老就撒手吧，我的车会照样往前走的！"

二强画外音："不干出个样来，我不回来见您！"

〔音乐起。父亲走着，走在儿女的心声中。

父　亲　妈巴子的，好，真好啊！

〔舞台慢慢旋转。空地上，暮色已经升起。路灯亮着。


〔老丁头儿、老宋头儿等老哥们儿在下棋拉弦，老梁头儿在轮椅上捧着半导体听广播。

〔寒风中，父亲慢慢走到老人们中间。老头儿们发现他到了，故作没看见。

老宋头儿　听说没？大强那边让大轴给卡住了，万山愣是不帮他。

老丁头儿　听说了，现在全工人村谁不知道这事了。

父　亲　不是我不帮他，多少年不干了，这手——

老梁头儿　也不能怪他，我知道他，他老了。唉，当年全东北车床大王，不中用了。

老丁头儿　我看他也不行，什么八级大工匠、车床大王，那会儿兴许就是吹出来的。

父　亲　哎，我说你们说啥哪，那咋是吹出来的？

老丁头儿　不是吹出来是啥？黄忠、廉颇比你老不？姜子牙比你老不？人家越老越英雄，你可好，才六十多岁就堆水了，就会豁牙郎齿地嗑花生米喝烧酒了。

父　亲　你，你小子说啥哪？

老宋头儿　唉，人要到这份儿上了说啥都没用了，大强他们盼也是白盼。这种爹，没用！

父　亲　你、你们，你们以为我真不行？哼，明告诉你们吧，这几天我趁厂里没活儿到车间试了几次手，只要我把活儿捡起来照样好使！

**老宋头儿** 拉倒吧，听你说话就没底气！哎，你们信吗？我和你们打赌，他不好使！

**老丁头儿** 我才不和你打这赌哪，他都多大岁数了，不服老不行。大个子，你说是不？

**冯大个儿** 我看也是。

**父　亲** 好好，我还真不信这个邪，这个赌我和你们打！我非去大强那儿露一手给你们看看。赌啥的？你们说！

〔众老人对视，偷笑。

**父　亲** 啊，你们是在激我呀，我中了你们这帮老家伙的计了！

〔众老人齐笑。

**老梁头儿** 嘿，刚才你那个样才像当年的杨万山！万山，该伸手时就得伸手啊，当年老杨家七郎八虎没了，佘老太君还领着十二寡妇出征哪。现在咱孩子都在往前闹，咱们是老了，可天塌了咱这帮老东西也得帮他们先擎一阵子！

**冯大个儿** 没错，我看大强这小子挺有样，过了这一关兴许还真能干出点儿名堂。

**老丁头儿** 万山，我们可都等着哪！

**众老头儿** 等着你再露一手！

**老梁头儿** 拉弦，咱们唱一段。

〔拉弦师傅奋力拉胡琴，老梁头儿带头唱起来。

**众老头儿**（唱）"说什么无有良将选，

　　　　　说什么求帅难上难，

　　　　　还未出兵先丧胆，

　　　　　一叶障目不见泰山。

　　　　　只要朝中一声唤，

　　　　　这挂帅出征我佘太君一力承担！"

〔一束光射向父亲。

〔舞台各处各种机器的喧哗声升腾而起。

**父　亲**（独白）我还能行吗？我这匹老马还上得了阵吗？这几天一走进车间大门，一开动机床，一闻到那机油味，妈巴子的我这全身的血就直往上涌，摸摸床子握着摇把，我好像又回到了四五十岁，

153

回到了二三十岁！机床轰隆隆响跟唱歌似的，挑一把好刀，磨好，安牢，提足一口气握住摇把进刀！真带劲真来神！也怪了邪了，干起活儿来心里那个亮堂那个痛快！恍惚地我又看见了大强，他十岁那会儿跟我进了车间，围着机床看哪跑啊，冲着我喊："爸，我要当工人，当跟你一样的工人！"后来，他长大了，真当上工人了，是个材料，车钳铣刨焊，学啥像啥，样样拿得起放得下，真他妈有样。又一晃当上厂长了，更有样更像那回事了！他拿着图纸眼巴巴地等着我哪！好，儿子，你老子就再拼他一把，拼上这条老命再帮你一程！让你看看你爸到啥时都是响当当当当响，只要这口气还在，只要还没闭眼，就还是那个顶天立地的杨八级！

〔天际又下起纷纷扬扬的大雪。此起彼伏的机器声。整个舞台一片红光。

〔父亲拎着兜子一步步向雪中走去。收光。

〔机器声有如雄浑的交响乐回荡着。

## 第四幕

〔光起。冬末春初，春寒料峭的午后，工人村树木已泛起淡淡的绿色。

〔杨家院外，父亲在寒风中眼巴巴地守望，袖着手跺着脚。大玲背着报袋，小莹莹背着书包上。

莹　莹　爷爷，我回来了！（行礼）爷爷，祝您生日快乐！

父　亲　唉，快乐快乐！妈巴子还得是我孙女！饿了吧，赶紧进屋！

〔莹莹进屋。

大　玲　爸，看啥哪？

父　亲　没，没看啥，晒太阳，我晒晒太阳。（抄袖）要开春了，树都绿了。

大　玲　是想大强和二强了吧？放心吧，今天是您生日，他们一会儿准能回来。

父　亲　那可不一定。大强工厂正忙着，小二驴子离得那么远，谁知道能回来不？不回来更好，眼净，省心！

大　玲　（拿出一件衣服）给您的生日礼物，是用卖报挣的钱买的。

父　亲　好，好啊！

大　玲　爸，风大了，您老身体不好，别在外头站久了，回屋吧。

父　亲　你去帮你妈忙活去吧，我再待会儿。

〔母亲出。大玲进屋。父亲来回走着。

父　亲　你说这帮死崽子啊，知道我六十六大寿也不回来，眼里根本就没我！往年宝成就是顾了八下也得来给我过生日，今儿个他也不露头？老太婆，我咋老觉着有点不大对劲儿，他是不出啥事了？

母　亲　你呀，孩子有正事，你就别挑他了，反正一会儿就见面。老头子，咱可说下，今天是你生日，二强回来你可不兴鼻子不是鼻子脸不是脸的，乐呵呵当你的寿星老！（取药）来，吃药。

父　亲　吃药吃药，我都快成药罐子了。

母　亲　这一阵把你累坏了。大强那活儿合着帮干下来就得了呗，还三天两头往大强厂里跑。冰天雪地的，想想我就后怕！

父　亲　你个老太婆，怕啥，我都快七十的人了，走就走了呗。

母　亲　（嗔）说啥哪？我可不让你先走，要走你得走我后头。

父　亲　你说这大强还真有两把刷子，连铁林、二柱那几个刺儿头都在玩命干活儿。行，行啊！这些天啊，我也想通了，国营厂民营厂都是工厂，一笔写不出两个工字，大名都是工人。谁能把活儿干好干漂亮了，能把厂子整红火了，这才是真格的。等着盼着不如操家伙实干啊。我呀，服了！妈巴子翅膀硬了，能飞了，我这心里开始欠缝了见亮了，见着亮了！

母　亲　是呀，见亮了。你说说，这一宿工夫好像都长大了。天上刷大楼的，地上卖报纸的，还开起了工厂，都挺能耐的。

父　亲　是呀是呀，这比啥都强啊。往后啊，咱俩也别像俩抱窝的老母鸡似的，顾着这个护着那个的，也该歇歇了，让他们自己个儿往前闯！

母　亲　你呀，也就说说，我还不知道你，今天说完明天就得挺着个病身子去卖羊肉串。过了六十六，一眨眼就是七十，往后我不许你穷折腾了，我得看着你，过了这个生日啥都不管了，就在家带小莹莹安度晚年，行不？

父　亲　好好，不管不管。哎，你这段白头发也渐多了。好，等春暖花开了，我也学学老丁头儿他们，下下棋钓钓鱼逛逛公园，咱俩一块儿轧马路看电影。

母　亲　这可是你说的，到时不许打赖！（拉父亲进院）

〔宝成上，提着蛋糕和酒。

宝　成　（打电话）找孙胖子……还不在，你再告诉他一遍，我给他三天时间，我内弟的货必须发过来，我就是卖血扛大包也会还清我欠他的债，他要是再这么玩邪的我逮着他就跟他对命！

〔传来人声，宝成急躲开。二强、小方上。二强拄拐，腿打绷带。莹莹跑出。

莹　莹　小叔，你？爷、奶，我小叔回来了。

〔母亲屋内声："啊，二强，二强在哪儿？"

〔母亲、大玲都奔出。父亲也急步跟出。

二　强　妈！

母　亲　二强？你，你这是咋的了？

〔父亲站在门口，见状怔住。

二　强　爸，不用您费事打了，我的腿折了！爸，不孝儿子给您老赔不是了！给您祝寿了！（费劲跪下磕头）

父　亲　起来，快起来！（扶起二强）你这是咋的，啊，打架了咋的？

二　强　嘿，没有，从架子上掉下来骨折了。医生说没大事，妈，真事！

母　亲　（抱住二强）强，你……你受苦了！（流泪不止）

二　强　妈，看您，整得我直不得劲。爸、妈，这段一直是小方照顾我了。

父　亲　行，行啊，二强子有福啊。都进屋，别在外头立规矩！（弯下腰）儿子，我背你。上来呀你！

〔感人的音乐中，父亲背起了儿子。众人进屋，扶二强坐下。

〔二强和父亲对坐。父亲用残手颤抖地抚摸二强的腿。

二　强　爸，您的手怎么抖得这么厉害？（握住父亲的手）

父　亲　爸没事，爸没事。你这腿真没事呀？

二　强　没事！（取出钱）爸，这是我挣的，六千块！给您，收起来。

父　亲　别，你留着和小方结婚时用。

二　强　别，我得先奉养老人，结婚的钱我再挣。我们哥儿几个又揽了几份新活儿，等我腿好了接着干。您放心，中国这么多楼够我们刷一阵子的。爸，收下吧，折腾这一阵我才明白，人咋活着有意思了，钱从哪儿来的才有分量。

父　亲　二驴子，懂事了，懂事了！

二　强　爸，我得谢谢您，您那顿骂骂得好，那顿打打得好。在外边最累的时候，累得像死狗似的时候，一想起那天雪地里那一幕，我就咬紧牙挺住了。爸，过去我没少气您，这钱您一定得收下，要不我还到外头站着去！

小　方　大叔，您老就收下吧。

父　亲　好好，我收下。往后我又可以人前人后挺着胸脯吹吹了……妈巴子的，早知道这样我早打你一顿好了。

〔众人笑。母亲、大玲在边上落下泪来。大强上，心事重重。

莹　莹　爸爸！

母　亲　大强，你可回来了！老头子，你看这不都回来了嘛，一大早就盼你们哪。

大　强　爸，给您祝寿了！

父　亲　好好，回来就好，有话饭桌上唠。老婆子，就不等宝成了，先开席！

大　强　（小声地）姐，姐夫来过电话没？

大　玲　没有啊。大强，你脸色这么不好，出什么事了咋的？

大　强　没，没事。

〔母亲、大玲、小方张罗着端菜搬椅子，众人落座。小方倒酒。大强一直无话。

父　亲　（放下筷子）咋的，出啥事了？

大　强　没，没事！

父　亲　不对，瞅你这样就不对劲。说吧，又咋的了？

大　强　爸，真没事。

父　亲　行了，这么多年我不知道你？咋回事？竹筒倒豆子，痛快的！

大　强　（痛心地）真想打我自己一顿哪。钱打给了孙胖子，他们发了一批货，厂里生产进行得很顺利，可再往后他们就不发了。我

157

追他要货，他说宝成欠他的钱没还，剩下的钱宝成已经答应顶他的债了！

众　人　什么？

大　强　那是大伙儿集资入股的钱啊，不少人是借的钱，有的还把买断工龄的钱、孩子上学的学费和买房子的钱都拿了出来……大伙儿谁都不说话，看我的眼神就像刀子似的割我的心。生产只能停下了，下月底就是给客户交货的日期，要是交不了货就完了。他们相信我才辞了公职，啥啥都豁出去跟我干，厂子完了，他们就得失业，就得……

父　亲　宝成，宝成哪？找到他没有？

大　强　他一直在外头，打了一次手机，他说他负责找孙胖子，以后就再也联系不上了。

大　玲　怪不得他这么些天都没露面，爸过生日这么大的事也……

二　强　想不到这人这么毒，真欠收拾！

母　亲　哎呀，可咋整呀！这几天我就觉着要出事。

〔宝成出现了，提着酒和生日蛋糕。

宝　成　爸！给您老祝寿了。（鞠躬）您老最爱吃的蛋糕，最爱喝的老白干。

大　强　宝成，你总算来了，孙胖子……

宝　成　大强，我对不住你。

大　玲　宝成，到底是咋回事？你快说呀！

宝　成　都怪我，我也没想到孙胖子会……这几天我一直在给他打电话，这个混蛋愣是不开机，我跑到哈尔滨找他也没找到。唉！我都不知道怎么进这个门，其实我早就来了，一直在外边。

大　玲　都这会儿了，你说这些有啥用？货是你给联系的，这事你不负责谁负责！你赶紧想别的法呀！

母　亲　是呀，宝成，你朋友多，这时候你得使劲呀！

宝　成　妈，我啥法都想了，孙胖子找不到，我一点儿没敢耽搁到处找人借钱，就想把这个窟窿堵上，可……

大　强　这么说你一点儿办法都没了？

158　宝　成　大强，我……

大　强　我真得谢谢你，你实实惠惠给我上了一课，只是这次学费交得太大了！你知道吗，那是厂里最后一笔流动资金啊！交货日期到了交不了货，我那厂子就全完了！咱俩从小就在一起，一碗饭两人吃，一件衣服两人穿，这些年我一直把你当亲哥，下海以后我时刻提着心就怕出事，可我怎么也想不到是你捅了我第一刀！

大　玲　都怪我，当初你和孙胖子交朋友，我就觉得他不是正经人，我要是早点儿劝你就好了。

父　亲　你们都进去，宝成留下！都给我进去。
　　　　〔众人进里屋，只剩下父亲和宝成二人。

父　亲　宝成，这到底是咋回事，你说话呀！

宝　成　爸，您听我说，这一段我那生意一直不好，我下狠心做了一笔大生意想彻底翻个身，可没想到做砸了，公司里的资金和我贷的款全扔进去了。

父　亲　什么？

宝　成　啥叫墙倒众人推这回我算是知道了，那些债主知道了全都找上门来要钱，公司的房产，还有我和大玲的存款全拿出来只还了一部分，欠孙胖子的钱一直凑不够，他限我三天把款还上，不然就要起诉我，我实在没办法才……本来有个客户答应还我一笔钱，我打给孙胖子就行了，可欠我钱那家伙没影了！现在这个局面我也没想到。爸，我只能那么干，我必须弄到一笔钱喘一口气！

父　亲　那，那你就看准了大强！

宝　成　爸，我顾不了那么多了，这些年我玩命地扑腾，喝了多少苦水才到了今天，我不能就这么沉下去，快淹死的时候我得抓住点儿什么浮上来，不管是什么我都得抓住。爸，您别这么看着我，别这么看着我，您骂我我听着，您打我我受着。这些年我经的太多了，看透了看破了，在厂子当工人那会儿讲感情讲交情，可到了社会上还那样根本就活不了。生意好了有钱了，周围的人才会围着你转，你才有一切，这才是真格的！这年头谁是爹，钱才是爹，人民币才是爹！

父　亲　你——（挥手欲打）

宝　成　（抓住父亲的手让他打）爸，您打吧，您打我几下我心里好受些。

159

父　亲　放手，你放手！（挣开，颤抖着双手）我这双手，它有残疾呀！

宝　成　（哭了）爸，您老对我的好我一辈子都忘不了，到死我也报答不了，我只求您老一件事，这些年我已经离不开这儿了，这是我在这世界上最后一个窝，到了这儿我就踏实，没有这个地方我怕我都撑不到今天。（摘下手表、金项链）要是一时找不到钱，这些先给大强应急，我就剩这些值钱东西了。我这就去找他们要钱，说死我也要把大强的钱要回来！

〔沉默。众人出。

父　亲　好，真好啊，我的好徒弟，好姑爷！这是咋的了？当年他是多好的一个孩子，仁义，懂事，能吃苦，脑瓜儿还好使，好好的咋变成这个样了？这，这到底是哪儿出了毛病啊？

母　亲　（上前挽住父亲）老头子。

父　亲　没事，我没事，兵来将挡，水来土掩，事摊上了咱就扛着。大强，路是你挑的，厂子是你张罗的，大伙儿撇家舍业和你一块儿干，你想咋办？你咋不说话呀！霜打的茄子蔫了？属瘟鸡的耷拉头了？软蛋了服输了？

大　强　原来我还想指望指望宝成，看来什么时候都不要指望别人，只能靠自己。爸，我已经想好了，把我那套房子卖了，把所有值钱东西都卖了。

母　亲　这是真的？大强，你，你连家都不要了？

大　强　妈，我也不愿意这样，我就是不想这么倒下。家没了以后我置，钱没了将来我挣！这些天我和这个厂已经连在一起了。我心里的火着起来了，再也灭不了了。这一段才是真正的生活，真正地活着！下辈子我还愿这么活。我就是觉着对不起莹莹，她没家了，只能待在这儿。

莹　莹　爸，我不怪您，我就愿意和爷爷奶奶在一起。

大　强　好莹莹。爸，我这就走，给厂子买新的原材料！生产不会停，厂子不会完。

父　亲　行，行啊，是条汉子！你要真就这么认输了，一跤摔倒了就起不来了，就不是我杨万山的种！大玲，你给宝成也捎句话，他要是这个家的人，还想认我这个爸，也不能趴窝倒下。老婆子，去把咱家攒的钱都取出来，去呀！

〔母亲进卧室。

大　玲　（摘下戒子、耳饰）大强，姐帮不了你啥，这些给你！

莹　莹　（捧出储蓄盒）爸，这是我攒的，都给您！

〔母亲取出藏钱的包袱慢慢出。

父　亲　（接过包袱，声音颤抖地）大强，都在这儿哪，钱不多，都给你！

大　强　爸，我不能要……

父　亲　让你拿着就拿着，要是不够咱砸锅卖铁卖东西卖这老房子！咱们不能做对不起厂子对不起人的事！这是咱家的门风啊！

大　强　（接过包袱）爸——（给父亲跪下）

父　亲　起来！起来呀，男人膝下有黄金。（扶起大强）

〔母亲又捧出两只镯子，手抖抖地把看。

大　玲　妈，这是你和爸结婚时的信物呀！

父　亲　啥信物不信物？老夫老妻白头到老了不在物件，是吧老太婆！大强，拿着，别给你老爸丢脸！爸还等着看你着那场大火哪！

大　强　爸，豁出命我也要爬过这个坎儿。您放心，您儿子，倒不了！

父　亲　好，倒酒！

大　强　（上前）来，把杯子都举起来。爸，祝您老生日快乐！

众　人　（举杯）爸，生日快乐！

〔音乐起。

母　亲　（也举杯）老头子，给你祝寿了。

父　亲　孩子们，今儿个爸要倒过来敬你们一杯酒！爸老了，身子骨一天天不听使唤了，蹦跶不了几天了，就看你们的了！虽说眼下你们都上道了，可往后沟沟坎坎的不会少，不会那么顺顺当当的。唉，爸这辈子没啥东西留给你们，人活一世活的就是一口气一股精气神儿，只要这口气没断，这股精气神儿没散，遇上啥关口都能挺过来！我给你们留下的就是这口气这股精气神儿，全在酒里头了，爸干了！（一饮而尽）

〔众儿女也饮尽。暗转。


〔工人村。父亲、母亲、莹莹等送大强远行。

父　亲　小子，去吧，看准了道往前奔吧，别忘了你是我儿子，身上流着我的血，别丢了咱老杨家的精气神儿！我和你妈到啥时候都给你亮着灯留着门！

〔大强缓缓走下。老两口久久伫望。小院灯火动人。火车声隆隆。

——剧　终


《父亲》创作于1998年，1999年由辽宁人民艺术剧院首演于沈阳。剧本获2000年中国曹禺戏剧奖·剧本奖（1999年）。修改重排后，剧目入选文化部2003—2004国家舞台艺术精品工程、中宣部第八届精神文明建设"五个一工程"、文化部首届优秀保留剧目，获得第六届中国艺术节大奖、文化部第九届文华大奖。

## 作者简介

李宝群　男，1963年出生，辽宁北镇人。代表作品有大型话剧《父亲》《矸子山上的男人女人》《黑石岭的日子》《万世根本》等，小剧场话剧《带陌生女人回家》《两个底层人的夜生活》《两只蚂蚁在路上》《乡村往事》等，儿童剧《第七片花瓣》，歌剧《鹰》，芭蕾舞剧《二泉映月》等。

·淮 剧·

# 十品村官

陈 明

人　物　田来顺——男，二十多岁，村民小组长。

徐干娘——女，五十多岁，党支部委员。

李彩珠——女，二十多岁，养狐专家。

小　月——二十多岁，田来顺的未婚妻，幼儿教师。

谭二爷——六十多岁，退休的民办教师，徐干娘的丈夫。

刘六妈——女，五十多岁，乡村接生婆。

〔上世纪90年代末，崭新的21世纪就在眼前。

〔苏北里下河地区，随处可见这样一些说不出名字的小村庄。

〔故事发生的时候，离小村不远的地方正在修建一座飞机场。村里的男人都到江南打工去了，留在村里的都是些老弱病残、婆婆妈妈。于是，这个机场边上的女人村里就有了故事。

〔幕启。村口码头。

〔一阵飞机起飞的轰鸣声划破长空。

〔幕内童谣声传来：

　　　　"过年了，放鞭炮，

　　　　正月十五闹元宵。

　　　　爸爸出门赚钞票，

　　　　妈妈在家带宝宝。"

〔幕内声："走好了！""写信回来呀！""小月，来顺不回来，我们就开船了！"

〔小月提行李边招呼边上。

小　月　哎！不忙开船，我家来顺还没有回来呢！唉，真急死人了！（唱）

　　　　正月半，团圆的汤团才吃过，

　　　　男人们，又要到江南去干活。

　　　　家家少了顶梁柱，

　　　　　　村里成了女人窝。

　　　　　　三天前众人讨要集资款,

　　　　　　村里面上下闹成粥一锅。

　　　　　　徐干娘又气又急动肝火,

　　　　　　来顺他挺身而出平风波。

　　　　　　独自进城找债主,

　　　　　　至今未归却为何?

　　　　　　只怕他讨债不成闯下祸,

　　　　　　耽误了南下打工损失多。

　　　〔刘六妈提篮子匆匆上。

刘六妈　小月呀,你凭什么不让开船啊?

小　月　来顺进城讨债还没有回来呢。

刘六妈　我家二狗子与江南的老板已签了合同,要是违了约,抵押金就全
　　　　泡汤了。再说,总不能等他一个人,耽误了大家呀!

小　月　来顺也是为大家办事嘛!当初集资款被骗,可是你家六爷当组长
　　　　时捅下的纰漏。

刘六妈　少废话,这件事我男人也是受害者!(唱)

　　　　　　提起集资老陈账,

　　　　　　细说内情泪汪汪。

　　　　　　我男人当初做组长,

　　　　　　事事要听徐干娘。

　　　　　　村里穷得叮当响,

　　　　　　她还要甩开大步奔小康。

　　　　　　谭二爷出谋划策办工厂,

　　　　　　我男人请来大款进村庄。

　　　　　　哪知道黑心的老板耍花样,

　　　　　　骗走了集资款人心惶惶。

　　　　　　害得他躲到外乡去流浪,

　　　　　　这件事责任全在徐干娘。

　　　〔徐干娘抱着一捆书籍拄拐杖上,谭二爷随上。

徐干娘　六妈啊,你又在说我什么坏话呀?

刘六妈　没说什么，没说什么。

徐干娘　当面不说，背后乱说，就是自由主义了。

　　　　〔幕内声："干娘——干娘——"

徐干娘　大侄子，大外甥，老少爷儿们！大伙儿过了节出去打工，要多加保重。三餐茶饭要按时，天气冷暖要小心。没事，弄个书读读、电视看看、广播听听、小平理论学学，想老婆的话，《电影画报》翻翻。小平同志说：贫穷不是社会主义。想致富，就不要想老婆。

　　　　〔幕内一阵笑声。

谭二爷　后面的话不是小平同志说的，是她胡诌的，不算数，不算数。

徐干娘　（尴尬地）对对对，不算数，不算数。老谭，放两个通天炮，送亲人上路。

谭二爷　黑翠，放两个通天炮。

刘六妈　干娘有令，开船了。

　　　　〔鞭炮声、马达声响起。

　　　　〔徐干娘、谭二爷下。

刘六妈　（突然想起）二狗子，把干粮带上，狗小伙哎……（下）

　　　　〔小月负气地一脚踢翻行李。

　　　　〔幕内声："来顺回来啦！"

　　　　〔田来顺上。

田来顺　小月！

小　月　来顺，你还知道回来呀！船都开走啦！

　　　　〔徐干娘、谭六爷、刘六妈上。

徐干娘　来顺，这次讨债怎么样呀？

田来顺　干娘！这样吧，还是把我慢慢地从头说起。（唱）

　　　　　　此番进城去讨债，

　　　　　　无限感慨填满怀。

　　　　　　现如今债主见人三分矮，

　　　　　　欠债的成了大总裁。

　　　　　　公司老板他姓戴，

　　　　　　要钱他就装痴呆。

　　　　　　把我当作足球待，

一脚过去一脚来。

逼得我以毒攻毒治无赖，

到街上做了一块标语牌。

上写着"他欠我村五万块"，

跟着他高举标牌紧紧挨。

他办公我就一旁站，

他回家我就睡门台。

他上厕所我蹲门外，

他赴宴我高举标牌把道开。

我来个笑眯眯、口不开，

挺直腰杆大步迈。

弄得他眼发直、嘴巴歪，

人前不敢把头抬。

想赖没法赖，

向我来摊牌。

公司一身债，

账上没钱财。

和尚能逃庙还在，

我急中生智巧计来。

抓到篮里就是菜，

集资款连本带利追回来。

徐干娘　好，干娘没有白疼你！

谭二爷　高！不鸣则已，一鸣惊人！

刘六妈　绝！你宝宝这一手真绝了。那钱呢？

田来顺　钱呀，你们看，都堆放在那边的板车上呢。（往内一指）

〔刘六妈、谭二爷、小月下。

〔少顷，幕内惊叫声一片。

〔刘六妈、小月上。

刘六妈　没得命了，五万块变成狐大仙了。

小　月　来顺，你怎么把狐狸弄回来了？

田来顺　姓戴的是个皮包公司，一分钱都没得。我就把他贩来的一批进口狐狸拉回来抵债。

徐干娘　这东西能算钱吗?

田来顺　干娘,这母狐产崽,一只就是五百块,一年就能翻两番。(从挎包里拿出几本书)我这包里都是养狐的书籍,马上分到各家各户去……

刘六妈　你这是梦想呀。狐大仙能听你这样玩吗?村里全是婆婆妈妈,本来阴气就盛,又请来一群狐大仙,不成了阴曹地府了吗?

小　月　来顺,你也算完成任务了。走,马上动身,到江南打工去。

刘六妈　(拦)慢!把狐大仙换回现钱再走!乡亲们哪,你们也说说直话哪!
〔幕内声:"来顺不能走,我们要现钱,不要狐狸!"

徐干娘　(大喝)吵什么?我还在这里呢。
〔谭二爷翻看书本慢悠悠地上。

徐干娘　哎呀,你还真沉得住气。这件事,你看呢?

谭二爷　(欲耳语)依我看……

徐干娘　你声音大些好不好?

谭二爷　(扫视众人)嘿嘿,你们是不是先回避一下?

刘六妈　盛相!我们旁听不插话呗!

徐干娘　这是研究工作,你们能听吗?
〔众人下。

谭二爷　这群狐狸弄得好就是棵摇钱树。

徐干娘　怎么弄法呢?

谭二爷　把来顺留下来养狐狸。

徐干娘　他肯吗?

谭二爷　让来顺当村民组长。

徐干娘　照你这么说,我这个七品芝麻官该让位了?

谭二爷　七品是县长。

徐干娘　那我是八品。

谭二爷　八品是乡长。

徐干娘　那就是九品。

谭二爷　九品是村长,你呀……村民小组长是十品。

徐干娘　噢,是十品。哎,来顺能行吗?

谭二爷　能行!这次要集资款就是你对他的考验!拖了几年的陈账被他要

回来了，这个孩子聪明在骨子里，很内秀啊！

徐干娘　不过……小月能同意吗？她还指望来顺打工苦钱盖新房，早点成
亲呢。

谭二爷　小月的思想工作我来做。

徐干娘　（点头）那好！退下来，彻底退下来。老头子……

谭二爷　跟你说过多少回了，在外面要喊谭老师，或者叫老谭。

徐干娘　酸里吧唧的。

谭二爷　这样显得有文化。来顺哪，你干娘有话说。

　　　　〔田来顺、小月、刘六妈上。

徐干娘　来顺哪，我同老头子……呃，同你谭老师商量过了，从今天起，
你留下来当村民组长。我马上向村党支部汇报一下。

田来顺　（大惊）啊，叫我留下来当组长？

徐干娘　小来顺哪，我把这副重担交给你，十品虽小，责任可不轻！

刘六妈　村里全是婆婆妈妈，你又弄回一群狐狸，徐干娘老了，你不留下
来能行吗？

小　月　你少说风凉话。来顺，我送你走。

徐干娘　来顺哪，这件事，就这么定了。

田来顺　这……（唱）

　　　　　　小月要我江南走，
　　　　　　干娘令我村里留。
　　　　　　本以为狐狸抵债露一手，
　　　　　　哪晓得十品乌纱套上头！
　　　　　　原指望江南再干两三载，
　　　　　　让小月婚后住进小洋楼。
　　　　　　这一来女人村里当留守，
　　　　　　陪伴着一群狐狸一班妇女，
　　　　　　张长李短，婆婆妈妈，
　　　　　　是是非非，鸡争鸭斗，
　　　　　　就如同深水井里困老牛。
　　　　　　左右为难难张口，
　　　　　　不知是走还是留。

小　月　你走是不走？

田来顺　不走。

徐干娘　你留是不留。

田来顺　不留。

谭二爷　你宝宝总不能吊在半悬空吧？

田来顺　我……我想先睡上三天三夜！

〔切光。

〔光启。河边码头。

〔谭二爷用拐杖拉徐干娘上岸。

谭二爷　老徐啊，当心，当心……（替徐干娘捶腰）老毛病又犯了吧？

徐干娘　你看，水都从秧池里漏出去了。小来顺虽然留下来了，看来还不安心哪，我还不能丢手不管呢。

谭二爷　既然退下来了，你就好好养养身子。好歹我还有几百块退休金，也跟城里人学学，旅旅游、拍拍照、度度蜜月、找找感觉。

徐干娘　你打算去哪里旅游啊？

谭二爷　当然是大城市。

徐干娘　哪个大城市？

谭二爷　明天就动身，上盐城。

徐干娘　算了，算了，村里来了一群狐狸，莫说上盐城，就是上京城我都找不到感觉。我看，等村里富起来，要么就去个北京城，去看看毛主席他老人家当年办公的地方，顺便在天安门前补拍一张结婚照。

〔切光。

〔光复明。

〔田来顺家的小院。

〔隐隐传来锣声和谭二爷的吆喝声。

〔田来顺捧着书，打着瞌睡。

〔幕内合唱：

　　　　"进城讨债惹下祸，

　　　　狐狸进了女人窝。

> 留下来顺当组长，
>
> 阴差阳错麻烦多。"

〔谭二爷上。

**谭二爷** 来顺哪，来顺……（猛敲一下锣）

**田来顺** （揉揉惺忪的睡眼）二爷啊，你还把人吓死了呢!

**谭二爷** 你看你，像个什么样子? 把衣服穿穿好，准备开会。

**田来顺** 开会，开会，人呢?

**谭二爷** 人哪，不谈了。打麻将的，甩扑克的，红辣椒同婆婆斗嘴，黄菜花睡懒觉，兰英子说头疼，白菜心喊没空，黑翠说……嘿嘿，说了你宝宝莫生气啊，她说你是被窝里数脚指头——

**田来顺** 什么意思呀?

**谭二爷** 算几把手呀!

**田来顺** （怒，喊）各家各户，听着了，本组长今天开会，也没有什么大事，就是你们各家各户前来领集资款，过时不候啊……
〔幕后一阵骚乱："来啦，来啦!"

**田来顺** （得意地）二爷啊，看看那个红黄蓝白黑来了没有?
〔幕内声："到了，到了!"

**田来顺** 本组长今天请大家来开会，就是前年办厂的集资款，今天跟大家兑现，各户按集资款多少，把狐狸领回去。
〔幕后吵闹声："我们不要狐狸，要现钱……""小来顺，你算老几? 你说话不算数!"

**田来顺** 对对对，我把狐狸分掉了，说话就不算数了。下午我就动身，去江南打工了!
〔幕后众妇女叫声："我们不要狐狸，来顺不能走。"

**谭二爷** （心领神会）既然知道来顺不能走，为什么不听话啊? 声音大些回答。
〔众妇女叫声："我们听话，我们听话!"

**田来顺** 这么说，狐狸不能分? 那好，我们集体办个养狐场。各家的集资款统统入股。
〔幕内鼓掌声。

**田来顺** 不过，从今天起，本组长要跟你们约法三章!（唱）

第一条孝敬长辈不吵架，

这工作由我来顺亲自抓。

第二条禁止赌博打麻将，

谭老师早晚巡逻严督查。

第三条齐心协力办狐场，

全村人风险共担不分家。

谁要是阳奉阴违有变卦——

谭二爷　（接唱）休怪我将狐狸送到你们的家。

田来顺　二爷啊，你站在什么地方的？（转对台下）各位，刚才跟大家说的这三条能不能做到哇？（大喝）声音大些！还有，从今天起，谭老师担任我们养狐场的顾问！大家鼓掌。

谭二爷　（一愣）小来顺，你拿我玩什么呀？

田来顺　二爷啊，风险共担嘛！

〔刘六妈提着接生的小包袱上。

刘六妈　（笑）嘿嘿，狐狸顾问，提拔三寸。谭二爷，你是小媳妇进产房——生（升）啦！

〔众人大笑。

田来顺　六妈，你不开会，夹个包又到什么地方去？

刘六妈　前桥有个孕妇到脚下了，我去望望。（欲下）

田来顺　等等！六妈，你这种老方法接生很不安全，要是出了问题谁负责？

刘六妈　嘿嘿，接生、打胎你六妈是个行家。

田来顺　（哭笑不得）严肃些，先开会！

刘六妈　小来顺，你同我摆什么架子呀？我家老六当组长的时候，你宝宝才穿开裆裤呢。你小时候喝过六妈我的奶，忘记了吗？（欲下）

田来顺　站住！刚刚约法三章，你眼一翻就不认账了？谭老师，她家的狐狸让她领回去。

刘六妈　啊！狐狸进了家，不把人吓死，也把人熏死。

田来顺　看把你吓的，狐狸只吃小鸡，它又不吃人。

刘六妈　头可断，血可流，狐狸我不要，坚决不退股！

田来顺　这件事情，就这么定了！

172　谭二爷　来顺，六妈又没说不开会，更没有说不服从你领导。

刘六妈　对呀，我又没说不开会，我又没说不服从领导！

田来顺　好，好。（将一摞书递给刘六妈）六妈，那我就感谢你支持我工作了。这是养狐的书，你先拿着。各位，下面由我为大家授课。（转对观众）我也是现炒现卖，摸石头过河！各位起立，目标养狐场，向右转，齐步走！一二一，一二一！

〔田来顺、谭二爷下。

〔徐干娘、小月、李彩珠上。

刘六妈　（将书丢在桌上）我哪块有这个闲情，奶奶我还有正经事呢！

徐干娘　六妈，来顺呢？

刘六妈　上课了。就是上狐大仙的课。（下）

徐干娘　小月，你先照应客人，我去看看。（下）

李彩珠　（环顾四周）小月，这就是田来顺的家？

小　月　对。

李彩珠　那你就是这里的女主人了？

小　月　（羞涩地）不，我们……日子还没有定下来。本来他要出去打工，干娘一定要他留下来。现在好了，如果你能将这群狐狸买下来，他也就可以脱身了。你请坐，我去把来顺叫来。（下）

李彩珠　田来顺，一别多年，没想到今天在这里重逢。（唱）

　　　　　骤听得来顺二字心潮涨，

　　　　　一霎间思绪万千意彷徨。

　　　　　忆往昔同窗三载同志向，

　　　　　我与他同桌友情不能忘。

　　　　　那一年一起高考他落榜，

　　　　　别校园义无反顾回家乡。

　　　　　我劝他来年再考莫蹉跎，

　　　　　他却说猛虎不嫌山林荒。

　　　　　我知他木枣面软骨头犟，

　　　　　奔东西依依惜别长堤旁。

　　　　　临别前他赠圆镜把诗题，

　　　　　从此后音讯渐稀各一方。

　　　　　几年来镜中常现来顺样，

　　　　　　　我唯将默默心语化诗行。

　　　　　　　现如今同桌好友重相逢，

　　　　　　　来顺他别后境况费猜详。

　　　　（坐于桌前，对镜抹口红）

　　　〔田来顺上，寻找桌上书本。

**田来顺**　咦！书呢？

　　　〔李彩珠递书过去。

**田来顺**　（一惊）彩珠……

**李彩珠**　怎么，不认识老同学了？

**田来顺**　你这身打扮，我还真不敢认了。

**李彩珠**　你也不是当年的小分头了，是不是早把我忘了？

**田来顺**　哪能忘了呢？前些天，我还看到报纸上介绍你农大毕业后，去南方闯荡了三年，搏击商海，事业有成，恐怕早把我忘了吧？

**李彩珠**　（把玩着小镜子）也许吧！

**田来顺**　（指小镜子）怎么，到现在还用这过了时的小镜子？

**李彩珠**　哦，这可是高中毕业时，一个同学赠送的纪念品。

**田来顺**　（抢过镜子）彩珠，要照镜子，我去拿面大的给你。

**李彩珠**　（大笑）老同学，我看你，比在学校里的时候狡猾多了。不，不，是成熟多了。怎么样，你这些年……

**田来顺**　这些年，你在外面轰轰烈烈，我在家乡也小有成绩。喏，办起了这片大型养狐场。

**李彩珠**　那你就是大场长了。

**田来顺**　不大不小，法人代表。

**李彩珠**　那好，我们合作！

**田来顺**　好啊！

**李彩珠**　我出六万块，买下你们的种狐。你正好还了乡亲们的集资款！

**田来顺**　谢谢，谢谢！

**李彩珠**　我还要再买下你们的养狐场。

**田来顺**　彩珠，你是不是看在我们过去是同学的情分上，真心实意拉我一把？

**李彩珠**　常言道，生意场上不言情，赔本的买卖无人做。

田来顺　那是为什么？

李彩珠　（唱）刚才我进村路上放眼望，

　　　　　　　看不够鱼米之乡好风光。

　　　　　　　女人村风水宝地前景无量，

田来顺　（唱）你莫要嘲笑我们穷家乡。

李彩珠　（唱）你看那村前河道多宽敞，

　　　　　　　望村后发展养殖有湖塘。

　　　　　　　更喜那高速公路已在望，

　　　　　　　贴村边又在兴建飞机场。

　　　　　　　在这里投资开发很理想，

　　　　　　　我决定兴办大型养狐场。

田来顺　（背唱）原来她肚里有本明细账，

　　　　　　　并非是友情为重将我帮。

　　　　　　　李彩珠云头上下棋有高着，

　　　　　　　她真是实实在在不寻常。

　　　　　　　我这里靠船下篙慢慢蹚，

　　　　　　　看准风向把帆扬。

李彩珠　来顺，这是合同书，我们是不是可以成交了？不过，你还得留下
　　　　来。将来，这里成了我们公司的分场，就由你来主管。

田来顺　乖乖，她把我和狐狸一同收购了。（转对李彩珠）还有呢？

李彩珠　我发现这一带湖塘里，生长着一种特殊的藻类，这可是极品种狐
　　　　的上等饲料，无本资源，取之不尽。

田来顺　又看中地盘了。还有呢？

李彩珠　要想做强做大，必须搞皮货深加工。

田来顺　还有呢？

李彩珠　那边机场一通航，产品还可以打到外国去。

田来顺　还有呢？

李彩珠　如此好的环境，定能吸引外商来投资。

田来顺　还有呢……

李彩珠　哎，再问下去，我可要收你的信息咨询费了。哈哈……

田来顺　（唱）一番话捅开心窗透底亮，

我如同干枯的禾苗沐琼浆。

没想到财神老爷从天降，

我却是错把金条当芦桩。

这几年寻求致富四处闯，

没想到机遇就在我身旁。

这真是手捧金碗求施赏，

我何不立足本土求自强。

暗暗盘算我豁然开朗，

这交易我还需——

从长计议、细细衡量，

冷静思考、反复相商，

机遇面前、抓住不放，

重新审视、再做主张，

田来顺黑夜磨刀终于见亮光。

彩珠啊，信息咨询费照付，不过狐狸我不卖了！

李彩珠　你是嫌我的报价低了？

田来顺　不是。

李彩珠　那是不愿在我手下打工？

田来顺　嘿嘿，你能不能……到我这边来，我高薪聘请。

李彩珠　哎呀呀，你真比在学校成熟多了。既然这样，我们合作。但有个条件，我的技术算参股，还要控股。怎么样？

田来顺　老同学，你这个条件是不是有点儿……彩珠，中国即将入世，做生意要遵守游戏规则，更何况我们还是老同学。

李彩珠　同学归同学，生意归生意嘛。

田来顺　那我只有听毛主席老人家的话了，独立自主。

李彩珠　也好，拿来吧！

田来顺　（掏出小镜子）你要是早来我们村就好了。你看，这面镜子上面的四句诗……

李彩珠　（背诵）"请得春雨漫天洒，

来燕归鸿入农家。

我本乡间一撮土，

　　　　村野处处发新芽。"

　　　　对不对？

田来顺　　你再想想，每句诗的第一个字。

李彩珠　　"请、来、我、村"，对不对？

田来顺　　你懂我的意思？

李彩珠　　（苦笑）我那时的选择，就是要到外面去闯世界。

田来顺　　现在不是又回来了？

李彩珠　　人生就是这样，来来往往啊。不谈这些了。今天来到这里，我看
　　　　中了这片土地，更看中了你这个人！

田来顺　　（一惊）彩珠啊，我这个人没见过大世面，都被你说糊涂了。

李彩珠　　你呀，是难得糊涂。

　　　　〔小月上。

　　　　〔田来顺藏起了镜子。

小　月　　你们认识？

田来顺　　同学，老同学。

李彩珠　　还是同桌。

小　月　　熟人好说话，我们的狐狸……

李彩珠　　我不买了。

田来顺　　我不卖了！

小　月　　为什么？

田来顺　　小月，（轻声地）我们机会来了。

小　月　　机会？卖掉狐狸不是明摆的机会！你还有什么机会？

李彩珠　　机会面前人人平等嘛。祝你成功，我走了。

田来顺　　我送送你。

李彩珠　　不必了，我想你会来请我的。

田来顺　　也许我会用专车接你来为我们养狐场剪彩呢。

李彩珠　　那我一定恭候你的专车！（伸手）拿来吧。买卖没做成，你总不
　　　　能拿我的回扣吧！

田来顺　　噢噢……（递镜子）给你。

　　　　〔李彩珠接过，下。

　　　　〔小月专注地看着这一切。

小　月　你们……你们刚才说的什么外国话，我怎么一句都听不懂啊？小镜子是什么意思？

田来顺　没什么，没什么。

　　　　〔徐干娘上，谭二爷、刘六妈随上。

徐干娘　来顺，客人呢？

田来顺　啊，她走了。

徐干娘　这下可好了，还了乡亲们的集资款，我这块心病也就根除了。六万块什么时候兑现啊？

田来顺　干娘，刚才我临时决定，狐狸不卖了。

徐干娘　你怎么说变就变了？

田来顺　干娘，你先别急，听我慢慢告诉你。刚才，这个李彩珠讲，国际上皮货市场前景看好，我想先把养狐场发展起来，将来再搞皮货深加工。李彩珠认为，那边机场一通航，产品说不定还能打到外国去呢……

徐干娘　这么大的事，你请示哪个了？

小　月　要么请示那个李彩珠了呗。

谭二爷　（掏出一张报纸）莫慌，是不是这个李彩珠？（念）"外面闯出新天地，回乡又拓新市场。"

田来顺　对！是她，就是这个李彩珠。刚才……不，我经她一点拨，我茅塞顿开。李彩珠讲，这群狐狸是摇钱树，（见徐干娘用拐杖击地）这个李彩……珠！

徐干娘　好了，好了，既然定下来的事情，就不要再变来变去的。

田来顺　干娘……

徐干娘　来顺！（唱）

　　　　　　　多蒙你帮助干娘忧愁解，

　　　　　　　留村里吃苦受气又损财。

　　　　　　　狐狸总算有人买，

　　　　　　　全组乡亲免遭灾。

　　　　　　　你再去打工苦钱把新房盖，

　　　　　　　将小月吹吹打打娶回来。

　　　　　　　我这里为你准备三百块，

　　　　　　　替小月买双时新高跟鞋。

　　　　　　　本组里工作还由我来代，

　　　　　　　干娘我情愿再来当苦差。

　　　　　　　送行的酒席今天摆——

田来顺　（接唱）来顺我蓝图美景在胸怀。

　　　　　　　饲养成狐收益快，

　　　　　　　致富的机遇已到来。

　　　　　　　脚下就有黄金在，

　　　　　　　立足本土不徘徊。

小　月　（唱）好说好劝你不睬，

　　　　　　　一片苦心全丢开。

　　　　　　　分明有人暗作怪，

　　　　　　　我看你吞吞吐吐支支吾吾，

　　　　　　　肚子里肯定怀鬼胎。

刘六妈　（朝内）乡亲们哪！乡亲们——小来顺行绝啦，眼看到手的现钱，他又不要！

　　　　〔幕后一阵嘈杂声："不卖狐狸，就还我们现钱！"

徐干娘　都不要吵了！我会替大家做主的。小来顺哪，我的话你居然当耳边风！我是支部委员，我代表党命令你，立即把狐狸卖掉！

田来顺　（嬉皮笑脸）干娘，你管党，我管政，党政分开嘛。

徐干娘　（操起拐杖）你敢同党分家？我打不死你……

　　　　〔众人急上前阻，造型。

　　　　〔暗转。


　　　　〔光启。养狐场一角。徐干娘拿扫帚匆匆上。

徐干娘　红辣椒，白菜心，你们为什么不动手啊？我退二线了，说话不管用了，是不是？红黄蓝白黑，我关照你们，今天不把狐棚打扫干净，一个个不许回去吃中饭！

　　　　〔切光。


　　　　〔光启。幼儿园一角。

〔小月独自徘徊。

小　月　（唱）晚霞朵朵映湖水，
　　　　　　　燕子双双檐前飞。
　　　　　　　鸟儿尚知窝巢垒，
　　　　　　　来顺他难道真被狐狸迷？
　　　　　　　那一天他和彩珠见一面，
　　　　　　　从此就对我冷落非从前。
　　　　　　　想到此心中似有铁砣坠，
　　　　　　　这真是狐狸进村生是非。

〔田来顺上，小月埋头扫地。

田来顺　小月——小月——我来，我来！

小　月　开请请，一身狐臊味。

田来顺　才搽了半瓶花露水……

小　月　哼，你要么打扮打扮，去和那个老相好约会的。

田来顺　你瞎说什么，我是特地来会你的！

小　月　你心里还有我啊？（唱）
　　　　　　　自从狐狸把村进，
　　　　　　　你六神不安丢了魂。
　　　　　　　你同狐狸形随影，
　　　　　　　深更半夜照看勤。
　　　　　　　往日与我多亲近，
　　　　　　　如今已成陌路人。

田来顺　（唱）小月莫要珠泪滚，
　　　　　　　来顺对你情意真。
　　　　　　　你是笋芽尖尖嫩，
　　　　　　　我是笋壳护你身。
　　　　　　　笋芽嫩，笋壳硬，
　　　　　　　朝朝夕夕不离分。

小　月　（唱）甜话说得多动听，
　　　　　　　口是心非假惺惺。
　　　　　　　卖掉狐狸你不肯，

　　　　　　江南打工去不成。

　　　　　　盖狐棚家中木材用干净，

　　　　　　我问你砌什么新房结什么婚？

田来顺　（唱）江南打工三年整，

　　　　　　夜夜长叹对寒星。

　　　　　　离乡之苦已尝尽，

　　　　　　只盼家乡早脱贫。

　　　　　　机遇来了不容等，

　　　　　　养狐定能财源生。

　　　　　　到那时家乡处处是美景，

　　　　　　田来顺盖座小楼轿车将你迎进门。

小　月　到那一天我怕已成老太婆了。

田来顺　不会的！你看，（掏出包里的信件）在外打工的乡亲们给我寄来
　　　　了这么多资料、信息。除了养狐，我还要发展龙鱼、菜鸽、稻田
　　　　养蟹……这么说吧，海陆空一起上。

小　月　你的心路大着呢，就是没有我的位置。

田来顺　谁说的？

小　月　哎，我问你，你同那个李彩珠究竟是什么关系？

田来顺　就是同学关系呗！哎呀，好小月，我同她绝对没有什么实质性的
　　　　问题。

小　月　那是什么问题？

田来顺　是……是一些历史遗留问题……

小　月　小镜子是什么意思？

田来顺　小月！

小　月　（生气）你分明是在骗我！（下）

田来顺　小月，你听我解释！（追下）

　　　　〔刘六妈、谭二爷上。

刘六妈　（挽着谭二爷的胳膊）我说老哥哎！

谭二爷　男男女女，授受不亲。

刘六妈　我说老哥哎，我替二狗子找了个对象，说好明天上门的，今天
　　　　突然要来摸摸我家的底细。假如晓得老六当年当组长出的那个

纰漏……

谭二爷　我晓得了，我晓得了，你是想让我替你包装包装？

刘六妈　对，包装包装。

谭二爷　我看不是包装，是包办！听来顺说，二狗子在江南打工的时候，认识一个四川姑娘，两人情投意合，我劝你莫要当老法海。

刘六妈　啊，小绝种啊，四川蛮子能要吗？

谭二爷　时代不同啦！过去是父母之命，媒妁之言。现在是七十年代见面害臊，八十年代见面说笑，九十年代又搂又抱，说不定生米早已煮成熟饭了。我看你呀，早点儿准备些钱，替他们把个喜事办了吧！

刘六妈　蛮子能要吗？

谭二爷　能要啊。南蛮北侉，形成杂交优势，对下一代有好处……

刘六妈　杂交……不是杂种吗？

谭二爷　对！

刘六妈　（气愤地咕哝）蛮子我不要，蛮子我不要！（下）

谭二爷　（学着刘六妈的样子咕哝）蛮子我不要！

　　　　〔徐干娘上。

徐干娘　老谭哪，你往后也要检点些，检点些，懂啊？

谭二爷　我没做什么呀！

徐干娘　你同那个刘六妈拉拉扯扯像什么样子？人家男人不在家。

谭二爷　你看见什么了？

徐干娘　我全看见了！（唱）

　　　　　　　看你们亲亲热热在一块，

　　　　　　　两个人拉拉扯扯紧紧挨。

　　　　　　　老谭啊，老实人就怕人带坏，

　　　　　　　刘六妈齐天大圣投的胎。

　　　　　　　如今她丈夫常年躲在外，

　　　　　　　常言道西瓜地里难系鞋。

　　　　　　　怕只怕火星子一碰烧得快——

谭二爷　（接唱）你这是更年期犯病瞎疑猜。

　　　　　　　文化人恪守自尊和自爱，

　　　　　　　有道是身正不怕影子歪。

我虽然民主人士无党派，

对贵党只有补台不拆台。

徐干娘　（唱）老谭啊，退二线我心里总有疙瘩在，

就担心留下狐狸惹祸灾。

做梦都想还清债，

再不能惹出是非来。

婆婆妈妈难领带，

嘴尖毛长伸过街。

一个说歪嘴，

个个说嘴歪。

到时候党的威信受损害，

愧对群众头难抬。

谭二爷　还把人屈死了呢，刘六妈成天在喊狐狸进了庄，家家要遭殃。我这是帮你们做统战工作的！我如果对你有外心……不，不，老天可以作证！

徐干娘　老天能说话吗？（将一副新眼镜塞到谭二爷手中）看你的眼镜坏成这个样子，该换副新的了。（替谭二爷戴上眼镜）嗯，戴起来还年轻十岁。你老盯住我看什么？

谭二爷　过去看你老是模模糊糊的，这一下看得清清楚楚、明明白白。

徐干娘　那是你没有用心看。好了，好了，来顺呢？有人望见他到这里来了。

谭二爷　没……没看见。

徐干娘　他这几天是存心躲我啊？

谭二爷　嘿嘿，我知道他公开顶撞，削弱了你的威信。

徐干娘　我个人威信是小事，群众的利益是大事。

谭二爷　老徐啊，我说你的工作方法也要改变改变，不要一动老发火……

徐干娘　嗯，这一次不发火，耐心同他谈谈……

谭二爷　对啦！思想政治工作是贵党的优良传统。（接过拐杖）这个给我拿，你一发火，我就提个醒。（大声地）来顺，你干娘来了。

〔田来顺上。

田来顺　哎哟，干娘来了。我要找你汇报工作。

徐干娘　坐，坐，你是一线，我是二线，不谈汇报。来顺哪，我跟你不是外人，好歹是你的干娘，有时候，说话火气大些，你不要放在心上。

田来顺　干娘，看你说到哪儿去了，我来顺从小是干娘和乡亲们把我领大成人，你的恩情我一辈子也报不完。

徐干娘　你人大了，心路也大了。（被谭二爷用拐杖轻轻一捅，便压低声音）我叫你把狐狸卖了，还清乡亲们的集资款，你怎么就不理解干娘的心呢？我苦口婆心，好说歹说，你就是不听！（又压低声音）这几天村里连连出事，张翠花家母猪生病，兰英子家伢子掉下河……狐棚里脏得猪圈不如，我领妇女们整整打扫了大半天。你还像个当干部的样子吗？

田来顺　干娘，你带人打扫我的狐棚了？

谭二爷　她奶奶好呢，狐笼子大搬家，我劝都劝不住。

田来顺　不好，我得去狐场看看！

徐干娘　（大喝）站住！这几天你上哪儿去了？

田来顺　到乡里去了。

徐干娘　到乡里干什么？

田来顺　找党。

徐干娘　找党？难道我是地下党吗？（夺拐杖欲打）

田来顺　（从包里拿出一封信）干娘，有你一封信。

徐干娘　我不识字。

谭二爷　（接过信）是乡党委王书记写的！

徐干娘　快念念，看看有什么指示。

谭二爷　（读信）"徐粉扣同志"，（对徐干娘）写把你的。（念信）"田来顺同志立足本土兴办养狐场，为我乡调整农村产业结构带了一个好头，也为中国入世后农业的发展探出了一条新路子，乡党委将要总结推广你们的经验！"

徐干娘　入世？入什么世？

谭二爷　入世就是加入WTO。

徐干娘　砌窝？砌什么窝呀？

谭二爷　（一时无法解释清楚）哎呀，就是W——T——O呗！

〔幕内声："来顺，狐棚里少了一只狐狸！"

田来顺　啊，是什么颜色的？

　　　　〔幕内声："白色的。"

田来顺　是种狐！干娘啊，你动我的狐棚干什么哩？你不是帮忙，你是添乱！谭老师，马上集合全村老少，捉狐狸。

　　　　〔刘六妈急上。

刘六妈　没得命了，狐狸钻到我家去了。

田来顺　是不是那条白的？

刘六妈　是的。（抖颤）浑身雪白，眼睛发绿，来回直转，嘴里叽里咕噜，还朝我笑呢！（作晕倒状）

田来顺　种狐发情，要传宗接代，我们收获有望了！收获有望了！

　　　　〔众人欣喜，造型。

　　　　〔切光。


　　　　〔光启。养狐场。谭二爷提马灯拉小月上。

谭二爷　小月呀，跟我一起去望望那个怀孕的母狐……快走呀！

小　月　谭老师，什么是历史遗留问题啊？

谭二爷　这个嘛，比如我吧，过去每年民办教师转正名额都很少，你干娘总劝我先让别人，结果是一让再让，等到有机会转正的时候，我又超龄了。现在退休了，还是个民办的。

小　月　我是说，假如男女之间的历史遗留问题呢？

谭二爷　嘿嘿，这男女之间要看是什么性质的问题了。（比画）一句半句说不清哪。

小　月　（一惊）谭老师，你看狐棚里好像有动静。

谭二爷　（提灯观察）不好，母狐流产了！

　　　　〔切光。


　　　　〔光启。养狐场。

　　　　〔田来顺从狐棚里进进出出。徐干娘、刘六妈在一旁束手无策。

徐干娘　来顺，怎么样啊？

田来顺　情况不妙，已经是第三条流产了。（进棚）

徐干娘　六妈，现在是党考验你的时候到了。

刘六妈　干娘，干娘，我求求你了，狐大仙碰不得，不能这样玩。

徐干娘　你不是口口声声说，接生打胎是行家的吗？帮帮忙，查查狐狸胎气……强如替人接生的呗。

刘六妈　人是人，大仙是大仙……

徐干娘　（火了）你是望船沉哪！进去！进去！

刘六妈　（进狐棚复逃出）没得命了，大仙眼睛滚圆，一脸凶相，咬牙切齿，来回直晃。人要有难，六畜遭殃。

徐干娘　你望你这个样子？关键时刻少拿乔，你要考虑考虑后果！

刘六妈　我是狗肉不上台盘还不行吗？（捂肚子）不好！不好！月子里致下来的，一紧张就要方便。

〔田来顺上。

田来顺　好好的怎么会流产呢？

刘六妈　它是大仙哎，大仙肯替你们生儿育女吗？你们还想剥皮卖钱。来顺哪，我家的集资款我要呢……

田来顺　六妈，入股自愿，退股自由，我家里存折上还有三千块，你去找小月。

刘六妈　像个男子汉，那我找小月去！（急下）

田来顺　干娘你别急，我再想想办法。（急下）

徐干娘　小东西，我能不急嘛！老谭……老谭呢？

〔谭二爷翻书上。

徐干娘　关键时刻，你到哪里去"充魂"了？

谭二爷　我不是正在想办法嘛！喏，（拍拍书本）我才找来的《妇科大全》。

徐干娘　上面有狐狸流产吗？

谭二爷　没有。

徐干娘　就是呀！妇女能同狐狸比吗？

谭二爷　这……这个你就显得没文化了，妇女、母狐，都属雌性，应该有相通之处嘛。

徐干娘　雌你的魂！你是什么高级智囊？简直是高级饭桶！

谭二爷　五讲四美第一条，你……语言不美！

徐干娘　奶奶是大老粗！心灵美！（唱）

本组里表面是我说了算，

大小事背后全听你招呼。

集资陈账未清付，

你带头起哄要养狐。

前后绕着我脚跟转，

说得我云里雾里心迷糊。

到头来养狐发财梦又破，

一错再错满盘输。

只怪我听你鼓动走错路——

谭二爷 （接唱）我本来退休在家清净图。

你要我发挥余热闹致富，

帮助你小康路上把砖铺。

白天里陪你走村又串户，

深夜里上床翻看科技书。

退休后比在学校还辛苦，

到头来里外不是功劳无。

徐干娘 （接唱）看到你闲在家中没事做，

终日像个闷葫芦。

让你出山辅佐我，

是让你人尽其才派用途。

谁知你参谋经常有失误——

谭二爷 （接唱）我真是退而不休惹啰唆。

几十年紧跟你不离半步，

同患难共荣辱决不含糊。

你叫上坡就上坡，

你叫下河就下河；

你捅纰漏我弥补，

你有难处我帮扶。

现如今鞍前马后跟你转，

想方设法穷根锄。

哪知道好心没有好结果，

落得个掉下粪坑一身污。

徐干娘　乖乖，说你几句还不服哪。

谭二爷　不服！

徐干娘　当初我要把狐狸卖了，你同来顺一跷一搭，就是不听。你们根本就不要党的领导！

谭二爷　嘿嘿，你只是支委，组长还是二线，来顺有权决策。

徐干娘　党管干部你懂吗？

谭二爷　我懂……你这是找出理由来垂帘听政。

徐干娘　垂帘听政哪？我还要站到帘子外面来呢！去，立即通知全组党员来开一个党小组紧急会议，你和小来顺列席旁听。

谭二爷　（大喝）徐粉扣同志！我是民主人士，贵党的会议，我可以不参加。（欲下）

徐干娘　站住。老头子，从今天起你是不是想和我同志相称了？

谭二爷　我一激动，说话就豁边了，对不起。（下）

徐干娘　老头子……（追下）

〔田来顺沮丧地上。

〔飞机轰鸣声。

田来顺　（仰望叹息）飞过来，飞过去，闹得人六神不安。（唱）

　　　　怪我不会身怀孕，

　　　　难念今日这本经。

　　　　常言病急乱投医，

　　　　我妇幼站里找救星。

　　　　进门就把医生请，

　　　　拽他跟我出急诊。

　　　　知道替狐狸去看病，

　　　　气得他骂我是个活神经。

　　　　拔脚又奔兽医站，

　　　　那里的医生忙不停。

　　　　波斯猫，绿眼睛，

　　　　狮子狗，舌头伸；

　　　　八哥百灵金丝鸟，

　　　　一屋子宠物乱纷纷。

叫的叫来哼的哼，

又是挂水又打针。

小姐太太们泪滚滚，

就好像侍候双亲老大人。

兽医们忙得乱了阵，

还是应付不了这批小畜牲。

我只好计生站里去碰碰运，

人家说刮胎结扎是本分，

母狐流产没章程。

四处碰壁气不忿，

万般无奈感触深。

恨只恨自己无能没本领，

下辈子一定投胎学接生。

面对狐场且冷静，

想起彩珠暗沉吟。

有心请她解危困，

又恐怕小月生疑说不清。

左右为难乱方寸——

那边好像是小月来了……（接唱）

情急之中巧计生！

〔小月匆匆上。

小　月　来顺，母狐怎么样了？

田来顺　情况不妙，看来要全军覆没。

小　月　那你快想想办法呀？

田来顺　有什么办法？这一回肯定是破产了。破产你懂吗，就是冲家了。
　　　　我是逃脱不了责任了……

小　月　为什么？

田来顺　我是法人代表，就要承担法律责任。到时候，法院一张传票，大
　　　　银镯头一铐，判个三年五年也说不定，你就等着为我送牢饭吧！

小　月　这……你总不能等着坐牢吧，再想想还有没有其他办法了。

田来顺　哎，有了。来个三十六计走为上，学习当年刘六爷，出逃外地当

盲流。你呢，只有委屈几年，成为女人村里第二个刘六妈。

小　月　真没想到，你原来是个临阵脱逃、只顾自己的小人。你要当刘六爷我拦不住，可我决不做刘六妈。

田来顺　这……这……这也不行，那也不行，你叫我怎么办？唉，不怪爹，不怪娘，怪我自己太荒唐。当初要是把狐狸卖了，就不会像今天这样，进退不得了。

小　月　有了，去找李彩……

田来顺　找谁啊？

小　月　找李彩珠。

田来顺　哈哈哈，亏你想得起来，这一群病狐狸她还肯收购吗？人家是生意场上的高手，亏本的买卖不会做。

小　月　我是说，我们出高价，去请李彩珠，她是养狐专家，肯定有办法。

田来顺　我不去，我不去，我情愿坐牢。

小　月　来顺，就算是为了我，为了我们未来的家，去吧。就算我求你还不行吗？

田来顺　小月，是你求我去找李彩珠的啊？

小　月　你就快走吧！

田来顺　那我就……去了！

〔切光。


〔光启。明月初升。

〔湖畔长堤。

〔李彩珠背药箱上。

李彩珠　（唱）风轻轻月溶溶蛙鼓阵阵，

　　　　　　　李彩珠心绪万千孤身只影。

　　　　　　　踏碎月光，惊飞宿鸟，

　　　　　　　赶抄近路，迎风而行，

　　　　　　　哪顾得露湿衣衫汗水淋。

　　　　　　　今日去兽医站里把药进，

　　　　　　　忽见到来顺匆匆进了门。

　　　　　　　我悄悄躲在一旁看究竟，

原来他狐场出事请医生。

母狐流产突患病——

〔幕后伴唱：

"你为何七分不安乱三分？"

李彩珠 （接唱）几番欲想去探问——

〔幕后伴唱：

"可又怕自作多情是非生。"

李彩珠 （接唱）倘若狐场遭不幸，

岂不是丢却三年同窗情？

放慢脚步细思忖，

母狐流产是何因？

几年来从未见过这病症，

我定要查明原委找病根。

既帮来顺脱困境，

我也能积累经验写论文。

禁不住悄悄前往观动静……（下）

〔田来顺蹬自行车上。

田来顺 （唱）长堤上来了我这个想见怕见，

盼遇怕遇的尴尬人。

行色匆匆神不定，

心里打翻五味瓶。

湖荡柳堤旧时景，

景色依旧人陌生。

我与她当年足迹全无影，

月光下芦哨当歌化烟云。

一时恍如入梦境，

怕念旧情偏生情。

〔李彩珠出现在追光里，眺望远方。

〔童谣声起：

"亮月子，亮堂堂，

小妹妹，浆衣裳。

衣裳浆得白铎铎，

送给哥哥上学堂。

上学堂，情不忘，

哥妹相会小河塘。"

李彩珠　（唱）何处童谣幽幽隐？

田来顺　（唱）莫非我不知不觉唱出声？

李彩珠　（唱）有情未必有缘分，

田来顺　（唱）我还需割断无形绳一根。

李彩珠　（唱）重逢那日犹兴奋，

田来顺未受半点尘埃侵。

自强不息人机敏，

憨厚之中见真魂。

田来顺　（唱）重逢那日又较劲，

一番话拨开雾障识迷津。

抓住机遇难成梦，

今日里一个求字怎出唇？

（按自行车铃）

李彩珠　（惊喜）是他！看来他是找我来了。（故意背向田来顺，拦车挡道，故意跌倒）

田来顺　哎哟，对不起……（惊喜）彩珠！原来是你呀……巧、巧、太巧啦！

李彩珠　巧什么巧？

田来顺　彩珠……我想你……

李彩珠　想我……

田来顺　不不不，我想请你去我们狐场玩玩的。

李彩珠　啊，请我去为你们狐场剪彩？哎，你说过，要用专车来接我的？

田来顺　（旁白）全是我这张臭嘴。老同学……我……彩珠……深更半夜，你这是上哪儿去？

李彩珠　去前桥。他们怀孕的母狐流产了，请我去看看。

田来顺　他们的狐狸也流产了？前桥人太不像话，请专家，居然不派人来接？彩珠，我送你去！

李彩珠　（笑）你深夜到此，难道专程是来为我当车夫的？

田来顺　顺路，顺路……

李彩珠　你这专车也太有点……

田来顺　破虽破，不过拖个百十斤肥猪保证没问题。（自知说漏了嘴）彩珠，对不起，我不是这个意思。我的意思是，能为你大专家服务，那是十二万分荣幸。

李彩珠　那就谢谢你了。

田来顺　请上车。

李彩珠　请上路。（唱）

　　　　　　　曲曲弯弯当年路，

　　　　　　　清清亮亮莲花湖。

　　　　　　　问声来顺曾记否？

　　　　　　　当年堤边同读书。

田来顺　（唱）当年堤边花两朵，

　　　　　　　一朵鲜来一朵枯。

　　　　　　　你去农大进学府，

　　　　　　　我当民工把口糊。

李彩珠　（唱）花枯还能发新蕊，

田来顺　（唱）新蕊还需绿叶扶。

李彩珠　（唱）你似有难言之隐未吐露，

田来顺　（唱）田来顺盼你将我心病除。

李彩珠　（唱）我这里钓鱼台上稳稳坐，

田来顺　（唱）我只有耐着性子慢慢磨。

李彩珠　（唱）但看他如何开口来求助，

田来顺　（唱）探深浅摸着石头来过河。

　　　　　　　（下车）

李彩珠　你怎么了？

田来顺　彩珠呀，我……

李彩珠　你有什么话就说吧，不要吞吞吐吐的。

田来顺　这……我……

李彩珠　哎！你这样慢慢吞吞的，流产的母狐可耽搁不起，自行车给我！

（欲上车）

田来顺　哎，彩珠，你从前桥回来，能不能顺拢我们村看看？

李彩珠　为狐场剪彩可以，看看……就不必了。（欲下）

〔一阵野鸭叫声，李彩珠吓得躲在田来顺身后。

田来顺　（笑）是只野鸭子。

李彩珠　（笑）是啊，煮熟的鸭子嘴巴硬！我走了……（骑上自行车欲下）

田来顺　（追）彩珠，彩珠……

李彩珠　（唱）塘边野鸭眼前过，

　　　　　　　　嘴硬心虚太糊涂。

　　　　　　　　只要能将难关渡，

　　　　　　　　能屈能伸大丈夫。

田来顺　（唱）只要能将难关渡，

　　　　　　　　我老老实实拜师傅。

　　　　　　　　狐场由你来掌舵，

　　　　　　　　大丈夫甘愿当纤夫。

　　　　　　彩珠啊，我不能再装假了。

李彩珠　你早就该实话实说了。

田来顺　我们的母狐流产了，求你去帮我一把。

李彩珠　还有呢？

田来顺　我真心实意跟你合作。

李彩珠　还有呢？

田来顺　你以技术参股……

李彩珠　还有呢？

田来顺　由你控股……科学技术是第一生产力呀！

〔一声鸡啼。

田来顺　前桥还有半里路，我送你去……

李彩珠　不，我的目的地就在这里！

田来顺　（恍然大悟）噢——老同学，你原来是……

李彩珠　不欢迎？

田来顺　欢迎，欢迎！

194

〔小月上。

小　月　（握住李彩珠的手）彩珠大姐，欢迎，欢迎！

〔切光。


〔光启。河滨码头。

〔李彩珠洗涮药瓶。田来顺拿协议书上。

田来顺　彩珠啊，自从你来了我们村，母狐流产总算控制住了。我算是真
　　　　服了你了。你不但开发了我们村，也开发了我。你该考虑我们合
　　　　作的事了吧！这是我拟定的合作协议，签字吧！

李彩珠　（看协议）我要以技术参股，徐干娘同意吗？

田来顺　我想，她会同意的，你签字吧！

李彩珠　我看等查明母狐流产的原因，我们就正式签字吧。

田来顺　彩珠，我真怕你再一次从我身边飞走。签字吧！

李彩珠　（笑）你放心。这一次你就是赶我走，我都不会走的。

〔刘六妈上，偷听。

〔田来顺、李彩珠下。

刘六妈　（看着田来顺、李彩珠离去的方向，朝一侧神秘地）喂，兰英
　　　　子，你望见没有哇，小来顺打算同李彩珠合起来啦！两个人……
　　　　（做手势）先是这么，然后这么，还……这么……

〔小月上。

小　月　六妈，什么这么那么……

刘六妈　没有什么，没有什么。来顺同狐狸精，不对，不对，来顺同那个
　　　　李彩珠刚走，他们商量合起来的事情呢。小月呀，养狐场是棵摇
　　　　钱树，不能并把外村人呀，常言道肥水不流外人家嘛。你没事，
　　　　多到狐场跑跑，他们两个人，成天钻在狐棚里面……啊，没什么
　　　　事，没什么事……（溜下）

〔小月僵立。

〔幕后伴唱：

　　　　　"小月暗暗把心担，

　　　　　怕只怕天长日久生麻烦。"

〔切光。

〔光启。养狐场。

〔椅子上放着田来顺的衬衫。

〔李彩珠摘录资料。小月上。

李彩珠　（惊喜）呀，小月来了！你真是稀客，我来这么长时间，你还是第一次到养狐场来呢！快坐呀。（倒茶）来，喝茶！

小　月　哦，这是你和来顺的早饭。

李彩珠　谢谢，给你添麻烦了。坐！（拉小月坐下）

〔幕后伴唱：

"谁是客人谁是主，

常常是颠颠倒倒分辨难。"

小　月　听说，来顺想把狐场同你合并？

李彩珠　是啊，这是合作协议。

小　月　你们果真要合起来了？

李彩珠　那当然啦。（不解地）小月……你看什么？

小　月　你真漂亮，也很迷人……我要是男人呀，魂都被你勾住了。

李彩珠　（笑）死丫头，那我不成狐狸精了。（听到幕后一阵响动）不好，那些小调皮鬼，又把食盆打翻了，我去看看，你坐……（下）

小　月　（跺脚）她倒成了主人了！岂有此理！（拿起协议书端详）乖乖，他们的历史遗留问题变成了周周正正的现实问题了。（欲哭又止）我找干娘去！（下）

〔田来顺背包匆匆上。

田来顺　彩珠，狐棚里有没有异常情况？

〔李彩珠上。

李彩珠　一切正常。

田来顺　那就好。

李彩珠　这是小月刚送来的早点。大清早你跑哪儿去了？（递上碗）

田来顺　（大吃）啊，去县城包一辆中巴车，村里婆婆妈妈要去江南探亲，你看我还为她们备了一些日用品。

李彩珠　（调侃）你是左手抓妇女，右手抓狐狸。

田来顺　两手都要抓，两手都要硬。

　〔飞机的轰鸣声。

李彩珠　（仰天观察）这机场飞机试飞也不知有什么规律？

田来顺　好像是每星期一次，逢双日航，逢单夜航。不过，这阵子没有试飞。

李彩珠　我来以后有没有试飞过？

田来顺　没有。

李彩珠　把记录簿拿来。（接过本，翻看）第一次母狐流产是四号。

田来顺　逢双日。

李彩珠　第二次九号，逢单日；第三次十五号，也是逢单日……哎呀，原因找到了！

田来顺　什么原因？

李彩珠　是飞机起飞的轰鸣声，惊吓了母狐，造成了流产！就是这个原因。当年在农大学习的时候，老师曾给我们讲过这个问题，我怎么就忘了呢？

田来顺　彩珠啊，这下好了！我们的大专家，（拿起饭盒）来，慰劳慰劳你。（夹点心喂李彩珠）

李彩珠　真香……

　　　〔刘六妈上，见状愣住。

刘六妈　（咳嗽）嘿嘿，我刚到……什么也没有看见。

田来顺　你什么意思？

刘六妈　嘿嘿，我意思的意思，小来顺哪，我想重新入股，这三千块……

田来顺　（笑）六妈，现在入股要征求李彩珠的意见，她现在是我们的大股东。

刘六妈　来顺哪，人要大差不差的，你难道忘记了吗，你小时候……

田来顺　喝过你奶的呗。

李彩珠　（拿起田来顺的衬衫）走，进去看看母狐的动静。

田来顺　好！（欲下）

刘六妈　（紧跟）来顺——

李彩珠　（拦）六妈，对不起，生人不能进狐棚。（与田来顺下）

刘六妈　我在这里碍你们事呗！（窥望，偷看田来顺挎包里的东西）

　　　〔徐干娘、谭二爷上。

徐干娘　六妈，你鬼鬼祟祟地干什么？

刘六妈 不好了，要出豁子了！

谭二爷 你又发现什么高级秘密啦？

刘六妈 刚才我望见来顺同彩珠……哎呀，不能睁眼哪。

徐干娘 不要瞎说。

谭二爷 诬陷好人要吃官司的。

刘六妈 这种事情我能瞎说吗？（唱）

适才我顺路到此地，

见他们亲亲热热紧相依。

一个说我要慰劳慰劳你，

一个说真是甜到心窝里。

两个人商量决定共一起，

养狐场要由彩珠来把持。

看起来小月也要被抛弃，

女人村大难临头要出问题！

徐干娘 这是真的吗？

刘六妈 他还说，我重新入股的事不需要请示你徐干娘，要请示李彩珠，人家现在是大股东。

徐干娘 还有什么？

刘六妈 （故意地）不说了，不说了……

徐干娘 叫你说，你就说！

刘六妈 只要你徐干娘替我做主，奶奶今天也豁出去了！（翻包）你们看——护肤膏、珍珠粉、指甲油、花露水、洗发香波、白雀灵、粉底霜、貂油膏、增白香水、洁尔阴……还有一封情书，是写把那个狐狸精的！

〔狐棚里传出田来顺的声音："彩珠，你快些……"

〔李彩珠的声音："不要急，我在换衣服哩。"

刘六妈 听见了吗？听见了吗？脱衣服了！

〔小月上。

徐干娘 小月……

小 月 干娘，你不要说了，我全知道了。他们过去是同学，如今又续旧情。（泪下）这是他们签订的合作协议书。

刘六妈　我说的，这两个人，成天钻在狐棚里，有什么倒头好事啊！

徐干娘　老谭，看上面写的是什么？

谭二爷　（看）依我看，和李彩珠合作是水到渠成，顺理成章。

徐干娘　看样子这件事你是主谋！

谭二爷　老徐哎，这件事……

徐干娘　你开请请。当断不断，必有后乱。（朝内）小来顺，你给我出来！

　　　　〔田来顺上。李彩珠身着田来顺男式衬衫随上。

刘六妈　望见了吗，望见了吗，衣服全穿错了！

小　月　（掏出钥匙）干娘，这是幼儿园的钥匙，我走了。（欲下）

田来顺　（追）彩珠！不，小月，你要上哪儿去？

小　月　我上金山寺去。（下）

徐干娘　她上金山寺去干什么？

谭二爷　看破红尘，要么想当女许仙呗！

徐干娘　小来顺，你变了！

田来顺　（哭笑不得）我怎么变了？

刘六妈　你腐败了！

徐干娘　伤风败俗！

刘六妈　第三者插足！

谭二爷　证据不足。

刘六妈　太麻木！

李彩珠　哈哈哈……来顺，看来我在这里给你惹麻烦了。现在母狐流产的
　　　　原因找到了，我该走了。（欲下）

田来顺　（拦）彩珠，你看我们合作的事情……

徐干娘　合什么作？

田来顺　干娘，我想借鸡生蛋。

徐干娘　生什么蛋？

刘六妈　定时炸弹！

徐干娘　（唱）我今天大梦一场才醒悟，
　　　　　　　细寻思满腹酸楚气难舒。
　　　　　　　卖狐狸你反复无常多变故，
　　　　　　　原来是见利忘义早预谋。

说是为全组图致富，

钻进狐棚里着了魔。

设下圈套一步步，

狐场并给李彩珠。

群众利益全不顾，

小月情义扔下河。

重大决策瞒着我，

处处蒙骗老太婆！

似这般勾结外人哄大伙，

你良心难道被狗拖。

刘六妈 来顺，用笔记记！记记！

徐干娘 （唱）想当初收留你在村里住，

指望你知恩图报走正途，

兢兢业业来掌舵。

对党忠诚，为民分忧，

勤勤恳恳，踏踏实实，

任劳任怨，肯苦肯做，

到时接班，带领大家把穷根除。

没想到劳碌一场白辛苦，

也怪我裹脚布当作大旗竖。

从今后与你一刀分两段，

女人村再不能由你变成狐狸窝。

田来顺 你们这不是无中生有吗？

刘六妈 小来顺，再改革开放，你也不能娶大小老婆吧！

田来顺 你……你们……

谭二爷 老徐啊，这件事情我看……

徐干娘 （打断话头）我现在宣布两条决定，小来顺就地免职；李彩珠，回家发财。

刘六妈 坚决拥护干娘的英明决定。

田来顺 你们都不要说了。

200 李彩珠 （脱下田来顺的衬衫）谭老师，母狐怕见生人，我穿上来顺的工

作服，这些小牲灵就把我当作来顺了。你们谁要进狐棚，千万别忘了穿上这件衣服。我走了，再见！（下）

田来顺　彩珠……

徐干娘　站住！你上哪儿去？

田来顺　干娘，这包里的东西你处理一下。彩珠——（急下）

徐干娘　（拿出包里的信）老谭，看看这上面写的什么？

刘六妈　肯定是爱呀爱的呗！

〔谭二爷看信。

〔田来顺的画外音："二狗兄弟，这一次组织村里众姐妹集体去江南探亲，有几件事情拜托你一下。第一，包里的化妆品，你替我分发给她们，让她们打扮得漂漂亮亮的去见自己的亲人。第二，你父亲躲在外面几年了，这一次请你无论如何要把他找回来，你们一家也该团圆了……"

刘六妈　（打自己一记耳光）我……我真是个老畜牲。（哭下）

徐干娘　唉！我怎么人搀不走、鬼搀飞奔呢！（欲下）

〔谭二爷欲下。

刘六妈　老谭，你……你上哪儿去？

谭二爷　我去找来顺。

徐干娘　那我呢？

谭二爷　你就死在这块看狐狸。（急下）

徐干娘　谭老师……老头子哎……（追下）

〔深夜。野外。

〔徐干娘幕内声："来顺！"

〔谭二爷扶着徐干娘上。

徐干娘　我叫这个李彩珠走的，哪个叫来顺走的呢？

谭二爷　你要垂帘听政呢！

徐干娘　你不是个高级智囊吗，要么是高级……

谭二爷　饭桶！饭桶啊！

徐干娘　我就是找遍盐城，也要把宝宝找回来。小来顺哪！

〔切光。

〔光启。村口，桥头。

〔田来顺上。

田来顺　（唱）踏月色追彩珠汗流浃背，

　　　　　　　一路之上心急火燎，快步如飞，不见人影。

　　　　　　　原路返回，来到村口，

　　　　　　　仔细寻觅，晚风拂面；

　　　　　　　四野静寂，河水无声雾绵绵，

　　　　　　　找不到李彩珠我心意悬悬。

　　　　　　　仰望中天弯弯月，

　　　　　　　恰似那金钩吊住我心扉。

　　　　　　　自从狐狸进村内，

　　　　　　　就如同古井里掀起浪千堆。

　　　　　　　几多委屈和误会，

　　　　　　　欲退又被朝前推。

　　　　　　　二老人虽然是热心一片，

　　　　　　　热心肠却难免事与愿违。

　　　　　　　小月她待我真心情非浅，

　　　　　　　情深深淹没了曲直是非。

　　　　　　　真情总在难中结，

　　　　　　　怨恨常与爱相随。

　　　　　　　似这般进难进来退难退，

　　　　　　　我好似一叶漂萍浪中颠。

　　　　　　　决意离乡来逃避，

　　　　　　　江南打工永不归。

〔远处传来徐干娘的呼唤声："来顺……来顺……"

田来顺　（唱）夜色中干娘呼唤声切切，

　　　　　　　就如同金丝银线把我的魂魄牵。

　　　　　　　魂魄牵，心儿碎，

　　　　　　　心儿碎，泪暗垂；

　　　　　　　泪暗垂，难迈腿，

難邁腿，把頭回。

沉睡的月光清如水，

醒着的村舍盼我歸。

〔飛機夜航的轟鳴聲劃過長空。

田來順　（唱）眼見得理想之光露山巔，

　　　　　養狐場半途而廢實可悲。

　　　　　母狐流產病因顯，

　　　　　追根尋源理當然。

　　　　　怎能讓小月真情付流水，

　　　　　怎能讓幹娘企盼化塵灰。

　　　　　又怎能抓住的機遇再放棄，

　　　　　更不能辜負彩珠——蒙受的委屈、付出的辛勞、真摯的友

　　　　　　情、火熱的企盼，變成了一縷雲煙被風吹。

　　　　　好男兒開弓沒有回頭箭，

　　　　　我定要鼓足勇氣，堅定信念，

　　　　　開導小月，摒棄前嫌，

　　　　　幹娘面前，好說好勸；

　　　　　抓住機遇，決不放棄，

　　　　　義無反顧，決不後退。

　　　　　不追回李彩珠我決不把家回！

〔小月、李彩珠從兩側同上。

小　月　（唱）烏雲片片月兒掩，

　　　　　步履匆匆把村回。

田來順　（唱）忽聞腳步聲切切，

　　　　　細聆聽定是小月到村前。

小　月　（唱）離故土好似風箏斷了線，

　　　　　情難捨恰如藕斷絲還連。

李彩珠　（唱）離開了女人村難了心願，

　　　　　養狐場時時把我心兒牽。

田來順　（唱）又見霧中人影現，

　　　　　原來是彩珠來到石橋邊。

李彩珠 （唱）我决心再和小月见见面，

小　月 （唱）找来顺开诚布公敞心扉。

田来顺 （唱）躲一旁暗观望随机应变——

〔小月、李彩珠看到对方。

小　月 彩珠——

李彩珠 小月——　（唱）

　　　　　蓦然间狭路相逢又怎开言？

〔小月扭头便走。

李彩珠 小月……小月，小月！你我都是女人，为什么不能坦诚相见地谈
　　　　谈呢？

小　月 那我问你，你和来顺过去既是同学又有情分，为何事隔多年却不
　　　　相往来呢？

李彩珠 （苦笑）是阴差阳错吧。

小　月 那你能不能说个明白？

李彩珠 （掏出小镜子）当年他送我这面镜子，并以诗相赠……

小　月 以诗相赠？

李彩珠 （念）"请得春雨漫天洒，
　　　　　　　来燕归鸿入农家。
　　　　　　　我本乡间一撮土，
　　　　　　　村野处处发新芽。"

　　　　这首诗的前面四个字——

小　月 "请、来、我、村"……那你为什么没来？

田来顺 （旁白）对，你为什么没来？

李彩珠 我想到南方去，开开眼界，锻炼自己，闯出自己的天地！而他，
　　　　却要铁心甘守故土，改变家乡面貌。

小　月 啊！你们是为了各自的信念而放弃了爱情。

李彩珠 往事不可追呀。这次我到你们这里来，发现他还是那么执着，认
　　　　准的路义无反顾地走到底，他是真心爱着你的。

小　月 彩珠大姐，你别说了。狐场需要你，来顺更需要你，你们才是志
　　　　同道合的一对。

田来顺 （旁白）我可不当陈世美。

李彩珠　小月，爱情怎能相互转让呢？

小　月　来顺可是难得的好人哪。

李彩珠　难道他就一点缺点没有？

小　月　缺点？有。他睡觉的时候，打起呼噜来，就像救火车拉警报，听了叫人害怕。

李彩珠　所以，你就把呼噜甩把我了？

小　月　不不不。有一次，我趁他午睡的时候，把他的呼噜声录了下来！

李彩珠　呼噜声录下来干什么？

小　月　他到江南打工，我想他的时候就拿出来听听。（送上录音带）这是录音带，你拿着。

李彩珠　哈哈哈……你真是个傻丫头。爱情不是施舍！（将录音带塞到小月手里）收好你的呼噜吧！

小　月　那，那你还跟我们合作吗？

李彩珠　合作，合作到底。

小　月　太好了。

　　　　〔田来顺从码头上站出来。

田来顺　（大叫一声）哎呀！

小　月
李彩珠　来顺！

田来顺　（冲上前）小月！（夺过录音带）我想，我们解决母狐流产的办法有了。

小　月
李彩珠　什么办法？

田来顺　我们把机场的噪音录下来，由轻而重，由远而近，让狐狸慢慢适应，问题不就解决了吗？（激动地）小月……

李彩珠　小镜子……小镜子该物归原主了。这上面四句诗是属于你的。（递小镜子）

小　月　（接小镜子，念诗）

　　　　　　“我盼春雨漫天洒，

　　　　　　爱做飞燕入农家。

　　　　　　小小乡间一撮土，

205

月月抽丝发新芽。"

李彩珠　这每句诗前面的第一个字我改了……来顺你来读。

田来顺　"我、爱、小、月"。

小　月　(扑向李彩珠怀里)彩珠姐姐!

　　　　〔幕内徐干娘呼喊:"来顺哪——来顺哪!"跌跌撞撞地跑上。

徐干娘　来顺,乖乖儿——你回来啦!

田来顺　干娘,我回来了。(与徐干娘拥抱拭泪)

　　　　〔谭二爷上。

徐干娘　我说的嘛,这孩子是不会离开我们的。

田来顺　(抹泪)干娘,我是不会走的呀!

　　　　〔刘六妈急上。

刘六妈　来顺生了,来顺生了。

田来顺　什么来顺生了?

刘六妈　不不不,狐狸生了。有一窝生了十八个。

众　人　太好了。

　　　　〔幕内声:"飞机通航了!"

　　　　〔众人雀跃。

　　　　〔太阳冉冉升起,飞机轰鸣声划破长空。

　　　　〔幕落。

——剧　终

　　《十品村官》曾用名《来顺组长》,1998年由盐城市淮剧团首演,蒋宏贵导演,主要演员有王书龙、朱桂香、梁霄鹏等。2004年剧本获得第十六届中国曹禺戏剧奖·剧本奖(2002—2003)。

**作者简介:**

陈　明　男,1952年出生,江苏盐城人,剧作家,代表作品有《十品村官》《半车老师》《菜籽花开》《送你过江》,两获"曹禺戏剧文学奖"。

· 话 剧 ·

# 生死场

（根据萧红同名小说改编）

田沁鑫

时　间　1931年"九一八"事变前后。

地　点　黑龙江哈尔滨附近一个偏僻村庄。

人　物　赵　三——四十几岁，黑龙江某偏僻农村村民。

　　　　王　婆——四十几岁，黑龙江某偏僻农村村民，赵三之妻。

　　　　金　枝——十八岁，赵三与王婆之女。

　　　　二里半——四十几岁，黑龙江某偏僻农村村民，罗圈儿腿。

　　　　麻　婆——四十几岁，黑龙江某偏僻农村村民，二里半之妻，样
　　　　　　　　　子蠢气。

　　　　成　业——二十出头的壮小伙子，二里半与麻婆之子。

　　　　菱芝嫂——三十岁左右，村民。

　　　　五姑姑——五十岁左右，村民。

　　　　月　英——二十岁左右，村民。

　　　　二　爷——五十岁左右，地主。

　　　　翻译官——三十岁左右。

　　　　警所官员——四十岁左右。

　　　　四个男人、妇人、两个日本兵、两个宪兵、女儿。

# 序

〔舞台后区，纷纷扬扬的雪花飘散。风声隐隐呼啸。

〔四个农民装束的男人聚拢在火盆边取暖。他们姿势迥异，神情
麻木。

男人甲　真冷，这天儿。

男人乙　好风，刀子似的。

男人丙　井封了，水缸裂了。

男人丁　雪把房子也封了，门推不动。

男人丙　（脚被火烫灼，叫）哎哟——

〔其他男人漠然地望了男人丙一眼，继续烤火。

〔一束清冷的月光照亮一位跪卧地上的俊俏妇人。妇人紧了紧衣裳，可怜巴巴地望着烤火的男人。

妇　人　哥……

〔男人甲望了妇人一眼，没搭理。

妇　人　（无助地）肚子越来越大，盆变成大盆了，里边的东西跳着脚踹，要出来。哥，咋办？

男人甲　（乐了）出来，管我叫爹。

妇　人　出不来呢？

男人甲　猪、牛咋出来的？

妇　人　……也有憋死的……

男人甲　（绷了脸）使劲儿，憋死也得出来。

〔男人们逐渐离开火盆。

〔男人甲搬动火盆置中间，示意妇人烤火。妇人这才敢凑近火盆，渐渐地，她的肚腹疼痛起来。

妇　人　……哥！这东西要出来……

男人甲　（喜悦）使劲儿！

〔妇人哭了起来。

男人甲　（走向妇人）使劲儿！

〔男人甲拖拽妇人双腿，其他男人也兴奋地帮忙，大家将妇人推来搡去，妇人挣扎在他们的手臂间。

〔男人们愉悦地将妇人的双脚套上绳索，把她扛起。

〔男人们显出快活的样子。

男人甲　生老病死，没啥大不了的。生了就让他自个儿长去，长大就长大，长不大就算了。

男人丙　老了也没啥，眼花就甭看，耳聋就不听，牙掉了整吞，走不动瘫着。这有啥法儿？谁老谁活该！

男人乙　病，人吃五谷烂杂，谁不生病呢？

男人丁　死也不是啥事。爹死儿子哭，儿子死妈哭，哥哥死一家子哭，嫂子死娘家人哭。

男人甲　今儿哭明儿好，挖坑儿埋人。

男人丁　埋了往后，活着的照旧过日子。

妇　人　活着为啥？

四男人　吃饭穿衣。

妇　人　人死了呢？

四男人　（乐了）死了？就完了呗！

〔一声婴儿的啼哭响亮起来。

〔舞台某处显现出古朴的"生死场"字样。

〔光渐暗。

<h1 style="text-align:center">一</h1>

〔"九一八"前夕，僻静的小村显得格外寂静、落寞。村民们在生老病死间默默忙碌。

〔舞台上出现一张土炕，炕上跪卧着一位重病的年轻妇人——月英。一束光照向月英。她面颊塌陷，眼窝深凹，乱发蓬头。

月　英　山上的雪被风吹着，向我的房子埋下来，月亮退到山边了。这屋子黑呀……来人哪！给我点儿水！（见没人应自己）一年了，我不能躺下睡觉，我得了瘫病。男人家骂我："娶了老婆不能用，娶了祖宗供着吧。"我是鬼了，快死吧。（干哭了两声，愣愣地发起傻）

〔黑暗处，传来一阵簸豆子的声响及两个婆子的议论声。

菱芝嫂　哎，听说月英病得不轻。那天麻婆子去看她，说她眼珠子发绿，牙齿也变成了绿色。

五姑姑　痨病吧？

菱芝嫂　瘫病。

五姑姑　遭罪。

菱芝嫂　瘦得就剩了脑袋，叫唤起来就像个闹春的猫，什么"我是鬼了，快死吧"，又揪头发又扭胯骨地一人儿瞎忙活，忙活完了就死睡，睡醒了就又忙活。

五姑姑　人快完了。

菱芝嫂　也不见她家挂灯，挂了灯人就一准儿完了。

五姑姑　月英从前可是咱村儿最俊的丫头。

菱芝嫂　唉，是个俊丫头，眼睛黑亮，眯缝起来是个笑样……

五姑姑　长得不像穷人家丫头。

月　英　……快死吧……

菱芝嫂　那男的为娶她，花了老多钱。

五姑姑　倒霉，娶了个不能用的。

菱芝嫂　不能用倒便宜了，可这病吃得多，一点儿不省粮食，吃完就拉，全炕都是。那男的倒赔不说，还得帮她收拾。

五姑姑　遭老罪了。

菱芝嫂　也挂不上个孩儿，她要不死，那男的香火都断了。

　　　　〔月英大口喘着粗气，她开始揪扯头发，一口气憋闷住，身体横晃起来。

　　　　〔最终，月英丑样地死去。

　　　　〔一个男人为她升起一盏"南瓜灯"。

　　　　〔又传来婆子的议论声。

菱芝嫂　哎，挂灯了。嘿……那灯咋是个笑样?

五姑姑　嘿嘿……还真是个笑样。

　　　　〔照射月英的光渐收。

　　　　〔南瓜灯上雕个人脸，笑嘻嘻地迎风摆动。

　　　　〔一阵女人呕吐的声音传来。

　　　　〔一束光照亮金枝，她蹲在土墙边吐着。金枝抹净嘴，愁容满面地按压肚腹。

　　　　〔成业张望着走上，寻到金枝，双手环住她。

　　　　〔金枝吓了一跳，推开成业。成业扑向金枝，金枝将他推倒。成业抱住金枝的腿，金枝打着他。成业将头探进金枝的小袄里，金枝笑了起来。成业解着金枝的袄扣，金枝打着成业的脸，挣脱他。

成　业　（抓住金枝的腿，将她摔倒搂入怀里）金枝……金枝……（吻着金枝）

金　枝　（喘息着浮起半个身子，打着成业）死，死! 咋不死……害死我了，娘知道了，娘一定知道了。

成　业　叫我爹来你家提亲。

| 金 枝 | 娘知道我肚子里有了。 |
|---|---|
| 成 业 | ……倒霉，才干两回，你这肚子咋这不禁使。 |
| 金 枝 | 活不成了，咋办？ |
| 成 业 | 咋办？生米做熟了饭——你娘只能让你嫁我。 |
| 金 枝 | 娘就打死我！不要脸，娘是不会愿意的。（打起了成业） |
| 成 业 | （被惹恼，推搡开金枝）活该愿意不愿意，反正是干了，能咋的？ |
| 金 枝 | （哭着，又依赖起成业，爬向成业，用手环住他高大、壮实的身躯）成业，好成业，娶了我吧。哥，娶了我吧，哥。（吻着成业） |
| 成 业 | （抓住金枝）就娶你！我能娶别人?!（拍了拍金枝的肚子）这算啥？娶你就生儿子，生一院子。 |
| 金 枝 | （抹了眼泪）能行？ |
| 成 业 | 咋不行？这肚子干啥的？能闲着？（躁动着，抱起金枝低头就走）给我生，生一堆小孩子，管我叫爹，热闹闹多乐呵！ |
|   | 〔成业扛起金枝，金枝望到南瓜灯。 |
| 金 枝 | 月英死了…… |
| 成 业 | （瞥了南瓜灯一眼）死就死了呗。（找到一僻静处，放下金枝，解着她的袄扣）生，生一堆小孩子……管我叫爹…… |
| 金 枝 | （任成业摇晃着自己，眼睛却直盯着南瓜灯）成业，哥，娶我，娶我…… |
|   | 〔二人晃动着随光隐去。 |
|   | 〔南瓜灯"喜笑颜开"地渐渐熄灭。 |
|   | 〔黑暗中，传来烧柴的声响。 |
|   | 〔舞台上出现火光，火光中两个男人打斗。一个人手握镰刀，另一个人空着两手。 |
|   | 〔空手人显然占了上风，握刀人全力招架。终于，握刀人割断空手人的喉管。血点子迸溅出来，握刀人大口喘息。 |
|   | 〔四个男人与王婆奋力扑火。 |
|   | 〔握刀人踉跄着离开尸体，被灯光照亮——农民赵三，四十开外年纪，赤着上身，胸前沾血，手握镰刀，伫立。 |
|   | 〔火势渐弱下去。 |
| 众 人 | （住了手，围拢尸体议论着）死了？死了。 |

212

〔赵三身体打着战，向前移动步子。

王　婆　（大叫着）她爹！你高高的，高高的，她爹！

　　　　〔灯光照亮手拎瓦盆儿的王婆，她冲向赵三，丢下瓦盆，用她的大手攀住赵三。

王　婆　她爹，你高高的，高高的！她爹！

　　　　〔赵三动嘴说不出话。

王　婆　她爹，整死了，她爹！

　　　　〔赵三依旧发不出声，瘫卧在地。

　　　　〔王婆拍打赵三的脸，后又拿起水盆泼向赵三，发现没水，反身下去舀水。

　　　　〔几个男人将尸体抬起，向赵三叨叨。

男人甲　……死了。

众男人　三哥……

男人丙　死了……

赵　三　（哆嗦着发出声响）死了……二……二爷，二爷，二爷！（瞪着双眼，像是看到了啥）

　　　　〔灯光照亮地主二爷，二爷悠悠转身。

　　　　〔二爷，与赵三年纪相仿，衣着华贵，面貌慈祥，语音温和。

二　爷　赵三，不要跟我对着干，对着干地租也得加。这地租加定了。

赵　三　除了河里那点儿鱼，没啥吃食了，您再加租……

二　爷　非加不可。官税、乡税逼得紧，你们不交，我拿啥交去。

赵　三　吃了上顿没下顿，二爷，活不成了……

二　爷　赵三，不听话，可小心你的柴房，放把火，叫你一冬天没柴烧。

赵　三　（慢慢直起身子，与二爷拉开距离，自己发着狠）那我……就，整死你！

　　　　〔二爷乐了，声音不大，乐得眼泪直流，掏出大手帕抹着眼睛。

　　　　〔王婆冲向发愣的赵三，将嘴里的水喷向他的脸。

　　　　〔二爷随光消失。

　　　　〔赵三被水喷醒，思绪回到现实中来。赵三看到了眼前自己的婆子。

　　　　〔众男人放下尸体，疲乏地蹲在地上。

〔王婆为赵三披上黑袄，自己却拉扯着一件红袄。

赵　三　……婆子。

王　婆　（欢快地）唉！

赵　三　……咋穿件红？

王　婆　整死了二爷，给你添点儿喜。

赵　三　婆子！

王　婆　哎？

赵　三　……我可整死了咱东家！

王　婆　嘿嘿，死了，整死了。

〔众男人也随着乐起来。

男人甲　三哥，二爷死了。

赵　三　死了……

〔王婆将赵三拉向一边，摸出头上的针，为赵三补起衣袖。

男人丙　……不加地租了，三哥。

赵　三　不加了……

男人甲　咱们去拉二爷家的牛。

男人乙　还有粮食，咱吃顿好的。

男人丁　开仓放粮，咱顿顿吃好的。

男人丙　二爷的大洋钱，给他分了。

男人乙　谁分？

男人丙　当然三哥。

赵　三　大伙儿分。

男人甲　能行？三哥整的二爷，该三哥分。

赵　三　叫大伙儿来整，是为大伙儿分洋钱。

男人甲　听三哥的。（转向赵三，讨好地）三哥整的二爷，该三哥做二爷。

赵　三　屁话！大伙儿做二爷。

〔王婆咬断线头，赵三伸了伸胳膊。

赵　三　分完钱，咱就各奔东西。

〔众男人互相望望。

男人甲　三哥，我跟着您。

　男人丙　我，三哥。

**男人丁** 三哥三嫂，还有我。

**男人乙** ……我。

〔众男人拥到了赵三跟前。

**赵　三** （有了些许得意）那，得走得远远的。

**众男人** 嗯哪。

**赵　三** （思忖着）找个村儿，置几间大房，置点儿地、牲口啥的。有婆
子的带着，没有的，轿子抬一个。

〔众男人喜悦地望着赵三。王婆也抿嘴笑着。

**赵　三** （站起身）来，咱给二爷磕个头。

〔众男人纷纷跪地。

**王　婆** （不乐意地）她爹，人死了，磨叨啥呀。

**赵　三** 骚婆子，懂个屁。去，给二爷挂个灯。

〔王婆憋闷着，收拾瓦盆儿下。

**赵　三** 二爷，这么多年的东家，大伙儿给您添了不少烦。可是，活不成
了，饿得慌。也是没法子，我赵三就给您治办死了，为了再往下
活一段。今天，弟兄几个在我家送您一程。您听听我们的曲，想
想我们的苦，黄泉路上，再骂我们吧。

〔赵三招呼大伙儿，男人们嬉笑着。

〔王婆撇着嘴，升起了一盏南瓜灯。

**赵　三** 生老病死，没啥大不了！

**男人甲** （唱）生啊！就是老天爷和好了面，一屉顶一屉，发面馒头就是
来到世上蒸一蒸啊。

**男人乙** （唱）老啊！死面的饼，老牛的筋，除了阎王爷，谁也嚼不动啊。

**男人丙** （唱）病啊！就是破身板儿，可别死心眼儿，扛不住就给人撂挑
子卷铺盖卷儿啊。

**男人丁** （唱）死吧！就是你翻白了眼儿，蹬直了腿儿，到了阴间啥也别
扯，整明白了？

**众男人** 嗯哪。

**赵　三** （唱）知道了？

**众男人** （唱）嗯哪！

〔众男人抬起尸体。

〔传来一阵鼓掌的声音。地主二爷，出现在众男人面前。众男人愣住。

二　爷　唱得不错啊。这是……发送谁呀？

众男人　（震惊）……二爷？

〔赵三突然腿底乏力，他无法相信眼前的一切。他拧着脑袋努力辨认着二爷。

〔赵三迈动"灌铅"的双腿，走向二爷。

〔王婆更是震惊，她冲向前，拧着二爷的脸。二爷一巴掌打向王婆。

二　爷　疯了?! 我是二爷。

〔王婆瘫卧在地。

〔赵三这才明白，这个二爷是鲜活的。他拍了自己的脑门儿，转身向死尸冲去。

〔王婆也跳起来冲向死尸。

〔众男人将已死的人扳向赵三夫妇。夫妇俩看出了究竟，死人不是二爷，绝望地抬起了头。

〔一阵东北小调吹奏起来，像是嘲讽他们的行为。

赵　三　（绝望、懊恼地被迫接受了这一事实）这死人咋穿件长衫？他咋能穿长衫?!

〔灯光恢复时，众男人已跪向二爷，只有王婆、赵三呆立。

二　爷　（悠闲地盘腿坐在地上）赵三，没等我派人烧柴房，它就自个儿着了，真是对你不听话的报应。是不是啊？

众男人　……是，二爷。

二　爷　死人身上咋有血？是动了刀子吧？

众男人　……是，二爷。

二　爷　这人是谁呀？去，看看。

〔众男人快速围拢尸体，又摸索了尸体，摸出几枚铜板。

男人丙　小偷？二爷，是小偷。

二　爷　（乐着）穿长衫的小偷？赵三，你为村子除了祸害。不过……杀人偿命，知道吗？

众男人　……知道，二爷。

王　婆　（指着众人，愤怒起来）王八蛋，全是王八蛋，王八蛋！

二　爷　赵三，你应该知道。

赵　三　（喃喃地）知道，知道，二爷，我知道。小偷，（找出了理由）可那人是个小偷！我杀的是小偷，二爷，我为村子除了害，不是您说的？

〔赵三站立处，悬下两条锁链，将赵三吊挂起来。

王　婆　她爹——（够攀赵三）

赵　三　（用力嚷着）二爷！您是我的东家，我一个人儿的东家，您放高手饶我这回，饶我这回。二爷！饶命。饶命，二爷！

王　婆　（简直无法相信这个讨饶的男人竟是赵三，大吼一声）赵三！（随即晕倒）

二　爷　这婆子咋穿件红？

众男人　……红……

〔二爷乐了，声音不大，乐得眼泪直流，用大手帕抹眼睛。

〔南瓜灯上的笑脸，笑得很开心。

〔光渐暗。

# 二

〔光起。

〔一阵犬吠声。

〔成业拉拽金枝慌张行走。

金　枝　我家柴房着火了，我得回去……

成　业　回去找死啊！

金　枝　爹娘咋过冬啊？

成　业　俩大活人，能自个儿冻死？

金　枝　去哪儿？不寻思寻思？

成　业　寻思啥！

〔二里半一瘸一拐地追上。

〔成业、金枝愣住。

成　业　爹。

二里半　谁是你爹！

金　枝　大叔……

二里半　谁是你大叔？

成　业　那你是啥？

二里半　甭管是啥，家去。

成　业　不知你是啥，凭啥家去。

　　　　〔二里半恼火，拉拽成业，被成业用头顶倒。

金　枝　大叔！（扶二里半）

　　　　〔二里半甩倒金枝，再次冲向成业。父子俩扭在一起僵持着，二
　　　　里半举拳打着成业。成业撞倒二里半，二里半没了声响。

　　　　〔成业、金枝着了慌，忙着捶后背、抹前胸地弄醒二里半。

成　业　爹！

金　枝　大叔！

　　　　〔二里半"哼哼"起来。

成　业　（舒了口气，拉金枝向二里半跪倒）爹，打错了，您就忍了吧。
　　　　亲事也让您给提黄了，咋提的您也自个儿想想。在这儿我俩没法
　　　　儿做人了，到了别村儿我俩再抬头做人。平日叫老瞎给您做伴
　　　　儿，它比我亲。我俩养了儿子回来孝敬您跟我娘，走了。（磕了
　　　　头，拉金枝跑下）

　　　　〔二里半"哼哼"着，居然哼出了小调。

二里半　没良心的，跑远远的！

　　　　〔传来一阵羊叫声。

二里半　（寻着羊）老瞎，跟来了，没事，没事，没啥事。成业跑了，他
　　　　还打我，我亲生儿子，他不是人做的。老瞎，你是我儿子，不闯
　　　　祸，还陪我唠嗑。你不生儿子，一个人儿逍遥。有句老话我跟你
　　　　说："多儿多女多冤家，无儿无女活菩萨。"是这理儿吧？他说我
　　　　把他的亲事提黄了，他咋就不说，他让他爹我丢了多么大的人！
　　　　（陷入回忆）

　　　　〔成业与麻婆出现。

成　业　（瓮声瓮气地）爹，今儿就给我提亲去。金枝肚子大了……

　　　　〔二里半不吱声。

| 成　业 | 我娶定金枝了。听见了，爹！ |
|---|---|
| 麻　婆 | （大着胆子询问）儿子，真……大了？ |
| 成　业 | 大了。我稀罕那小肚子，见着就来劲儿。爹，你叫我急呀！ |
| 麻　婆 | 得，"做熟饭了"。拐子，走，咱提亲去。 |

　　〔二里半依旧不吱声。

| 麻　婆 | 我说你这嘴咋比那屁还难放呢？ |
|---|---|

　　〔山羊叫着远去。

　　〔二里半站起寻着羊，向羊说开了话。

| 二里半 | 老瞎，吃饱了就回来，别乱跑。 |
|---|---|

　　〔成业急火火地望着二里半，二里半还在嘱咐羊。

| 二里半 | 老瞎，不兴踩人家的地，踩坏了，人家不骂你，他骂我！ |
|---|---|

　　〔成业抄起身后的镰刀。

| 二里半 | （回头）干啥？ |
|---|---|
| 成　业 | 我宰了它，瘟犊子羊！ |
| 二里半 | （用头比向镰刀）你先把我宰了。 |
| 麻　婆 | 让你提亲，可横啥脖子。呸！ |
| 二里半 | （打了自己的脸）咋还长着脸？咋还有脸！你爹不想招谁惹谁，就怕招谁惹谁！咱家还咋往下活？还咋往下活？肚子大了，图乐啊！她爹能饶你？她爹是啥人？整天哄哄着整二爷的人！咋就把他闺女肚子整大了！不要脸，就不要个脸。败坏我吧，（一巴掌打向成业）就败坏我吧！ |
| 麻　婆 | 干啥你这是？（向成业）儿子，打疼了？ |
| 成　业 | （捂住脸）打我就有种了，你年轻时就不要脸，先有我后成亲，你咋活的？ |

　　〔二里半打向成业。

| 成　业 | 除了打我，你还会啥？ |
|---|---|
| 二里半 | （举拳过来）宰了你！ |
| 成　业 | （架住二里半）还是我宰了你吧。 |

　　〔二里半与成业僵持住。

| 麻　婆 | 拐子，成业弄大了赵三的闺女，就是成业比赵三胆子大。是不是这理儿？嘿…… |
|---|---|

二里半　（转向麻婆）骚婆子，年轻时就骚得我没留个神，咋还不嫌碜碜！

麻　婆　谁骚，没你我咋骚啊？

成　业　事儿我是干了，爹！今儿就给我提亲去。她爹要是不同意，就明告诉他，我俩已经"做熟饭"了，让她爹自己看着办吧！

二里半　败坏我吧，都败坏我吧！

　　　　〔成业一把抄起二里半。

二里半　整啥你？

成　业　整啥？提亲去！娘，帮把手！

　　　　〔麻婆嬉笑着帮衬成业。

二里半　（踢蹬着）败坏我吧，你们都败坏我吧！

　　　　〔一家人闹腾着来到赵三家门口，成业一撒手，二里半滚进赵三家门。

　　　　〔麻婆拽成业走下。

二里半　哎哟！

　　　　〔赵三闻声走出。

赵　三　……二里半，咋不敲个门就爬进来了？

二里半　（尴尬着）……地滑……

赵　三　（乐了）找我有事啊？

　　　　〔二里半"嘿嘿"地点着头。

赵　三　啥事快说？

　　　　〔二里半为难起来。

赵　三　（等了等）没啥事，你家走吧。走啊！

　　　　〔金枝袖手走上。

　　　　〔二里半像是看到了金枝。

金　枝　大叔。

　　　　〔麻婆复上。金枝袖手走出家门，撞见麻婆。

麻　婆　金枝。

金　枝　婶儿……

麻　婆　（小声地）成业等你呢。

　　　　〔金枝羞怯地跑下。

220　麻　婆　（乐着走进赵三家，大着嗓门儿）他三哥！

〔赵三没搭理麻婆。

麻　婆　（便紧挨着二里半坐下）他爹，说呀！

二里半　干啥你！

麻　婆　别忘了，"做熟饭"了。

二里半　（低吼）滚！老爷们儿说话，你插啥嘴？

麻　婆　我提个醒。

二里半　滚！

麻　婆　（不乐意地站起来）走了，三哥。（下）

二里半　（尴尬着）爷们儿说话，娘儿们插嘴，硌碜。

〔赵三不言声。

二里半　（寻着话题）你家还挺暖……噢，火旺……

赵　三　你来我家就为说这啊？

二里半　不，我……我想说，大伙儿一直……服气三哥，三哥搭理谁，谁
　　　　心里就稀罕。我……一直服气三哥，一直……想三哥你搭理……

赵　三　噢……（心中有了些许快意）大冷天来，是为说说这啊！

二里半　还有……全村最好的庄稼把式。嗯……还有，三哥……胆子大。

赵　三　二里半，你今儿咋的了？

二里半　没咋的，我就想……三哥你搭理。

赵　三　噢，你刚才说啥？啥……胆子大？

二里半　胆子大！

赵　三　我？

二里半　唉！

赵　三　我，咋了？

二里半　胆子大，就是……（用手比画着形容）武二郎，胆子大！

赵　三　打死老虎那个？

二里半　嗯哪。

赵　三　噢，他胆子大……

二里半　那是，老虎多大个儿？吃人。人比老虎个儿小多了，人把吃他的
　　　　老虎打死，那人胆子够多大？

赵　三　这跟我有啥瓜葛？

二里半　有，三哥。你是……武二郎，比老虎胆子大！

赵　三　我比老虎胆子大？

二里半　大！

赵　三　老虎有这么高吧？（用手比画着）胆子有这么大？（比画成一个圈）

二里半　有了。

赵　三　人才这么大，胆子……也就这么大？（比画小一圈）

二里半　老虎胆子不长，可人胆子能长。老虎不说话，它傻；人不一样，能想事，会说话。人想胆子多大，就能多大。

赵　三　（乐了）不能够。

　　　　〔成业拉金枝上，向屋里听着。

二里半　（急切地）三哥，你看我，我腿儿不直，和婆子先有种后成亲，全村不待见。我有时候就想，我要腿儿直又清白，那我胆子有多大？特大！我眼里就没啥事了。想着，心里就忽悠起来，胆子就大了。越忽悠，胆子越大，越忽悠，胆子越大，大得冲破了房顶，比房顶还高，忽悠忽悠的……

　　　　〔成业急得学起了羊叫。

赵　三　忽悠完了呢？

二里半　（听到成业的叫声）完了。

赵　三　完了？

二里半　啊不，大，大了。

　　　　〔成业继续叫。

　　　　〔王婆走上。

王　婆　拐子来了，那死羊咋的了？

　　　　〔金枝想阻拦成业，被成业按住不能动弹。

赵　三　二里半，大完了呢？

二里半　就，成……武二郎了。

赵　三　武二郎……

二里半　……武二郎。

　　　　〔成业继续叫。

赵　三　武二郎，可杀了不少人……

二里半　敢情！能打老虎，杀人算啥。

　　　　〔成业还在叫。

赵　三　你那死羊今儿咋了？

二里半　甭管它。三哥，我想说，其实今天来，我是想提……

赵　三　胆子大？

二里半　胆子大……

王　婆　我家赵三胆子大。

二里半　……大。

成　业　（忍无可忍，大吼）爹！（拽着金枝冲进屋里）胆子大的在这儿哪！三大爷，三大娘，我爹是来提亲的，他不提，我提！我知道你家看不上我家，可我跟金枝已经"做熟了饭"，你们只能让她嫁我，不然你们的老脸没地儿搁。胆子大的爷跟娘，就把金枝嫁我吧。

〔金枝昏了过去，大人们都愣住。

成　业　金枝，金枝！

〔赵三缓过神来，一拳打向成业。

〔二里半缓过神来，也一拳打向成业。

成　业　你们都打我吧，我娶定金枝了。答不答应？

赵　三　不答应！

成　业　不答应，我就带金枝走！答不答应？

赵　三　不答应！

成　业　（抱起金枝）走了。（抱金枝跑下）

王　婆　金枝，金枝！（随着跑下）

赵　三　（郁闷着，猛回头看向二里半）二里半，胆子大，胆子大呀！

二里半　不大，不大……（哆嗦着）胆子不大，不大。成业！

〔二里半"逃离"赵三，回到现时中，他恼火而羞臊着。

〔赵三随光消失。

二里半　（打了自己的脸）丢人哪，丢人！说尽了好话攀不上枝。成业你就跑吧，没良心的。

〔麻婆幕内喊声："拐子，拐子。"气喘吁吁地上，冲到二里半面前。

麻　婆　可了不得了，赵三让人逮走了！

二里半　……赵三？

麻　婆　对，绑他那会儿，他那老腿儿还猛踢蹬呢，嘿……

| 二里半 | 你说啥？ |
|---|---|
| 麻　婆 | 咱提亲不成，赵三家柴房就着了，赵三就杀了人，赵三就被逮走了。 |
| 二里半 | 啥玩意儿，说半天，是不是二爷？ |
| 麻　婆 | 是小偷。是二爷让人逮的他。 |
| 二里半 | ……小偷？ |
| 麻　婆 | 那小偷还穿件长衫，嘿…… |
| 二里半 | 婆子，不会是为咱吧？ |
| 麻　婆 | 咱咋了？ |
| 二里半 | 咱去提亲，赵三就来了气，就气迷心杀了人。赵三不糊涂，除了恨二爷，别人他咋能随便整？想想！ |

〔麻婆愣住。

| 二里半 | 别回家了。 |
|---|---|
| 麻　婆 | 咋的？ |
| 二里半 | 王婆子来拼命，找个庙躲躲，等那婆子气消了再回来。（拉扯麻婆走） |
| 麻　婆 | 咱家成业呢？ |
| 二里半 | 跑了。 |
| 麻　婆 | （站住，哼哼地哭起来）咋的了？这是…… |
| 二里半 | 你干啥？跑就跑了，不跑丢人呢！ |
| 麻　婆 | 咋的了？这都咋的了？ |

〔二人慌张中，被一束手电光照亮。

〔一个日军翻译官及两个日本兵出现。

| 翻译官 | 老乡，老乡。 |
|---|---|

〔舞台上人们停顿住。

〔字幕出现："日本兵来了，先遣小分队进了村。"

〔字幕光隐。

| 二里半 | 啥事儿啊？ |
|---|---|
| 翻译官 | 日满亲善，我们亲善来了。 |
| 二里半 | ……亲啥？ |
| 翻译官 | 满洲国，知道吗？ |

二里半 ……大皇帝？

翻译官 对，满洲国皇帝陛下派我们来亲善，保护你们。

二里半 ……那啥……有啥事啊？

翻译官 老乡，来了几个人，先到你们村儿看看。走了一天路，没吃东西，到你家讨个吃食，再喝点儿水。

二里半 （好像明白了啥）成，成！（向日本兵行鞠躬礼）

〔麻婆抹着泪也点头随着。

翻译官 （介绍身后的日本兵）日本大皇军。

二里半 （向日本兵鞠躬）高兴，高兴……

〔日本兵也向二里半敬礼。

〔二里半及麻婆惶恐着。

二里半 （看看年轻的翻译官，询问）贵姓？

翻译官 翻译官。

二里半 （听到了官字，就不想明白其他了）来吧，家去吧。（领着一行人往自己家屋走，向麻婆）咱家有啥吃食？

麻　婆 粥。

二里半 成，给他们喝。

麻　婆 不躲王婆子？

二里半 屁话，有兵保护咱了，王婆子不吓跑？

〔麻婆乐了。

〔山羊叫着，二里半向羊说话。

二里半 老睒，天不绝人。（领日本兵进了自己家的屋）

麻　婆 东家加租，农家没吃食，老棒子粥，忍了吧。

翻译官 成。（向日本兵说日语）

麻　婆 舌头咋了？

翻译官 日本人。

二里半 哪村儿的？

翻译官 （乐了）不是你们村。

二里半 （尴尬着）婆子，盛去。

〔麻婆也傻笑着下。

二里半 长官，坐。

〔翻译官向日本兵说日语，日本兵盘腿坐在地上，翻译官也坐在地上。

**二里半** 炕上坐，炕上坐……

**翻译官** 纪律。

**二里半** （迷惑着）……待多久啊？

**翻译官** 不长。

**二里半** 噢，多住两天儿，多住两天儿。

〔麻婆拿瓦盆儿及三个大碗上，给翻译官和日本兵盛粥。

〔翻译官、日本兵连喝了三碗，翻译官打起嗝，麻婆及二里半笑了起来。

〔一个日本兵凑近瓦盆儿看，又抬头看麻婆。

〔山羊叫起来。

**麻　婆** 看我干啥？没吃饱？没了，不信自个儿看看。

〔日本兵看翻译官，翻译官无法翻。

**麻　婆** （收拾碗）要是成业在，我可舍不得给你们喝。

**二里半** 长官，不骗人，不信，自个儿看看去。

〔日本兵随麻婆下。

〔翻译官还在打嗝，二里半给了他后背一鞋底，翻译官止住打嗝，二里半笑了。

**二里半** 治打嗝，看好点儿没？

**翻译官** （张着嘴）……好了。

〔二里半憨笑着。

〔山羊又叫起来，二里半忙向它说话。

**二里半** 老瞎，你也饿了？去，自个儿找点儿食儿去。（转向翻译官）我的羊，比我儿子亲，我那儿子跑了，刚跑。要知道你们来我家，村里人看了，准不敢欺负，提亲就容易了——噢，给我儿子提亲。别走了，在我这儿住两天儿……

〔翻译官打起了瞌睡。

**二里半** （同情地）累坏了。（自言自语）哎，成业，亲善的兵住进了咱家，缘分哪！你就没这个命。赵三更没这个命，逮走了？活该！提亲那会儿，你是咋瞧不起我的？凭啥瞧不起我！我说尽了好话攀你的枝……要知道来亲善的兵给我坐镇，我还攀你的枝干啥？不攀，绝不攀。（望着睡觉的翻译官）你们来了，早来两天呀，啥事就全变了。早来两天儿，这胆子还不就真大了，还怕他赵三？（转念想）来了，来了好哇，多住两天儿。（又寻思）可晚了，该早来两天儿，早来两天儿……

〔麻婆衣衫不整地走上，两个日本兵随上。

**麻　婆**　（趴在炕上喘息）……他爹……

〔二里半回头望麻婆。

**麻　婆**　（突然大吼起来）他们，俩人儿……操我一个！

〔翻译官被惊醒。

〔麻婆冲向一个日本兵，猛打。

〔二里半愣住。

〔挨打的日本兵向另一个日本兵求救，这个日本兵慌乱着一刺刀扎向麻婆，麻婆大睁着双眼转头看向二里半，倒头死去。

〔二里半完全愣住。

〔日本兵向麻婆行礼，后向二里半行礼，说着日语。

**翻译官**　谢谢你的粮食、你的婆子。（又打起了嗝）他们还说，是……你婆子，招呼他们进去的。

〔二里半依旧愣着。

〔翻译官打着嗝与日本兵走下。

〔二里半所有的愤怒涨满心中，愣磕着走向麻婆，俯身看她。

〔二里半愤怒着，愤怒着，愤怒得抬手打了自己这已死的婆娘一个响亮的耳光。

〔光渐暗。

〔一盏南瓜灯悠悠地行走过舞台。

# 三

〔地方警所。

〔一束光照亮被关押的赵三。

〔曲声渐隐。

赵　三　（席地坐着，神情颓废而目光怨怒，口中叨叨有声）王八蛋，王
　　　　八蛋，全是王八蛋！王八蛋！要整二爷时，你们都咋说的，都咋
　　　　说的！

　　　　〔赵三怨恨地想起杀人前的聚会。

　　　　〔灯光照亮四个农民。

男人乙　杀人偿命，不蹲大狱啊？

男人丙　二爷烧柴房，连他一块儿烧了。警所来人查，模模糊糊的，能看
　　　　清啥？

男人甲　不等警所来人，杀完二爷，就走远远的。

四男人　对，走远远的。

赵　三　王八蛋，王八蛋！

男人甲　我帮您整二爷。

男人丙　还有我。

男人丁　我。

男人乙　……我。

男人甲　柴房只要有动静，左近地邻都看得见，我们准来。三哥，您是我
　　　　们大家伙儿的三哥，您胆子大。

四男人　胆子大。

男人甲　给我们带福分。

四男人　福分。

男人甲　弟兄们给您拜一个。

男人丙　为了三哥当二爷。

男人甲　二爷，胆子大的哥，弟兄们给您拜了。

赵　三　王八蛋，全是王八蛋。

　　　　〔四男人随光消失。

赵　三　坑我吧，你们都坑我吧。晦气，晦气……

　　　　〔一阵敲击洋钱的响动声。

　　　　〔一名警所官员随二爷走上。

警所官员　再加个钱吧，二爷……

二　爷　就这个价。收，就放人。不收，我就走了。

　警所官员　二爷，六块？

二　爷　　五块。

警所官员　　您还在乎这一块钱？

二　爷　　五块。

警所官员　　好歹一条人命啊……

二　爷　　五块。

　　　　　　〔一阵静默。

警所官员　　（咳了咳）他是……您手下的长工？

二　爷　　好长工，干活利落。

警所官员　　您待他不错呀！

二　爷　　他杀的是小偷，为村子除了害。地户们看着我呢，赎了他，春天
　　　　　　的活好干了。

警所官员　　您心眼儿好，再加个钱吧。

二　爷　　这人就值这个价儿。

警所官员　　……好，过两天您领人吧。

　　　　　　〔二爷站着没动。

警所官员　　您要见见赵三？

二　爷　　方便吗？

警所官员　　方便，二爷请。

赵　三　　（喃喃地）坑我吧，都坑我吧……

警所官员　　赵三儿，你东家看你来了。二爷，您请便，有事您吩咐。（下）

二　爷　　赵三。

赵　三　　……长官。

二　爷　　还好吧？赵三。

赵　三　　长官打人，咋能好。

二　爷　　赵三，是我。

赵　三　　……是，长官。

二　爷　　不认得了？我是二爷。

赵　三　　……二爷？

二　爷　　唉，我来看看你。

赵　三　　……二爷！

二　爷　　赵三，我给了警所钱，过两天你就可以回家了。

赵　三　……回家？（像是明白了什么）二爷，您是二爷！您近点儿，我看看您……

〔二爷走近赵三，赵三端详二爷，后动手打开了自己。

赵　三　我还兴这辈子见不着天儿了，二爷……我对不住您！

二　爷　你杀了小偷，为村子除了害，是对得住我的。

赵　三　我，唉，对不住您……（磕头）

二　爷　绑你那会儿，我性子急。消了气想想，地东地户哪有看着过去的。

赵　三　二爷……（磕头）

二　爷　好了。我，这就走了。

赵　三　二——爷！（磕头）

二　爷　（走了几步，又停住）不过，今年地租得加，左近地邻不都加了价嘛，"地东地户"年头多了，不过……少加点儿。

赵　三　加，加！咋还兴商量呢？春天的活儿保管您不用操心。

〔二爷笑起来，向赵三作了个揖，悠悠走去。

赵　三　（充满感激地）恩德啊！（深深磕头，渐渐地欢快起来）王婆子，她娘！二爷拿了钱，二爷拿了钱哪！赎了，赎了。二爷是咱的恩人！

〔赵三家，王婆跪卧地上，望着一盏油灯发呆。

王　婆　我没见过这样的男人，起初是块铁，后来咋是堆泥了呢？

赵　三　二爷赎了咱。

王　婆　咋是泥了……

赵　三　赎了咱，就回家了……也不知金枝回来没？二里半家成业还真敢往金枝头上扣屎盆子！

王　婆　成业不是泥，可咋就坏了金枝？金枝……你要生了孩子，娘替你扛那些"舌头"，娘啥事不敢挺脯子。可你怕了，跑了……你爹也撅眼子朝天服了软儿……

赵　三　命没了，就啥都没了。可这命又回来了，回来了，就得过日子，这日子里有她娘、金枝，还有……二爷。你说二爷这人，明明是我对不起他，可他咋就有这肚量呢？要是那天杀的真是二爷，不就杀了个不错的！人哪，干事不能凭火气，火气要不得。回去要买东西谢谢二爷。

| 王 | 婆 | 二爷咋就没整死呢？咋他倒成了铁？ |
|---|---|---|
| 赵 | 三 | 人不能没良心…… |
| 王 | 婆 | 跑了，没脸了；绑了，没命了。柴房、粮食、钱没了，这日子咋过？ |
| 赵 | 三 | 人不能没良心…… |
| 王 | 婆 | 不能过，就不过了。（被悲哀笼罩着，号啕大哭起来） |
| 赵 | 三 | 二里半，晦气东西，回去得给我服软，还有那帮王八蛋们，都得给我服软。（欢快地哼起了小调） |

〔王婆从怀里掏出一个纸包，胡乱地往嘴里倒着药粉，她服了毒。

〔王婆喘息着，奇异地大睁了双眼。

〔赵三的小调还在哼着。

〔光渐暗。


| 金 | 枝 | 娘，娘！ |
|---|---|---|

〔灯光照亮喊娘的金枝。

〔成业用手环住金枝。

| 成 | 业 | 咋了？金枝。 |
|---|---|---|
| 金 | 枝 | 我，看见娘哭了，娘说："生了孩子，娘帮你带。回家吧。" |
| 成 | 业 | 做梦了。 |
| 金 | 枝 | 我看见了。（嘤嘤地哭起来） |
| 成 | 业 | （有些憋气）咋这个出息。 |
| 金 | 枝 | 火不知咋灭的？爹娘咋样了？你爹娘咋样了？咱俩一走，我们两家就成仇人了。 |

〔成业不做声。

| 金 | 枝 | 没钱，也没带衣裳，睡在人家菜窖里，这是逃荒啊。肚子越来越大…… |
|---|---|---|
| 成 | 业 | 娘儿们家就会叨唠！找到活儿，还能睡菜窖啊？有了钱，买衣裳、吃饭，能饿着！ |
| 金 | 枝 | 不要娘了？ |
| 成 | 业 | 先不要了。 |
| 金 | 枝 | 娘要哭疯了呢？ |

成　业　咋会！

金　枝　娘跟爹以前，有过男人，有过儿子，那儿子参加胡子被人打死了。娘有时一个人掉眼泪，娘说，就我一个亲人了。成业，咱回去吧。

成　业　回去丢人哪！你肚子里有了东西，远近地邻都清楚，那些骚婆子嘴里能有好？咕叨长、咕叨短的能闲着？我从小就被人戳点，不想再听戳点！

〔一阵簸豆子的声响。

〔金枝想起从前几个婆子的议论及母亲对她的态度。

〔灯光照亮手拿活计的菱芝嫂、簸豆子的五姑姑，王婆则在拾掇鱼。

菱芝嫂　金枝肚子里有块硬，有痨病的人肚子里就有硬块……

五姑姑　瞎疑惑啥？金枝，你拉肚子吗？（像是得到了回答）看，是着寒了。

菱芝嫂　金枝，去河沿刨鱼，差不多就回来，河沿不是好人去的地方。受寒事小，坏了名声，可丢不起人。

五姑姑　姑娘家可得当心，二里半的婆子就在河沿坏的事。

菱芝嫂　这事全村都知道，那傻婆子肚子越闹越大才害了怕！婆家也嫁不出去，没法做了二里半的老婆，她娘为这事差点儿没羞死。

〔王婆住手听着。

五姑姑　成业就是河沿怀上的，挺大的小子让人戳戳点点。

〔金枝与成业对望着。

菱芝嫂　可不，上辈没留神，小辈跟着遭殃。成业要是看上哪家姑娘，那姑娘家也不会同意，准嫌丢人。

五姑姑　不留神肯定会遭殃，遭了殃就说不清了……

〔王婆忍无可忍，用鱼锉打鱼肚子。

〔菱芝嫂与五姑姑顿时收住了嘴。

王　婆　（指桑骂槐）金枝！发傻装愣哪？加件衣服，想得痨病变死鬼啊！（用眼瞪着金枝）

金　枝　娘……

王　婆　去，披件袄。

金　枝　娘！（抓紧了身边的小袄）娘……（哭起来）

成　业　你咋就知道哭！就知道叫娘？

〔王婆随光消失。

金　枝　（抹了眼泪）成业，我知道你心里委屈。可娘是个扛事的人，只要娘不戳点，别人就不敢戳点。

成　业　你爹呢？

金　枝　我爹……

成　业　我提亲，你爹那眼皮子朝上的样……咋的，我是王八犊子啊？我爹说破了嘴皮子攀望你爹，还有我娘，转尽了心眼子也说不整句人话。可他俩还不是铁了心攀你家的枝儿？啥亲家？我看是冤家。你爹就是看不上我家。你，也是个倒运的命，才干两回肚子就大了。你说你咋就不知留个神呢！骚婆子，找了你，我这辈子不得安生。骚婆子，都是你败坏的我！咋就不经使？咋就大了？咋就能败坏了我？

〔金枝望着这个怨怒的男人，心冰冷起来，想着眼泪的无用，于是，她夹起小袄向外走。

成　业　不兴回去！（拉拽金枝）

金　枝　（挣脱着）肚子大了，爹娘也不要了，你是啥人？啥人？不是人，不是个人！放手，放手！（被成业摔倒）我回去定了，放手，我回去定了！

〔成业发急，咬了金枝一口，金枝叫起来。

成　业　（又恼恨起自己）金枝，我不好，我嘴欠！别走，金枝！

〔成业用金枝的手打自己，金枝木讷着。

〔窖顶传来议论声："闹哄哄一晚上了，一男一女，老总。"

〔一人问："那男的啥样？"另一人答："挺壮实的小子。"

〔两个宪兵提着马灯出现，成业、金枝已无处躲藏。

宪兵甲　绑了。

〔宪兵乙来绑成业。

成　业　（挣扎着）老总，我没犯啥事，凭啥绑我？

宪兵乙　劲儿还挺大。

〔宪兵甲帮宪兵乙绑成业。

**宪兵甲** 我们是自发军，请你加军，管吃喝、管粮饷。

〔宪兵乙拿出兵契，扳着成业的手按了手印。

**成　业** 老总，这是我婆子。她肚里怀了我的种，我加军，她可咋活？老总！

**宪兵乙** 不是野种，就回娘家。

**成　业** 不能回，她不能回娘家。金枝，说句话，说话呀！

**宪兵甲** 瞧你把这娘儿们稀罕的，你小子没啥出息。看到了吧，这张纸是军法，触犯军法给你小子治罪。走！

〔二宪兵架、拽成业。

**成　业** （喊叫）骚婆子，见死不救！你咋不吱声？你等着，等我回来弄死你！弄死你……（被二宪兵架走，下）

〔曲儿呜咽地奏响。

〔金枝向前走了几步，张了张嘴，她转过身来，木讷地发起呆。

〔暗转。

## 四

〔送葬的乐曲响着。

〔菱芝嫂与五姑姑升起一盏南瓜灯。

〔一个男人铺放草席，其余几个架着王婆，将她放在草席上。

〔二里半随着众人，喃喃着。

**二里半** 没了，都没了……

**菱芝嫂** 二里半，躲我远点儿，晦气。

**五姑姑** 王婆子为赵三死，我明白，他那婆子……整不懂。

**菱芝嫂** 俩兵弄死的。

**五姑姑** 死都不得好死。

**菱芝嫂** 我看是那婆子自己招的。

〔二里半愤怒地向菱芝嫂走来。

**菱芝嫂** 干啥？你要干啥？

〔男人甲过来一拳打向二里半。

**男人甲** 说屈你了？俩人弄死的，不是她招的咋的？

二里半　日本人!

男人甲　日本人也是人,能随便就弄死你婆子?呸!

五姑姑　算了,算了,人都死了。你去庙里烧烧香去去晦气。

菱芝嫂　晦气,一家子晦气。

五姑姑　算了,算了。

二里半　(卧在一旁)晦气,晦气!三哥,你婆子死得烈性,我婆子死得臊性。里外里不如你啊!我不清白,成业不清白,就连婆子死也不清白。造啥孽了?三哥,你在大狱里好吗?你清白,到死都清白。胆子大,到死都胆子大啊!

〔灯光照亮正在跪地向二爷磕头的赵三。

赵　三　谢谢您的大恩大德!

二　爷　回家吧,赵三。

赵　三　您是大恩人,没您我能回家?

二　爷　回去吧。

赵　三　不急,二爷。我……真是不知道谢啥报答。我,有件皮袄,没穿几回,折合点钱,我家还有头牛,过两天上市去卖,也算我念着您点儿心意……

二　爷　不用了。

赵　三　……二爷!

二　爷　……牛牵过来就是了,在我这儿喂壮实了,春天干活儿你好用。别的……就算了,我也没花几个钱。

赵　三　您……别跟我客气……

二　爷　回去吧。

赵　三　唉!(起身,却像是老了几岁,慢直着腰)

二　爷　赵三,回去团聚、团聚,这儿有瓶酒,你自己拿吧。(留下一瓶酒,下)

赵　三　(心情郁闷起来)没您我咋去团聚?您还给我酒喝,您真是……(说不清心里的滋味,嗓子居然哽咽起来)牛、皮袄也还不了您的情。我这辈子就怕欠情!欠了情就不安生了。您赎我拿了多少钱呢?老多了!我可咋还?(小心地拿起酒,打开瓶盖喝了一口,找了个角落,喝起闷酒)

〔发送王婆的人蹲在地上，唱起了送葬的曲儿。

**男人甲**　（唱）生啊！就是老天爷和好了面，一屉顶一屉，发面馒头就是来到世上蒸一蒸啊。

**男人乙**　（唱）老啊！死面的饼，老牛的筋，除了阎王爷，谁也嚼不动啊。

〔菱芝嫂抽抽搭搭地哭起来，后索性卧地大哭。五姑姑被传染了般，也哭起来。

**男人丙**　（唱）病啊！就是破身板儿，可别死心眼儿，扛不住就给人撂挑子卷铺盖卷儿啊。

**五姑姑**　死人了……

**菱芝嫂**　她王姐的鱼做的是全村最好吃的……

**五姑姑**　她王姐你咋就撒手不要我们了……

**男人丁**　（唱）死吧！就是你翻白了眼儿，蹬直了腿儿，到了阴间啥也别扯，呵……

**五姑姑**　赵三进了狱，王姐就没了盼头……

**菱芝嫂**　金枝这丫头不争气呀，见着男人骨头就发软，就不要了脸。王姐那要强的性子，不得不走死路啊！金枝你就跑吧，你可葬送了你娘一条命啊！

**五姑姑**　赵三杀了人，金枝又丢了人，前胸后背都没了，那王姐还能活呀！

**菱芝嫂**　命啊……

**五姑姑**　没有男人的日子，我可过过，我那死鬼就死得早，撇下我一个睡凉炕睡到了今儿。王姐，我就跟你去吧。

**菱芝嫂**　亲生的丫头跟人跑了。就没要个小子，我也是没好命，要了俩丫头，往后还不是这个下场啊。丫头们早晚得跟人跑，我的命啊！

〔男人们早已不耐烦起来。

**男人甲**　别哭了！死人死了，活人得计算着咋过！

**男人乙**　菜价低了，钱都毛毛慌了，粮食也不值钱了。

**男人丁**　布贵，盐也贵，我看快连盐也吃不起了。

**男人丙**　地租还要加，还要不要人活？

**男人丁**　没法儿活，也活不好，二里半家成业还敢私姘金枝，有钱可以，没钱也敢姘？没见过。

男人甲　二里半这瘸骡子腿儿，欠打！

〔男人甲过去踢打二里半，其他男人也帮衬着踢踢打打。

五姑姑　王姐死得好啊，一了百了啊……

菱芝嫂　一了百了……

〔二里半倒在地上不吱声，众男人觉得也没太大折腾，住了手。

〔婆子们渐渐哭够了。

五姑姑　睡凉炕啊……

菱芝嫂　我的命啊……

〔赵三摇摇晃晃地走出来。

赵　三　不安生……这辈子不安生……牛，二爷。（瘫卧在地）

〔二里半发现赵三，张了张嘴，爬起来，用手捅了周围的人。

〔众人发现赵三，呆傻着，似乎没反应过来。倒是赵三自在。

赵　三　嘿……都在这儿……接我呢？

众　人　（渐渐反应了过来，站起身，叫）三哥！

赵　三　呸！谁……是，你们三哥？

男人甲　三哥，你，你这是咋出来的？

赵　三　不……告诉你。

〔众人望着赵三，觉得不太对劲儿。

男人丙　（快嘴）别是逃出来的吧？

〔众人更觉赵三不对劲儿。

男人甲　（大着胆子）三哥，你是咋……出来的？

赵　三　不告诉你们，王八蛋，都……是王八蛋！

〔众人面面相觑。

五姑姑　他三哥，你可不兴……那个，那个……逃。

菱芝嫂　（急切地）三哥，你要是逃出来的，可得回去，让二爷看见，罪加一等！

赵　三　二爷？好人！二爷……

男人甲　三哥喝多了。

〔众人像看怪物一样地看着赵三，与他拉开距离。

赵　三　二爷说了……春天……好好干活，都好好干活。

五姑姑　三哥不是疯了吧？

237

| 菱芝嫂 | 可了不得…… |
|---|---|
| 男人丙 | （向众人）得给他弄回去，让二爷知道，罪加一等。 |
| | 〔二里半听了众人的话，觉得万分对不住赵三，从人后走出。 |
| 赵　三 | 二里半……（摇晃着贴近二里半，吹了二里半脸几口酒气）我闺女，你儿子，我砢碜你！我跟你……没完。嘿……（转向众人）二里半就干重活，累死他。（转向二里半）干活……累死你！给我跪下，服个软，跪下！ |
| | 〔二里半向后躲着，赵三追索。 |
| | 〔二里半被躺着的王婆绊倒。 |
| 赵　三 | （发现王婆）嘿……你在这儿哪，婆子…… |
| | 〔众人望着赵三与王婆，同情着。 |
| 五姑姑 | 死的死，疯的疯…… |
| 赵　三 | 嘿……你喝酒了？不在家睡。我……二爷拿钱赎了咱，咱家的牛就让二爷牵去，不心疼，二爷拿了钱哪！醒醒，咋了？死猪样。（拍打王婆的脸） |
| 男人甲 | （阻止住哭着的婆娘）嘘，听，三哥说是二爷拿钱赎的他。 |
| 男人乙 | 不能够，二爷加租，二爷会拿这钱？ |
| 男人甲 | 三哥，您说啥？二爷拿钱赎的？ |
| 赵　三 | （不理男人甲）牛给二爷不心疼，二爷的情，咱这辈子还不清，这辈子不安生啊！（趴在王婆身上哭起来） |
| 男人甲 | （转向众人）二爷拿的钱，是二爷拿钱赎的三哥。 |
| 男人乙 | 二爷加租了，他会拿这钱？ |
| 男人丙 | 二爷咋会拿？ |
| 男人丁 | 整不懂！ |
| 男人乙 | 不懂…… |
| 男人甲 | 三哥说的要是真话，那二爷得拿多少钱呢？ |
| 男人丙 | 嗯，少不了，咋说也得这个数。（伸出一个手指） |
| 男人甲 | 咋也得三块大洋。 |
| 男人丁 | 二爷他肯花这钱？ |
| 男人甲 | 一条人命啊，咋也得这价。 |
| | 〔众人盘算起来。 |

男人丙　一块大洋钱能牵家两头牛……

男人甲　三块大洋钱得牵家六头牛……

菱芝嫂　十吊钱能换十二个小鸡仔，一块钱得换多少小鸡仔？那还不得有一院子……

五姑姑　一个小鸡仔能换三块豆腐，十个小鸡仔能换三十块豆腐，那得吃多少天哪？

男人甲　二爷真有钱……

男人乙　这村儿都是二爷的。

男人丁　咱们都是二爷的。

男人丙　咱们不算，就说村里的地、牲口不都是二爷的！

男人乙　二爷真有钱！

男人丁　二爷还救了人。

二里半　（望着赵三）二爷他为啥赎赵三？

菱芝嫂　（欣喜地）三块大洋钱那是多少钱哪？能买多少东西啊！

五姑姑　他三哥的命值大钱了，王姐要是活着不得炕蹦儿乐啊，她王姐命苦啊！

〔众人这才纷纷转向赵三。

赵　三　（拍打王婆的脸）醒醒，死猪样，别睡。

菱芝嫂　（急切地）他三哥，那哪是睡觉，人死了！

〔赵三愣住，看着王婆又看着周围的人，他不认识了眼前的一切。他把王婆放下，脚底打着晃儿走到众人对面，他要看清这是什么地方、什么人，却又看到躺倒的王婆。

赵　三　……躺着，躺着……

菱芝嫂　死了。糊涂了？人死了，服了毒！

赵　三　服了毒？为啥服毒……（向前几步，站住，身子晃悠起来）婆子，你就坑我！（跌撞着向地上的王婆冲去，被众人架拽住，歪头吐了起来）

男人甲　三哥喝多了。

五姑姑　没疯，还醒事儿。

〔赵三吐过之后，向前爬着将众人甩在身后，他直瞪着双眼，似乎要看穿什么。

〔赵三回想起杀二爷前夕。

〔灯光照亮王婆。

王　婆　她爹……

赵　三　嗯?

〔王婆正在擦拭一支老洋炮枪。

赵　三　啥? 哪儿鼓捣来的?

王　婆　(自顾自地) 老洋炮。整点儿火药放在这小口里,找根棍儿鼓
　　　　捣鼓捣,鼓捣满了搂这小钩子。(站起来把枪递给赵三) 枪整
　　　　人利落。

赵　三　我问这玩意儿哪来的?

王　婆　(挨赵三坐下,用袖子擦枪) 秋末,二爷他们嚷着逮胡子,那胡
　　　　子就藏在咱家地里。他拿枪对着我,我看他瘦得就剩俩眼珠子,
　　　　就给了他个馒头,他教我鼓捣这玩意儿咋出响。后来,二爷他们
　　　　嚷着逮他,他就跑了。

赵　三　枪给你了?

王　婆　他说要是活着回来,就来取。

赵　三　你就收了?

王　婆　嗯哪。

赵　三　你胆子大啊!

王　婆　我想你打个猎啥的兴许有用。

赵　三　胡子的枪你敢要,你让二爷看见。

王　婆　二爷看不见。

赵　三　他咋看不见?

王　婆　看不见。

赵　三　这么大个家伙他咋看不见?

王　婆　他都不知道咱有枪,他咋看得见?

赵　三　他要是看见了呢?

王　婆　整死他。

〔赵三被自己婆娘说出来的话震慑住。

王　婆　他爹,枪整人利落。

〔王婆将枪递给赵三,赵三低头鼓捣枪,乐起来。他突然用枪把

子打了王婆一下。

王　婆　咋的？

　　　　〔赵三又打了王婆一下，王婆跑着。

赵　三　骚婆子，用你给我指点。（打王婆）镰刀整人就不利落了？照样
　　　　利落，听到了！

　　　　〔王婆用眼瞪赵三，赵三突然亲了王婆一口。

　　　　〔王婆用头顶倒赵三。赵三拽着她的衣领兜了半圈，后将她抱
　　　　起、放下地，折腾了一会儿，最后，撕开她的衣领，转脚踏住她
　　　　的腰，将王婆提拽起。

赵　三　婆子！（喘息着）

王　婆　她爹！（喘息着）

赵　三　我赵三是不是块材料？

王　婆　是材料，她爹！

赵　三　我赵三干的事是不是大事？

王　婆　大事，她爹。

赵　三　多大？

王　婆　天那么大。

赵　三　是多大？

王　婆　天大的事！

赵　三　我赵三是不是赵三？

王　婆　不，是树，高高的，是河，长长的……啊不，是江，大大的江！

赵　三　松花江。

王　婆　松花江！

　　　　〔江水声"哗哗"响起。

赵　三　（拿起镰刀向王婆做着割脖子的示范）我赵三整死了二爷！

　　　　〔王婆欢快地笑了。

　　　　〔"小调"声响起。

　　　　〔赵三兴奋着，王婆跟着他的脚步。

赵　三　二爷他是个大地主。

王　婆　他就知道欺负咱穷人。

赵　三　二爷他要加地租。

王　婆　不让咱穷人过日子。

〔赵三、王婆聚合一起。

赵　三　不让他加租。

王　婆　不让他加租。

赵　三　不能加！

王　婆　不能加！

〔音乐停止。

王　婆　她爹……咳！（背起了赵三）

赵　三　婆子！

王　婆　她爹！

赵　三　我不是孬种！

王　婆　不是，她爹。

赵　三　我高高的。

王　婆　高高的，她爹。

赵　三　高高的，高高的……

〔王婆支撑不住，赵三跌落在地，二人喘息着。

〔王婆笑了，笑得很爽朗，随光消失。

〔回到现时中。

赵　三　（喘息着瞪起双眼）婆子！服毒……为啥服毒？她给我枪要我整二爷，我整了小偷她叫我高高的，我抓进了大狱，她就服了毒？她早先男人死了，她也没事……是为金枝跑了？她早先儿子死了，她也没事……那是为啥？婆子哎，你可为啥？（嗓子哽咽了几下，拧着脑袋琢磨出道道）那天，要是真杀了二爷，也就不怕了。可偏偏不是，二爷能给我好果子吃！绑我那会儿我讨了饶……我，我那不是讨饶，我是想说清楚原委。她大吼一声："赵三！"那俩眼灯笼似的瞪着我，性子烈啊……（害了怕，收住口，不想这事是自己的责任）不能够，不能够！是因为我杀错了人，白搭了一条命，她活着就没了盼头？对，对。还有金枝，金枝在全村丢了人，她在全村丢了人。对！（推卸了责任，也就把问题解释明白了，吼起来）婆子哎！

〔灯光复又亮起，众人蹲在地上。

〔不知什么时候，金枝已站在王婆跟前。

二里半 （叫）金枝。

五姑姑 他三哥，金枝回来了！

〔赵三抬头望向金枝，金枝也木讷地望向赵三。

菱芝嫂 金枝，你可葬送了你娘一条命啊！

〔赵三起身向金枝急走几步，后停住。他望了金枝好一会儿。

赵　三 坑我吧，你们都坑我吧！

〔二里半难过地蹲下身来，只剩赵三、金枝呆立。

〔突然，从王婆那儿发出了"哼哼"的声音，身子也随着动了动。

金　枝 （喊）娘！（跑过去跪在王婆面前）

赵　三 （也跑过去观望，渐渐地害怕起来，猛地推开金枝，喊）大伙儿都别动！（找到了一根长棍，快速骑到王婆身上，用力压开了王婆的肚子）

〔众人赶忙跑过去拉拽赵三。

赵　三 她瞪着俩眼珠子，你们没瞧见吗？她要跳尸！

〔众人恐惧地撒手，赵三复又压开了王婆。

赵　三 （边压边说）她要是站起来，抱着谁就不撒手；不撒手抱着谁，谁就跟她一块儿死！来，帮我一起压！

金　枝 娘，爹要害死你！

赵　三 拽着她，别让她过来。

〔男人甲、乙帮衬赵三，男人丙、丁拉拽金枝。

赵　三 她菱芝妹子，把酒拿来！

〔菱芝嫂颤抖着把酒递给赵三，赵三喝净了酒，又压开了王婆。

〔众人"咳、咳"地用着劲儿。

金　枝 娘，娘！（叫得凄厉）

〔王婆突然立起半个身子，向赵三吐着。众人惊愕。

男人甲 吐黑血了，三哥！

〔王婆一扭头复又躺倒。

赵　三 （住了手，喘息着）完了，这回完了……

〔男人丙、丁松开金枝。

金　枝 （跪卧地上，呆呆地喊）娘……

赵　三　……收拾……埋了吧。

〔众人将王婆卷进草席，扛起就走。

赵　三　（边走边说）她娘，二爷的酒你也没喝上。你就不再等我两天？
金枝回来了，还不知道干没干丢人的事，好赖是全须全尾儿回来
了，咱一家好好的，你就命短……

〔众人突然停住。

男人甲　哎，有动静……

〔众人感觉着，后撂下席退向两旁。

〔席子打开，王婆扭动身子侧头吐着。

金　枝　（瞪眼冲到母亲面前，喊）娘！

〔赵三及众人惊愕地望着王婆。

王　婆　（蠕动着抬起上身）金枝……

金　枝　娘……

王　婆　你跟来了，这是地府吗？

金　枝　娘，不是，是咱村儿。娘！我活着……

王　婆　活着……

金　枝　娘！你是活了吗？你别吓我！

王　婆　（摸索着席子，又看看金枝，后抬头望向周围人，望着站在突出
位置的赵三）赵三，你死了？

赵　三　（向王婆走着）她娘，你别吓我，你这是活了？

王　婆　你死了？（呆望赵三）

赵　三　……二爷拿钱赎了咱！（解释着）我不是进了大狱？

〔王婆点点头。

赵　三　是二爷拿钱赎了咱，二爷还给酒让咱团聚。你服了毒，这要埋
你哪！

菱芝嫂
五姑姑　（亲切地呼唤）王姐。

五姑姑　要埋你，你就自己坐起来了，你这是没死！

王　婆　……没死，活了。（转向金枝）金枝！

金　枝　娘！

〔王婆"哼"了一声，捂脸哭了。

金　枝　娘！（磕头）我对不住您！我，肚里怀了成业的东西，没脸了，跑了。那天晚上我看见娘了，就回来了。娘！（转向二里半）大叔，成业被抓了军，自发军。

〔二里半向后躲着，赵三完全愣住，王婆却异常慈爱地望着金枝。

赵　三　（甩开众人，抄起木棍）我打死你这骚丫头！

〔赵三举棍打向金枝，被众人架住。金枝并不躲闪。

赵　三　你还要活呀，我打死你！

王　婆　赵三。

〔王婆跪起来，两个女人对面跪着。

〔"大三弦"震颤起来。

王　婆　……不是泥……娘的丫头金枝不是泥！你俩的孩子，娘给带。

金　枝　娘！（向母亲磕头，又转向众人磕头）村儿里的老少爷儿们、婶子大娘，我金枝和成业相好，我肚里怀了成业的东西，可我想娘就回来了。老少爷儿们、婶子大娘，您几位放高手别戳点我，别戳点我肚里的东西！我磕头了！

王　婆　金枝。

金　枝　娘。

赵　三　坑我吧，坑了我吧！（扭转着身子，横斜在众人当中）

〔音乐凄楚起来。

众　人　三哥，人活着就好……

〔这群人静止住，只是口中喃喃有声。

众　人　活着就好……

〔两个女人依旧跪着。

〔渐渐地，后方天上出现火红的日头，日头火辣辣照着这群人。

众　人　活着就好……

〔光渐暗。

〔南瓜灯飘摇摇地落下。

〔音乐渐停。

# 五

〔蟋蟀叫声响起。

〔二爷家院内。

〔灯光照亮摇扇的二爷，二爷悠闲地跷着一条腿，为二里半读信。

〔二里半蹲在一旁，侧耳听着。

二　爷　（读信）"……我加的军叫自发军，长官待我很好。可长官多是些洋学生，上马得用人抬，纪律也紧。纪律就是规矩。一次，我只多睡了一会儿，就被长官打了十个枪把子……"

二里半　这是啥长官？

二　爷　（没睬二里半，继续念信）"最近，日本人来了，长官叫他们鬼子。长官们整夜说话，说打鬼子。这信是我托人写的，为了让你们放心。等我挣了大钱就回来。顺便把这信给金枝说说，回来就娶她，叫她别记恨我。跟村里人都说说，金枝是我的人，不兴戳点她。成业。"（合上信）

二里半　（发觉没了动静）完了？

二　爷　把信拿走。（递信）

二里半　（接信）谢谢二爷。

二　爷　（顺嘴问着）金枝快生了吧？

二里半　嗯哪。

二　爷　你们哪，做事不动个脑子。大姑娘家怀了私孩子，要是在南边，大人孩子都没命；在北边，在我这儿，你们还能逍遥自在……日本人要打来了，恐怕就没我仁义了。

〔二里半愣愣地发傻。

二　爷　二里半，想什么呢？

二里半　是，二爷。我在想，赵三跟我这仇解不开了。二爷，我可咋办？

二　爷　……滚！（站起来）

〔二里半愣住。

二　爷　不识抬举。去，从后门滚出去，别踏脏了我的门槛。

　二里半　你咋了？

〔二爷摇扇，溜达起来。

〔二里半朝与二爷相反的方向走着，他委屈着。

二里半 你叫我滚，赵三也碢碜我，全村都不待见我。（低头看信）加了军，加军有啥好？能让金枝肚子回去？还是能让你爹不丢人！（倚靠在墙角蹲下）

〔传来几句日语喧哗声。

〔两个农民跑上，站在二爷身边。

〔翻译官同两个日本兵走上。

翻译官 老乡，老乡……

二 爷 谁是老乡，我是这村东家。

〔舞台上人们停顿住。

〔字幕出现："日本小分队第二次进村。"

〔字幕光渐收。

翻译官 东家，我们是日满亲善的兵，第二次来你们村儿。走了一天路，想到你这儿讨点吃食，顺便……（向周围望望）你这儿房子还挺富余，在这儿住两天。

二 爷 带钱了吗？

翻译官 人不多，吃不了你多少。

二 爷 白吃？

翻译官 对。

二 爷 住也是白住了？

翻译官 对。

二 爷 （对手下）轰出去。

翻译官 对亲善的兵怠慢，可别怪我们不客气。

〔翻译官对日本兵说日语，日本兵举枪。

二 爷 想动武？日本子吧。三乡五里打听打听，谁敢在这儿白吃白住，出去！（见日本兵没有放下枪的意思，向手下）把刀举起来。

〔二爷手下举起镰刀，双方对峙着。

二 爷 举高高的！

〔二爷手下的镰刀举高，日本兵的枪也举高。

二 爷 把枪给我捡过来，上！

〔二爷手下举刀向前，日本兵放枪，二爷手下倒地。

〔翻译官甚为得意，二爷却愣住了。

**二里半**　（站了起来，捂住耳朵）又不过节你可放啥炮？有钱人真逍遥啊！

〔二爷冲向翻译官，揪住他的衣领，翻译官挣扎着向二爷开枪，二爷死去。

**二里半**　又一个，有钱人逍遥啊，真逍遥……

〔翻译官与两个日本兵将尸体搬下。

〔山羊"咩咩"叫了起来。

**二里半**　老瞇，你吃了？吃饱了？哎，饱饱的！别饿着，饿着了你就会瘦，瘦了就不招人待见。就是在那羊堆里，那壮实的羊不是也得欺负你呀！吃，吃壮壮的跟它们干，用犄角顶它们！老瞇，你清白，给我争口气，啊？

〔山羊不做声，二里半等着山羊的反应。

**二里半**　咋啦？你怕了？

〔山羊"哼哼"地像在乐。

**二里半**　哎，我知道你不怕，不怕，老瞇。腿不直咋的！和婆子先好后成亲咋的！成业和金枝先"做熟了饭"又咋的，能咋的！嘿……（乐了会儿，揉搓开了手中的信，渐渐地为难起来）可这信咋跟金枝说？二爷说：在南边，没成亲怀了私孩子，大人孩子都没命！幸亏在二爷这儿，幸亏还有二爷在……这话我刚才咋没说？二爷一定想听这句话！（寻思着）二爷叫我滚，是恼我没说这句话，不识抬举，真就不识个抬举！婆子，你死了消停，可你咋留下成业这么个冤孽东西让我消受。早知是个孽障，生时就给他掐死。天暖了，全村都忙着生。生吧，都生孽障！小孽障变成大孽障，大孽障变成老孽障。生吧，生得全村大人们都不识抬举，都跟我一样地不识抬举。生，生吧，不识抬举，就不识抬举……（自嘲地走下）

〔山羊叫着远去。

〔灯光照亮王婆、金枝。

〔金枝脚部被两条绳子挂起。

〔王婆立在金枝两腿之间，吸着一管长烟。

248

百部优秀剧作典藏

金　枝　娘……门口那猪生了吗?

王　婆　还没哪。

金　枝　猪疼吗?

王　婆　……不疼。

金　枝　我咋疼哪?

王　婆　……你能和猪一样啊?

金　枝　一样……猪比人好,猪不疼……

王　婆　咱家的牛死了,是咋死的? 娘讲给你听,讲完了,你就不疼了……二爷不要了咱家的牛,说那牛老得就快死了,让我牵去屠场卖儿个钱……老阳儿高高晒着,树林里一地的光点子,蝴蝶张着膀子乱飞,牛渴了,躺在水沟边。我想,这是它最后一次喝水了,没催它。快日午了,可也赶不走,树枝被我……

〔金枝攥住绳子跪转。

〔王婆与金枝像在受着刑罚。

金　枝　暖和的季节,全村都忙着生。大猪带着小猪闹哄哄地跑,可那大猪的肚子还大着,真大……快要碰着地了,奶子有好多,都圆鼓鼓地撑着……

王　婆　老牛老了,没用了。为了一张皮,人变得厉害了。

金　枝　猪跑到房后的草堆上生小猪,那胖猪四肢抖着,全身抖着……

王　婆　屠场到了,老牛站在板墙下,借着钉好的死皮蹭痒,这会儿它是牛,一会儿就是张皮了。

金　枝　草堆上热辣辣的,猪滚到地上用蹄子踢踏土灰,它趴在那儿踢着,踢着……

王　婆　出了屠场,拿了三吊钱,想着充一亩地,再买点儿酒,可后面有人喊:牛跑了。我一回头,老牛跟在后面,牛不知道,牛想回家。没法儿我只能向回走,牛跟进了屠场。我给牛搔着头顶,它卧在了地上,渐渐想睡着了……我掉头出来,跑到道边,听见一阵关门声。到了村口,二爷手下把三吊钱都拿去了。

〔王婆与金枝静止住。

〔二里半和赵三分别走上,各自在诉说。

二里半　不识抬举,真就不识抬举! 里外里地丢人哪!

·百部优秀剧作典藏·

赵　三　丢不完的人，丢不完的人！

二里半　我这辈子还能干啥？还能干啥？

赵　三　我这可咋能好？我可咋能好？金枝就大着肚子到了今儿，我亲生的丫头，我能弄死她呀！

二里半　金枝就大着肚子到了今儿，成业，你就叫你爹一个人在这替你丢人吧。

赵　三　我能弄死谁呀！二爷？我？王婆子……想死咋就这难呢？

二里半　丢人丢到了家，咋还直不老挺地活着！咋不得个暴病死了呢？死了，谁戳点都听不见了，睡长觉了，连梦都不做……

赵　三　为啥死啊？为二爷，先是仇人后是恩人？为王婆，先是待见我后是砢碜我？为金枝，先是好闺女后是丢人现眼……为我？为我这窝心脚踹在心坎上，为我想逞能，结果丢了人！为我里里外外做人，不是个人，我咋做人都不能是个人！

　　　　〔两个男人憋闷着。

　　　　〔王婆燃亮一根火柴，金枝攥住王婆的手。

金　枝　娘，别灭那火！

　　　　〔火熄灭，金枝疼痛起来。

金　枝　娘，这小孩咋不出来！（滚动着）咋不出来呀！

赵　三　号丧啥？骚丫头，咋不憋死你！丢不完的人！

金　枝　娘，我要死了，咋不出来呀！

二里半　金枝，成业捎信来说他加了军，挣了钱回来娶你。他，他还抗了日，他有出息……

赵　三　二里半，滚！

　　　　〔两个男人相互追寻着。

赵　三　二里半，你出来！

金　枝　娘，娘！

王　婆　（木讷着，突然转身寻出块破布塞到金枝口中，随手拾起把镰刀吼着）金枝！给我忍着，死了也得生！再叫，我就剁巴了你！

　　　　〔两个男人憋闷住。

　　　　〔王婆手握镰刀，怒目圆睁。

　　　　〔乐声响起。

〔金枝手攥绳子，双脚分开。

〔灯光转红。

〔王婆笑了，随光隐去。

〔金枝挣扎着，大睁双眼，嘴里依旧叼着破布。

〔灯光复又照亮王婆，她手中抱着个孩子。

二里半 ……咋不哭，生的是啥？

〔王婆深吸一口烟，吹向婴儿。婴儿啼哭起来。

王 婆 金枝，你生了个丫头。

赵 三 （实在憋屈了）二里半，滚！

〔赵三夺过婴儿，郁闷着，后将婴儿掷出，婴儿啼了两啼，没了声响。

二里半 （乐了）赵三，我不欠你了，咱俩两清了！

〔舞台静止住。"生老病死"的歌声响起。

〔光渐暗。

〔军车喇叭声、鸡鸣犬吠及日本话夹杂出现。

〔一面日本旗卷裹着从天幕顶部直直铺散下来。旗中"黑日头"分外耀眼。成业出现在旗下。

# 六

成 业 死人了！大敌当前，国难当头！我回来了。

〔灯光照亮菱芝嫂、五姑姑及她们的俩闺女。

成 业 我不当军了，干那个军丧气，就知道喊撤退。那天晚上，我们吃饭，饭碗炸碎了，两个兄弟出去找炸弹的来路，丧气！被鬼子打死了。我不干了，我要参加胡子。回来召集老少爷们儿起来救国！

菱芝嫂 回来就说这啊，没良心的，你娘死了，你咋不哭哭呢？

成 业 哭有啥用？死都死了。那是露脸的死，比当日本狗的奴才活着强！

五姑姑 金枝可为你受了不少苦，你回来咋也不说个打算？

成 业 啥打算呢，打完日本子就娶她。

女　儿　成业哥，你俩的孩子死了……

成　业　咋死的？

五姑姑　自个儿死的……自个儿死的。

女　儿　那往后咋办？

成　业　……没事！等打完日本子就娶她，那时候再生，她得给我生一院子。

菱芝嫂　你咋总日本、日本的。

成　业　小日本子都来了，你咋不知道急呢？等着杀你们啊！

　　　　〔四男人走上。

成　业　爷们儿！有胆子的爷们儿跟我干，咱们救国，抗日，抗日了！

　　　　〔众人觉得他有趣，插了话。

男人丙　成业，抗啥日？

成　业　抗日就是打鬼子，不打就亡国！

男人甲　亡国，亡啥国？

成　业　中国。

男人乙　咱这是满洲国。

成　业　这就是中国，是中国的一个地方。中国地儿大了，南边北边，都是中国。

男人丙　咱村叫中国？

成　业　村就是国，国就是村。

男人丙　就是说……亡国就是日本子进了咱村，救国就是把日本子赶出咱村。

成　业　对，你有长进。

男人丁　那别的村呢？

成　业　别的村也赶。

男人甲　赶不走呢？

成　业　就杀。

男人乙　杀得了，就咱们？

成　业　就咱们。爹，爹！

　　　　〔二里半袖着手，慢吞吞地走出。

252　　成　业　爹，我借你样东西。

**二里半** 都没了，还借啥？

**成　业** 借你的羊。

**二里半** ……羊？让它打日本子？

**成　业** 不，用它祭天，保佑咱村打胜仗。

**二里半** 老天爷吃鸡，不吃羊。

**成　业** 日本子把鸡吃得差不多了。再说，鸡能有羊庄重？

**二里半** ……羊老了，老天爷吃了塞牙，生气咋办？

**成　业** 那就留着喂日本子！

**二里半** 日本子也嫌它老！

**成　业** 那就让它老死！爹！娘都让日本子杀了。

**二里半** 日本子杀了，杀了……都是你个小王八的，找了婆子你就跑啊！你要在，你娘能让日本子杀了？我到今儿就老瞌是个伴儿了，你还要杀它，你亏良心！

**成　业** 你！你，你这样就是亡国奴！

**二里半** 亡国奴就亡国奴，你不去杀日本子，凭啥杀我的羊？它老实你就欺负它，啊？它老实你就欺负它！

〔二里半扑向成业，众人拉劝着他，同情地随二里半下。

**菱芝嫂** 爹娘都不要，还抗啥日！

**五姑姑** 成业，先哄你爹，过两天再抗日。

〔众人鸟兽散。

**成　业** （满腔怒火无处宣泄）娘让日本子杀了，还过两天，今儿就杀到头上！（郁闷着）

〔赵三惊惧着走上。

**赵　三** 二爷让人杀了，日本子杀的！日本子胆子大啊！搁了几天，人都臭了，二爷……

**成　业** 三大爷！

〔赵三愣住。

**成　业** 您老身体好？我不当军了，回来抗日，刚才跟几个爷们儿说了，没人搭理我，火上房了都没人救。我一个人救！您跟金枝说，抗完日就成亲。您不答应，我俩再跑。

〔赵三转身就走，成业紧跟。

赵　三　你干啥?

成　业　见金枝。

赵　三　她不在。

　　　　〔赵三又走，成业还跟。

赵　三　你抗日去，抗日去! 二爷让日本子杀了，去抗日去。

成　业　我待会儿再去。(还跟着赵三)

赵　三　金枝不在，你还干啥!

成　业　宣传你。

　　　　〔灯光照亮喝酒的王婆。

成　业　咱这是中国，亡国就是日本子进了村，救国就是赶走日本子，不然你死的时候，坟头上就是日本旗子，不是咱中国旗子……

赵　三　滚! (进了自家的屋)

　　　　〔王婆呆滞着眼神，独自喝着闷酒。

成　业　不打日本，你坟头上就是日本旗子，不是中国旗子……

赵　三　我不要旗子! 滚!

成　业　不让我宣传，那我就等金枝，就在你家门外头等! (找了个角落，蹲下歇着乏)

　　　　〔赵三心里烦闷，他抢了王婆的酒碗，一口气灌下，把碗掷向后方。

王　婆　你就这么摔死了那孩子……麻婆子啥也没瞧见，就死了。她啥也没瞧见……

赵　三　(心里不好受，不在意王婆的态度，只是想说话)……成业回来了，他招呼大伙儿抗日，没人搭理他，还不如那阵我整二爷的时候。这小子还有种，金枝原本嫁他也不亏……

　　　　〔王婆并不搭理赵三。

赵　三　二爷死了。那年，我整二爷，是二爷不让过日子，日本子整二爷……不认识啊! 麻婆子，不认识啊! 日本国是啥国? 日本人是啥人?

王　婆　日本人是要在咱国住。

赵　三　住? 那还客客气气的，咋不认识就杀人呢? 没招没惹的，凭啥?

王　婆　各有一好，他们八成好这个。

〔赵三觉着这话听来新鲜。

〔传来日本人叫喊的声音。

〔金枝慌张地跑上，一个日本兵尾随，日本兵扑到金枝身上，金枝挣扎着。

金　枝　来人哪！

〔成业冲过去推倒日本兵。

〔金枝滚落一旁。

〔赵三闻声跑来，扭打日本兵，被日本兵用刺刀划破胳膊，他痛苦着。

〔成业用镰刀狠剃日本兵，割断他的喉管。

〔王婆跑来，看到已死的日本兵呆住。

成　业　金枝！

金　枝　……成业！

王　婆　孩子，快跑！

成　业　跑啥？

赵　三　你杀人了，日本子要你命！

成　业　杀的就是日本子，咋能跑？

王　婆　没人待见你，你一人闹腾啥响？留得青山在，不怕没柴烧，快逃啊！

成　业　金枝……

赵　三　小王八的，你这找死啊！（拉拽成业跑着）

成　业　金枝……

金　枝　逃，成业，快！

〔男人们跑走，女人们愣了会儿神。

王　婆　金枝，把人埋了，快。

〔两个女人将日本兵抬下。

〔鸡鸣犬吠的声音、军车喇叭的声音、人声，响成一片。

〔舞台上日本旗倾斜起来，压迫着人们，大家都蹲在地上。

〔翻译官神气活现地训着话。

翻译官　谁！谁杀死了日本人？谁，谁是胡子？胡子杀了日本兵！我们是捉胡子，没见我们宣传"王道"吗？"王道"就是叫人诚实。满洲国要把害人的胡子扫清！知道胡子不说枪毙！

〔传来山羊"咩咩"的叫声。

〔二里半动了动，犹豫着，他起了起身。

翻译官　（发现二里半）老头，你！不要怕，你知道胡子？大胆说。

〔二里半指了指羊的方向，又担心日本人捉羊，伸着的手缩回。

翻译官　不要怕，你知道胡子？

二里半　不……不知道……

翻译官　老头，过来，不要怕。

〔二里半战战兢兢地走到翻译官面前。

翻译官　（揪住二里半衣领）说！

二里半　你不认识我了？……你在我家待过……

翻译官　我待过的地方多了……

〔日本兵冲过来左右开弓打开了二里半，又敲着他的后脖梗儿，把他踹倒，扔进已挖好的坑里。

〔翻译官回头望向众人。

〔沉默。

〔翻译官在人群中来回走着。

〔菱芝嫂的女儿正呆直着身子，愣愣地瞅着那埋人的坑，翻译官发现，就停在她面前。

翻译官　你，知道胡子？

〔菱芝嫂的女儿只是干干地张大嘴，一旁的母亲拼命替她摇头。

〔翻译官突然夹起菱芝嫂的女儿。她咬一口翻译官的脖颈，挣扎着滚落在地上。一声枪响，她被打死。

〔菱芝嫂疯了一样冲过去，刺刀扎死了她。

〔五姑姑的女儿不自主地尖叫起来，于是她也没了命。

〔五姑姑软一下身子，昏死过去。

〔日本兵们把这些身体简单地拽进了坑。

〔众人沉默。

〔赵三突然咳嗽起来，他惊惧着。

翻译官　你，老头儿，站起来，你知道？

　〔赵三蹲着没动。翻译官踹了赵三，赵三滚落出来。

翻译官　不知道？

赵　三　不……

翻译官　过来。

　　　　〔赵三不动，日本兵跑过来一枪托打倒赵三，踹了他几脚。

　　　　〔赵三伏在日本兵脚下，日本兵将刺刀架在赵三脖颈处。

　　　　〔赵三捂着伤臂，不敢抬头。

翻译官　说，知道不知道？

　　　　〔赵三不语。

翻译官　（将枪捅进赵三口中）不知道，你不知道，啊！

　　　　〔赵三的喉咙发着声响。

　　　　〔金枝猛然站起。

翻译官　啊，你知道？姑娘。

金　枝　别打他，他是我爹。

王　婆　金枝！

翻译官　姑娘，（踢打着赵三，将他顶到墙角，不睬王婆）过来。

　　　　〔金枝向前。翻译官抱过金枝，把她放在赵三怀里。

　　　　〔翻译官示意日本兵将刺刀抵住金枝。赵三的胳臂颤抖着。

翻译官　（转向众人）说！是谁杀死了日本人？

王　婆　（叫着）金枝——（冲上去，被日本兵一枪托打昏在地）

　　　　〔沉默中的人们渐渐抬起头。

赵　三　（喘息声越来越重，渐而低吼起来）杀——人——了！

　　　　〔鼓声响起。

　　　　〔男人甲慢慢站起来，男人乙、男人丙……众人纷纷站起。

　　　　〔"大三弦"一声声震颤起来。

　　　　〔日本兵用枪对准众人。

　　　　〔成业突然出现，猛地劫持了翻译官。

成　业　（喊）金枝——

　　　　〔金枝扑向成业时枪响了，她倒在血泊里。苏醒的王婆大叫着女
　　　　儿的名字，冲向尸体……

王　婆　（大叫）金枝——（冲向尸体，悲痛欲绝）死法儿不一样啊！

成　业　老少爷们儿！打鬼子啊——

·百部优秀剧作典藏·

〔成业扑向日本兵，日本兵放枪，众人不畏强暴，纷纷拥上前，与日本兵厮杀起来。

赵　三　（从厮杀的众人中爬出）闺女……死了！我……我也老了。年轻的爷们儿，你们救国啊！我想看你们把日本旗撕碎，等我埋进坟里，你们可要把中国旗子插在坟顶。我是中国人！我要中国旗子，生是人，死是鬼，不……当……亡国奴。

〔村人每人手中提着个南瓜灯。

王　婆　有血气的人不当亡国奴，金枝……

成　业　弟兄们！今天是什么日子！知道吗？今天，我们去敢死！决定了。就是把我们的脑袋挂满整个村子所有的树梢都情愿，是不是啊！

众　人　是！千刀万剐也愿意！

〔乐曲声悲壮起来。

成　业　盟誓！

〔成业高举匣子枪，众人跪倒。

众　人　若是心不诚，天杀我，枪杀我。枪子是有灵有圣有眼睛的呀！

〔二里半、五姑姑也从坑里爬出，二人传递着南瓜灯。

〔众人手提南瓜灯，雕塑般伫立着。

赵　三　生老病死，没有啥大不了！今天，咱们去救国，为了什么？

众　人　死人了！

赵　三　咋死的？

二里半　鬼子进了村，吃你，用你，打死你……他还不许你不愿意。

赵　三　那还了得？

众　人　了不得！

赵　三　今天咱亲自去送死，为了什么？

众　人　活着！

〔悲壮的乐曲昂扬起来。

〔赵三笑了，众人笑了。

〔日本旗倒在舞台上。

〔天幕上裂出一线蓝天和无垠的麦浪，在众人身后跳跃。

258　二里半　（一瘸一拐地跟在众人后，抹着眼泪）老瘪！我去敢死，你……

好好活着！

〔音乐凄绝，响彻全场。

——剧 终

《生死场》1999 年 6 月由中央实验话剧院首演于北京。主要演员有倪大红、韩童生、任程伟。由于剧本开拓出了原著所预示的高度，表现出对东北女性深深的悲悯和同情，在观众和文学评论家中引起了强烈反响，被誉为"以残酷和力量震撼人心的戏剧"。该剧 2000 年获文化部第九届文华大奖，剧本获 2000 年中国曹禺戏剧奖·剧本奖（1999 年）。

## 作者简介

田沁鑫　女，1969 年出生于北京。中国国家话剧院院长，第十三届全国政协委员，享受国务院特殊津贴专家，中宣部"四个一批"人才，中国民主同盟第十二届中央委员会委员、文化委员会副主任。现任北京大学影视戏剧研究中心副主任、上海戏剧学院教授。中国当代最具实力和影响力的戏剧导演之一。

· 黑色喜剧 ·

# 秀才与刽子手

黄维若

时　间　清光绪三十一年，即公元1905年。

地　点　湖广某府城里。

人　物　徐秀才——屡试不第的穷秀才。

　　　　马快刀——府衙里的刽子手。

　　　　栀子花——马快刀的老婆。

　　　　木偶舞队。

一

〔光启。空空如也的舞台，台后部摆了一条长凳。

〔突然传来一阵古旧拙朴的音乐。灯光下一队木偶上场。这是一
种大木偶，其高约与人等，除头部与传统木偶相类之外，身躯多
少是有些变形的。木偶操纵者们一律深色面纱遮脸，着黑色紧身
练功服，与木偶如影随形，却绝不要掩饰自己的操纵——他们甚
至是在夸耀着自己的操纵。

众木偶　（唱）花有重开日，

　　　　　　　人无再少年。

　　　　　　　舞一堂傀儡，

　　　　　　　把一出胡编乱造的戏来搬演。

老木偶　（唱）说的是光绪乙巳年，

　　　　　　　天下纷纷乱如烟。

　　　　　　　老佛爷金銮殿上急了眼，

　　　　　　　老少朝臣忙把主意献。

木偶甲　励精图治，施行新政。

众木偶　什么新政？

木偶甲　先来废除酷刑，改革律法。

众木偶　说什么呢？我们不懂。

木偶甲　犯了法要判死罪，你们懂不懂？

众木偶　死罪？

木偶甲　犯了死罪，一声破锣响，两朵纸花摇，押到法场，就有凌迟、腰斩、绞杀、剥皮、剖腹、钉颅。听说去年一个人被腰斩了，上半截身子还爬了一丈远，用血在地下写出一个"冤"字……

众木偶　（掩目惊呼）哎哟别说了快别说了，吓死人了！

木偶甲　怕不怕？

众木偶　怕！

木偶甲　所以嘛，就要废除酷刑，今后如果你们犯了死罪，就只是斩首！咔嚓一声，了事！

　　〔所有木偶尖声惊叫，一齐捂住自己的脖子。

木偶甲　这可是皇上的恩典。还有，听说要废除科举……

　　〔一阵高声吟哦传来，徐秀才手捧一本书上。

徐秀才　……孟子曰："离娄之明，公输子之巧，不以规矩，不能成方圆；师旷之聪，不以六律，不能正五音；尧舜之道，不以仁政，不能平治天下……"哦咿呼嗨……

众木偶　嘘——小声点儿！徐秀才来了，废了科举，他怎么活啊？

　　〔众木偶蹑手蹑足走到舞台后部，在一张长条凳上坐下。

　　〔徐秀才三旬出头，长得牛高马大，铁塔一般，鸠衣破氅，好些地方露出肉来。他走到台前，正冠，甩袖。

徐秀才　某，秀才徐圣喻也，六岁发蒙，十五岁就考上了县学生员，才学推为本府第一。可是自古文章无凭据，唯有朱衣暗点头哇。我时运不济，到如今连考十余次，每次都考得淋漓尽致，每次都是名落孙山。嘿，弄得我孤零零家徒四壁，一个人过活。想我学富五车，满腹经纶，不坠青云之志，谨守圣人之言。诸位，每次落榜我心里都不服，就想着下一次要作得花团锦簇，一点儿毛病都没有。一个人活着就要考试，不考试就等于白活。所以我一年比一年考得好，一年比一年考得有滋味，想起考试，就睡不着觉，就吃不下……哦，就更能吃饭。考了又考——考试是天底下最有意思的事情了。我喜欢考试，我盼望考试。眼看着今年考期将近，我不一定要中什么举人，夺魁也没什么好，只要一走进贡院里，

263

坐到考桌面前，我就浑身舒坦，血脉偾张；一看考题，我就双眼发亮，如登仙境——哈哈，考考考，试试试，真好啊真好……

（说得兴奋，不禁手舞足蹈，满面红光，隐去）

〔灯光照亮木偶队。

**女木偶** （站起来）不对，不是演傀儡戏吗？他不是傀儡！

**老木偶** （站起来）咄，这世间谁不是傀儡？就算你活得有声有色，也是阎王爷手中的傀儡。他这号嘛，叫作肉傀儡。

**众木偶** 哦，肉傀儡！

**女木偶** 看那边，又来了两个肉傀儡。

**木偶甲** 哎哟，那是马快刀和他娘子栀子花。栀子花嘛，又骚又俏的样子，最喜欢给人做媒，多看她两眼无妨。只是马快刀让人害怕，他是我们这一府两县最好的刽子手，最擅长剐人——上次江洋大盗张皮雀服法，他剐了张皮雀一千三百八十四刀……

**女木偶** 我的天！煞气太重了，我们还是避开些。

〔众木偶一边说一边走到后排长凳上坐下。

〔刽子手马快刀与其妻栀子花一路吵着上场。马快刀精瘦矮小，一身黑炭似的。栀子花又精明又泼辣，鬓边插着一朵栀子花，俏俏的样子。

**栀子花** ……你给我站住！

**马快刀** 干什么？

**栀子花** （怒）生得贱！他徐秀才饭桶一个，连老婆都娶不上，还把架子端到天上去了，你老往他那里跑干什么？

**马快刀** 这你就不对了——他不是饭桶，是好人！

**栀子花** 不娶老婆的人，不是饭桶又是什么？

**马快刀** 他真是好人哪！一身肉长得结实，两个肩膀又宽又厚，胸脯坚实厚重，两臂上下通顺，一块块的腱子肉，该大的大，该小的小；该上的上，该下的下。对了，还有大腿——一个人大腿长得好，就好办了。好人首先得大腿好，你没看过他的大腿吧……

**栀子花** （大怒）放屁！我看他的大腿干什么？

〔后边长凳上一个男木偶发出一声响亮的浪笑，可是看到所有的人都责备而沉默地瞅着他，不禁大为窘迫，嗫嚅着低下了头。

马快刀　哦是是是，没看没看。不过他那双大腿，一根骨头笔直的，周围都是肉，毛又少，筋腱分明，血脉旺盛，皮肤光溜溜的——好啊好啊，我从来没有碰到过这么好的人……

栀子花　呸，缺德！你看谁有一身肉，就说他是好人！

马快刀　不对！街口王胖子二百多斤，那肉松松垮垮，就不是好人。我从来没说过他是好人。再说，我今天去找徐相公，是要请他替我写一封家书。

栀子花　（叹气）马如龙啊，你也是这一府两县鼎鼎有名的人物，干什么要钻山打洞想方设法去讨好这么一个穷酸饿醋啊？我一见到他就忍不住数落一顿，你倒好，在他面前做小伏低……

马快刀　别别别，娘子娘子，千万不要数落他，他是好人哪。我一会儿就回来一会儿就回来，你先回去吧。

　　　　〔栀子花叹气摇头，不快地数落着下。

　　　　〔马快刀和栀子花说话间，两个木偶检场，搬上一桌一椅。

　　　　〔马快刀上前敲门，木偶队作嘭嘭门响之声。

　　　　〔徐秀才持书上。

徐秀才　谁呀？（作开门状）哎呀马快刀，你怎么又跑到这里来了？

马快刀　（满脸堆笑）嘿嘿，徐相公，老街坊老邻居，时常来看看嘛，这也是应该的应该的……

徐秀才　哎哟，我早就说过，君子远庖厨，况刽子手乎？与善人交，如入芝兰之室，久而不闻其香；与恶人交，如入鲍鱼之肆，久而不闻其臭。你还是打道回府吧。

马快刀　徐相公啊，我虽然听不懂你说的是什么，但就是喜欢听你说话，喉结一上一下地移动，位置长得真好……

徐秀才　（怒）咄，什么胡说八道？快走快走，我要读书，没工夫与你啰唆！（说着便要拂袖转身）

马快刀　别别别，徐相公徐相公……

　　　　〔音乐轻轻地起来，灯光再次照亮后边长凳上的木偶队。他们以手轻轻拍击，唱了起来。

众木偶　（唱）徐相公，

　　　　　　你是一个好人，

老街坊，门对门，

远亲不如近邻。

我送四个馒头，

外加一碗馄饨，

求你写一封家信。

〔徐秀才瞅着马快刀，有些犹豫。此时他肚子里却咕噜噜响了起来，他咽下一口唾沫。舞台上响彻了这种声音。

**马快刀** 待会儿就让我家娘子把馒头、馄饨给你送来。

**徐秀才** 那……那好吧。

〔马快刀进门。

**徐秀才** 怎么又要写信？前两天不是给你哥哥写过信了吗？

**马快刀** 这回我又想他了，放心不下，还是写封信去问问。

**徐秀才** 也没看到过你这号人。听说他就住在东门外二里牌，你一年到头也不去看他，倒要来写信问寒问暖，什么事嘛……（一边说一边铺开了纸，笔走龙蛇，边写边念）"……自前次与兄相别，弟登舟渡口，仁兄折柳相送，情谊殷殷，深于桃花潭水矣……"

**马快刀** 这次写的……跟上次好像又有些不同，越加地深奥了，有文才啊！

**徐秀才** （有些得意了起来）我这二十多年苦读，十余次考试，难道都是吃白饭的？每隔几天就替你写一封信，每一次文采、典故、风骨、笔意、气韵、对仗、承接、照应、铺垫、跌宕都不一样，杂花生树，各有风流。不过，这比起考试来，又是小巫见大巫了。知道吗？

**马快刀** （肃然）知道了。

**徐秀才** 这一封信呢，是说上次你与你哥哥分手，你哥哥送你到渡口，青山绿水，你要上船了，你哥哥折一枝杨柳送你，其兄弟之情，比当年汪伦送李白也不差……

**马快刀** 嘻嘻……

**徐秀才** （怒）有什么好笑的？

**马快刀** 相公啊，写得好是好，不过我哥哥原是个瓦匠，跌伤了腰，瘫在床上已经三年了，到渡口折柳枝，这一辈子怕是做梦哩。

〔后排凳上的木偶们发出一阵嘻嘻的笑声。

徐秀才 （不高兴）嘿，真煞风景！这是一种比喻，神游，你懂不懂？李太白《梦游天姥吟留别》，他也没去过天姥山，但是他梦里边去过了，一样。梦与醒着，谁是真谁是假，也还难说。我梦里边就中过两次探花，两次的考题都记得清清楚楚，报喜的都到了家门口。你说，梦能有这么真吗？庄周梦蝶，蝶梦庄周，何谓之蝶之梦，何谓之庄周之梦，是耶非耶？唉，反正跟你这号人也说不明白。

马快刀 明白，我明白。

徐秀才 （哂笑）明白？你能明白什么？

马快刀 有时候我杀人，就像人家的肉来迎合我的刀似的，刀还没怎么动，肉就丝丝地片下来了。到底是他的肉来就刀子，还是刀子割他的肉……

徐秀才 （怒喝）放肆！你怎么敢拿这等血腥晦气的事，来比圣人的典故？不写了！出去，快从这里走出去！

马快刀 别别别别，我再不说了再不说了。远亲不如近邻，好徐先生啊，馄饨与馒头立马就送来好不好？

徐秀才 不写！孔夫子在陈绝粮……（话未说完，肚子里又咕咕叫了起来）〔咕咕声再次响彻舞台。

马快刀 我认错认错，再不说了再不说了。就这么写，这么写再好不过了。我哥哥瘫在床上，但是神游到了河边……

徐秀才 （气哼哼，又无可奈何地写起来）"……弟了脱俗务，即以玉趾来印苍苔……"

马快刀 好好好好好好！

徐秀才 你连折柳相送都不懂，玉趾来印苍苔的典故，就更不用说了。你叫什么好好好好好？

马快刀 （由衷地）相公，我没说什么玉趾，我只是看你握笔的手指——你这手长得实在是好！皮是皮，肉是肉；皮有皮相，肉有肉理。起开皮就是肉，起开肉就是筋络，起开筋络就是骨头，骨头里边的骨髓一定还不少……

徐秀才 （大怒）你胡说八道什么？啊？你把我的手当什么人的手了？哎呀，说得我手心手背都麻了起来！太可恶了，不写了不写了……

马快刀 别别别别，我不是那意思，不是那意思……

〔突然一声锣响，木偶队里，那个老木偶拿起一顶瓜皮小帽戴到头上，手执一面铜锣，敲着进了徐秀才的家门。

**徐秀才** 王保正，你干什么？

**老木偶** 哎哟，正好你们二位都在，我是送官府榜文来的！（说着便展开一张榜文）

〔徐秀才看着榜文，如雷击一般瞪大了眼。

**马快刀** 什么事？又要交税吗？

〔徐秀才还在发呆。

**老木偶** 马爷，榜文上说的是废除酷刑，取消科举！

〔咣当一声锣响，木偶们一齐立起。

**众木偶** （唱）没有了凌迟、火焚，

　　　　没有了腰斩、绞刑，

　　　　没有了秀才、举人，

　　　　没有了进士、翰林，

　　　　老天爷，这是什么世道？

　　　　我们还怎么活？

　　　　这成什么体统？

〔徐秀才发出一声凄厉的狂嗥，抱着头呜呜痛哭起来。

**马快刀** （跳了起来，指天画地地狂骂）混蛋！他奶奶的熊！又不能剐人家的肉又不能绞人家的脖子又不能弄断人家的腰，那还是什么刽子手？这是狗日的谁下的令？真是丧心病狂、黑白颠倒、无法无天啊！人家死刑犯也不干啊，他长一身肉、长一条脖子、长一段腰身是干什么的？混蛋……

**老木偶** （慌了）喂喂喂，你小声点儿！这可是犯上的呀！

**马快刀** （大吼）犯就犯，老子剐人都不能剐了，还管他娘的什么犯上？这活儿没法干了！

**徐秀才** （双手抱头，呜呜哭诉）老天呀，你没长眼睛啊！呜呜呜呜，我今年还等着考试啊！所有的考题，我都做了三遍。《十三经》，我没有一个字没考证过。墨也准备好了，笔也准备好了，端砚洗得干干净净，怎么就废了这千年科举啊！这跟拦路抢劫一样，活生生就不让人考试了，丧尽天良啊！这是什么世道！那贡院里几百

间考房，活生生就不让人坐进去做卷子了，这还叫什么朝廷？

马快刀　是啊，这还叫什么朝廷？

老木偶　二位二位，这跟我都没有干系。我只是个地保，上头发来了榜文，我告知你二位一声。你们二位嘴里都收留点儿，小心惹下祸来啊！走了走了，我不陪二位了，我堂客还在等我买刨木花水梳头哩。（说着便一溜烟走了）

〔马快刀与徐秀才面面相觑地站着。

〔一阵悲凉的歌声悠悠响起。

众木偶　（唱）这是什么世道啊，

　　　　　　　怎不把天地来埋怨！

　　　　　　　地也，你不分好歹何为地！

　　　　　　　天也，你错勘贤愚枉作天！

徐秀才　（突然大吼）老子要杀人！杀人！

马快刀　（也突然大吼）老子不杀人了！不杀了！

〔两人同时听到了对方的话，都吃了一惊，停下来。

马快刀　你……说什么？

徐秀才　你说什么来着？你怎么能不杀人？

马快刀　你怎么能杀人？

〔两人你瞅着我我瞅着你，突然觉得这情形、这命运、这世界很是古怪，禁不住一齐嘿嘿笑了起来，先是苦笑，接着变成狂笑，接着那狂笑又变成哭一样的声音，再接着就像受伤的狼一样长嗥。

〔所有的木偶也一齐长嗥，舞台仿佛变成了野兽的世界。

马快刀　（突然将桌子一拍）心里乱，不写信了。走，我请你一起吃酒去！

徐秀才　（也将桌子一拍）吃就吃。反正什么都没了，喝他个醉生梦死！

〔两人跌跌撞撞走了出去。

〔灯暗。

## 二

〔灯光亮起。

〔木偶们仍旧坐在台后区的长凳上，其中最左边一个木偶手捧硬纸板做的银白弯月。大家一齐拍手唱歌。

众木偶 （唱）月儿弯弯照九州，

几家欢乐几家愁；

几家高楼饮美酒，

几家流落在街头……

〔舞台上勾肩搭背、歪七倒八走来了徐秀才和马快刀。两人都已醉了个七八分，一路说着酒话而来。

徐秀才 嘻嘻嘻，杀头……我不如你，考试，你不如……我，喝、喝酒，你也不如……如我。还是我……我行！（嘬着嘴，斜斜地软瘫在地上）

马快刀 嘿……胡说，你……才喝了多少？……喂！你看……看月亮，像不像……一把弯刀……（从胸前摸出一个陶瓶，想要再往嘴里倒酒，却倒不准，也歪歪地坐到地上）

〔灯光暗了下去。

〔悠悠的音乐起来，一束光打亮徐秀才。他做起了醉梦。

徐秀才 ……嘿嘿，这回我试帖诗也作得好，策论也作得花团锦簇，哈哈，考得过瘾考得过瘾！

〔突然一声锣响，老木偶扛着一面旗，打着锣急跑而上。

老木偶 报报报！皇恩浩荡，吉星高照！湖广潭州府生员徐圣喻高中今科一甲第一名状元！一甲第一名状元哪！

〔乐声大作，众木偶欢歌狂舞一拥而上。

众木偶 （唱）好你个徐秀才呀，

原来你是文曲星！

十年窗下无人问，

一举成名天下惊。

天下有志皆读书，

世间无水不朝东。

你是有志好男儿，

鲤鱼腾身化为龙……

〔又是一声锣响，有人大喊："知府大人到——"

〔木偶丁戴官帽，扮作知府，向徐秀才作揖。众木偶大声欢呼。

木偶丁　徐状元啊，你是国家之栋梁、本府之光荣。快，坐上本官的大轿，戴上红花彩绸。敲起得胜锣鼓，到十字街头夸官游街……

〔许多木偶跑上来高喊着抓住徐秀才。

木偶甲　状元哪，我有个女儿，长得如花似玉，又会唱小曲儿，情愿倒贴嫁奁，嫁与你为妻!

木偶乙　状元哪，我有两个女儿，都长得肥肥白白，一并把与你为妻，成吗?

徐秀才　(摆脱众木偶，向木偶丁施了一礼)老父母，晚生有一事动问。

木偶丁　何事?

徐秀才　这考中了状元，便又如何?

木偶丁　(哈哈大笑)好你个徐相公，考成了呆子是不是?中了状元，点翰林，做官，荣华富贵呀!

徐秀才　就是说，不再考试了?

木偶丁　咄，一发地痴人说梦了。中了状元就是考到头了，还考什么?

〔徐秀才呆呆地站住，突然发出一阵奇怪而疯狂的笑，笑到后来又变成号哭，哭了又笑。

〔所有木偶装扮的人都大惊失色。

众木偶　他是乐极生悲，还是悲极生乐?

徐秀才　哈哈，呜呜呜呜，我中了，中了!我是状元，中了状元!哈哈呜呜……我不要中状元，我恨状元!我恨状元!

木偶丁　(大惊)胡说!状元是皇上钦定、圣上恩泽，是国之栋梁，你怎么说出这样糊涂的话?

徐秀才　我要考试!中了状元就不能再考试了。我要考试，我喜欢考试——不考试那还叫人过的日子吗?我要退还这状元!(匆匆而下)

〔众木偶大叫着追去。

〔又一阵粗豪的音乐传来，另一束光照亮了舞台上的另一处地方——醉卧于此的马快刀也做起梦来。

〔锣声大作，法号呜呜乱吹。几个木偶装扮的死因脖子上插着处斩的标子，次第跪到台前。

〔老木偶戴一顶衙役的帽子，走上前。

老木偶　(厉声)哪怕你人心似铁，怎敌我官法如炉!你们这些十恶不赦

271

的凶徒，犯下了滔天大罪，天理难容。如今午时三刻已到，立马要开刀问斩，你们下辈子好好做人吧！

木偶甲　总爷，谁来执刀行刑？

老木偶　混账东西！你们横竖是死，还管谁来动刀子？

木偶乙　我们要马快刀马爷来杀。他杀得一手好头，又快又舒服！

众木偶　（七嘴八舌）对对对，我们要马爷来杀！……咔嚓一声，又不痛，血又冲得高……兴许能冲到旗杆上，那就好玩了！……奶奶的，娶老婆一辈子也许有几次，杀头可只有一回，你们不能这样敷衍我们，你们不能草菅人命！……我们要马爷！马爷！马爷！（高伸双臂，狂呼乱喊）马爷！马爷！马快刀！马爷！马爷！马快刀！

〔马快刀一骨碌坐起。

马快刀　谁？谁叫我？

众木偶　（大声欢呼）马爷！马爷您在这里？

马快刀　干什么？

众木偶　马爷，快来杀我们！盼星星盼月亮，我们就盼着您哪！快来快来……（冲上来，将马快刀一把抬起放到肩上——当然是木偶操纵者的肩上了，欢呼雀跃，绕场游行，还将自己的头摘下来，提在手里耍着，欢乐地踏歌而舞）

　　　　　咔嚓，咔嚓，

　　　　　吱啦，嗖嗖！

　　　　　砍头，砍头！

　　　　　剐肉，剐肉！

　　　　　啊！马爷刀光闪，

　　　　　我们鲜血流。

　　　　　皮是皮，肉是肉，

　　　　　脚是脚，手是手，

　　　　　分割清楚我们的人生归宿！

　　　　　山自青青水自流，

　　　　　二十年后再出头！

〔木偶甲拿来鬼头大刀递到马快刀手里。马快刀大为得意，接受着死囚们的敬拜与拥抱。

〔突然一声响锣，一切都消逝无踪。马快刀与徐秀才仍然醉卧于地，只有冷冷的月光照着他们。

〔栀子花急急冲了上来。

栀子花　（惊叫）我的天，深更半夜你们睡在这冰凉潮湿的石板街上……哎哟，酒气熏天，你们这是干什么呀！喝得这么稀醉烂醉，不要命啊！

徐秀才　（蒙眬中抓住栀子花的手）哎呀，这么多美貌女子！我说了不要当状元，你们都往我怀里乱钻什么……

栀子花　（大怒，猛地踹了徐秀才一脚）放屁！你胡说八道，混账！

徐秀才　哎哟……（有点儿醒了，懵懂地看着栀子花）你踹我？

栀子花　踹你怎么啦？

徐秀才　我记得你娘家是打铁的，你从小就跟着打铁，所以踹起来很重。很重嘛，当然就痛了。

栀子花　我踹得还是轻的！徐圣喻，你长得跟做种的牛一样，假装不要老婆，其实一肚子坏水啊！你勾着我男人吃酒烂醉，又还勾着他去花街柳巷干那下流事情，是不是？你这丧天良的，可恶啊！（又是一脚踹去）

徐秀才　（被踹醒了酒，就地十八滚，慌忙躲开）别别别，什么花街柳巷啊？是你男人请我吃酒啊！

马快刀　（听到动静，也醒了过来）娘子！你不要错怪好人，是我拉他吃酒！

栀子花　你也混账！没事在家磨刀也好啊，请他这么一个废物灌黄汤干什么？是不是一起干坏事去了？

马快刀　没有啊。什么坏事？

栀子花　马如龙，你想瞒我是瞒不住的。你快快老实招来，他刚才说什么美貌女子钻到怀里，一定是去了青楼！

马快刀　冤枉啊！什么青楼红楼，我如今想哭都没地方哭啊！今天朝廷发下告示，从今以后不许剐人绞人腰斩，我……唉，我今后怎么活啊？借酒浇愁愁上愁啊！

栀子花　我不信！你倒了大霉，他跟着喝什么酒？

273

马快刀　他也倒了大霉——朝廷说了，从今以后科举考试也没有了。

徐秀才　（抚膺长叹，将一阵苍凉的哭喊之声送入夜空）"停杯投箸不能食，拔剑四顾心茫然。欲渡黄河冰塞川，将登太行雪满山……行路难（啊），行路难……"

栀子花　（怒）号什么？野猫子一样，叫得我汗毛都竖起来了。巡夜的来了，还以为是谋反呢！

徐秀才　苦啊……

栀子花　（凑近徐秀才，嘻嘻地冷笑）现世报啊，徐秀才！你读了两天书，自以为了不起。我要替你做媒，你两眼向天，说什么"书中自有颜如玉"，转身就走！奇耻大辱啊，徐圣喻！我栀子花替人做媒，到如今做了七百五十八对，生下的小孩有两千多，不管是瞎子还是麻脸，没有我撮合不成的！可是你、你竟敢当面拒绝我，让我丢尽了脸面，让人笑掉了大牙……

徐秀才　（叫起来）我要考试！我不要娶妻！

栀子花　考你个鬼呀！就是这考试害了你！

徐秀才　不对，考试就是大比——比志气，比学问，比道德文章。此乃世间第一要务是也……

栀子花　哄谁呢？你嘴里说什么道德文章，梦里边却有美貌女子钻入怀中！

徐秀才　那是她来钻我，不是我去惹她！

栀子花　喂，你油嘴滑舌死不认账干什么？那是你的梦，你的梦就是你自己这么想来着……

〔徐秀才一惊，发起呆来。

马快刀　（急）哎呀，我这里走投无路火烧眉毛了，你还数落他干什么？

栀子花　烧什么眉毛？你不是还可以杀头吗？

马快刀　杀什么头，光杀头有什么意思？跟切萝卜有什么两样？老子不想干了，老子明天就去辞工。

栀子花　（急）别别，辞了工你干什么呀？啊？

马快刀　辞工，不干了，我就是要辞工……（愤愤而去）

栀子花　（急急追去）喂，你别这样别这样，再好好合计合计行不……（下）

〔徐秀才呆呆地站在那里。

〔灯光渐渐照亮舞台后区。长凳上最左边的木偶将手中的硬纸板月亮轻轻递给下一个木偶，那木偶又递给下一个木偶。余者拍手轻唱。

众木偶 （唱）月儿弯弯照九州，

几家欢乐几家愁；

几家高楼饮美酒，

几家流落在街头……

〔弯月已从最左边递到了最右边，传来一声晨鸡的鸣叫。

〔徐秀才仍呆然而立。

〔灯暗。

# 三

〔灯光亮起。一个木偶在台口插上一块牌子，上书"府衙刑房"。其余木偶们头戴衙役的帽子，站的站，坐的坐。中间是老木偶，戴的帽子略略不同，这便是刑房典史了。

〔马快刀上，向老木偶施礼。

马快刀 李爷。

老木偶 哎呀马如龙，你来得正好，来得正好，正好有两个江洋大盗一个革命党，刚刚判下了斩立决。快快快，拿刀，穿法衣，到法场上把他们"咔嚓"了！

马快刀 李爷，我不想杀人了，我是来辞工的。

老木偶 （忽地站了起来）什么？

马快刀 我不想杀人了，我是来辞工的。

众木偶 怎么啦怎么啦？今日太阳从西边出来啦？你不想杀人？

老木偶 你怎么能不杀人？不杀人你能过日子吗？别说胡话了，快快快，去把那三个人一刀一个，都"咔嚓"了。唉，算你赶上好日子啦，如今这世道，嘿嘿嘿，挨刀的是越来越多啊！

众木偶 （兴奋地）好日子，好日子啊！……咔嚓咔嚓，割韭菜一样，割了又长，挨刀的越来越多！（唱）

谋财害命，

275

杀人越货，

谋害亲夫，

掘坟盗墓，

犯上作乱，

忤逆十恶，

月黑杀人，

风高放火，

拐卖妇女，

作奸犯科，

乱乱乱，多多多，

杀杀杀，剁剁剁！

（兴奋至极，各操鬼头刀欢乐舞蹈）

**老木偶** 马如龙，拿刀，走啊！

**马快刀** 不不，我不去了，我要辞工。

**老木偶** （生气）究竟为什么？你天生喜欢杀人，不杀人你就吃不下饭睡不着觉，就头昏脑涨。你辞工不是要了自己的命吗？

**马快刀** 我不是喜欢杀人，我是喜欢杀！人没意思，杀有意思。懂吗？

**众木偶** 什么人没意思、杀有意思？你没发烧吧？

**马快刀** 哎呀跟你们也说不清楚。明说了吧，如今不许剐人不许吊死不许腰斩，只许杀头，杀起来还有什么味道，杀得还有什么精妙？杀是世界上最有讲究的事情，现在只许砍头——砍头跟切萝卜又有什么不一样？没劲，我不干了！

**众木偶** 砍头好啊！砍头有什么不好？……你只看他脑袋怎么掉下来快，怎么就快点儿死掉，这里边还有什么精妙，还有什么讲究？……胡说八道哩，你！

**老木偶** 你个傻子，剐人有什么好，绞死人有什么好？腰斩有什么好？麻烦死了，累死人了！砍头多好，"噗"，脑袋飞起，犯人一命归阴，你洗手走人，拿花红赏银——世上还有比这更好的事吗？

**众木偶** 我们喜欢砍头，我们喜欢砍头！

**木偶甲** 我们不会剐人，太复杂了，不会不会。

**木偶乙** 砍头好，又顺溜又快当。

木偶丙 最好是刀还没举起，犯人的头就自动掉到地下，我们就拿银子走人。

马快刀 （长叹一声）你们是赚钱吃饭，我是乐在其中，是人一生的追求和寄托。所以不许这么那么杀了，就没味道了。我不干了！（说着转身便要离开）

老木偶 马如龙！

〔马快刀站住。

老木偶 你……你真要走吗？

〔马快刀点头。

老木偶 （叹气）唉，都是那个什么徐秀才作的孽啊！平日里你老是去他面前说话，你想想，他一个读书的，又不会杀头，他懂什么道理？知道什么世道人心、五谷杂粮？都是他那一套害了你啊……

马快刀 （急）你不要说他！他没有害我，他是一个好人！

老木偶 你看看，你看看，你还说他没害你——你说起话来，牌子腔甩甩的，说什么"寄托"，还说什么"追求"，这不明明是他们读书人的那一套吗？你回来，不要走，咱们一起杀头！

马快刀 不，我不喜欢的事我不做。我走了，各位，保重！（下）

众木偶 马如龙，你回来——

〔灯暗。

## 四

〔一阵强烈的音乐响起，灯光再亮。舞台正中摆着一桌一椅，桌面上剁着一把鬼头刀，刀柄上还扎着一把红色绸子。桌前挂着一张傩神菩萨的像，地上供着香烛之类。

〔舞台后区的长凳上，几个木偶扮成的巫师身挂铃铛，手拿木剑、法铃、拂尘之类，正在怪模怪样跳神驱邪。

〔马快刀赤着上身，胸前黑毛蓬蓬，头上缠一条手巾，额上贴一个太阳膏药，穿一条裤衩，瘫坐在椅上，口中哼哼唧唧。栀子花在一边扶着他，忧心忡忡的样子。

众木偶 （唱）回来呀，回来，

277

三魂七魄，七魄三魂！

快回来啊，回来，

你不要去东方，

东方有毒虫；

你不要去西方，

西方有恶人；

你不要去南方，

南方有大蟒；

你不要去北方，

回家来回家来！

快回来吧，

三魂七魄，七魄三魂！

〔歌声渐歇，灯光渐变。众木偶隐去。

**马快刀** 哎哟，我头痛啊！哎哟，骨头都要散了，浑身不对劲啊，不对劲……

**栀子花** 哎，来来来，快把药吃了，吃了就会好。唉，符也画了，法事也做了，打鬼也打了，驱邪也驱了，怎么就不见好啊？你要有个三长两短，我可怎么办哪？（呜咽）

**马快刀** 别别，快别哭别哭。我没什么大毛病，就是手里没有一把刀砍来砍去，像丢了魂一样，说不出地难受。

**栀子花** 我叫你不要辞工，你偏偏要辞，还跟那刑房李典史吵了一架！你要是不辞工，哪来这么多麻烦？

**马快刀** （突然站了起来，一副坚强不屈的样子）不，我就是不干，不干！不能剐人不能剐人的腰，我宁死也不干！

**栀子花** 唉，你这人就是死脑筋！好好当个刽子手，拿把刀将就着砍吧。用你自己的话来说，这年头儿，大部分人是越来越瘦，皮包骨头，小部分人是越来越胖，一身肥肉虚了吧唧的，要剐也没什么好剐，要剁也没什么好剁的，还那么讲究干什么？

〔马快刀长叹一声。

〔静场。

278 〔灯光将舞台后区照亮，显出长条凳上的木偶舞队。

**众木偶** （轻唱）恨又恨不成，

怨又说不清；

坐又坐不安，

睡又睡不宁。

〔栀子花边想边自言自语，马快刀一旁听着。

**栀子花** 我看不如这样，把房子前边临街的墙拆了，开一家肉铺。你每天拿把刀又剁又剐的，也不至于像如今这样难受。

**马快刀** 那有什么好剁好剐的？一片猪肉，它又不会苦苦哀求，又不会倒抽冷气狂喊救命。再说啦，没有铜锣敲着，又没有纸花和标子，没劲！

**栀子花** 总比一天到晚不砍不剁的好吧？你还别说，这年头儿人长得不怎么样，猪倒是越长越好，肉厚膘肥，有红有白。就这么定了，开肉铺！

〔他们说话间，徐秀才悄然走了上来。若干时日不见，他的样子更惨了，一条辫子半散不散，衣服更破，更多地方露出肉来。他来到马快刀门前，举手敲门。

**栀子花** 谁呀？（虚拟开门）是你？

**马快刀** 徐相公！好些日子不见了，你……你还好吧？

**徐秀才** 马……马师傅，你……好久没有写家书了，你……要不要写信？（说这话时，肚子里咕咕之声又响了起来）

**栀子花** （倒笑了起来）徐秀才啊，原来我男人苦苦求你代笔，你还爱写不写；现如今你倒找上门来——我看啊，八成是饿的吧？

**徐秀才** 不是不是。我不是八成饿的，是饿到十二成了。

**栀子花** 你这人，有时说话酸溜溜的，有时说话又有些味道。你怎么到了这步田地？

**徐秀才** 本来……府学里还发一点儿柴米银。虽然吃不饱，但也不至于饿死。科举取消了，就……就没有了。

**栀子花** 那你就饿着，不会找点儿事情来做？

〔马快刀不声不响已拿来一碗粥塞到徐秀才手里。徐秀才忙不迭地朝嘴里稀里呼哧倒了进去，又将碗底舔了一遍。

**栀子花** 哎，你慢点儿啊！小心烫着。

| 徐秀才 | 拿纸笔来，我替你们写信。 |
|---|---|
| 栀子花 | 写什么信？我家哪有那么多信要写？你还是找点儿长久事情去做吧！ |
| 徐秀才 | 我……我不会。 |
| 栀子花 | 挑水担柴总会吧？舂米推车总会吧？ |
| 徐秀才 | 我……我没有气力。 |
| 栀子花 | 什么？你这么牛高马大，又没找老婆，怎么会没气力？ |
| 马快刀 | 娘子娘子，挑水肩头的肉就硬了，推车手上的皮就粗了，他怎么能做皮粗肉硬之人？不能不能，不能去做那些事情。 |
| 栀子花 | 哎呀他如今快饿死了，还管什么皮粗肉硬？是命要紧还是皮肉要紧？ |
| 徐秀才 | 可是，孔圣人说，君子食无求饱，居无求安…… |
| 栀子花 | （叫了起来）我的天，又来了！你一碗粥到了肚里，酸溜溜的那一套又来了！如今不考试了，你总得为自己谋一口饭吃啊！就连一只麻雀，它也会飞来飞去找谷子吃。连一口饭都谋不上，只好活活饿死，比一只麻雀都不如，那算是什么读书明理？算什么君子之道？ |

〔一声锣响。

〔舞台后区木偶们议论纷纷。

| 众木偶 | 就是就是，饭都吃不上，读书又有什么用？……还是做点儿事，活命要紧哪…… |
| 栀子花 | 喂，你这么死死地盯着我干什么？难道有什么非分之想？ |
| 徐秀才 | 不是不是，不敢不敢。 |
| 栀子花 | 哎，什么不是不敢？盯了就是盯了。是男人就得想女人，是女人就得想男人。你心里就是想老婆！早先要替你做媒，你又不答应。如今你柴米银都没了，还有哪个女人看得上你？ |
| 徐秀才 | （大急）非也非也！我没有想老婆，我是觉得……觉得你讲得有些道理。 |
| 马快刀 | 嘿，徐相公啊，你找个私塾先生做做？那事情又体面又斯文，你学问又好，再合适不过了。 |
| 徐秀才 | 私塾先生？ |

马快刀　　当然啦。你读那么多书，身材骨架都长得好，难道连个私塾先生
　　　　　都做不来吗？

　　　　　〔徐秀才呆呆地立在当地。

　　　　　〔一阵喧哗之声响起，后排的木偶们都扮成读书人模样，乱哄哄
　　　　　地走上前来。

众木偶　　（七嘴八舌）我是饱学的秀才，有谁要请我当私塾先生？……我
　　　　　最会讲《大学》和《中庸》，谁请我谁请我？……有教无类，
　　　　　良师出高徒……我天生就是做先生的好材料，教出的学生个个
　　　　　成材！……请先生的快快这边来啊！

　　　　　〔徐秀才一脸茫然地走入这群人中。马快刀与栀子花渐渐隐去。

　　　　　〔商人模样的木偶戊走过来。

木偶戊　　喂，秀才！

　　　　　〔其余木偶渐次下。

徐秀才　　叫我？

木偶戊　　你不是要当私塾先生吗？我是福盛当铺的丁朝奉，家里有一位夫
　　　　　人三位小夫人，都很会生孩子，生了十几个，正要找一位秀才去
　　　　　看管他们。

徐秀才　　塾师……不是看管，是传道、授业、解惑，还要考试……

木偶戊　　什么惑不惑的，一样！私塾就是看孩子的！我每月给你一钱银
　　　　　子，还管你的饭。怎么样？

徐秀才　　管饭？……那好吧……

木偶戊　　（领着徐秀才走去，一边职业性地高叫）好咧！有久试不第潦倒
　　　　　落魄秀才徐圣喻一名，蓬头垢面，破衣挡寒，脸如菜色，两眼无
　　　　　光，肚中饥饿，心里惶惶，颜色破旧，货品低档，鼠咬虫蛀，手
　　　　　艺勉强，当银六钱，半年为期，不赎死当，永无反悔！

徐秀才　　（站住，怒）什么鼠咬虫蛀、两眼无光？你把我看成什么啦？不
　　　　　去了！

木偶戊　　（笑了起来）哦，对不住对不住，习惯了习惯了！每有生意来，
　　　　　我们都是这样喊叫的。你不知道，从我爷爷手上起，我家里就开
　　　　　当铺。所以从懂事起，我就天天听这样的声音。这声音好啊！一
　　　　　时半刻听不到这种声音，我心里就发毛；不喊出这样的声音，我

281

喉咙就发痒——所以嘛，就喊了出来。唉，不过，你看看你这样子，我也没有喊错啊！

〔徐秀才悲凉地站在那里，看了看自己周身，叹一口气，发愣。

**木偶戊** 秀才啊，你可要想清楚呀！你没看见满城二百多个生员秀才都跑来跑去，到处寻着要当私塾先生？如今先生都臭了街了，你不愿干，别人还抢着干呢！

**徐秀才** （自言自语）……秋天的桂花香气飘来，大家领了考卷，坐在自己的号舍里，把题纸铺开，细细地想着每一个字、每一句话，笔走龙蛇、物我两忘……这样的日子再也不会有了，再也不会有了……

**木偶戊** 行了行了，念念叨叨干什么呢？跟我走吧！（说着拍拍徐秀才的肩，半推着他缓缓而去）

〔灯暗。

# 五

〔灯光再亮。一个木偶检场人将一块布幡做的招子插到台前，上书"快刀肉铺"；另两个木偶抬上一条肉案，上边放着屠行送来的猪肉。

〔一阵喧闹，许多木偶装扮的男女老少相跟着走上，甚至还有女木偶怀中抱着小木偶。

**木偶甲** 快快快，快走，过一会儿就看不上了……

**木偶乙** 嘿嘿，这马快刀切肉，倒成了我们城里的一道景观！

**木偶丙** 什么城里？我是从三十里路以外的东乡赶来的……

〔众木偶穿场而过，走到舞台后区，站到长凳上，一个个如同被提着脖子的鸭子，伸头朝台前区看着。

〔一声锣响，众木偶立即轰动起来。

**众木偶** 来了来了，他来了！

〔一束灯光照着马快刀。但见他赤着上身，斜披一块红布，头上插一朵红花，如抱婴儿般怀抱鬼头刀，雄赳赳昂然而来。

**众木偶** （暴雷般地喝彩）好！

〔马快刀站到肉案前，气定神闲，须臾，很神圣地将刀举过头顶，口中念念有词。

**木偶甲** 他念什么？

**女木偶** 我听见了。

**众木偶** 什么？

**女木偶** 他说，相好的，吃罢长休饭，喝罢永别酒，就是你的时辰到了。你一路走好，明年今日便是你周年……还有就听不清了。

**众木偶** 哎哟，怎么跟法场上一样啊……

〔众木偶话音未落，马快刀大喝一声，舞了一个刀花，但闻隐隐有风雷之声，刀影共血雾一色，皮肉与骨头齐飞。一束红光照着肉案，烟雾掩过来，什么都看不见了。突然风雷之声顿歇，烟雾散去，红光收敛，不过一眨眼工夫，案板上齐整整摆了一堆瘦肉、一堆五花肉、一堆肥肉、半张猪皮，还有一堆骨头。马快刀前弓后箭马步站于案前，轻轻将鬼头刀抱入怀中，立定，长呼出丹田气息。

〔全场静得连一根针掉到地下都能听见。

〔突然一阵排山倒海般的喝彩声响起，众木偶一齐鼓起掌来。

〔马快刀抬起头来，目光扫过站在长凳上围观的众木偶。众木偶像被弓矢射中一般，哎哎呀呀地惊叫着，好几个从长凳上掉了下来。

**木偶甲** 哎呀我的妈呀，他那双眼睛寒光闪闪哪！（也从长凳上掉了下去）

〔栀子花笑盈盈从屋里走了出来。

**栀子花** 各位乡亲，肉已剖完，请大家买肉。

〔众木偶回过神来，纷纷拥上来买肉。

**众木偶** （唱）买肉买肉，

买肥肉就没有一星儿瘦肉，

买瘦肉就没有一星儿肥肉。

切莫买他家的排骨，

就像沙漠里风化了的骨架，

任你煮八个时辰，

也没有一星星油……

〔正在这时，突然人丛外发一声喊，但见徐秀才破衣飘飘，鼻子被抹得红红的，奔窜而来。那自称丁朝奉的木偶戊在他后面紧追不舍。

木偶戊 （喊）徐秀才徐秀才，你回转来，当铺是世上最好的地方，你怎么就走了？

徐秀才 （悲哀地）我……饿，饿得受不了了。反正是饿死，倒不如死在家里。

木偶戊 （一把拉住徐秀才）我每天再给你加一碗饭，行不？

徐秀才 （长叹）斯文扫地，斯文扫地啊！想我徐圣喻，跟一条野狗跟一只野猫有什么不同？

栀子花 喂喂丁朝奉，你硬拖着人家干什么？

木偶戊 哎哟快刀娘子，他在我家当坐馆先生，好差事啊——你想想，他坐的椅子，都是前明苏造紫檀木的呀，是死了当的，随便他一天坐几个时辰都行；他使的砚，是蕉叶白的端砚，比府衙里师爷的砚都好——他却突然不干了。你说他是不是昏了头啊？

〔众木偶议论纷纷。

栀子花 什么好差事？你丁朝奉是全城出了名的小气之人，你一定是刻薄他，他才不干了。

木偶戊 哎哟这是说哪里话？

马快刀 你明明是刻薄他。光有什么好椅子坐好砚池使，那有什么用？又不能吃！你看他脖子也细了，腿也瘦了，肩膀也削了，肚子也瘪下去了——丧天良啊丁朝奉，他这么一个好人，你把他折磨成这样子！

栀子花 哎哟徐相公，你这鼻子是怎么啦？啊？

徐秀才 我……唉……

众木偶 可怜啊！真是可怜……

木偶戊 什么可怜？那是他自己，每天都要考试，结果没考好……

徐秀才 （突然怒了）什么没考好？我每餐只有一碗红米饭，半块酱豆腐，饿得腿发软头发昏。今天考试，我撑不住，昏昏沉沉就睡过去了。你家孩子盖世的顽皮盖世的没规矩，把你家女眷染手指甲的凤仙花汁，搭到我鼻子上，弄得我鼻子红通通，肿得老大，洗都洗不掉……

马快刀　（大怒）朝奉，他那么好一只鼻子，你家里人把它弄成这样，不怕天打五雷轰吗？

木偶戊　（急了）哎呀我是好人啊，又大方又开通！徐秀才你跟我回去，我再加一碗饭；还有，当铺里还有一只过了期别人赎不回去的铜夜壶，又大又好，我一并送给你好不好？走走，回去！

栀子花　凭什么？你家饿跑气跑的先生已经有七八个了，你欺他老实，还想蒙他骗他是不是？

木偶戊　胡说！什么蒙他骗他？他这种人，不去我那里又去哪里？谁会要他？

马快刀　我要他。徐相公，你就到我肉铺里当个学徒，饱饭是有得吃的，再也不要到他那里挨饿受气！

木偶戊　（突然爆发出一阵狂笑）跟你当学徒？你是什么人？车船牙脚杀，不砍也该剐。你这种最下等的行当，也要让一个秀才当学徒，老爷我开了四十年当铺今天算是开了眼界！屠行肉铺让秀才做学徒，哈哈哈哈哈，他徐秀才也不会答应啊……

　　〔马快刀怒极，两眼射出寒光，直盯着木偶戊。

木偶戊　哎哟，你这么盯着我干什么？

　　〔马快刀目光如刀，只是盯着木偶戊。天地间渐渐变得一片通红，风雷之声隐隐又起。

木偶戊　（变声变调）哎哟哎哟，你他娘的这么看着我，你那两只眼睛，好怕人！我汗毛都竖起来了，我我……魂都吓走了！你你……哎哟你看我脖子干什么……哎哟你看我左手干什么……别别别，我求你别看了，哎哟哎哟你又看我这只手……我的腿，我的腿……（随着惊惨的叫喊，头突然离开脖子，左臂与右臂也先后离开了身躯，最终在马快刀的目光下肢解了，变成一些零碎，拿在操纵者手中，但还叫着）哎哟哎哟，求求你别看我了行不行？（好不容易又将头与手，还有腿，都装回了原位）

徐秀才　你走吧，我就在马师傅肉铺里做徒弟。

木偶戊　你？你说的是真话？

徐秀才　是。我说的是真话。

木偶戊　你才干了二十天，可是已经拿了我一钱银子，还吃了这么多饭，不行……哎哟马快刀，你又看我，哎哟……（咣当一声，头再一次掉了下来，掉到地上，杀猪般叫着，从地下摸起了头，哀求着）好好好，我不要他回去了，你别再看我，这总行了吧？（说着安好了头，匆匆逃下）

〔众木偶哄笑。

**马快刀**　来，徐先生，先吃饱饭，接下来开始干活儿。也别说是什么学徒，就做个帮忙的伙计。好吗？

**徐秀才**　我……你……不不，你不要当真。

**栀子花**　（惊怒）好啊，原来你拿我们做幌子？

**徐秀才**　对不住对不住，我……只是想让丁朝奉死了心。

**马快刀**　娘子娘子，你别逼他了。他是读书人，不做也就算了……

**栀子花**　胡说，开肉铺怎么啦？你也觉得这是下贱行当吗？

**徐秀才**　对……对不住，我我……不能……

**栀子花**　不能什么？你这种人就是可恨！你看不起我们，你从来就没看得起过我们！

**徐秀才**　哎呀我没有哇……

**栀子花**　什么没有？你不说出来我也明白，你心里就是这样想的！不行，今天当着这么许多人，你已经答应了的事，你必须得做。不做，就是把我们放到脚底下踩！

**马快刀**　哎呀你别逼他了，他不愿……

**栀子花**　住嘴！你还护着他，其实他跟丁朝奉一样。丁朝奉是嘴里作践我们，他是心里作践我们。徐秀才，我早就说过，你不是好人！（一边说一边拉着马快刀往屋里走）走！我再也不要看到他了！

〔所有的木偶也对徐秀才鄙夷不已，纷纷转身而去。

**众木偶**　就是就是！……人家一片好心，他怎么能这样？……过河拆桥哇！……还是读书人呢，信义都没有……

**徐秀才**　（呆呆地站在那里，矛盾而痛苦）我……我……唉，至圣先师啊，我怎么办啊？我读了这么多圣贤之书，却要做这种刀头下血肉模糊的事情，我对不住您啊！我有辱斯文，小人穷斯滥矣。可是，我要不去肉铺做学徒，又于信义有亏！人家好心帮我，我却出尔反尔，那也是违背您的圣训啊！不不不，卑贱是人人所厌恶

的，但是，没有好办法避开它时，作为一个君子，就应该坦然去
承受。我不能违背信义，我不要被别人看不起，不要被别人骂，
我……我要去做学徒！（艰难举步，向马快刀的肉铺走去）

〔灯暗。

六

〔灯光亮。还是"快刀肉铺"门前，肉案横陈。

〔栀子花手提两挂肉走了出来，看看肉案，皱了皱眉。

**栀子花** （向内喊）秀才呀，你来一下。

〔徐秀才从里边走出来，一只裤脚高一只裤脚低，穿的还是那件
破长衫，不过拽起半边挂在腰间。

**栀子花** 秀才呀，既然已经在这里做了伙计，就要勤快，见事做事。你看
这肉案，很脏，你用抹布好生将它抹干净。人家来买肉，看了也
心里舒服。你说是不是？

**徐秀才** 是。

**栀子花** 你好好抹，我再去拿肉来。（转身进去）

**徐秀才** （左看右看，见到肉案边挂着一块抹布，于是远远伸出五指，将
其拈起，隔得远远地悬着手臂在肉案上划拉，弄了一会儿，自言
自语地）嘿，这抹布跟一支大号湖笔也差不多，不错。假若这布
用来写字，必然另有一番新意。（在肉案上用抹布作势写字，渐
渐沉醉其中，不禁手舞足蹈，哼哼唱唱起来）

> 眼观手，手观心，
> 悬腕挽千斤。
> 遥想怀素之帖，
> 心存魏碑之形。
> 力透纸背，
> 入化出神，
> 龙腾虎跑，
> 雷电风云……

〔栀子花气吁吁又提了两片肉出来，见状吃了一惊。

栀子花　干什么呢？

徐秀才　（大吃一惊，抹布掉到地下）没没……没干什么。

栀子花　这是你抹的案板啊？我的天，画花啊？

徐秀才　对不住对不住……

栀子花　（叹气）不知道怎么说你才好。让你洗碗，就把碗打烂；让你挑水，就把水桶掉到井里。你……唉，要不你还是回家去吧。

徐秀才　别别，我学着做还不行吗？

栀子花　你是一言既出，难以收回，不得已才来的。你心里仍然认定，这是下等人做的事情。我如今也不怪你了，你不自在，就回去吧。

徐秀才　不不，你们是好人，至少我在你们家能吃饱饭。是我不会做事，对不住你们。

栀子花　（久久地看着徐秀才，长叹一声）唉，要你说一声好人，不容易啊！

　　〔徐秀才不知说什么好，讪讪地站着。

栀子花　把你的长衫脱下来，我给你补一补。

徐秀才　（大窘）不不不，不用不用。

栀子花　什么不用？我给你新做的衣服，还要几天才能完工。来来来，现在先把这件补一补。破成这样子，也不知道你这些年日子是怎么过的。幸亏没给你说上老婆，要不人家不苦死了？

徐秀才　不不，我里边……不不……

栀子花　（嗔怪地）啰唆什么？怎么跟你做事这么费劲？（说着伸手把徐秀才腰间布带一扯，就把徐秀才的衣服扯了下来——只见破长衫里边空空如也，竟是一个赤膊）

徐秀才　（惊叫一声，双臂紧抱，哀求不已）别别……快还给我，求你，快还给我……

栀子花　（哈哈大笑）哎呀吵什么！你也是个大老爷们，光膀子怕什么？一边去，我马上就替你补好！

徐秀才　我我……如此不雅，有悖礼仪。请你还给我……

栀子花　胡说八道！一身破衣，跟叫花子一样，反倒雅致，反倒合乎礼仪吗？（拿着衣服进了屋里）

　　〔徐秀才无可奈何，不知如何是好，只好缩在一边。

〔抱小木偶的女木偶走来。

**女木偶** 徐相公，我剁二两瘦肉，炒老姜给孩子吃。

**徐秀才** （大窘，双手环抱于胸前，十分狼狈）哦……这个……嘿……我……

〔女木偶怀里的小木偶突然咯咯一笑，指着徐秀才。徐秀才不知所措。

**小木偶** 肉肉……肉肉……

**女木偶** （盯着徐秀才彪悍的身躯，不禁因其男性的魅力而心有所动）秀才啊……嘻嘻……你这么好的身膀，怎么不娶一房秀才娘子啊？

**徐秀才** （长这么大，从未被女子这么盯着自己赤裸的上身，十分羞愧，恨不得地下有个洞钻进去，躲闪着）我我……我……哎哟……这怎么是好……

〔一声锣响。灯光变幻，一队女木偶走了上来。

**众女木偶** （唱）好身膀哟，

细腰身，宽肩膀，

两条手臂长又长，

鼓鼓肌肉，

宽阔胸膛，

身躯好昂扬，

看得人心里痒痒！

似青藤，如细草，

好多向往，

悄悄生长。

（一边唱，一边倾慕地盯着徐秀才，围绕着他看）

**徐秀才** （双手在身上乱挡，惊惶地绕着肉案乱躲）哎哟不要这么看我……求求你们，不要这么看我……有什么好看的嘛！身体发肤，都是得自父母。百体皆血肉之躯，君子以守身为大。这是礼仪，不可唐突。哎呀哎呀……怎么是好啊……（躲来躲去，最后终被女木偶们围在正中，无处可逃）

〔女木偶们巧笑倩兮，美目盼兮，歌声柔如流水，撩人心田。徐秀才发了呆，再也不逃，两眼定定看着她们。

〔一声竹笛悠悠，女木偶们随着烟气氤氲而去，灯光依旧。舞台上只余下徐秀才与女木偶四目相对。两人都痴痴呆呆地，像醉了酒一样。

徐秀才　（细声地）对……对不住……

女木偶　（也细声地）说……哪里话……

徐秀才　十分不雅，好难为情……

女木偶　你这样子很好，很自然，很健壮。真的，这条街上，就数你……长得最……那个了……

徐秀才　你……过奖了……

女木偶　为什么不讨一房娘子，一家一室，好好过日子呢？

徐秀才　没……没想过……

女木偶　（莞尔一笑）你又不是七老八十，现在想，不也成吗？什么事，想就能成的。（一双妙目定定地看着徐秀才）

徐秀才　想吗……这个也……想。不过我……没本事……养不活……

女木偶　你不是在肉铺做伙计吗，有什么不能养家糊口的？

〔正在此时，一阵喊声传来，扮作李典史的老木偶急跑而上。

老木偶　女儿呀，锅都烧热了，就等着你买回肉下锅呀……哎哟，你你你……你在这里干什么？你……这叫什么样子嘛！怎么干出这等事来？

女木偶　（怒）什么样子？我干了什么事？

老木偶　（也怒）还没干什么？你，一个守寡的女子；他，一个打光棍的秀才。你们在此面露笑容，光着身子，亲亲热热地说话，痴痴呆呆地看着——光棍看寡妇，还能看出什么好来？徐秀才呀，你怎么就这样没规矩？

徐秀才　（慌了）我我……我没有没有……

老木偶　什么没有？你读了那么多书，什么坏事干不出来？你那么盯着看，笑得牙齿都露出来了——你害了马如龙，又想来害我呀？

徐秀才　不是不是，我没有害……

〔马快刀与栀子花跑了出来。

栀子花　李爷李爷，平白无故，你发什么火？

马快刀　李爷，什么事嘛，怎么得罪了你老人家啊？

老木偶　你们没看见吗？你们家这个伙计，光着身子，跟我女儿在这里调
　　　　戏，做出丑事来。还有王法没有？

女木偶　爹爹，你说什么？干什么要把脏水泼到你自己女儿身上？

栀子花　哎呀李爷呀，光天化日当街对市，有什么丑事？别说得那么难
　　　　听！走走走，我请你吃茶。

马快刀　李爷李爷，没有的事没有的事。徐秀才是个好人，不会的不会
　　　　的。我送一副排骨给你，你消消气消消气。

老木偶　我不要排骨！我要肥肉！

马快刀　好好好好，肥肉就肥肉。

　　　　〔马快刀夫妇将老木偶连拉带劝弄进屋里。

　　　　〔徐秀才与女木偶面面相觑。一阵悠悠的音乐传来，忐忑而悲凉。

　　　　〔女木偶抱着的小木偶突然又指着徐秀才。徐秀才愈发无地自容。

小木偶　嘻嘻……肉肉……肉肉！

　　　　〔灯暗。

## 七

　　　　〔灯光再亮。

　　　　〔舞台上一桌两椅，桌上有一盏油灯，这便是马快刀的家了。

　　　　〔栀子花坐着，马快刀站在桌后，徐秀才站在另一边。

栀子花　（怨怒）徐秀才呀，当初要替你做媒，你抬着个架子不答应。到
　　　　如今憋不住了吧？做出事来了吧？我说嘛，是疮就得流脓，是男
　　　　人就得想女人！

徐秀才　（冤屈）流什么脓啊？我没有憋不住，什么都没干啊！

栀子花　没干？人家李爷的女儿是个寡妇，你光着个身子、露出牙齿对人
　　　　家笑什么鬼？笑也就算了，你又死死地盯着她看什么？

马快刀　娘子，你不能乱怪他。

栀子花　（怒）我怎么乱怪他了？一条街上都议论纷纷。人家李爷说他有
　　　　伤风化，要告到衙门里去呢！

马快刀　什么有伤风化？是李爷的女儿看他徐相公嘛！我早说过徐相公是
　　　　好人，肩膀好，脖子好，手好，大腿好，谁都喜欢看他。喂，徐

相公，你把大腿让李爷的女儿看了没有？你应该让她看看。她看了，保准会更喜欢……

徐秀才　哎呀，你乱说什么啊？看什么大腿！非礼勿听非礼勿视，男女大防，怎么能看大腿？

马快刀　不对，你就应该把大腿给她看看。这样，她一定还会看上两个时辰的。不过现在也行。李爷的女儿行，有眼光，看了你的上身，就知道你是好人……

徐秀才　哎呀，这样的话吓死人了，求求你不要说了好不好？

马快刀　为什么？好人就是好人，为什么不能看？看犯了哪条王法？好人就是应当多看。徐相公你是一个单身的好人，李爷女儿是看中了好人的单身女人，你们一起多看看有什么不好？这个叫作心有灵犀一点通，对不对？

徐秀才　（吃惊）哎哟，这话你怎么知道的？

马快刀　你说过的啊——你说过的话，我都用心记着呢。

〔徐秀才有些震动，默默地看着马快刀，长出了一口气。

栀子花　（叹气）唉，已经成了这个样子，怎么也说不清了，喂，秀才，你真喜欢李爷的女儿吗？

徐秀才　我……不不……这个这个……

栀子花　（怒）你看都看了，有什么不敢说的？你是不是喜欢上她了？

徐秀才　不，我……我不知道……说不清楚……

栀子花　你读的什么书，怎么这都说不清楚？我来问你，你是不是看她的时候，心里有种悠悠的、魂魄都要飘走的感觉？

徐秀才　（嗫嚅地）这个……好像……

栀子花　（怒喝）你吞吞吐吐干什么？老实说啊！

徐秀才　是……是有一点儿。

栀子花　是不是半边身子发抖，另半边身子发麻？

徐秀才　还有点儿忽冷忽热……

栀子花　哈哈！是不是还有点儿晕乎乎的，眼睛里只有她，别的什么都没有了？

徐秀才　是。好像到了贡院考场里一样。

栀子花　（大为兴奋，拍手）这就对了！我说你长得像头种牛一样，哪有不喜欢女子的道理？你这就是喜欢她！喜欢，就是有根看不见的红线牵在你俩手腕子上。牵着牵着，就把你俩牵到一起来了，谁也离不了谁。这就叫姻缘，是前世就订下了的。懂了吗？

徐秀才　好像有点儿懂了。

栀子花　既然是姻缘，我就替你去保媒，以成百年之好。怎么样？

徐秀才　这个……

栀子花　（又怒了起来）怎么？又想假装清高，做出圣人样子啊？徐秀才，你前次吃了亏，怎么就不长记性？啊？

徐秀才　不是不是，她……她是孀居之人……

栀子花　是啊，她是寡女，你是孤男——孤男寡女，正好配对。

徐秀才　可是名节……

栀子花　呸！你咸吃萝卜淡操心干什么？她要守节，她就守；她要嫁人，她就嫁。我私下早就探过她的口风了。她愿意。你管她名节干什么？

徐秀才　这……

栀子花　（心头火起）到底要不要做媒？不要的话，今天就从我这里滚出去！

马快刀　哎呀娘子，可不能这么说话！

栀子花　拿上你的破衣，滚！

徐秀才　别别，我依你还不行吗？

〔灯急灭。

# 八

〔一束光照亮舞台的一角。老木偶坐在椅子上，女木偶正给他端茶。

〔栀子花手提两包东西上，作敲门状。内作嘭嘭之声。

女木偶　（作开门状，惊喜）花姐！你来啦！

栀子花　（示意女木偶别说话，笑盈盈快步上前）李爷！

老木偶　哦，你怎么来了？

栀子花　李爷，一来呢，我来看望您老人家；二来呢，有件好事想与您老

293

人家商量。

老木偶　什么事？

栀子花　李爷，您有个好女儿哟，那么孝顺……

老木偶　（发作）哼！还孝顺呢，气死我了！跟人家你看我我看你，出乖露丑！跟一个好人家看也行啊，偏偏要跟他徐秀才看来看去——他是什么人哪……

女木偶　（生气）爹爹，为什么你总要……

　　〔栀子花连忙止住女木偶，并示意她下去。女木偶下。

栀子花　李爷李爷，这徐秀才如今不读书了，人也好多了！

老木偶　是吗？

栀子花　昨天他还跟我当家的说您好，在您手底下做事最舒心了。他劝我当家的回您手下来杀头。

老木偶　（欢喜）是吗？那好那好。什么时候回来？

栀子花　这个嘛，我当家的说，让他再想想。我要跟您商量的呢，是另外一件事。您看您女儿才二十几岁，夫家那边又没人了，不如再给她找个人，也别让她再苦下去呀！

老木偶　唉，我也这么想来着，可是没有合适的人啊……

栀子花　有啊有啊，徐秀才就合适得很……

老木偶　（猛地跳了起来，指着栀子花）你！你！栀子花呀，我是跟你有仇还是怎么地，你要这样来害我，把我女儿往火坑里推呀！

栀子花　（不高兴）您这话就不对了。徐秀才他怎么啦？同住在一条街上这么多年，大家都看得清清楚楚，徐秀才除了读书读迂腐了之外，从没做过什么坏事呀！

老木偶　他和我女儿看来看去……

栀子花　那是您女儿好看、耐看！一个女人，要是别的男人看都不看你一眼，那活着还有什么劲？好女千家求，好女人人看。您年轻时，不也喜欢看好看的女子吗？

老木偶　（语塞）那……这……可是……

栀子花　（越发舌绽莲花）什么那呀这的？如今全城的人都在议论这件事，说您女儿与徐秀才彼此看来看去，两人看出火来；说那个看才叫看哩——看得风不动云也不飘，看得鸟也不叫花也低头，看得流水无声，看得高山翠绿，看穿了前世今生，看到了幽幽心曲。如今还有好些人到我肉铺前边来等着，说您女儿什么时候再来找徐秀才买肉，大家要目睹一番……

**老木偶** 都是些吃饱了饭没事干的！

**栀子花** 有什么不好？我刚才说的，好女人人看，丑女无人瞅。这是好事啊！反正已经是人人知道了的事，如今正好就汤下面，就着坡儿下毛驴，就着当面锣打对面鼓，就着花生吃臭豆腐，水到渠成，天作之合。瞧，徐秀才还特意托我孝敬您老人家一条好腊肉，一条好腊鱼。（将提来的两包东西放到了老木偶面前）

〔老木偶被说得晕了，呆呆地看着栀子花。

**栀子花** 放心，您看我做成的这七百多对媒，有哪一家不过得乐乐呵呵的？哪一家不生下一堆白胖娃娃？您女儿要不是当年许下的娃娃亲，让我来替她做媒，哪里会落到今天守寡的地步？不过这一回包在我身上了，您女儿的生辰八字我已经问过了，与徐秀才的八字正好相合。保您顺风顺水平安和睦生出许多外孙来。徐秀才呢，他也说了，一定好好孝敬您老人家，给您老人家养老送终——

**老木偶** （怀疑地）慢着！媒人都是吹破天，不赔钱。他徐秀才四体不勤五谷不分，莫说替我养老，他能养活我女儿吗？

**栀子花** 能能能，太能了！他如今割肉，比我当家的还割得好！人人个个都喜欢来买他割的肉，我家生意因此大好起来……

〔灯光渐暗。舞台另一角的一束灯光亮了起来，照出马快刀家肉案。

〔徐秀才站在肉案前，犹豫了一下，脱下那件已补好的外衣，下定了决心，赤膊站到肉案边。

〔众木偶围了上来。

**木偶丙** 嘻嘻，秀才呀，今天你当家啊？好好好，来来来，给我来上一只前肘。

**徐秀才** （认真地）不叫前肘，那叫彘肩。

**木偶丙** 前肘就是前肘，你来了怎么就是一套新搞法，叫什么彘肩？

**徐秀才** 非也。此物的确名彘肩。当年项羽请刘邦赴鸿门宴时，赐给樊哙的就是此物。书上写的就是彘肩！（笨手笨脚地拿起刀，用手指

先在猪肉上比量过，又像木匠弹墨线一般，弯下腰，闭一只眼，瞄了半天）

**众木偶** 快点儿啊，还要等多久啊？

**徐秀才** 别急别急。子曰：割不正不食……（七上八下忙手忙脚切割起来，好半天才弄下来一块，提给了买肉的木偶丙）

**木偶丙** （接过来瞧了一眼，不禁惊叫起来）我的天！我要的是前肘，你说了半天巃肩巃肩，倒怎么给了我一只臀？

〔徐秀才大吃一惊，当啷一声，刀掉在了地下。

**众木偶** （哄堂大笑，一齐围上来，在徐秀才健壮的赤膊上指指点点，唱）

    这里是前肘，

    这里是后臀尖；

    这里是寸金骨，

    这里是里脊片；

    这里是五花肉，

    这里是排骨段。

    哪里有什么巃肩？

    哪里有什么巃肩？

**徐秀才** 哎哎哎，别别别……

〔突然一声喝，马快刀和栀子花走了出来。

**栀子花** 干什么？你们欺生是不是？他再怎么错了，也轮不到你们作弄他呀！

**马快刀** （森然地）他身上的肉，也是给你们指指点点的吗？（目光冷冷，扫向众木偶）

**众木偶** 哎哟，别别别，我们错了错了，你别这么看我们别这么看我们……（惊惶叫喊，一哄而散）

**栀子花** （走上前）我的天！我刚刚在李爷那里把你吹得天花乱坠，说你割肉比我当家的都割得好，养家糊口不在话下。可是你……唉，你真能养得起家小吗？

**徐秀才** 唉，我……怎么会这么没用呢？我……其实也想认认真真做好啊……唉，李爷的女儿会怎么看我？

**栀子花** 是啊，你一点儿事都不会做，就算李爷的女儿不在意，李爷也不答应啊！他本来就不喜欢你，你这么个样子，不更加麻烦了吗？

〔一时很安静，隐约有悠悠的音乐传来。

〔徐秀才悲哀地蹲了下去。

**马快刀** 不不，徐相公，你不是没用，你只是不熟悉。做熟了，你就会了。你那么聪明的人，读了那么多书，一想就想通了，想通了就会做得很好。

**徐秀才** （怔怔地看着马快刀）你说我能做得很好？

**栀子花** 你必须做好！要不然就娶不上李爷的女儿，娶上了你也养不活她！

**马快刀** （拿起一把刀，问徐秀才）你说这是什么？

**徐秀才** 刀。

**马快刀** 错了，这是你的精气神。一块肉，其实并不是一块肉，它的肉与骨头之间，肉与经络之间，肉与皮之间，那里边宽阔得很哩。你的精气神都在刀尖上，引领着刀尖进入到这样一个世界里边，就像自己的眼睛长在刀尖上一样，这样，便可以在骨头和肉之间游走。走啊走啊，慢慢地你就有了一种唱歌跳舞的节拍，感觉自己化成了一只鸟，在天上自在地飞；又觉得自己成了泉水，从石头缝里流过……

**徐秀才** （猛地一拍大腿站了起来）哎哟，你说的这东西，跟作文章考试一样！我考试拿起笔来，精气神都在笔尖上，慢慢就走入到文章的字、词、句，上联下联，对仗工整，上承下接。有些时候我也感觉自己化成了一只鸟，在天上自在地飞；又觉得自己成了泉水，从石头缝里流下去……

**马快刀** 对对对，就是这意思，就是这意思！来来来，咱们先练一练。第一桩，先练眼神。眼神到了，功夫跟着也就到了！（顺手将一块猪臀立在肉案上）咱们先来看它。你看，它是什么？

**徐秀才** 现在我知道了，它是猪后臀。

**马快刀** 不对，你要把它看作是押上法场的犯人。他这一生一世走到了尽头，心中只有害怕与绝望；他眼光呆呆地，什么也看不见什么也看不清；他身上在发抖，尿都出来了——人走到这一步，是最可怜的了！让他好死快死就是行善。知道了吗？

**徐秀才** 知道了。

**马快刀** 那好，就用这种心境去看它。（目光射向猪臀）

〔隐隐间风雷声又起，舞台上泛起一片红光。片刻后马快刀收回目光，风雷声与红光渐逝。

马快刀　好，你来试试！

　　　　〔徐秀才向猪臀看去，使劲瞪大眼睛。

　　　　〔什么声音也没有，什么光也没泛起。

栀子花　（大笑）看什么呢？你以为这是李爷的女儿啊？

马快刀　哎呀你别说他。徐相公，是这样的，你看它，把它看作是临刑犯人，你就要眼里感觉与心里感觉相随，这叫眼观心心观眼。你去看它，就要寻找阴阳虚实，拿捏分寸毫厘。就是一丝丝肉，它也有它的纹理走向，它也有它的张弛厚薄。它跟人一样，有高兴与不高兴的时候，有它紧张与不紧张的地方。你一边看一边心里琢磨，从哪里下刀，刀子从哪里弯，从哪里切下哪一块儿来，从哪里剔下骨头来，谁前谁后，谁宽谁窄……

徐秀才　我明白了。我要把它看作是贡院考场里发下的试题。你不知道，每次发下试题，你都要仔细地盯着它，眼里感觉与心里感觉相随。要眼观心心观眼，要在字里行间寻找考官出题时心里的意思——他们也有高兴与不高兴的时候，有人受了妻妾的气，出的考题就古怪而挖苦；有人得了升官的消息，试题就出得喜气洋洋。只有参透了他们的心思，才能破题迅捷，然后立意精妙，然后心与神合，神游乎其间，虚实表里，起承转合……哈哈哈哈，哪怕是一个字，都自有它的音、形、义。它放在哪里，与什么字搭配，读起来就好听看起来就顺眼，这都是水磨功夫，做起来十分有意思有意思……

马快刀　对对对对对。你就把这块猪后臀看作是考场里的试题，你仔细端详它，拿它去做水磨功夫。来来来，你再试试再试试。

　　　　〔徐秀才再次向那块猪臀看去。一束柔和的蓝光渐渐照亮了猪臀。隐隐传来吟读之声，渐有木偶舞队轻吟而出。

众木偶　（唱）平平仄仄平平仄，

　　　　　　　仄仄平平仄仄平。

　　　　　　　仄仄平平平仄仄，

　　　　　　　平平仄仄仄平平。

　　　　　　　仄平仄平，

　　　　　　　平仄平仄。

仄仄仄仄仄，

平平平平平。

平平仄仄平平仄，

仄仄平平仄仄平。

〔随着木偶舞队的轻歌曼舞，徐秀才、马快刀、栀子花各举砍刀、猪臀或抹布，加入舞队中和而歌之，踏而舞之，一派沉浸其中自得自乐的样子。

〔灯光渐暗。

# 九

〔灯光亮起。仍然是"快刀肉铺"的肉案前。

〔许多木偶络绎而来。

**木偶甲** 哎快快快！如今哪，徐秀才割肉，也是我们城里的一道景观啊！走慢了就看不上了。

**木偶乙** 听说他比马快刀还割得好。

**木偶丙** 那是他得了马快刀的真传。

**木偶丁** 马快刀也得了他的真传……

**木偶戊** 听说李爷见徐秀才割肉割得好，还想请他去当刽子手呢……

〔众木偶一边说一边聚拢到肉案前。

〔一阵美妙的音乐起。一束蓝光照亮了肉案。

〔徐秀才从屋里走了出来。如今的徐秀才与往日已判若两人，但见他蓄了一部络腮胡，光着上身，胸前也长出了一蓬黑毛，看去竟有点儿像李逵了。他呼的一下将半扇猪扔到案上，然后气定神闲站到案边，默默念了起来。

**木偶甲** 他念的什么？

**木偶乙** 好像是念什么……"塞下秋来风景异，衡阳雁去无留意，四面边声连角起，千嶂里，长烟落日孤城闭……"

**木偶丙** 他念的跟马快刀又有些不同。不过他念得好听，跟读书一样……

**徐秀才** （哈哈一笑，将手一招——不知什么时候，手上已多了一把小刀，接下来如拈毫作画，又如信笔书文）妙哉！（手舞足蹈起来）

299

　　　〔众木偶炸雷也似叫一声好。

　　　〔五彩灯光变幻，音乐徐徐响起，一阵烟雾将肉案遮往。

**徐秀才**　（踏歌）肉里乾坤大，

　　　　　　刀头日月长。

　　　　　　说什么青灯黄卷，

　　　　　　贡院考场，

　　　　　　将年华付与了西风白杨，

　　　　　　剩得一身恓惶。

　　　　　　到如今，

　　　　　　放下纸笔拿起屠刀。

　　　　　　唧里格唧，哐仓仓，

　　　　　　书案怎如肉案？

　　　　　　刀光影里荡气回肠！

　　　　　　杀杀杀，砍砍砍，

　　　　　　瘦肉瘦，肥肉肥，

　　　　　　骨头白茫茫！

　　（随着歌声慷慨激越，舞姿雄壮昂扬）

　　　〔栀子花带着抱小木偶的女木偶上。女木偶痴情地注视着李逵般
　　　的徐秀才。徐秀才也与她四目相对，深情而舞。

　　　〔众木偶围绕着徐秀才欢歌起舞。

　　　〔马快刀上。他已戴上一副眼镜，一边走一边入神地看一本唱本。

**马快刀**　（高声吟哦）

　　　　　　花有重开日，

　　　　　　人无再少年……

**众木偶**　（念）花有重开日，

　　　　　　人无再少年。

　　　　　　舞一堂傀儡，

　　　　　　把一出胡编乱造的戏搬演……

　　　〔有木偶在舞台后区长凳上扯一条横布，众木偶在其上演起木偶
　　　戏来。

　**木偶丙**　某，秀才屠夫徐圣喻也，砍得一手好肉，与李爷的女儿你看我我

看你，看出火来，于是……

**木偶丁**　我马快刀教会了徐相公割肉之法，使他成家立业，有了吃饭的本领。

**木偶戊**　我马快刀娘子栀子花说动李爷，把女儿许给了徐秀才。如今洞房花烛，请他们拜堂成亲……

〔众木偶的表演极其夸张可笑。

〔徐秀才与马快刀、栀子花看得不好意思，偷偷溜走。

**众木偶**　（狂欢乱唱）

买肉买肉——

买肥肉，

就没有一星儿瘦肉；

买瘦肉，

就没有一星儿肥肉。

切莫买他家的排骨，

任你煮八个时辰，

也没有一星星油。

〔灯暗。

——剧　终

《秀才与刽子手》创作于1999年，2006年10月20日由上海话剧艺术中心首演于上海。导演郭晓男，主演郝平、田蕤、王一楠。该剧以幽默怪诞的舞台形式和深刻荒诞的人性刻画赢得了观众喜爱。剧目入选2008—2009国家舞台艺术精品工程。

## 作者简介

黄维若　男，1950年出生，湖南长沙人，剧作家、戏剧理论家，中央戏剧学院教授、博士生导师，全国政协委员。主要作品有歌剧《苍原》《运河谣》，话剧《徽商传奇》《样式雷》《詹天佑》等。作品曾两获文华奖，三次入选中宣部全国精神文明建设"五个一工程"，四部作品入围国家舞台艺术精品工程，两获"曹禺戏剧文学奖"。

· 歌仔戏 ·

# 邵江海

曾学文

人　物　邵江海——歌仔戏一代宗师。

春　花——歌仔戏艺人。

亚　枝——邵江海之妻。

七　爷——族长。

少　爷——七爷之子。

天　跃——歌仔戏艺人。

阿　莲——歌仔戏艺人。

媒　婆——乡村妇女。

班主、演员、乡民、随从等。

一

〔邵江海是生活在社会底层的民间艺术家，一生颠沛流离，以歌仔戏为乐，因戏而遭难。抗日战争期间，歌仔戏在海峡两岸同时遭到禁演，在极为恶劣的环境中，他与命运抗争，用生命和智慧去应对磨难，创作出新的曲调"杂碎调"，使歌仔戏的情感表达有了新的宣叙方式，歌仔戏因此获得了新生。1948年，"杂碎调"被闽南歌仔戏"都马班"带到台湾，从此，在海峡两岸广泛传唱，台湾称之为"都马调"。邵江海写就了一段极为重要的歌仔戏史，让海峡两岸歌仔戏的血脉再一次贯通。

〔20世纪30年代末，闽南乡村，可以感觉到贫穷、萧条。

〔字幕缓缓打出："1938年，日本占领厦门，歌仔戏艺人流离失所，纷纷逃往厦门周边的闽南乡村。"

〔一把歌仔戏特有的乐器——"大广弦"放置在舞台醒目的位置。这是一种极为粗糙的乐器，用龙舌兰的粗根做成共鸣箱，用竹子的根部做成杆，拉出来的声音如同凄苦寒夜中的哭泣声。

〔幕在忧郁的歌声中徐徐拉开。

〔幕内男声唱：

    "天上有道弯啊,

    心中有道坎啊,

    水断树也断啊,

    琴弦拉不断啊!"

〔忧伤的离人断曲,是戏中戏,同时也是邵江海和春花愁绪的牵扯。

〔幕内女声唱:

    "越州探返武州门,

    风吹杨柳心头酸,

    满怀热望……"

春　花　师兄,还记得这把大广弦吗?

邵江海　师父曾经带着它,孤身一人去台湾教戏谋生,在那里成家生下了你。

春　花　十岁那年,爹亲组了自己的戏班,带着戏班和我来到了厦门,就在那个时候,他收下了你为徒弟。

邵江海　他就是用这把弦教我俩唱歌仔戏。

春　花　三年前爹亲回台湾……

邵江海　他把弦交给了我,叫我好好唱歌,好好演戏!

春　花　他还说——

邵江海　好好照顾师妹!

春　花　(怅然)好好照顾师妹!

〔远远地传来喜庆的鼓乐声。

春　花　你只记得唱歌,却忘了师妹……今天是你大喜的日子,师妹我……我向你道喜!

〔一股惆怅袭向邵江海。

邵江海　(唱)大喜日子心沉沉,

    不敢抬头望师妹。

    渴望与她终身来相伴,

    叹我居无定所回无家。

    不忍让她跟我来受罪,

    希望她……能嫁个好人家。

〔春花突然扭头向远处跑去。

〔一群乡村子弟抬着轿子，跟着媒婆寻找邵江海上。

媒　婆　哎哟，江海啊，今天是你大喜的日子，你还在这里唱戏。新娘找不到新郎官拜堂入洞房，亲戚朋友都在等着吃喜酒。

〔媒婆将新衣往邵江海身上一套，轿夫们将他拉进轿。邵江海在颠簸的轿子里与众人一起舞踏着。

媒　婆　起轿喽——

众　人　（唱）扛起花轿重挑挑，
　　　　　　　哪有新郎坐花轿。

邵江海　（唱）自古男子娶女人，
　　　　　　　今日入赘坐花轿。

媒　婆　（唱）灯火没油节节挑，
　　　　　　　脚尾没人睡不暖。

众　人　（唱）男人被招让人笑——

邵江海　笑什么！

众　人　（接唱）戏子没钱娶妻让人招。

〔一群村姑簇拥着新娘亚枝上。媒婆将红绸放到邵江海与亚枝手中。

媒　婆　（喊）来喔，牵新娘喽——

〔邵江海掀开亚枝的盖头，被欢呼雀跃的乡亲们推进房门。两人的眼睛不经意间碰到了一起，同时回避开来。

亚　枝
邵江海　（唱）看见新郎心慌慌，
　　　　　　　　　　娘

　　　　　　　戏子旧貌换新装
　　　　　　　是喜是悲入新房'

　　　　　　　指望来日相依靠
　　　　　　　山鸟折翅落草地'

　　　　　　　树影牵藤能遮霜
　　　　　　　帆船屈井难起篷。

〔亚枝默默地端起闽南洗脚的木盆，蹲下来，将邵江海的脚轻轻抬起，脱去鞋，放入盆中，顷刻间温暖流遍了邵江海的全身。邵江海用异样的眼神看着无言的亚枝。他眯着眼，品尝着从未有过的体贴。

邵江海　（唱）水温温手嫩嫩脚痒心也痒，

　　　　　身软软骨舒舒脚底热到手，

　　　　　身靠近深呼吸体温如沾酱，

　　　　　女人香透骨髓干渴似糖浆。

　　　　　孤身漂泊十多年，

　　　　　早忘了温暖是何样，

　　　　　眼前的女人无声响，

　　　　　是我娇妻像我娘。

　　　　我双手空空像乞丐，你为什么要招我?

亚　枝　（羞涩地）家里没有男人。

邵江海　我是个戏子，你不嫌弃我?

亚　枝　（含羞地）累了，早点睡吧。

　　　　〔亚枝替邵江海取下身上的大广弦，随意地放到角落。邵江海赶紧把大广弦拿起来，小心翼翼地放在身边。

亚　枝　（轻声细语地）结婚后咱好好种田过日子，不要再唱歌仔戏了。

邵江海　（心怀歉意）除了唱歌仔戏，我还能干什么……

亚　枝　（轻轻地）你还想唱戏? 你有家可以避风遮雨、热茶热汤，为什么还要去四处流浪?

邵江海　（哂笑）绸子布熨死痕了，江海我是没救了。（轻轻地）亚枝啊，我什么都可以不要，但我不能没有歌仔戏!

亚　枝　你……

　　　　〔此时，传来了春花怅惘的歌声。歌声揪住了邵江海的心，他被歌声牵引了出去。

　　　　〔春花背着包袱走向远方。

春　花　（唱）小船走，

　　　　　　　一路回头望阿哥，

　　　　　　　不见阿哥站船头，

　　　　　　　小妹伤心朝前走。

邵江海　（唱）小船走，

　　　　　　　阿哥唤妹快回头，

　　　　　　　不是阿哥无情意，

　　　　　　　真心望妹能出头。

| 春　花 | （唱）小船走， |
| 邵江海 | |

> 一路回头望阿哥
> 阿哥唤妹快回头'
>
> 不见阿哥站船头
> 不是阿哥无情意'
>
> 小妹伤心朝前走
> 真心望妹能出头。

邵江海　春花，你要去哪里？

春　花　船行四海，我想回台湾寻找爹亲。

邵江海　（怅然）衔泥的燕子是该有屋角歇脚。（依依不舍地捧起大广弦）
　　　　带上它去寻找师父吧！

春　花　（百感交加）师兄！（紧紧地握住师兄手中的大广弦，深情地唱）

> 小船走，
>
> 没了阿哥站船头，
>
> 风里浪起没舵手，
>
> 阿哥小妹伤心头。

（怅然转身离开）

邵江海　春花——

〔少爷内声："春花——"手提行李箱追上。七爷焦虑地跟上。

七　爷　阿祥，阿祥！

〔少爷立住。

七　爷　她是戏子，是台湾来的戏子！

少　爷　这是我自己的选择！

七　爷　你的选择就是和戏子私奔！

少　爷　沉闷，让人透不过气来；油灯，无法将我心中照明。外面有救亡
　　　　的呐喊声，外面是我想要的世界！

七　爷　外面到处都是日本兵，我不能让你去送死！

少　爷　我的选择，谁也无法阻挡！

七　爷　阿祥，你变了，自从看了她演戏，你就学坏，变样了！

308　少　爷　我已不是懵懂的少年，我知道前面的路该怎么走！

七　爷　那是死路，会毁了你自己，她是到处勾引男人的戏子！

少　爷　不许你污辱她！（毅然决然地转身离去）

七　爷　站住！阿祥，阿祥——（气得说不出话来）自从戏班逃到这里，就
　　　　没有一日安宁，把好好的良家子弟引诱坏了，唱跑了！来啊——
　　　　〔随从上。

七　爷　把歌仔戏给我禁了！若敢违抗，从重处置！

随　从　大家听着，歌仔戏伤风败俗，哭哭啼啼，把民心唱坏了，唱乱
　　　　了，从现在开始，各村各镇不准再演唱歌仔戏……
　　　　〔暗转。

二

　　　　〔数月后。
　　　　〔寺庙广场，旧戏台。戏班演员晨练，但显得无精打采。
　　　　〔阿莲手里拿着一个小簸箕和天跃闷闷不乐地上。

阿　莲　头家，没米了。

班　主　今天初几了？

阿　莲　十五。

班　主　（喃喃地）该是村里请神的日子了。

天　跃　七爷派人看守着。

班　主　已经禁了两个多月了，怎么还不松口？

阿　莲　自从春花回台湾，江海师过门娶亲，戏班就像断了气脉。

天　跃　再不开锣演戏，兄弟都会饿死！

班　主　（烦）吵什么，不是去请江海师出来想想办法了嘛！

天　跃　（突然高兴地跳了起来）你们看，我们的救星来了——
　　　　〔众人推拥着邵江海上。邵江海背着背篓，戴着闽南的斗笠。

众　人　（欢呼）喔——（唱）
　　　　　　山顶竹树会开花，
　　　　　　我们没了歌煞不能说话。

邵江海　我的衣服让你们揪破了。（唱）
　　　　　　我妻叫我去摘菜瓜，

不愿我演戏跑四界。

**男演员** （唱）哪有师父去摘菜瓜，

**女演员** （唱）没用的男人听妻话。

**男演员** （唱）三月犁田用力耕，

**众演员** （唱）苦中作乐想听你将琴拉。

**班　主** 江海师，大家都想听你唱歌仔，不能再闷锣盖鼓了。

**天　跃** 没了你，我们就像断线的风筝。

**阿　莲** 江海师，带我们一起唱吧。

**众演员** 带我们一起唱吧！

〔还没等邵江海回答，众人已经将邵江海哄了起来。

**邵江海** 你们要我唱什么？

**众演员** 唱你新编的歌仔。

〔众人兴趣盎然，情绪感染了邵江海。

**邵江海** （唱）手牵小妹村头走，

**众演员** （唱）村头走。

**邵江海** （唱）心中有话说妹听，

**男演员** （唱）说妹听。

**女演员** （唱）哥上战场要敢拼，

**众　人** （唱）要敢拼。

**女演员** （唱）小妹村头等哥赢！

**众　人** （唱）等哥赢！

〔大家推拥着向前冲，突然间惊立住，只见春花冲了上来。

**邵江海** （仿佛是梦中，不敢相信自己的眼睛）是春花吗？（无比惊异）春花，你怎么回来了？

**春　花** 师兄——（倏然间全身瘫软）

**邵江海** 春花——

**春　花** （唱）孤身返台寻爹亲，

谁知魂断苍海啼。

亡国奴，受人欺，

皇民化，改名字，

祖宗庙，遭人毁，

日本衣，将身披。

不准我说中国话，

不准我演歌仔戏，

戏班男人充军去，

女人被逼当军妓，

戏班躲东又逃西，

父亲他他他——

日寇枪下来惨死！

〔空气仿佛凝固，邵江海接过大广弦，突然如河水决堤。

邵江海　师父！（跪下，唱）

热火击心，

上苍不回应。

师父就像我爹亲，

从此痛失父子情。

这是师父的弦与弓，

这是恩师的魂与灵。

树根砍成弦，

苦难注生命，

绿水斩不断，

弦音永不停！

〔激烈的锣鼓声起，群情激愤。

邵江海　（唱三十年代闽南民间抗日歌）

滚，滚，滚，死日寇！

滚，滚，滚，死日寇！

〔群众和戏班演员纷纷围拢过来。

众　人　（唱）滚，滚，滚，死日寇！

大家起来打日寇，

有的做前锋有的做后盾，

万众一心打日寇。

滚，滚，滚，死日寇，

万众一心打日寇！

〔七爷怒气冲冲地上。

七　爷　谁在唱，谁在唱？（看见邵江海）邵江海又是你！才安静几天，你又开始在这里兴风作浪，扰乱民心！

〔邵江海被逼后退了几步。

七　爷　你看看，看看看看，兵荒马乱，村里村外的人都跑来看热闹！

〔七爷突然看见春花，紧盯着。邵江海赶紧将春花拉到身后。

七　爷　把良家子弟都引诱坏了，唱野啦！

邵江海　七爷……

七　爷　（逼视邵江海）日本兵就在江的对面，你们跑到这里来大喊大叫，想把炮火引到这里来吗？

邵江海　七爷言重了，戏班挑笼走四乡，为的是讨一口饭吃，我们是走投无路……

七　爷　走投无路就跑到这儿来敲锣打鼓，出了事情，你担当得起吗？来啊，将乐器、刀枪统统上缴！

邵江海　（一震）七爷，这是要干什么？

七　爷　保境安民！

〔在七爷的威逼下，艺人们像缴枪一样，把手中的乐器、刀枪扔在地上。轮到邵江海，他突然蹲下，紧紧地抱住大广弦。

邵江海　七爷，这弦是我的命啊！

〔七爷一个手势，随从冲上前抢弦。邵江海紧紧地护住，双方抢弦与护弦。

邵江海　这是我的弦啊！

〔随从把邵江海架起来。

邵江海　七爷，弦是我的命，不能上缴啊！

〔暗转。

# 三

〔春花焦急地来到七爷府前寻找邵江海。

春　花　（轻声地喊）七爷，把邵江海放了吧！

〔少爷激情四溢，他重返故里，要唤醒沉闷的乡野；遇到春花，他无比地兴奋。

少　爷　春花——

春　花　（惊异）少爷，你回来了！

少　爷　回来了，但还要走，我想召唤更多人，一起去看外面的世界。（激动）听说你从台湾回来了，我正四处找你。

春　花　少爷！（躲避）

少　爷　你为什么不辞而别，为什么要让我为你不眠？我想好了，我要带你离开这里。（拉春花）跟我走！

春　花　去哪里？

少　爷　一起去演新剧！

春　花　什么是新剧？

少　爷　新剧，就是唤起同胞激情的戏。我给你示范一下。（清清喉咙，整整衣服）啊，春妹，我要走了，不是我无情，我要上前线杀敌报国，等到胜利后，我们再来谈恋爱问题、夫妻问题吧！

春　花　少爷，我没有读过书，我不会演。

少　爷　（突然拥住春花，激动地）我要带你离开这里，让你读书，让你呼吸外面新鲜的空气！

春　花　（慌乱地推开少爷）不，少爷，我不能跟你走！

少　爷　为什么？

春　花　我们两人不一样！我是戏子，你是少爷！

少　爷　我从前是少爷，现在和你一样，是有血有肉的年轻人。（唱）

　　　　　　村野死水醉沉沉，
　　　　　　山河破碎痛我心，
　　　　　　慷慨悲歌人未醒，
　　　　　　千秋家国催行吟。
　　　　　　随我离开愚钝乡，
　　　　　　带你走出沉闷林，
　　　　　　寻找新的苏醒路，
　　　　　　烈焰唤起众民心。

春　花　（沉浸在理想之中）少爷……我……（突然慌乱地推开少爷）不，我们不可能在一起！

少　爷　为什么，为什么?

春　花　因为你是少爷! (冲下)

少　爷　春花! (追下)

　　　　〔场景转换。

　　　　〔邵江海抱着大广弦蹲在地上。须臾，跟前出现一双女人的脚。邵江海抬起头，发现是妻子亚枝。

邵江海　你……来了?

亚　枝　(淡淡地) 今天是祖宗的忌日，七爷他……不让我进宗祠。

　　　　〔如同闷雷，邵江海的手微微发抖。

邵江海　七爷，你是软蜈蚣蜇人，好狠啊! 你明明知道，女人最怕的就是祭祖的时候族人不让她进宗祠，你偏偏将她挡在门外……

亚　枝　七爷说了，只要你不再唱歌仔……

邵江海　(突然扇自己的嘴巴) 我招惹谁了? 我不想招谁惹谁，就怕招谁惹谁，我只想唱歌仔，为什么连唱歌仔也要被人糟蹋!

亚　枝　芭蕉叶儿软，雨水就越要欺负它!

邵江海　平日里忍气吞声，受人欺负还要弯腰赔笑脸，就想平平安安有口饭吃……

亚　枝　原来以为家里有了男人……戏台锣鼓助你威，棚下人轻乞丐坏。自从嫁了你……

邵江海　都是我……让你受委屈了!

亚　枝　(深深地吸了一口气) 鸟儿寻树头，女人家的命……我认了!

邵江海　你心里一直在怨我!

亚　枝　船入港随湾，只希望风来的时候，有棵大树能挡挡风寒! (恳求) 咱不唱了，好吗?

　　　　〔邵江海哑然。

邵江海　(唱) 滴水落，皴水潭，

　　　　　　　涟漪一点化千层。

　　　　　　　山上芭蕉叶子软，

　　　　　　　凛冽寒风吹山峦。

　　　　　　　女人无助望天空，

　　　　　　　只求有人挡风寒。

从没仔细将妻看，

梅子酸楚心艰难。

（喃喃地）咱不要唱了，不唱了，不唱了……

〔邵江海抱着大广弦默默走着，亚枝低着头跟在后面。

〔四个男人抬着神龛，有气无力地上。

**四男人**　（念）佛祖生日没歌没鼓乐，

好像泡茶没色喝淡茶。

哑巴无声也要想讲话，

为什么咱有嘴偏要塞棉纱。

（看见邵江海，高兴地冲过去）江海师呀——

**男人甲**　（念）没肉可吃涎欲滴，

咱没戏可听没精神。

**男人乙**　（念）树林鸟仔也会飞，

咱苦中作乐无处寻。

**男人丙**　江海师，歌仔戏就像甘甜的水、润喉的茶，你就唱一首给我们听
听吧！

〔邵江海不理睬他们，夹紧大广弦走开。

**男人丁**　连他也怕。江海师不敢唱，咱自己唱。

〔男人丁扯开嗓门大吼起来，却是跑了调的歌。邵江海停住了脚
步，他可以容忍别人骂他、作践他，但决不容忍别人唱走调。他
转过身来，发现亚枝立在他面前，又低下头往前走。

**男人甲**　来，你来……

**男人乙**　听我的。（唱）"一拜梁哥……"

**男人丙丁** **甲**　好，好！

**邵江海**　（实在忍不住，回转身来大吼一声）错了，错了！

〔四男人愣了一下。

**男人乙**　我们唱我们的，不要管他，唱。

**四男人**　唱。

**男人甲**　（唱）"一拜梁哥……"

| 邵江海 | （生气）调门从山前跑到山后去了！ |
|---|---|
| 男人甲 | （故意地）大哭调就是这样唱。 |
| 邵江海 | 大哭调讲究的就是拉腔哭韵…… |

〔亚枝上前拉邵江海，被邵江海推到一边。

| 邵江海 | 哎呀，我唱给你们听啦。（唱） |
|---|---|

　　　　　"一拜梁哥……"

〔四男人鼓掌欢呼。

〔邵江海的歌声引来了春花。她情不自禁地与师兄唱开了。

| 邵江海<br>春　花 | （唱）"一拜梁哥啊凄惨哀……" |
|---|---|

〔七爷不知什么时候立在了邵江海的身后，四男人吓得赶紧溜走，唯独邵江海和春花还沉浸在歌声中。须臾，两人吓住了。

| 邵江海 | 七爷，我不想唱，我不唱，是他们…… |
|---|---|
| 七　爷 | 没死人唱什么丧调，好好的乡里都被你们这些戏子唱衰了！（朝亚枝走去）家里有这样的女人，也该知足了，安分了，别让女人太委屈了。 |

〔邵江海夹住大广弦要走，被七爷唤住。

| 七　爷 | 江海啊，这弦，我先替你收着。 |
|---|---|
| 邵江海 | （迟疑地走上前，要递弦的时候，又舍不得地往回缩）七爷，您就让我留下吧！ |
| 七　爷 | （一把抢过大广弦，看看弦，又看看春花）看来，你很喜欢它。 |
| 邵江海 | 爱如生命！ |
| 七　爷 | 如生命！ |

〔七爷突然把弦扔在地上，怕被弄脏似的拍了拍手，邵江海一下子被激怒了。

| 邵江海 | 七爷你……你糟蹋人了！这把弦是我师父用生命和心血换来的，江海我看得比生命还重要，请你把它捡起来！ |
|---|---|

〔从来没有人敢跟七爷这样说话，七爷更恼怒了。

| 七　爷 | 还从来没有人敢这样跟我说话！ |
|---|---|
| 邵江海 | 你要尊严，我也有自己的感情和尊严！ |
| 七　爷 | 尊严！（突然乐了，乐得直流眼泪）嗬嗬嗬，哈哈哈……戏子也配跟 |

我讲尊严！好，要尊严，就别要弦，若要弦，就从我的胯下钻过去！

邵江海 （猛地跳起来，被羞辱，被激怒，却说不出话来）七爷你……你在侮辱我！（唱）

　　老猴欺人双手扒，

　　七爷欺人扒面皮。

　　疯狗咬人踏软地，

　　时穷弄人鬼得势！

白白布不能染到黑，我虽然是一个戏子，但我也有骨格！

七　爷 好，那我就叫你的弦神跪在我的脚下！（抬脚踩住大广弦）

邵江海 （惊）七爷！（唱）

　　弦为神，羞弦就像辱祖先，

　　弦有情，踩弦好似踏心间，

　　弦是命，传弦师父一片心，

　　没了弦，好似行舟断桅杆！

七爷，我若从你胯下爬过去，你把弦还给我？

七　爷 你不要尊严？

邵江海 你说到做到？

春　花 七爷，求你砍竹留竹笋！

七　爷 七爷今天就是要让他学会听话做人！

亚　枝 （忍受不了自己的男人遭人侮辱，拉着邵江海就走）这弦咱不要了！

邵江海 （唱）台上戏文唱整袋，

　　韩信忍辱胯下爬。

　　为弦羞辱裤脚过，

　　权当逆子欺老爸！

〔春花和亚枝心如刀绞。

邵江海 （忍辱地爬过七爷的胯下，突然像胜利者一样狂笑）七爷，你输了！

〔七爷突然抬起脚，将大广弦踩断。

邵江海
春　花　（惊呆）七爷！
亚　枝

·百部优秀剧作典藏·

七　爷　敢跟七爷作对，就是这样的下场！

　　　　〔舞台上一束惨白的光，像刀一样投在邵江海身上，他跌跌撞撞
　　　　地抱起大广弦。

邵江海　我的弦，我的弦啊……（唱）

　　　　　　　琴毁弦断刀刻心，

　　　　　　　无泪无言无声音。

　　　　　　　悲哀哭声有宫调，

　　　　　　　伤心歌仔无弦琴！

亚　枝　（默默地走上前，扶起欲哭还笑的邵江海）咱回家吧！

邵江海　（唱）一声回家心如麻——

　　　　〔亚枝扶着邵江海一步一步往家走。

邵江海　（接唱）贤妻扶我走溪岸，

　　　　　　　帆船江心来偎靠，

　　　　　　　堤岸水边有船畔。

　　　　　　　回家种田好无奈，

　　　　　　　满腹歌才无处弹，

　　　　　　　破船摇晃风吹散，

　　　　　　　漏水无望落浅滩。

　　　　　　　没了歌仔种上稻子，

　　　　　　　损了尊严撕了心肝，

　　　　　　　毁了琴弦断了肠子，

　　　　　　　绝了路途死心上山！

　　　　〔春花看见亚枝换扶着师兄，她的脚步仿佛被人扯住，她慢慢地
　　　　走上前，拾起地上的大广弦，望着渐渐远去的身影。

　　　　〔暗转。

四

　　　　〔春雨绵绵。亚枝和邵江海在田间劳作。亚枝拉绳伏在前，邵江
　　　　海扶犁在后，两人随着节奏舞动着。

318　　亚　枝　（唱）一早就出门——

邵江海　（唱）艰苦，

亚　枝　（唱）天色渐渐亮——

邵江海　（唱）顾三餐。

亚　枝　（唱）受苦耕田人，

　　　　　　　走到田中央，

　　　　　　　为了顾三餐，

　　　　　　　不怕田水冷冰霜。

〔邵江海累得走不动，瘫在地上。

〔亚枝赶紧倒水给邵江海喝，邵江海突然像孩子一样抱住亚枝痛哭。

亚　枝　（疼惜）把歌仔戏忘掉吧！

邵江海　（伤感）怎么能忘掉！

亚　枝　你是男人，你也应该跟其他男人一样，耕作养家糊口。

邵江海　我也想和其他男人一样……除了歌仔戏，我还能做什么！

亚　枝　（体贴地拿过一旁的竹耙）别累着，只要你不再唱戏，我心里就踏实了。田里的活我来做，你把田间的猪粪拾回来就行了。（拉犁耙，躬身耕地）

〔邵江海看着手中的竹耙苦笑着，无奈地拾起猪粪。拾着拾着，他把竹耙当成演戏的棍棒，耍了起来。人生的喜怒哀乐全在这不经意的动作中。俄顷，竹耙停在了半空中。

邵江海　（喃喃自语）七爷为什么骂你唱丧调？（竹耙换了一只手）难道你真的……（对着竹耙）这个世道连哭的权利都没了，怎么能唱哭腔？（沉思）如果不用哭调，用这样……（哼着【杂碎调】的过门）"说起唱戏……艰苦事……"

〔蓦地，如山涧泻水。

邵江海　春花，最近我的肚子好像海浪翻滚，岩浆积压，我们不能让歌仔戏就这样没了，我想用新的曲调来唱我心中的伤痛……

〔春花背着大广弦跑来。看见痴迷的邵江海，她心里说不出的滋味。

邵江海　仿佛是苍生在催我写新调，点醒我，用心中的歌调，为你编写一出新戏！

〔邵江海和春花同时激动地冲向对方，亚枝正好躬身推犁到两人中间，三人相对，一下子静场。

亚　枝　（淡淡地）雨停了，番薯藤还未种！

春　花　（掩饰）阿嫂，我，我来帮你犁田……

亚　枝　你早不来晚不来，等你师兄心死的时候，你又来搅扰！

春　花　我知道师兄可以没饭吃，但不能没有歌仔戏！

亚　枝　自家种的瓜知道怎么剪藤蔓。我是他的女人，知道怎么照顾好自己的男人！

春　花　（委屈）阿嫂！（承受不了这样的话，欲跑，却又停住了脚步）你知道天凉给他添衣，饭冷给他温热，却不知道他心里喜欢什么！

亚　枝　深冬天地寒，哪一家人谁不先想着日子无霜无雪，一家温暖过冬。

春　花　师兄能够娶你，是他一生的幸福，但你不理解，戏比他的命还重要！

亚　枝　（深吸了一口气）深犁重耙！人啊，总不能想着未开垦的荒地，却忘了已耕作的良田。你若疼爱你的师兄，就别再来打扰他！

　　〔春花紧闭着双眼。

亚　枝　回去吧，不要再唱了，找个好人家好好过日子！

　　〔春花转身冲下，突然停住。她回转身，将大广弦轻轻地放在地上，然后痛苦地离去。

邵江海　（看见大广弦，惊喜）大广弦！（冲向大广弦，突然立住，唱）

　　　　立定定，望琴弦，

　　　　心颤颤，怕近前，

　　　　弦晃晃，眼恍惚，

　　　　火辣辣，心熬煎，

　　　　冷冰冰，手欲伸——

亚　枝　江海，累了，歇一歇吧！

邵江海　（接唱）声轻轻，情牵连，

　　　　乱纷纷，看谁是，

　　　　脚沉沉，落泥田？

弦啊弦，都是你给我惹的祸，你让我遭人白眼，让人作践。我既爱你，我也恨你。你让我穷通世间善恶，却让我迷途百走。我想独奏冰弦，却没了天地空间。海阔天空，我不能放开手脚伴你走；天马行空，我不能用你唱尽心中忧愁。弦啊弦，从今后，我、我再也不会去摸你、碰你、拉你、弹你，就让你……孤零零地躺在那里！

〔邵江海转身，忽然天空下起雨，他急忙返身，用手遮住大广弦，怕雨水淋湿了弦。

邵江海　春天雨绵绵，你就靠边点吧，别让雨水淋湿了。

〔邵江海的手无意间碰到了琴弦，发出"噔"的一声，他心中一颤。再一碰，弦音好似撞击心灵的天音。邵江海颤抖着手轻轻一拨，整个人不能自持，一下子抱住了大广弦。

邵江海　（唱）好似戏魂来附身，

好似前世欠弦琴，

大广弦啊是我命，

出世上天做记认。

戏灵古调刻记心，

印戳从头盖到脸，

任凭海市与天转，

江海啊江海，

你逃不出命定唱古今。

〔七爷慌张地上。

七　爷　唱唱唱，日本兵过江啦，你还大喊大叫！

邵江海　（一震）日本兵真的来了？

七　爷　再闹，日本兵发现了，谁也跑不掉。

邵江海　整天担惊受怕，还不如唱歌壮胆。

七　爷　你不怕死，我还怕受牵连。我就怕你们这些戏子给我挑起事端，来啊，将他关起来！

〔随从上，围住邵江海。

邵江海　七爷，我犯了什么罪？

〔暗转。

五

〔春花慌张地冲上，犹豫、惊慌。

七　爷　我以为对付一个戏子很简单，没想到你很有本事，竟能让我的儿
　　　　子为你神魂颠倒！你找我干什么？

春　花　请您……放了邵江海！

七　爷　想让你师兄出去，可以，但你必须马上离开这里，不要让我的儿
　　　　子再见到你！

　　　　〔羞辱鞭笞着春花的心灵。

春　花　我……答应！

　　　　〔场景转换。

　　　　〔看守房里，邵江海出神地坐在马桶上面，偶尔，从喉头里发
　　　　出细微的声音。须臾，他想到什么，从马桶上跳了起来，到处
　　　　寻找可以写字的东西。他看到马桶盖，急忙将文思记录在马桶
　　　　盖上。

邵江海　（激动，自言自语）总算完成了，总算完成了！（突然狂奔）春
　　　　花，我为你写的《六月飞霜》完成了，完成了！我要用新调"杂
　　　　碎调"教你唱，让你演，我要让歌仔戏重新出声……

　　　　〔没人回应，邵江海重回现实世界，又陷入了失意的状态。

邵江海　唱不了了，《六月飞霜》唱不了了，"杂碎调"唱不了了……（踉
　　　　踉跄跄地走向马桶，跪下来，盖好马桶，用袖子擦了擦）

　　　　〔春花急匆匆地跑上。高墙阻挡着她的视线，她在高高的铁窗下
　　　　呼喊着邵江海。

春　花　师兄，师兄——

邵江海　（听到了春花的呼声，激动地从地上爬了起来，惊喜）春花，春
　　　　花——

　　　　〔两人踮起脚尖，紧紧地抓住铁窗的栏杆，极力想看到对方。

邵江海
春　花　（唱）小船断绳漂过河，

　　　　　　　牵肠挂肚揪心槽，

　　　　　　　离开师兄 心烦恼，
　　　　　　　　　　妹

　　　　　　　兄妹重逢在监牢。

322　　〔邵江海激动地拿起马桶盖，举得高高的，让窗外的春花看见。

| 邵江海 | 春花，你来看。 |
|---|---|
| 春　花 | 上面写着什么？ |
| 邵江海 | 是我为你编写的新戏《六月飞霜》。 |
| 春　花 | 为我写的？ |
| 邵江海 | （激动地）我要你用新编的"杂碎调"把歌仔戏唱响。 |
| 春　花 | 师……（强忍着眼泪扭过头去） |
| 邵江海 | （深情地）我来教你！（诧异）你怎么啦？ |

〔春花百感交加，临别教戏，陡增了离别的不舍与痛楚。

春　花
邵江海　（唱）师兄啊——为我写新篇，
　　　　　　　妹你六月编，

新调寄望情无限，

杂碎声声心相连。

| 春　花 | （唱）风雨桥头常想起， |
|---|---|
| 邵江海 | （唱）难忘渡海来演戏。 |
| 春　花 | （唱）同是苦命成兄妹， |
| 邵江海 | （唱）深情歌仔唱喜悲。 |
| 春　花 | （唱）戏棚上， |

唱起英台山伯情翩跹，

最怕楼台送别泪涟涟。

戏棚下，

兄是天来妹是地，

| 邵江海 | （唱）妹是地来兄是天， |
|---|---|
| 春　花 | （唱）从此兄妹…… |

（唱不下去，突然跪下）师兄，多保重！

邵江海　春花——

〔春花回望着师兄，不忍将去。邵江海紧紧地抓住铁窗，生怕师妹的身影消失，那情很不舍，那情让人透不过气来。须臾，春花转头离去。

邵江海　春花——

〔七爷拿着一面铜锣上，说话语调变了许多。

七　爷　回家吧！（略停片刻）到现在，无知的民众还在敲锣打鼓唱你教的歌。明天是庙会，你亲自敲锣把戏禁了！

邵江海　地陷了，家没了，百姓什么都没了，就剩下这歌仔戏！这戏我禁
　　　　不了！

七　爷　为了乡里的安全，那我只好将唱歌仔戏的人……

邵江海　你……

七　爷　春花走了，以后没人陪你唱戏了，敲完锣，把戏笼封了。

　　　　〔七爷将锣重重一扔，邵江海的心和手在颤抖。

邵江海　（声音低得不能再低）春花她……

七　爷　再也不会回来了！

邵江海　（突然暴怒）不，不能绝了她的路！春花——（猛地向外冲去）

　　　　〔暗转。

# 六

　　　　〔紧接前场。

　　　　〔一别如雨，春花内唱："离别师兄走他乡！"上，茫然，不知路
　　　　在何方。

　　　　〔少爷呼唤春花内声："春花——"追上。

少　爷　（唱）我要带春花走远方！

春　花　（唱）从此后，
　　　　　　　烟波千里难相逢。

少　爷　（唱）从此后，
　　　　　　　海阔天空任飞翔。

春　花　（唱）心茫茫，
　　　　　　　天涯阻挡前方路。

少　爷　（唱）心向往，
　　　　　　　山外自由的天空。

　　　　〔春花跑下。

少　爷　（突然看到什么）日本兵！（惊慌，呼喊）春花，春花——

　　　　〔幕内传来春花的呼喊声："你们要干什么，放开我……"

324　少　爷　（大喊）日本兵，住手！

〔春花挣扎声："畜生，畜生，啊……"

〔少爷欲冲向前去救春花，突然枪响，少爷中弹倒下。

〔邵江海踉踉跄跄上。

邵江海　（唱）枪声响，心发慌，

　　　　　　　你孤身一人在何方？

　　　　　　　枪声响，心发慌，

　　　　　　　兵荒马乱你何处藏？

〔刹那间，邵江海看见春花被日本兵强暴后凄惨的那一刻，他惊立住了，时空顿时凝固。

〔惊天地的幕后合唱声：

　　　　　　　"枪声响，心发慌……"

〔邵江海想喊却喊不出来，整个人瘫痪在地上。

〔春花衣衫褴褛匍匐上。

〔邵江海一步一步爬向春花，那曾经牵动两人心灵的"小船走"的歌声再次响起。深情如水的歌声，越发显得凄楚揪人。

〔幕后独唱：

　　　　　　　"小船走，

　　　　　　　没了阿哥站船头，

　　　　　　　风里浪起没舵手，

　　　　　　　阿哥小妹伤心头。"

春　花　（冷静得让人发颤）师兄，我想唱《六月飞霜》!

邵江海　好，好，师兄与你一起唱!

〔春花冲下。

〔愤懑写满邵江海的脸上。

邵江海　乡亲们，天黑有更声，绝壁会回音，日本兵来了，我们还有歌声。今天是庙会，我要和春花为乡亲们唱戏开声!兄弟们，敲起锣来，祭拜戏神!（愤怒地挥动鼓槌）

〔众人上，肃穆、凝重地祭戏神。

〔锣声震天，春花一声呼唤："天啊——"上。

春　花　（唱【杂碎调】）

　　　　　　　长空恨海无情天，

你有眼无珠有嘴不开装疲倦，

坏人做坏四处逍遥摇摇展展，

好人被欺无处藏身度日如年。

天啊天——

还我清白身，

耻辱刻心田，

少爷被杀害，

污浊泼水仙。

哪里有天，

日月天上早晚悬，

世间清浊你难分辨，

百姓苦海你不知深浅，

你忍心看我们受熬煎。

苍天啊——

你装聋作哑何为天，

我屈辱似海恨连绵，

倾盆大雨浇我恨，

我要以血溅苍天。

〔春花突然抽出剪刀，朝自己的喉咙刺下。顷刻间电闪雷鸣，邵
江海冲向春花。亚枝跌跌撞撞地冲上。

邵江海 春花——

〔仿佛被天雷一击，邵江海被击垮了。

春　花 （慢慢地睁开眼睛，声音微弱地）师兄，我杂碎调唱得好吗？

邵江海 （紧紧地抱住春花）好，好……

春　花 （脸上绽出凄惨的笑容）以后……师妹不能和师兄一起演戏……

邵江海 不，不，我还要和师妹一起唱歌，一起演戏……

春　花 （无力地）把大广弦收好，这是父亲临终的托付……

邵江海 我对不起师父，我没有照顾好师妹！

春　花 阿嫂——

亚　枝 春花——

326　　春　花 师兄遇到你是他前世修来的福分……

亚　枝　你不要说了，都是阿嫂，都是阿嫂……

春　花　（深情地望着邵江海）有一首歌，我一直想唱给师兄听！（唱无伴
　　　　　奏【杂碎调】，断断续续）

　　　　　　　　水仙含情迎春开，

　　　　　　　　清莹淡淡送香来，

　　　　　　　　有情花蕊将心盖，

　　　　　　　　含羞不敢露心怀。

　　　　　〔春花香消玉殒，邵江海冲天长啸。

邵江海　春花！天啊，难道这就是我们的命运、我们的哀歌吗？

　　　　　〔演员手中白色的手帕，像洁白的素花，飘洒覆盖在春花身上。

　　　　　〔此时，七爷手捧少爷沾满鲜血的衣服，沉重得几乎迈不开步，上。

七　爷　（暴怒）日本兵，你污辱我们的女人，打死我儿子，畜生，我跟
　　　　　你拼了！

　　　　　〔突然静场。邵江海慢慢地站起来，愤怒写满双眼。

邵江海　（唱）天上有道弯啊，

　　　　　　　　心中有道坎啊！

　　　　　〔突然，亚枝的声音响起，如空谷中的泉声，清澈得让人心颤。

亚　枝　（唱）天上有道弯啊，

　　　　　　　　心中没了坎啊！

　　　　　〔所有的人被亚枝的歌声惊醒，一个个慢慢地站了起来，连七爷
　　　　　也被歌声敲醒了，他和大家一起唱了起来。

众　人　（唱）天上有道弯啊，

　　　　　　　　心中没了坎啊，

　　　　　　　　拉响弦音来呼喊啊，

　　　　　　　　昂起头来是山川！

　　　　　〔天空突然一片蔚蓝。

邵江海　（冲向高台，唱）

　　　　　　　　此生为弦——

众　人　（唱）粗根独负青山志，

　　　　　　　　百折不挠苦中嬉。

邵江海　（唱）腥风血雨罹凌寒，

一心将歌传千里!

腥风血雨罹凌寒,

一心将歌传千里!

〔音乐响彻全场。字幕缓缓打出:"抗日战争期间,邵江海创作的'杂碎调'传到台湾,台湾观众称之为'都马调',邵江海成为海峡两岸共同敬仰的民间艺术家。"

〔幕闭。

——剧　终

　　《邵江海》创作于2000年,厦门市歌仔戏剧团首演,导演韩剑英、黄天福,郑惠兵饰演邵江海,苏燕蓉饰演春花,庄海蓉饰演亚枝。剧本获首届中国戏剧奖·曹禺剧本奖(2004—2005),剧目获第八届中国艺术节"文华大奖""文华剧作奖"等(2007年),入选中宣部第十届精神文明建设"五个一工程"。

## 作者简介

曾学文　男,1964年出生,福建晋江人。厦门市台湾艺术研究院院长、厦门市文联副主席、厦门市戏剧家协会主席。代表作品有歌仔戏《邵江海》《蝴蝶之恋》,高甲戏《阿搭嫂》,南音剧《长恨歌》《情归何处》《凤求凰》等。

· 京 剧 ·

# 华子良

卫　中　赵大民

时　间　解放前夕。

地　点　山城重庆。

人　物　华子良——白公馆内囚徒，原华蓥地区党委书记。

　　　　老太婆——华子良之妻，华蓥山游击队司令员。

　　　　华　为——华子良之子，交通员。

　　　　成　瑶——华为女友，地下党工作人员。

　　　　成　岗——成瑶之兄，白公馆内囚徒。

　　　　雷　鸣——白公馆内囚徒。

　　　　齐晓轩——白公馆内囚徒，党组织负责人。

　　　　李敬原——重庆地下党负责人。

　　　　刘老板——重庆地下党交通站站长。

　　　　特派员——中美合作所专员。

　　　　陆　清——白公馆看守所所长。

　　　　杨进兴——白公馆看守所看守长。

　　　　伙夫、打手、国民党士兵、众难友、游击队员、顾客等。


# 序　幕


〔白公馆看守所。

〔华子良在跑步。音乐进入，打击乐进入。

〔国民党士兵舞蹈上，与华子良组成画面。

华子良　好大的风啊！好大的雾啊！来吧，来吧！你们别想挡我的路！

　　　　〔华子良脚步加快，终因体力不支，摔倒在地。

　　　　〔童声画外音："疯子，快跑，快跑啊！"

　　　　〔华子良喘息，擦汗捶背，挣扎起继续跑步，又一次摔倒。

　　　　〔童声画外音："傻子傻，疯子疯，跑起步来快如风；疯子疯，傻子傻，一跤摔了大马趴。"

　　　　〔华子良摔倒。

〔幕后伴唱：

　　　　"莫道他疯疯傻傻痴癫状，

　　　　十五年铁窗烈火炼金刚。

　　　　君不见高墙内外石榴放——"

〔童声画外音："站住！疯子，你叫什么名字？"

**华子良**　（站住）你们问我吗？哈哈！（接唱）

　　　　　　我就是——

　　　　　　那一棵七扭八歪的石榴树攀着高墙。

　　　　　　任凭它风吹日晒暴雨降，

　　　　　　狂风吹不倒暴雨浇不死的华子良。

〔幕后伴唱：

　　　　"一唱雄鸡天下白，

　　　　万里神州得解放。"

〔毛泽东的声音："中华人民共和国中央人民政府今天成立了！"

〔国歌的乐曲起。

〔男女声合唱：

　　　　"新中国，新中国……"

〔华子良站住，凝视远方。众难友推着铁栅上。

〔男女声合唱：

　　　　"伟大的新中国从此屹立在东方！"

〔国民党士兵上，赶众难友下。

〔华子良继续跑步。

〔暗转。


一


〔白公馆院内。

〔华子良缓慢地跑步。

〔特派员和陆清上。

**陆　清**　特派员，特派员！

〔特派员很不耐烦地踱步，注意到华子良。

特派员　他是什么人？

陆　清　他叫华子良，是个疯子。

特派员　疯子？

陆　清　是个关了十几年的嫌疑犯，三年前陪了一趟杀场，枪声一响，他就疯了。

特派员　噢？（走向华子良）你过来，叫你。

〔华子良不理睬，转身跑向石榴树。

陆　清　特派员，他又疯又傻，耳朵又聋。

特派员　（靠近华子良）你是个疯子？

〔华子良转身瞪着特派员，疯跑过去。

特派员　（下意识后退，碰到石榴树上，转身踢树）他妈的！

〔华子良护树。

特派员　你！

〔华子良面无表情，抚摸着石榴树。

陆　清　华子良，这是特派员，不许放肆！特派员，这棵树是疯子种的，谁也不能动。

特派员　谁也不能动？拿来！

陆　清　（不解地）什么？

特派员　拿过来！

〔陆清递上鞭子。特派员佯装打树，华子良护树，特派员转而抽打华子良。华子良似不觉疼痛，依然傻笑着护住石榴树。

陆　清　特派员，他真是个疯子！

特派员　陆所长，目前形势紧张，重庆地下党也乘机活动，上峰有令，要严防政治犯内外勾结，乘机越狱。

陆　清　（掏烟）特派员，您放心。（递烟，点火）

特派员　我就是放不下心。前些天白公馆那个厨子，长期给政治犯传递情报，这件事惹了多大的麻烦！

陆　清　是是，那件事多亏特座在上峰面前为我美言。

特派员　我这次来，是要向你交代一项绝密的任务。

陆　清　什么任务？

〔收光。追光分别打住华子良、特派员和陆清。

| | |
|---|---|
| 特派员 | 对集中营这批政治犯，总裁亲自下达了手谕。（扔掉手中的烟，立正） |
| 陆 清 | 怎么说？ |
| 特派员 | （低声地）提前——分批——密裁。 |

〔华子良一惊，跑下。

| | |
|---|---|
| 陆 清 | 什么时候动手？ |
| 特派员 | 越快越好。（指着华子良的身影）对这种人也要严加防范，陆所长，可不要抓了一个厨子，又出来一个疯子！（下） |
| 陆 清 | 是，是。（随特派员下） |

〔梆声数响。

〔光起。

〔伙夫内喊："开饭喽！"与杨进兴提饭桶上。

〔华子良疯状跑上，从杨进兴手里抢过饭桶。

| | |
|---|---|
| 伙 夫 | 嘿，疯子把你手中的东西抢过去了！ |

〔华子良又把伙夫手中的桶抢过去。

| | |
|---|---|
| 伙 夫 | 你！ |
| 杨进兴 | 疯到你的头上了。 |

〔齐晓轩、成岗、雷鸣等陆续走上取饭。

〔华子良默默地给他们盛饭。

| | |
|---|---|
| 雷 鸣 | （吃了一口，急忙吐出）这是什么饭？米都发霉了！ |
| 成 岗 | 你们看，还有耗子屎呢！ |
| 众难友 | 这饭根本不能吃！ |
| 杨进兴 | 诸位将就一点吧，现在米价一日三涨，能吃上这样的米就不错了。 |
| 雷 鸣 | 哼，好米都进狗肚子了！ |
| 杨进兴 | 雷鸣，你吼什么？ |
| 雷 鸣 | 我天生就是大嗓门儿！ |
| 杨进兴 | 你他妈的！ |
| 成 岗 | 你们也吃这样的米吗？ |
| 众难友 | 你们吃，你们吃！ |

〔陆清上。

| | |
|---|---|
| 陆 清 | 你们嚷什么？嚷什么？ |

成　岗　陆所长，这是人吃的吗？

众难友　这米不能吃，不能吃！（把碗扔到一边）

陆　清　这是什么话！怎么不是人吃的？华子良，你吃给他们看。

　　　　〔华子良接过饭，手抓着吃了两口。

陆　清　告诉他们，好吃不好吃？（大声地）好吃不好吃？

华子良　好吃。

成　岗　懦夫！（打掉华子良手中的饭碗）

雷　鸣　（抓住华子良欲打，又觉他可怜，推开）呸！

华子良　（拾起两块碗片）嘿嘿，碎啦！（唱）

　　　　　　好大的一只碗哪，摔成了碎碗碴儿，

　　　　　　就好像红红火火的石榴花。

　　　　　　石榴结果碗口大，

　　　　　　一刀切两半，碗大的一个疤。

　　　　　　这一半石榴给我爸，

　　　　　　这一半石榴送给我的娃。

杨进兴　华子良，你的娃是男娃还是女娃？（将饭桶盖盖在了华子良的头上，与华子良同时大笑）

　　　　〔华子良取下饭桶盖，做疯状。

华子良　（接唱）我的娃不是男来不是女，

　　　　　　她是朵火红鲜亮的石榴花，

　　　　　　不姓杨来准姓华……

　　　　〔众难友痛心地转过身来，陆清和杨进兴站在一旁睥睨地笑。

　　　　〔华子良乘机将桶里的饭全倒在地上。

　　　　〔众人围上来看，华子良疯癫地拢着米饭。

华子良　（唱）汪汪汪，喵喵喵，

　　　　　　咕咕咕，呱呱呱，

　　　　我的那些个小狗小猫小鸡和小鸭，你们都来吃啊——（接唱）

　　　　　　白公馆的长官请客啦！

　　　　（用饭碗从地上舀饭，追着给敌特吃）吃，吃……（最后把饭送到齐晓轩面前）长官，你也吃。

334　　成　岗　（愤怒地）滚开！

〔雷鸣欲抢碗，华子良紧紧护住。

**华子良** 这是好稻米，吃饱了肚子能充饥。（对齐晓轩）长官，你一口吃下见碗底，保你一生有福气。（向齐晓轩暗示）吃，吃啊！

〔齐晓轩似有所悟，接过饭碗。

〔华子良从地上抓起米饭往嘴里塞。

**雷　鸣** 有什么福气？像你这样活着还不如死了的好！（打华子良一耳光）

〔华子良傻笑，激怒成岗，他将华子良击倒。

**成　岗** 胆小鬼！

**伙　夫** 一桶饭全倒了，这该怎么办？

**陆　清** 重做！

**伙　夫** （耳语）没有陈米了。

**陆　清** 用新米。（说罢怒冲冲下）

**杨进兴** 所长说了，给你们做新饭，大家都回牢房去！回牢房！（下）

〔众难友纷纷责骂华子良。

**齐晓轩** 大家不要难为他，他曾经是咱们的同志啊！走吧，走吧！

〔众难友散去。

〔齐晓轩从碗底拿出一纸条，看了一眼，急忙藏起，匆匆走下。

〔画外音："他曾经是咱们的同志啊！"

**华子良** （体味着）他曾经是咱们的同志啊！（悲伤地哭出声来）

〔传来石榴树的哭泣声。

**华子良** 石榴树，别哭，别哭，咱们不能哭啊！你瞧我都不哭。（腹痛，呕吐，唱）

　　　　馊米饭吃得我腹痛难忍，

　　　　更难忍战友的辱骂刺我的心。

　　　　石榴树啊，

　　　　心中滴血凭谁问？

　　　　只有你明明白白知我心。

　　　　十五年孤雁离群难归阵，

　　　　十五年含垢忍辱路无垠。

　　　　十五年战友咫尺难相认，

　　　　十五年亲人面前成罪人。

〔远处传来川江号子：

　　"嘉陵江上起潮汛……"

华子良　（接唱）一声号子传乡音。

〔收光。追光起。华子良继续跑步，老太婆跑步上，两人叠化。
华子良暗下。

〔暗转。

二

〔华蓥山。双枪老太婆带游击队员跑步。

老太婆　同志们，加油啊！（唱）

　　　　红旗猎猎遍山岗——

　　　　同志们，休息了。（示意众人散开休息）

〔众人分下。

老太婆　（接唱）群情振奋歌声扬。

　　　　秣马厉兵迎解放，

　　　　刀出鞘，弹上膛，待军令下山岗。

　　　　配合主力扫孽障，

　　　　山城就要现春光。

〔华为上。

华　为　妈，山下来人了。

〔李敬原上。

李敬原　老太婆！

老太婆　李书记！

〔李敬原与老太婆热烈握手。华为暗下。

老太婆　李书记，你可来了！

李敬原　老太婆，你好啊？

老太婆　好、好，李书记，可把你给盼来了。

〔华为复上，手中托着一盘石榴。

华　为　李叔叔，吃石榴，刚从树上摘的。

李敬原　（拿起一个石榴）这石榴可真好啊！

华　为　那当然了，石榴树是我爹当年亲手种的。

老太婆　华为，去操练吧。

华　为　唉。（下）

老太婆　李书记，你上山一定有什么指示吧？

李敬原　司令员同志，情况紧急啊！（唱）

　　　　　　解放军包围山城势如席卷，

　　　　　　敌人的屠杀计划已提前。

　　　　　　许云峰已蒙难锢水池畔，

　　　　　　江姐她慷慨赴义在歌乐山。

老太婆　（念）战友殉难肝肠断，

　　　　　　血债要用血来还！

　　　〔老太婆愤然鸣枪，声震山涧。

老太婆　李书记，怎么干，你说吧！

李敬原　上级决定，攻打重庆战役一旦打响，二野将派一支先遣队突袭集
　　　　中营，届时华蓥山游击队要全力配合！

老太婆　保证完成任务！

李敬原　好！

老太婆　只是我们对监狱的地形不熟悉，要是能有一张地图就好了。

李敬原　磁器口有我们的一个交通站，你派个可靠的同志前去接头，监狱
　　　　里的内线会提供你们需要的情报。

老太婆　接头的任务就交给华为。

李敬原　好啊，到时候我让成瑶去配合他。

老太婆　等他拿到地图，我再亲自下山察看地形。

李敬原　（观察周围）老太婆，我还有一个好消息。

老太婆　什么好消息？

李敬原　（悄声地）华子良同志他还活着！

老太婆　你……你说什么？

李敬原　他被关在白公馆，这次敌人提前屠杀的消息，就是他设法送出
　　　　来的。

老太婆　（惊喜）啊？

　　　〔华为上，欲说什么，李敬原拦住他，两人同下。

337

老太婆　（眺望远方，心潮起伏）子良！（唱）

　　　　　　　闻听说子良他还在世上，

　　　　　　　倒叫我心潮起伏泪眼迷茫。

　　　　　　　十五年盼音信本已绝望，

　　　　　　　好消息忽然传来好似梦乡……

　　　　　　　曾记得，

　　　　　　　风吹竹叶响，

　　　　　　　石榴满枝香。

　　　　　　　茅屋剪灯花，

　　　　　　　灯下读文章。

　　　　　　　到如今，巴山子弟已成长，

　　　　　　　华蓥山，千杆翠竹万面红旗盼你早还乡。

　　　　（眺望远方，低声呼唤）二娃子！

　　　〔收光。追光打住老太婆。

　　　〔女声独唱：

　　　　　　　"华蓥山上石榴红，

　　　　　　　榴花如火照天明。

　　　　　　　天明不见阿哥面，

　　　　　　　摸把竹床冷冰冰。"

老太婆　子良！

　　　〔收光。追光中华子良上。两人交错换位，老太婆下。

　　　〔画外音："疯子！疯子！"

　　　〔暗转。

## 三

　　　〔磁器口。鑫记杂货店。

　　　〔刘老板满面春风地拨打算盘。

　　　〔华子良与两顾客相撞。

顾客甲　慢点挤，慢点挤。

顾客乙　你是哑巴啊？瞧你一身泥巴，把我的衣裳都弄脏了。

| 顾客甲 | 疯子，他是疯子。 |
| --- | --- |

〔杨进兴上。

| 杨进兴 | 嚷什么，嚷什么？没瞧见他是个疯子吗？ |
| --- | --- |
| 顾客乙 | 疯子？疯子还满街跑？ |
| 杨进兴 | 你他妈的！ |

〔顾客甲、乙躲下。

| 刘老板 | （迎上前）杨长官，请里边坐，里边坐。（斟茶）长官请喝茶。（递茶） |
| --- | --- |
| 杨进兴 | 不客气。（看铺面）老板娘，老远就听见你的算盘珠子噼里啪啦地响，看来生意不错嘛！ |
| 刘老板 | 还不是托长官您的福嘛！ |
| 杨进兴 | 好说。 |
| 刘老板 | （唱）算盘响，店门开，<br>　　　　开门迎得贵客来。 |
| 杨进兴 | 好说。老板娘，你又敬烟又敬茶，你这生意越来越红火啦。（示意要钱） |
| 刘老板 | （接唱）小本生意凭实在，<br>　　　　公买公卖两无猜。（递钱） |
| 杨进兴 | （接钱）老板娘真痛快，我那儿百十号人开伙，你这生意算是做着了。 |
| 刘老板 | 多谢长官！（接唱）<br>　　　　来日方长多担待，<br>　　　　管叫您一路顺风两袖生财三星高照四季康泰五福临门六六大顺一步一步上高台。 |
| 杨进兴 | 哈哈哈，老板娘真会说话。（见华子良盯着石榴愣神儿）疯子，拿个破石榴干啥呀？想吃啊？ |
| 华子良 | 不。（将石榴藏起） |
| 杨进兴 | 你瞧，一个破石榴…… |
| 华子良 | （神秘地）我要拿这石榴换香烟抽。 |
| 杨进兴 | 嘿，疯子，都说你又疯又傻，我看你是哑巴吃扁食，心里有数啊。跟我好好干，真要是共产党进了城，我就带你上山打游击， |

我当司令，你当个军需官。

华子良　（傻笑，走到刘老板面前，举起石榴）嗯？

刘老板　怎么，你真要换香烟？

华子良　嗯！

刘老板　（看了杨进兴一眼）不成，不成，你这石榴值多少钱？我一包香烟多少钱？换不得，换不得。

华子良　换不得也要换！

刘老板　怎么？

华子良　我们长官要当司令了，我就是军需官，你要是不换啊……我就砸店！

杨进兴　疯子，不许胡来！

刘老板　好了好了，我呀，不看僧面看佛面，今天我就用这盒香烟换你这石榴。（递上香烟拿过石榴）

　　　　〔华子良高兴地打开香烟，抽出一支嗅着。

刘老板　杨长官，咱们到后面看货去。

杨进兴　好好好。疯子，就在这儿等我，你哪儿也不准去，听见没有！

　　　　〔杨进兴与刘老板下。华子良背朝观众，坐在桌前。

　　　　〔华为上。

华　为　（唱）乔扮商人取情报，

　　　　　　　　日夜兼程到市郊。

　　　　　　　　接头地点已来到——

　　　　（四下寻找）

　　　　〔成瑶暗上。

成　瑶　（接唱）成瑶我等亲人暗自心焦。

　　　　（发现华为）华为！

华　为　成瑶！

成　瑶　华为，瞧你那东张西望的样子，一点儿也不自然。

华　为　看你说的，找人不就得东张西望吗？

成　瑶　在敌人眼皮子底下工作，千万不能暴露自己，咱们现在是一对恋人，举动要自然随便才好。

华　为　对，咱们本来就是对恋人，是得亲热点才像呢！（搂住成瑶的肩）

| 成　瑶 | 华为，谁让你这样的…… |
|---|---|
| | 〔华子良一震，走过来。 |
| | 〔成瑶推开华为，华为撞在华子良身上。 |
| 华　为 | 大叔，对不起。 |
| | 〔华子良双眼紧盯着华为。华子良的画外音："华为，儿子！我的儿子！" |
| 华　为 | 大叔！ |
| 华子良 | 小老板，你姓华？ |
| 华　为 | 怎么？ |
| 华子良 | （笑）好，好！小老板，你抽烟吧？ |
| 华　为 | 大叔，我不会。 |
| 华子良 | 走南闯北的小老板，怎么不抽烟呢？ |
| 成　瑶 | （生硬地）不会就是不会嘛！ |
| 华子良 | 你是他太太吧？ |
| 成　瑶 | 是又怎么样？ |
| 华　为 | 成瑶，你怎么能和他这样呢？ |
| 成　瑶 | （将华为拉到一边）我听说白公馆有一个疯子。 |
| 华　为 | 是他？他叫什么名字？ |
| 成　瑶 | 不清楚，就知道他是几年前陪绑杀场，被枪声吓疯的软骨头。 |
| 华　为 | 是这么回事！ |
| | 〔华子良心情激动，从筐中拿出两个石榴。 |
| 华子良 | 小老板，我这儿有几个石榴，你带上吧！ |
| 华　为 | 你是什么人？ |
| 华子良 | 我是白公馆的囚犯啊！ |
| 成　瑶 | 哼，好一个自由自在的囚犯。 |
| 华子良 | 你带上吧，带上吧…… |
| 华　为 | 谁要你的石榴！（将石榴打落在地） |
| 华子良 | 这、这可是我亲手种的呀！ |
| 华　为 | 老东西，你是个贪生怕死没有骨气的懦夫、胆小鬼！（将华子良推倒在地，对成瑶）咱们走。（与成瑶下） |
| 华子良 | （直愣愣望着华为离去，声音颤抖着）我……我是你爹啊！（唱） |

华为儿满怀憎恶骂出口，

倒叫我又悲又喜滴滴泪水心中流。

曾记得茅屋别离儿年幼，

爹为儿一粒一粒剥石榴。

今日里重相见——

我满腹的话儿难出口。

有儿不能认，

有亲不能投，

有苦不能诉，

有泪不能流。

就像这红红的石榴，

皮里皮外看不透，

这万千痛楚压心头。

〔杨进兴内声："疯子，装上咱们的东西，回去了！"

华子良 （缓慢地）回去……回去了！（缓慢走下）

〔暗转。

〔刘老板、华为和成瑶上。

华　为　老刘同志，东西送来没有？

刘老板　已经送到了！（递上石榴）

华　为　石榴？

刘老板　掰开看。

华　为　（掰开石榴取出情报）白公馆、渣滓洞地形图！太好了！

成　瑶　华为，这石榴……

华　为　（看石榴忽有所悟）石榴……疯子……

〔华子良步履蹒跚的身影，走在山路上。

〔暗转。

四

〔白公馆院内。

〔难友们在放风，华子良手拿扫帚发愣。

〔杨进兴不耐烦地走上。

杨进兴　疯子，疯子！一个人叽咕什么呢？

华子良　我看见儿子了。

杨进兴　疯话，这是陆所长的报纸，一会儿给他送去。（下）

　　　　〔华子良翻看报纸，忽被一条消息所吸引。

　　　　〔齐晓轩走近华子良，探身看报。

　　　　〔华子良故意将报纸掉在齐晓轩脚下。

齐晓轩　（捡起报纸）华子良，你的报纸掉了。

华子良　嘘，不要惊了我的石榴。（走到一边）

　　　　〔齐晓轩似有所悟，翻看报纸。

齐晓轩　（唱）敌人的报纸上把消息透露，

　　　　　　　　从华东到西北尽为我收。

　　　　　　　我试着将报纸悄悄拿走——

华子良　（看见远处有敌特出现）石榴熟了，哪儿捡的还放哪儿去呀！

齐晓轩　（接唱）看起来他疯癫背后有缘由。

　　　　〔齐晓轩放下报纸，华子良若无其事地捡起报纸离去。齐晓轩招
　　　　手，成岗、雷鸣围过来。

齐晓轩　成岗、雷鸣。

成　岗
雷　鸣　老齐。

齐晓轩　我刚才从敌人的报纸上，看到一条难得的消息。

成　岗　什么消息？

齐晓轩　大西南快要解放了，成都、重庆、贵阳的守敌也成了瓮中之鳖。

成　岗　我们要把这振奋人心的消息，告诉狱中所有的同志！

雷　鸣　对！你写传单，我来发！

齐晓轩　好！

　　　　〔华子良跑过场。

华子良　石榴熟了，石榴熟了……

　　　　〔暗转。

# 五

〔白公馆。刑讯室。

〔众国民党士兵上。

〔陆清审问成岗。

陆　清　成岗，招了吧，招了就可以免受皮肉之苦！

成　岗　你叫我说什么？

陆　清　这张传单是从你的屋里搜出来的，说，它到底是从哪儿来的？

成　岗　我再说一遍，传单是我写的，消息是我听到的。

陆　清　你是读书人，会写几个字，这点我不怀疑，可是这么重要的消息，你怎么能随便听来呢？说，它是从哪儿来的？

〔成岗沉默不语。

陆　清　只要你说出传单的消息来源，说出监狱中的组织，我马上就放了你。

成　岗　你做梦去吧！

陆　清　好，成岗，我要看看你骨头到底有多硬。给我用刑！

〔打手应声给成岗上刑。

陆　清　我要用竹签钉你的十指！

成　岗　（唱）竹签入指撼不动崇高信仰——

陆　清　我还有老虎凳！

成　岗　（接唱）老虎凳折不断钢铁脊梁。

陆　清　我要灌你辣椒水！

成　岗　（接唱）麻辣烫成岗含笑劳你赏，

　　　　　　　　水中捞月你一场空忙。

陆　清　用烙铁烙他！

〔打手用烧红的烙铁烙成岗。

成　岗　啊……（昏死过去）

〔特写光照亮扫地的华子良。

华子良　（唱）皮肉烧焦滋滋响，

　　　　　　　　烙在战友身疼在我心房。（忍痛下）

〔打手将成岗浇醒。

陆　清　成岗，你招是不招？

成　岗　（唱）成岗生来筋骨壮，

　　　　　　　风吹雨打历冰霜。

　　　　　　　任尔等花言巧语施伎俩，

　　　　　　　毒刑拷打逞凶狂。

　　　　　　　纵有酷刑千百样，

　　　　　　　共产党，共产党人志如钢。

　　　　　　　历史的车轮难阻挡，

　　　　　　　笑尔等穷途末路难久长。

陆　清　（气急败坏）把他关进地牢！

　　　〔打手拖成岗下。特派员气冲冲地走上。

陆　清　立正！特派员！

特派员　陆所长，对这种不怕死的共党，再厉害的刑法，也是没有用的！

陆　清　特派员有何高见？

特派员　陆所长，这张传单必须引起我们足够的警惕，它说明白公馆和重
　　　庆地下党还有联系啊！（唱）

　　　　　　　居安思危警钟常响，

　　　　　　　共产党无所不及须提防。

　　　　　　　你千万莫迷信高墙电网，

　　　　　　　怕只怕里外勾结内奸藏。

　　　　　　　白公馆定有人联系地下党——

陆　清　特派员，要是从白公馆查出这样的人，我抽他的筋、扒他的皮！

特派员　（指着远处正在跑步的华子良，接唱）

　　　　　　　这个人疯癫癫颇费猜详。

陆　清　（不以为然地）特派员，他是个疯子。

特派员　把他给我叫过来！

陆　清　是。华子良，跑过来！

　　　〔华子良低头跑上。

特派员　华子良，你天天跑步，持之以恒，真是意志坚定、百折不挠啊！

　　　〔华子良不语。

陆　清　疯子，特派员问你话呢！

华子良 （向陆清）报告长官！

陆　清 特派员问你话呢！

华子良 （跑向特派员）我天天跑步，就能多吃饭，我一顿能吃三大碗——稻米饭啊！

陆　清 （笑）饭桶！

特派员 华子良，解放军就要打过来了，你不想家吗？

华子良 家，家！

特派员 你的家在哪儿？

华子良 （唱）我的家……

陆　清 你的家在哪儿？

华子良 （唱）我的家……

特派员 你的家在哪儿？

华子良 （唱）我家就在这歌乐山。

陆　清 （唱）这疯子倒自在无牵无念。

特派员 华子良！（唱）

　　　　　　你的家不在白公馆，

　　　　　　华蓥山才是你的家园。

华子良 （背唱）一句话引起我无限眷恋，

　　　　　　恨不得与亲人相会在山前。

特派员 （背唱）螳螂在前黄雀有妙算——

华子良 （背唱）毒蛇吞象你打错了算盘！

　　　　长官，华蓥山的路我熟，共产党来了，我们上山打游击。（唱）

　　　　　　长官做司令，

　　　　　　我当军需官。

　　　　　　抓住老太婆——

　　　　（以鞋当枪）砰砰！

特派员 你认识双枪老太婆？

华子良 认识啊！（接唱）

　　　　　　我与她好姻缘还请长官一线牵。

　　　　〔收光。华子良暗下。追光打在陆清和特派员身上。

陆　清 哈哈，想不到这疯子还是个花心啊！

**特派员** 花心？什么花心，他是在跟我斗心！

**陆　清** 特派员要是不放心，我就把他抓起来。

**特派员** 不，让他疯下去。

**陆　清** 特派员的意思是……

**特派员** 明天你派华子良一个人去磁器口。

**陆　清** 他一个人？他要是跑了呢？

**特派员** 我就怕他不跑！（下）

〔陆清招呼杨进兴和伙夫上，示意他俩跟踪华子良。

〔暗转。

## 六

〔去磁器口的路上。

〔华子良内唱："出魔窟跨山崖——"挑箩筐上。

**华子良** （接唱）……秋风扑面，

　　　　望山城，雾弥漫，嘉陵江，水连天，一路奔跑我下了山。

　　　　我好似困鸟出笼飞天半，

　　　　我好似池鱼离网畅游在深潭。

　　　　我只想敞开胸怀高声喊……

　　　　啊……啊——（接唱）

　　　　亲人啊，亲人啊，你们在哪边？

〔杨进兴和伙夫跟踪躲闪，被警觉的华子良发现。

**华子良** （唱）蓦回首，丛林之中人影闪，

　　　　果然是，敌特跟踪把我看。

　　　　我这里攀崖绕壁穿山涧，

　　　　今日里学一回刘海戏金蟾。

　　　　（疯唱山歌）

　　　　华蓥山上石榴红，

　　　　榴花似火照天明啊……（跑下）

**杨进兴** 这疯子要把咱们折腾死啊！

**伙　夫** 要是让他跑了，咱俩可就惨了。

杨进兴　他一个疯子，能跑哪儿去！

伙　夫　特派员说，他有点儿共党嫌疑。

杨进兴　什么，他是共产党？华子良要是共产党，我就是你的……

伙　夫　啥子？

杨进兴　小舅子。

伙　夫　但愿他不是共产党，我也没你这个小舅子。快追，快追。

杨进兴　你说他们这是干什么啊，让咱们跟踪一个傻疯子，不是比傻疯子
　　　　还傻疯子吗？唉，党国将亡，他们当官的去美国的去美国，飞台
　　　　湾的飞台湾，我他妈的不如也疯了呢！

　　　　〔画外音："疯子！疯子！"

　　　　〔杨进兴与伙夫惊惧。

　　　　〔暗转。

　　　　〔一女游击队员扮作佣人上，老太婆扮成贵妇、二男游击队员扮
　　　　作轿夫随上。

老太婆　（唱）滑竿一颤过重山，

　　　　　　　　乔装打扮到江边。

　　　　　　　　深入虎穴把地形探——

　　　　（四下察看，并示意众人散开侦察）

　　　　〔游击队员下。

　　　　〔华子良内唱："华蓥山上石榴红，榴花似火照天明啊……"

老太婆　（接唱）一声山歌震心弦。

　　　　〔华子良上。

华子良　（唱山歌）

　　　　　　　　华蓥山上石榴红，

　　　　　　　　榴花似火照天明啊。

老太婆　（唱）天明不见阿哥面，

　　　　　　　　摸一把竹床冷冰冰啊。

　　　　〔华子良一惊，与老太婆对视。

老太婆
华子良　（对唱）华蓥山上石榴红，

　　　　　　　　榴花似火照天明。

　　　　　天明不见阿哥面，

　　　　　摸一把竹床冷冰冰啊。

　　（凝眸对视，心潮澎湃）

　　〔幕后伴唱：

　　　　　"啊——

　　　　　是梦？是魇？是真？是幻？

　　　　　这相逢来得太突然。"

华子良　（背唱）莫非我装疯过久昏了眼？

　　　　　　　难相信梦里的亲人就在面前。

老太婆　（背唱）难相信昔日英武男子汉，

　　　　　　　竟这般瘦骨嶙峋白发斑斑。

　　〔老太婆与华子良感觉如梦如幻。光渐暗，追光打住两人。

华子良　（唱）十五年……

老太婆　（唱）十五年……

华子良　（唱）十五年梦中常相见，

老太婆　（唱）十五年你高墙屈辱受熬煎。

华子良　（唱）十五年盼团聚泪眼望断，

老太婆　（唱）十五年你怎熬过酷暑严寒。

华子良　（唱）盼相见，相见却又难相认，

老太婆　（唱）难相认，满心痛楚似刀剜。

华子良　（唱）只觉得血在澎涌心潮翻，

老太婆　（唱）我的身发颤！

华子良　（唱）我的心发酸！想呼，想叫，

老太婆　（唱）想呼，想叫，

老太婆
华子良　（唱）想哭，想喊，

　　　　　我、我、我的老伴！（走近欲拥抱）

　　〔定格。光起。

　　〔幕后伴唱：

　　　　　"慢、慢、慢，

　　　　　此时此刻，要考虑周全。"

349

華子良

（唱）山石后隐藏有鹰犬，

老太婆　（唱）他神情骤变为哪般？

华子良　（唱）强压激情装疯汉。

老太婆　老华！

华子良　（疯状）华蓥山上石榴红……

老太婆　二娃子！

华子良　二娃子拉纤下川东啊……（示意石后有人）

老太婆　（会意）咳！（唱）

　　　　　　我问你进城走哪边？

华子良　（暗指白公馆）你要进城？

老太婆　对，进城。

华子良　嗨，你算是问着了！（唱）

　　　　　　拨转船头直向南，

　　　　　　江岸十里到"城"边。

　　　　　　莫走大路走山涧，

　　　　　　谨防毒虫在林间。

老太婆　明白了，明白了。

华子良　（唱）贵夫人你不能白问路 ——

老太婆　那你要怎样？

华子良　我要一包香烟。

老太婆　我哪儿来的香烟啊。

华子良　没有香烟，就用你的衣服来换！

老太婆　（自语，唱）

　　　　　　我的好老伴——

　　　　〔传来杨进兴和伙夫的声音："他在那儿呢！"

华子良　（唱）原谅我重任在肩无法明言。

　　　　〔杨进兴和伙夫上。华子良抓起脏土抹在老太婆的衣服上。

老太婆　（领悟了华子良的意图，抓住华子良用雨伞打他，故意地）你这
　　　　疯子，把我的衣服都弄脏了。你讨打，讨打！

　　　　〔华子良痴笑、躲闪，乘机跑下。

〔杨进兴和伙夫欲追，老太婆上前拦住。

350

| 老太婆 | 当兵的，当兵的！这个疯子乱冲乱闯的，你们管不管，管不管？ |
| --- | --- |
| 杨进兴 | 你是干什么的？ |
| 老太婆 | 我是你们处长的亲戚，你们要是不管，我找处长去！ |
| 杨进兴 | 太太，对不起，这个疯子是我们山上的杂工，疯病犯了，我们正在找他。 |
| 伙　夫 | 对对，我们找他，我们找他。 |

〔杨进兴与伙夫欲下。

| 老太婆 | 回来，回来！原来他是你们那儿的，那我这件衣服，你得赔。 |
| --- | --- |
| 杨进兴 | 我赔什么呀？ |
| 老太婆 | 这是我花大价钱买的，你不赔谁赔啊？你不赔谁赔啊？ |
| 杨进兴 | 他弄脏的，找他赔啊！ |
| 老太婆 | 他是个疯子。 |
| 伙　夫 | 太太，不瞒你说，我们哥儿俩也不太正常了，（做疯状）疯了，疯了！（与杨进兴跑下） |
| 老太婆 | （望着华子良走去的方向）老华，保重啊！（一步一回头，突然冲着华子良离去的方向呼唤）二娃子！ |

〔幕后伴唱：

　　　　"这相逢，太短暂，

　　　　说不清是喜是悲还是酸……"

〔暗转。

## 七

〔磁器口，杂货店。

〔追光打在刘老板和华子良身上。

| 刘老板 | 老华，就你一个人？ |
| --- | --- |
| 华子良 | 后面有人跟踪。 |
| 刘老板 | 怎么回事？ |
| 华子良 | 老刘，成岗编了一期传单，敌人突击搜查发现了，他被关进地牢，还遭到毒刑拷打，我也受到怀疑了。 |
| 刘老板 | （当机立断）你不能回白公馆了。 |

华子良　怎么？

刘老板　李敬原同志有指示，你的安全一旦受到威胁，必须采取保护措
　　　　施，马上离开那里。

华子良　不，这个时候我不能走！

刘老板　这是组织的决定！

华子良　老刘同志！营救计划尚未实施，监狱里的同志随时都可能牺牲，
　　　　我怎么能在这时候一个人逃走呢？敌人只是怀疑，并无证据。你
　　　　就赶快布置任务吧！

刘老板　也好，你把情报送给狱中的党组织后要尽快撤离。

华子良　保证完成任务！

刘老板　（唱）战友越狱须提前，

　　　　　　　部队接应在后山。

　　　　（递上纸条，接唱）

　　　　　　　这里有地下党营救方案，

　　　　　　　火速面交齐晓轩，

　　　　　　　接头时切莫露破绽，

　　　　　　　千斤重任你承担！

华子良　来人了！

刘老板　（大声地）腊肉五斤，海米八两，皮蛋七篓，榨菜十八坛喽……

　　　　〔在刘老板的唱名声中收光。

# 八

　　　　〔光起。白公馆。

　　　　〔低沉有力的《国际歌》声。

陆　清　（色厉内荏）不许唱！不许唱！不许唱！

　　　　〔歌声继续。

陆　清　（哀求地）不要再唱了，就算兄弟我求求你们了！（念）

　　　　　　　你唱"起来"我发慌，

　　　　　　　手慌脚慌心更慌。

　　　　　　　慌里慌张把窗关上——

〔歌声愈强。

陆　清　（接唱）怎奈何四周有墙天无墙。

　　　　〔内声："立正！"

　　　　〔特派员上。

陆　清　特派员，你看……

特派员　诸位，诸位，我奉劝诸位不要再闹事了，只要大家悔过自新，是有可能放你们出去的。

难友甲　你们敢放我们出去吗？

难友乙　你们不是准备好镪水池了吗？

众难友　你们准备什么时候动手啊？

特派员　诸位，诸位，这是谣言，请相信政府对你们实行的是感化政策，而不是肉体的消灭。

众难友　住口！住口！（用铁栏围住了特派员和陆清）

难友乙　我们现在强烈要求，停止迫害政治犯，立即将成岗放回牢房！

众难友　停止迫害政治犯，立即放回成岗！

特派员　这个不难，只要你们有人说出那张传单上消息的来源！

陆　清　对，传单是谁写的？

特派员　（厉声）是谁写的？

齐晓轩　（挺身而出）是我写的！

　　　　〔众难友被国民党士兵赶下。

特派员　摆座！

　　　　〔齐晓轩从容就座。

特派员　齐晓轩，你曾是共产党的地委书记，许云峰死了，你现在就是他们的头了，你怎么还写传单呢？

齐晓轩　不相信，你们可以对笔迹嘛！

特派员　笔迹是一定要对的，你别想把责任揽到自己的身上，蒙骗党国。

陆　清　你们是怎么和地下党联系的？

齐晓轩　这消息其实是你们带进来的！

陆　清　你胡说！

特派员　让他说！

齐晓轩　（唱）看守所连日来凄惶景象，

清档案烧文件上下奔忙。

陆　清　档案文件是党国机密，岂能落在共军的手里！

齐晓轩　（唱）那一日管理室大开四敞，

　　　　　　　桌子上摆放着报纸一张。

陆　清　你竟敢私自进管理室？

齐晓轩　（唱）管理室并非是皇宫御帐，

　　　　　　　登堂入室但坐何妨？

陆　清　你偷看了报纸？

齐晓轩　（唱）报刊载文供人赏，

　　　　　　　恼羞成怒实荒唐，

　　　　　　　劝二位要把当前局势细思量，

　　　　　　　且莫要杯弓蛇影乱做文章。

陆　清　笑话，我们的报纸岂能给共产党做宣传？

齐晓轩　报纸就在管理室，何不拿来看看呢？

　　　　〔特派员示意陆清去拿报纸。

陆　清　报纸！

　　　　〔一国民党士兵送上报纸，陆清要翻找，特派员拦住他。

特派员　请问齐先生，是哪天的报纸啊？

齐晓轩　这么重要的消息，特派员没看？

特派员　现在我问的是你！

齐晓轩　十月十号，《中央日报》第三版，左下角，找到了吗？

陆　清　（懊丧地）找到了，特派员，你看……

特派员　（看报）唉！（把报纸扔向陆清）

陆　清　《中央日报》，《中央日报》，你不找共军的麻烦，怎么专给自己人
　　　　添乱啊！

齐晓轩　搬起石头砸了自己的脚！哈哈哈……（下）

特派员　陆所长，此事定有内线。那个疯子回来没有？

陆　清　马上就有结果。

特派员　哼，我看他是不敢回来了！

　　　　〔华子良内声：“我回来了！”挑担冲上。

　　　　〔杨进兴和伙夫追上。

华子良　（唱）健步如飞上山岗，

　　　　　　　攀崖越壑戏豺狼。

　　　　　　　巧送消息做迷障，

　　　　　　　白公馆又回来不躲不藏的华子良。

　　　〔石榴树的画外音："疯子回来了！疯子回来了！"

　　　〔收光。追光打在华子良身上。

华子良　（深情地）石榴树，石榴树！

# 九

　　　〔白公馆院内。石榴树旁。

　　　〔幕后伴唱：

　　　　　"漫天迷雾，秋风肃杀，

　　　　　急待天明，翘望朝霞。

　　　　　黎明前知心挚友说一说话，

　　　　　两情依依，一问一答。"

　　　〔伴唱声中，华子良提起水桶，给石榴树浇水。

华子良　石榴树，老朋友，天要亮了，我要走了！

　　　〔石榴树的画外音："你要走了？到哪儿去啊？"

华子良　我要下山去了。

　　　〔石榴树的画外音："我不让你走，我不让你走！"

华子良　我也舍不得你呀！石榴树，我的好友啊！（唱）

　　　　　　　难忘你——

　　　　　　　淫雨绵绵为我撑起伞一把；

　　　　　　　难忘你——

　　　　　　　长夜漫漫伴我迎朝霞；

　　　　　　　难忘你——

　　　　　　　解孤独听我倾诉心里话；

　　　　　　　难忘你——

　　　　　　　知我心叶婆娑细语沙沙。

　　　　　　　你虽无有那红梅傲雪美如画，

355

你虽无有那青松擎天干挺拔，

但却是寒冬烈日都不怕，

贫瘠土内把根扎。

你七扭八歪貌不惊人，

蓓蕾挂在那密叶下，

任凭那狂风吹雪雨打，

该开花时就开花。

熬过了那多少年春秋冬夏，

磨砺了刚强本质坚韧不拔。

石榴树啊，

暂离别难分难舍说不完的知心话，

保重啊，保重啊！

〔幕后伴唱：

"石榴花，石榴花，

映红了天，映红了霞。

秋实绽开籽千万，

来年春到更芳华。"

〔火红的石榴花纷纷开放，映红整个舞台。

〔收光。

## 十

〔黑暗中的白公馆地牢。

〔铁镣的声音；地牢的铁门声。

齐晓轩　成岗。

成　岗　老齐。

齐晓轩　看来敌人要在最后一刻对我们下毒手了。

成　岗　我们要尽快和狱外党组织取得联系。

齐晓轩　现在能进出白公馆的只有华子良……

成　岗　那个疯子？

　　　　〔光起。

齐晓轩　对，我已经观察他很长时间了，他很可能是我们的同志。

成　岗　他会是我们的同志？

齐晓轩　成岗，还记得那次敌人给我们吃馊饭，他盛着一碗饭硬要让我吃，就是在那碗底，藏着敌人的密裁消息。还有，他天天跑步为的是什么？他有许多外出的机会，为什么不逃跑？

成　岗　他是给敌人当奴才当惯了，没有逃跑的勇气吧！

〔华子良突然出现，成岗吃了一惊，保护着齐晓轩。

成　岗　华子良，你来干什么？

华子良　孤雁归群要找党！

成　岗　滚开！

齐晓轩　慢着，你要找哪一位？

华子良　特支书记齐晓轩。

齐晓轩　派你接头的是谁？

华子良　省委书记罗世文。

齐晓轩　老罗同志牺牲已三年。

华子良　他留下遗嘱三年前。三年前一个凄风阴雨天，杀场路上刑车颠，老罗有估算，说我只是嫌疑犯，可能是陪绑吓唬咱，指示我枪声一响，伪装疯癫。

成　岗　伪装疯癫？

齐晓轩　那你为什么到现在才来接头相见？

华子良　我有特殊任务在肩，非到必要时刻，不能和同志们相见。

齐晓轩　你的任务是……

华子良　等待解放，越狱突围白公馆！

齐晓轩　接头暗语？

华子良　"让我们迎接这个伟大的日子吧！"

齐晓轩　华子良，我的好同志！

华子良　老齐！

成　岗　老华同志！

华子良　成岗！（与成岗、齐晓轩拥抱在一起，泣不成声，唱）

　　　　一声同志三春暖，

　　　　两行热泪如涌泉。

早也盼来晚也盼，

孤雁归队把家还。

成　岗　（唱）战友们泪眼对泪眼，

满腹痛楚满心酸。

好战友原谅我——

错将鸿鹄当雀燕，

错将亲人当愚顽。

拳脚相加施冷眼，

痛不该往你心灵的伤口又撒盐。

齐晓轩　（唱）你深藏恨爱涉艰险，

你忍辱负重受熬煎。

我代表战友们道声歉——

（深鞠一躬）

〔华子良感动不已，泪流满面。

齐晓轩　子良！（接唱）

你的苦，你的难，你的忠贞你的胆，人民永远记心间！

华子良　老齐，我带来了地下党的指示。

〔齐晓轩看指示。

齐晓轩　好！（唱）

党的指示甚周全，

安排营救在夜间。

成　岗　（唱）铁门重重挽锁链，

手无寸铁开锁难。

华子良　（拿出一串钥匙，唱）

我早已配好钥匙一串，

开锁破门不费难。

成　岗　（接过钥匙，唱）

一串钥匙沉甸甸，

齐晓轩　（唱）这战友情谊重如山。

华子良　（唱）越狱时千万莫慌乱，

地牢内有暗道通向外边。

成　岗　地牢？

华子良　对，当初许云峰同志关在里面，用铁片和手指挖开了后墙的条石，
　　　　搬开条石，就可以通往山后。记住，是后墙左边第三块条石！

齐晓轩　这就是说，老许同志当年能够越狱逃跑，但他没有这么做，他把
　　　　死留给了自己，把生留给了同志们！子良同志，你圆满完成了任
　　　　务，继续留在白公馆非常危险，你马上设法逃出去，找到营救部
　　　　队，给他们做向导，杀回集中营。

华子良　老齐，你放心吧！（唱）
　　　　　　　为营救战友刻不容缓，

成　岗　（唱）祝愿你此去一路平安。

齐晓轩　（唱）伴着清风奔江岸，
　　　　　　　高举红旗到山前。
　　　　　　　到那时——
　　　　　　　战友醉唱红岩赞——

华子良
成　岗　（唱）千杯万盏尽开颜。
齐晓轩

　　　　〔三个人的手紧紧地叠握在一起。
　　　　〔暗转。


# 十一


　　　　〔白公馆，院内。
　　　　〔杨进兴内声："集合！"
　　　　〔特派员、陆清、杨进兴匆匆上。

杨进兴　报告长官，一切准备就绪。

特派员　锸水池？

杨进兴　已经灌满。

特派员　行刑队？

杨进兴　枪弹上膛。

特派员　好，现在执行徐处长的"密裁计划"，先行处决一批要犯和危险

分子！把成岗带上来！

杨进兴　是。带成岗！

〔成岗被士兵押上。

成　岗　（唱）任脚下响着沉重的铁镣，

　　　　　　　任你把皮鞭举得高高。

特派员　成岗先生，听说你上有老母，下有小妹，我也实在不愿这么做。

　　　　只要你能写一份自白书，我就……

成　岗　（唱）我不需要什么自白，

　　　　　　　哪怕胸口对着带血的刺刀！

　　　　　　　面对死亡我放声大笑，

　　　　　　　魔鬼的宫殿在笑声中动摇。

　　　　　　　这就是一个共产党员的自白，

　　　　　　　高唱凯歌埋葬腐朽的王朝。

特派员　带走！

成　岗　刽子手！来吧，别发抖！

特派员　我是从不亲手杀人的，那个疯子华子良呢，叫他来动手！

杨进兴　我叫他磁器口买菜去了。

特派员　混账，给我把他找回来！

〔伙夫跑上。

伙　夫　看守长，不好了，疯子他是装的……

杨进兴　啊！

特派员　我早就怀疑他不是个疯子，把他带上来！

伙　夫　特派员，带不上来了，他趁买菜的机会把我甩掉，一个人跑了！

特派员　什么，他跑了？

成　岗　特派员，你们的末日就要到了！

特派员　行刑！

〔难友们高呼："成岗！成岗！成岗！"

〔收光。枪响。

## 十二

〔光起。通往歌乐山的路上。华子良与华为相遇。

华　为　什么人？

华子良　带路的。

华　为　口令！

华子良　华蓥山上石榴红！

华　为　爹！

华子良　好儿子！

华　为　我……

华子良　时间紧迫，告诉你妈带着队伍跟我走！

〔游击队急速前进。

〔白公馆一片混乱。

〔华子良引游击队员冲进白公馆。

〔老太婆双枪击毙顽抗的敌人。

〔暗转。晨曦初照，烟消雾散。

〔幕后伴唱：

　　　　"白公馆里火光闪，

　　　　牢房空荡石壁残。"

〔游击队员们打扫战场，救治伤员。

〔受伤的脱险难友和华子良握手。

〔华子良一边心情沉重地抚慰难友，一边执着地寻找着。

华子良　老齐……成岗……

〔老太婆上。

老太婆　华子良！

华子良　报告长官！

老太婆　我是华为他妈。（与华子良相拥而泣）

华子良　（唱）千言万语心头涌，

　　　　　　　泪眼相望竟无声。

老太婆　（唱）想亲人漫漫长夜如幻梦，

361

受折磨真怕你假疯变真疯！

〔成瑶上。华为追上。

成　瑶　（哭喊着）哥哥，哥哥……

华　为　成瑶，成瑶！

老太婆　成瑶！

成　瑶　（扑进老太婆怀里）华妈妈！

华子良　我的好孩子。

老太婆　成岗走了，齐晓轩走了，许云峰、江姐他们都走了……

华子良　不，他们没走，他们还留在我们心中！（唱）

　　　　　　情切切唱一支忠魂曲，

　　　　　　意绵绵难诉说战友情谊。

　　　　　　怀念你，

　　　　　　舍身求真理；

　　　　　　怀念你，

　　　　　　铁骨铮铮斗顽敌；

　　　　　　怀念你，

　　　　　　人民世代心永记。

众　人　（唱）红岩上，红岩上，

　　　　　　石榴花开映红旗。

　　　　　〔红旗翻卷，榴红似火。

——剧　终

　　《华子良》2001年创排，同年天津京剧院首演，导演谢平安。剧目获第十届文华大奖，入选2002—2003国家舞台艺术精品工程、中宣部第八届精神文明建设"五个一工程"。

## 作者简介

卫　中　（1946—2018），男，河北安国人。代表作品有话剧《天狼星》《长乐钟》《办公室秘闻》《军号响了》《郑培民》《立秋》《红旗谱》《九天揽月》《不忘初心》《甲午祭》，京剧《祝你成功》《洪珠儿》

《华子良》，粤剧《刑场上的婚礼》，评剧《曹雪芹》《刘姥姥》等。

赵大民 （1926—2015），男，满族，河北乐亭人，剧作家，享受国务院特殊津贴专家。代表作品有话剧《把一切献给党》《红色工会》《飞雪迎春》《觉悟》《李大钊》《茂陵封侯》《李叔同》，京剧《芦花淀》；主要编导作品有话剧《钗头凤》，越剧《红楼梦》；主要著作《赵大民戏剧诗文选》（五卷集）。

·花鼓戏·

# 老表轶事

彭铁森　赵风凯

时　间　新中国刚刚成立。

地　点　江南某古城。

人　物　文有章——五十岁左右，毛泽东的老表。

文大嫂——四十来岁，文有章的妻子。

文汉成——二十来岁，文有章的儿子。

郑玲玲——二十岁，文汉成的女朋友。

郑大妈——四十来岁，郑玲玲的母亲。

张干部——四十来岁，新政府的干部。

毛泽东——五十六岁，中华人民共和国主席。

毛岸英——二十来岁，毛泽东的儿子。

众街坊、服务员、老工人。

一

〔在合唱声中幕启。

〔街头。红旗飘飘，鼓乐声声。"文有章代写书信、讼状、祭文、对联"的布招牌孤独立于舞台一角，显得格外醒目。

〔在张干部的带领下，腰鼓队、秧歌队缓缓过场。郑玲玲亦在腰鼓队中。

〔文汉成、文大嫂和众街坊拥上看热闹。

张干部　解放了，天亮了。

〔幕后合唱：

"天亮了！

锣鼓喧天震古城，

万人空巷喜盈盈。

欢庆翻身得解放，

从此当家做主人。"

〔众欢呼雀跃，呼口号。

| 文汉成 | 妈，你看，玲玲在那儿打腰鼓。（喊）玲玲—— |
| --- | --- |
| 郑玲玲 | （从游行队伍中出来）汉成，快来参加游行吧。 |
| 文汉成 | 我…… |
| 文大嫂 | 还我什么，玲玲喊你还不去？ |
| 文汉成 | 我怕等下爹爹看到我没在家里读书，又会啰里吧嗦念我。 |
| 文大嫂 | 哎哟，两爷崽一样的死板。 |

〔众笑。

| 郑玲玲 | 你那爷老倌我还不晓得，（摇头晃脑地学文有章的模样）咯大的人还只晓得玩，古人云："学成文武艺，货与帝王家。" |
| --- | --- |
| 文大嫂 | 汉成，去吵。只要和玲玲在一起，妈就高兴。 |
| 文汉成 | 唉。（对郑玲玲）啊，要是被你妈妈看见又怎么办啰…… |
| 郑玲玲 | 告诉你，你怕我妈妈，我妈妈怕我。走啰。（与文汉成兴高采烈地下） |
| 街坊丙 | 打起来哟！ |
| 文大嫂 | 真是天生的一对……（突然看到招牌下无人）呃，咯个书呆子跑到哪里去哒？（四顾）老倌子——文有章——（下） |

〔文有章手拿一张毛主席像跟跟跄跄上。

文有章　（唱）猛看到毛主席画像心如鼓冲，

　　　　　　　他过硬俨像——俨像我的表老兄。

　　　　　　　数十年未见面不通音问，

　　　　　　　只闻知共产党的领袖是毛泽东。

　　　　　（仔细看毛主席像，接唱）

　　　　　　　你看他天庭饱满显富贵，

　　　　　　　地角方圆有威风。

　　　　　　　当年的轮廓还认得出，

　　　　　　　下巴上那颗痣我记得清。

　　　　　　　又是惊来又是喜——

　　　　　　　慢！

　　　　　　　事关重大，非同小可，

　　　　　　　我还要仔仔细细默清神。（沉思）

〔文大嫂内喊："文有章——"上。

文大嫂　（不满地）呃，文有章，你挂块空招牌不做事，坐在咯里发宝气？

文有章　发宝气？哼哼，我只怕来哒运气。姜子牙七十遇文王，说不定我也能遇贵人……

文大嫂　你要是能遇贵人，只怕那叫鸡公都会把蛋生。

文有章　常言道得好，"黄河尚有澄清日，岂有人无得意时"。（拿出毛主席像）婆婆子，你看，咯是哪个？

文大嫂　毛主席啦。

文有章　是呀！毛主席真是一副好福相。

文大嫂　嗯。能当皇帝当然是有福之人，可惜就是离我们太远哒。

文有章　远呀？嘿嘿，要说远是远，不过要说近呀，婆婆子，只怕也蛮近呀……

文大嫂　唉，远也好，近也好，只要他老人家能帮我讨哒玲玲妹子做媳妇，我就天天给他烧高香。

文有章　玲妹子好是好，就是说起话来高声大叫，走起路来猫弹鬼跳，要做贤妻良母，那还要发狠读《女儿经》，调教调教。

文大嫂　我也没有读过《女儿经》，不照样地给你生崽做堂客？我担心的是我们家里太穷，玲妹子的妈妈看不起。

文有章　你莫提起咯个母夜叉，提起咯个母夜叉我心里就有气。她一没学过"三从四德"，二没读过《增广贤文》，三没……

〔郑大妈内喊："玲妹子——"抽水烟上。众街坊陆续随上。

文大嫂　你看你看，说曹操曹操到……（笑脸相迎）哎哟，是郑大妈。怪不得屋门口的喜鹊子叫个不停。（见郑大妈不理，复追上）郑大妈，你今天穿得好摩登……

郑大妈　（冷冷地）我玲妹子是和你屋里崽在一起？

文大嫂　这……

郑大妈　这么子啰？

文有章　（有气）哎，你咯是和哪个讲话？

郑大妈　哪个搭腔我就跟哪个讲话。

文有章　客气一点哪，我们也是君子之家哪。

郑大妈　什么，君子之家？只可惜口袋里布沾布，一身尽补疤，没一点本事。

| 文有章 | 你……你说我穷我不怕，要说我没本事那就是有辱斯文哪。 |
| 郑大妈 | 斯文，斯文好多钱一斤？ |
| | 〔文汉成、郑玲玲上。 |
| 文有章 | （拍着肚子）你晓得咯里边都是些什么东西？ |
| 郑大妈 | 什么东西？还不是一肚子草。 |
| 文有章 | 非也，非也，乃一肚子好文章。 |
| 郑大妈 | 当得饭吃还是当得衣穿？呸，文章有个屁用。 |
| 文有章 | 常言道得好，"万般皆下品，唯有读书高"。 |
| 郑大妈 | （大笑）高，实在是高，高得天天在马路边上捉刀代笔，天天喝饱西北风。 |
| 文有章 | 差矣，差矣。常言又道得好："君子不可貌相，海水不可斗量，蓬蒿之下，或有兰香；茅茨之屋，或有王公……"为人不可嫌贫爱富。 |
| 郑大妈 | 嫌贫爱富？老娘就是嫌你屋里穷又怎么样？文有章，我喊应你，叫你的崽莫打我屋里妹子的主意。（唱） |

> 你没有靠山又无背景，
>
> 一日三餐米桶空。
>
> 天生一副穷酸相，
>
> 嘶起喉咙还爱"之乎也者"带夹生。
>
> 帮我提鞋嫌你慢，
>
> 拍我的马屁嫌你轻。
>
> 倘若我俩把亲家结，
>
> 除非你封侯拜相，
>
> 当上国戚与皇亲。

| 文有章 | （气极）这真是龙遇浅水遭虾戏，虎落平阳被犬欺，气死我也……（忽见毛主席像）谁说我文有章没靠山没背景？说出来只怕要吓死你。 |
| 郑大妈 | 哈哈……吓死哒，我自己去找师公子冲锣收吓。你讲，你的靠山是局长？县长？还是省长吧？ |
| 文有章 | 你莫逼我，我真的会讲啦。 |
| 郑大妈 | 你讲。 |

文有章　他……他比省长还要大得多……

文大嫂　郑大妈，你晓得他是个书呆子，莫听他胡说八道。

郑大妈　各位街坊做证，只要你文有章有靠山，我玲妹子就嫁给你家汉成
　　　　伢子。

众街坊　文先生，讲噻!

文有章　(犹豫再三，下定决心)好，我就告诉你。我的背景和靠山就
　　　　是……(拿出毛主席像，底气不足地)就是毛主席。
　　　　〔众人都没听到。

众街坊　是哪个呀? 哪个?

文有章　(重复)毛主席!

众街坊　(一惊，随后大笑)哈哈，毛主席!

文有章　你们笑什么，他是我老表……
　　　　〔静场片刻。

文大嫂　老倌子，你莫乱讲哪。

文汉成　爹爹，你莫在大街上出丑啰。

郑大妈　毛主席是人民的大救星，是全国人民的背景和靠山。谁人不知，
　　　　哪个不晓? 文有章呀，你好大的胆子，假冒官亲，罪加三等。假
　　　　冒毛主席的亲戚，肯定是罪加六等……不，是九等，搞不好还要
　　　　株连九族。(拖郑玲玲)玲妹子，咯号人家你不能嫁，回去!

郑玲玲　不，如今解放了，政府提倡自由恋爱、婚姻自主。我看，文伯伯
　　　　肯定是被你气糊涂了。

郑大妈　什么，被我气糊涂了? 青天白日，当着众位街坊他咯是胡说八
　　　　道! 快跟我回去。(强拉郑玲玲下)

文有章　(气极)哪个胡说八道? 毛主席是我的亲戚哒……

文大嫂　老倌子，(摸文有章的额头)没发烧哒。我的活爹呃，你别的话
　　　　讲不得? 硬要把毛主席扯哒干什么?

文有章　他是我嫡嫡亲亲的表老兄……

文大嫂　(连忙捂住文有章的嘴)你不要命了，我们还想活哩。

文有章　我，我找政府去——

文汉成　(忙拖住文有章)爷老子，搞不好会要坐牢哩。

　文有章　啊，会坐牢呀?!

〔街坊乙急上。

**街坊乙** 文先生，张干部要你赶快到他办公室去。

〔暗转。

## 二

〔街道办公室。张干部在接电话。

**张干部** 好，好！我们一定提高警惕，严防敌人造谣破坏……

〔文有章上。

**文有章** （听到张干部的话吓了一跳）难道我说的事他晓得了？

**张干部** （打电话）我们一定严厉打击，绝不留情。（挂电话）老文，我正好有件事找你咧。

**文有章** （吓得浑身发抖）张干部，其实我也只是猜……并没有肯定哩……

**张干部** （奇怪地）你何解一身筛糠一样？

**文有章** 没……没什么……只是有点冷。

**张干部** 啊，你上次要我帮你找工作，如今我帮你联系好了……

**文有章** （长吁一口气）原来是咯个事哟。

**张干部** 文先生——（唱）

你家生活困难担子重，

这事我一直记在心。

这回真是机会好，

轮船码头上正好需要人。

**文有章** 要我到码头上去做事？考虑考虑……

〔郑大妈急上。

**郑大妈** 张干部，现在我就向你报告一个情敌……

**张干部** 情敌？是敌情吧？

**郑大妈** 是是是，敌情。（见文有章在场，便将张干部拉到一旁，格外神秘地凑到张干部的耳边）

**张干部** （连连后退）呃，呃，莫隔咯近要得不，别个看哒影响不好。

**郑大妈** （还步步逼近）我要报告的咯个敌情特别特别重要……（硬拉着张干部与他耳语）

| 张干部 | （大惊）啊——有人竟敢冒充毛主席的亲戚，是真的？ |
| --- | --- |
| 郑大妈 | 张干部，画虎画皮难画骨，知人知面不知心呀。咯大的事开得玩笑？我赌咒要得不？我郑秀英要是讲了半句假话，遭雷打火烧，红炮子穿心…… |
| 文有章 | （过去拉着张干部）张干部，要我去装船卸货扛麻袋，咯是明明白白有辱斯文，那我不去。 |
| 张干部 | 文先生哎——（唱）<br>　　晓得你是饱读诗书的斯文汉，<br>　　不是要你去肩扛麻袋做苦工，<br>　　码头上请你把大秤掌，<br>　　挥毛笔、记码子、算算账目把货称。 |
| 文有章 | 张干部，常言道得好，"文不经商，士不理财"，我一听哒讲什么算账啦、称货啦我就不爱，太俗哒。 |
| 郑大妈 | 真是猪婆子上秤，不识抬举嘛！（将张干部拉至一旁）你看，轻视劳动，典型的资产阶级地主思想。（跃跃欲试地）喊人把他抓起来—— |
| 张干部 | 乱弹琴！好好好，咯里没你的事哒，快回去吧。 |
| 郑大妈 | 那不，我要留在咯里跟坏分子斗争到底。 |
| 张干部 | 好好好，那你莫乱插嘴插舌。 |
| | 〔张干部与郑大妈都用一种警惕的目光上下打量文有章。 |
| 文有章 | （极不自在）呃，你们何解咯样看着我？ |
| 张干部 | 文先生，听人家讲你有一个蛮威武的亲戚…… |
| 文有章 | （紧张地）咯……有……没有哩。 |
| 郑大妈 | 张干部，要是有个威武亲戚，找工作就容易得多吧？ |
| 张干部 | 文先生，不要有顾虑，晓得什么就讲什么吧。 |
| 文有章 | 其实我……我也没有十足的把握。 |
| 郑大妈 | （按捺不住）什么？你还没把握？你当着众街坊讲你有一个蛮威武的亲戚，说讲出来要吓死我哒。 |
| 张干部 | 莫插嘴。（对文有章）讲，讲错了也不要紧嘛。 |
| 文有章 | 好，只要政府不怪罪我，那我就讲…… |
| 张干部 | 呃，对，不要怕嘛，到底是哪个？ |

文有章　（犹豫再三后下定决心）就是毛主席。

张干部　（故作惊讶）啊——毛主席？没搞错吧！咯样的玩笑就开不得啦。

文有章　张干部，不是开玩笑。我有个老表也叫毛泽东，好多年前就听说他离家去闹革命，从此杳无音信。前几年听说中国出了个毛泽东，神通广大，飞檐走壁，能文能武，智慧超群，领着共产党和蒋介石争天下。昨天我在游行时看到毛主席的画像，越看就越像我的表老兄毛泽东咧！

张干部　啊——（突然）那你讲一下看，毛主席是哪里人啰？

文有章　那当然就是我们湖南湘潭人。

张干部　（喜形于色）哈哈，我一试就晓得你在骗人。我们伟大的毛主席明明是北方延安人嘛，你怎么说他是湖南湘潭人咧？

郑大妈　对，听说毛主席武高武大，肯定呷的是北方馍馍长的。

张干部　（严肃地）老文，党的政策是坦白从宽，抗拒从严——

郑大妈　文有章呀文有章，你还不跪下认罪！

文有章　常言道得好，"士可杀不可侮"，堂堂君子没有下跪的习惯。

郑大妈　张干部，抓起来算了。你看你看，反革命火焰几多嚣张。

张干部　（不高兴地对郑大妈）乱弹琴！老文呀，乱讲乱说，罪名不轻啊。

文有章　张干部，只有国民党喜欢冤枉好人，未必共产党也会如此呀。我一没肯定毛主席硬是我老表，二没到处宣扬，更没有招摇撞骗，我何罪之有？再说，要是毛主席真是我老表呢？张干部，我想请政府帮我查证一下。

张干部　查，肯定要查的。只是在没查清之前，你要注意莫乱说！

郑大妈　（紧接）对，我们革命群众的眼睛是放亮的啦。

张干部　把你晓得的情况跟我们谈一谈。

文有章　（唱）咯个线索呀……

　　　　　　　表老兄大名毛泽东，

　　　　　　　家住湖南湘潭韶山冲。

　　　　　　　清朝光绪十九载，

　　　　　　　癸巳十一月十九日辰时生……

张干部　慢点……

文有章　（接唱）润之本是他的字，

　　　　　　　　“石三伢子”是他小名。

　　　　　　　　两个弟弟我也知晓，

　　　　　　　　分别叫泽覃和泽民。

**张干部**　好，我马上到市政府去请人核对。（欲下）

**郑大妈**　（追上去）张干部，要是查出了冒充皇亲国戚的坏分子，头等功要算我的哪！

**张干部**　乱弹琴！（下）

　　　　　〔郑大妈追下。

**文有章**　（神情复杂地瘫坐在椅子上）还要核对核对呀！福兮？祸兮？唉……

　　　　　〔暗转。

<h1 style="text-align:center">三</h1>

　　　　　〔街头。文有章忧心忡忡地来回踱步。

**文有章**　（唱）坐立不宁心发愁，

　　　　　　　　寝食难安如把魂丢，

　　　　　　　　恰似那老鼠掉进米缸里，

　　　　　　　　不知是喜还是忧。

　　　　　　　　张干部去调查无有音讯，

　　　　　　　　是真是假，是好是歹，

　　　　　　　　我只能暗念弥陀把菩萨求。

　　　　　〔街坊甲上。

**街坊甲**　文先生，（见文有章没有理睬，大声地）呃，文有章——

　　　　　〔文有章一惊，欲跑。

**街坊甲**　你跑么子？是我咧，我是想请你给我满崽写封信。

**文有章**　好的，好的。（心不在焉坐在桌旁写信）

**街坊甲**　（看文有章写）“检讨书，尊敬的张干部……”文先生，你何是写检讨书啰，要你写给我屋里的崽咧！

**文有章**　我写错哒，错哒！

　　　　　〔文有章眼望着天，街坊甲也顺着他的眼望去。

街坊甲　文先生，你今天心不在焉啰？

〔街坊乙满头大汗地跑上。

街坊乙　（跑到文有章跟前）文、文、文先生……下……下不得地，张干部说你跑、跑……

文有章　（大惊）啊，张干部要我跑呀……（转身便跑）

街坊甲　（紧追几步将文有章拉住）信还没有帮我写完哒。

文有章　下辈子再给你写。

街坊乙　不是要你跑，是要我跑咧。张干部说，毛、毛、毛主席是、是、是……

文有章　（一把抓住街坊乙，紧张地）是么子，你快讲！

街坊乙　毛主席是……是你的老表哩。

〔文大嫂及文汉成、郑玲玲等人上。

文有章　是真的？

街坊乙　真的！

文有章　啊——（神情极其复杂地手舞足蹈，唱）

　　　　　　喜从天降——

　　　　　　喜从天降令我三魂震动七魄惊，

　　　　　　毛主席果真是我嫡嫡亲亲的表老兄。

　　　　　　刹那间我恍恍惚惚心意乱，

　　　　　　脚发软手冰凉，

　　　　　　脸发烧胸中倒翻了酸甜苦辣五味瓶。

　　　　　　只想昂头朝天笑——

众街坊　先生，文先生……（接唱）

　　　　　　泪水满眶难出声。

〔文有章目光呆滞凝望远方，嘴唇翕动却说不出话。

〔众人忙扶文有章坐下。

郑玲玲　文大伯，你怎么啦？（见文有章不答，用手在他眼前轻轻挥动）啊也，汉成，你爹爹的眼睛都呆哒。

文汉成　妈，咯又怎么办啰？

文大嫂　（认真看文有章，胸有成竹地）莫急，跟他掐两把麻筋就没事哒。（为文有章掐麻筋，但文有章无反应）呃，何解连没反应？（为文有章掐麻筋）老倌子，你用劲咳，把堵在心口上那坨痰咳出来就好了。

〔文有章仍无反应。

街坊甲　掐麻筋没有用，我看打他几个耳光，保证会打醒的。

众街坊　打噻，打啰!

文大嫂　好!（打文有章一个耳光，文有章就咳一声）我打!

街坊甲　有效果，好多哒。再打几下，保证会好得快些!

文大嫂　（举手又停）我打不下手了。

街坊甲　你不打，还是我来打。

〔还没等街坊甲打，文有章就咳起来了。

街坊甲　是吧，好啦好啦。

街坊丙　你们看啰，张干部来哒。

〔张干部与众街坊上。

张干部　文先生呀——（唱）

　　　　　连道恭喜与贺喜，

　　　　　你所言不虚都是真的。

　　　　　毛主席确是你表兄半点不假——

众街坊　（惊喜）啊，文先生呀——（接唱）

　　　　　你一步登天就成了皇亲国戚。

文有章　哈哈哈——（唱）

　　　　　这真是泥瓦也有翻身日，

　　　　　困龙亦有上天时。

众街坊　（唱）文先生本来是俊杰，

　　　　　这一下更胜那朝廷金榜把名题。

　　　　　小地方突然拱出个大人物，

　　　　　邻里乡亲脸上沾光，

　　　　　心里都是蜜甜的。

〔郑大妈出来看热闹。

郑玲玲　哈哈哈——妈妈，（情不自禁地又唱又扭）"解放区的天是明朗的天，解放区的人民好喜欢……"

郑大妈　玲妹子，你一个人在这里疯疯癫癫扭什么?

郑玲玲　妈，昨天有一句话不晓得是哪个讲的？（学舌）只要你家里有靠山，我就把玲妹子嫁到你屋里来。

郑大妈　么子意思？

〔郑玲玲与郑大妈耳语。

郑大妈　（大惊失色）我崽呀——

〔暗转。

# 四

〔文有章家堂屋。

〔众街坊抬文有章边舞边唱上。

众街坊　（唱）前面吆喝声声急，

　　　　　　后头锣鼓紧相依，

　　　　　　犹如那新科状元游街转，

　　　　　　文先生扬眉吐气威武风光笑嘻嘻。

〔众街坊兴高采烈地簇拥着文有章进屋，问长问短。

众街坊　文先生，毛主席和你到底是什么亲戚？

街坊甲　告诉你们哒了，讲哒是老表。

众街坊　又没问你！

　　　　文先生，毛主席小时候也是咯个样子不？你跟我们讲讲毛主席小时候的故事啰……

张干部　大家静一静，听我的指挥！（唱）

　　　　　　诸位莫吵莫闹莫动弹，

　　　　　　恭恭敬敬、安安静静围着文先生坐中间。

　　　　　　多接受革命传统教育满重要，

　　　　　　齐鼓掌欢迎文先生把毛主席的故事谈。

　　　　现在请文先生上座。

〔众人一齐热烈鼓掌。

〔文有章整衣冠，清喉咙，大模大样坐下。众人围坐在文有章身边。

文有章　好。毛主席不但是我的表老兄，还是我穿开裆裤的好朋友。他每次到外婆家里来，就和我一起玩咧，白天到河里打水仗，晚上到田里捉泥鳅……

张干部　呃，文先生，你莫乱讲。

文有章　咯是真的，不信你可以去问毛主席。

张干部　是真的也不要乱讲哪。传出去讲毛主席咯样伟大的人物，细时候还穿开裆裤打水仗捉泥鳅，咯像么子话？咯是对主席的不敬。

文有章　张干部讲得对，大家在咯里听就在咯里止，不要到外边去乱讲。毛主席大名泽东，字润之，不过那时候我就不晓得他会当皇帝，我就直呼他的小名石三伢子……

文汉成　爷老倌，现在不叫皇帝，叫主席。你不要老是拿封建社会的事来套如今的事。

文有章　对，是我讲错哒。为什么叫石三伢子，你们听清楚。毛主席本有两个哥哥，但均在襁褓中不幸夭折。他母亲怕毛主席不能长大成人，便叫他拜龙潭中的巨石为干娘，寄名石头……

张干部　呃，咯件事也不要到处讲，传出去会说毛主席还信迷信。文先生，你要多讲些有意义的。

文有章　对，讲有意义的。我虽不敢说自己学富五车、书通二酉，但博闻强记，诸子百家涉猎颇多，但和毛主席一比，那简直是沧海一粟。记得读私塾时，只看见他爱读耍书子，可是一考试他总得头名。

郑玲玲　（调皮地）文大伯你考第几名？

文有章　好多名记不清了，只记得手板心经常被先生打得又红又肿。

　　　　〔郑大妈提一些礼物上。

郑大妈　玲妹子呀……哟，好热闹啊！

文大嫂　（吓得忙推郑玲玲）玲玲，你妈妈来寻你，快跟她回去。

郑大妈　（笑逐颜开地）不，她爱在你家里玩就让她玩。今天众街坊都来哒，我也来凑凑热闹。

文有章　郑大妈，你就不怕有失身份？

郑大妈　文先生真会开玩笑，我们有什么身份？倒是你文先生知书达礼，肯定是个大有来头的角色。各位街坊呀——（唱）

　　　　　　我早就看出文先生不是人——

**众街坊**　（大惊失色）啊——

**郑大妈**　（接唱）他是那天上的文曲星君下凡尘。

　　　　　　经纶满腹皆奇妙，

　　　　　　言辞出口必成文。

　　　　　　近水楼台先得月，

　　　　　　读书人家就如那向阳花木定逢春。

　　　　　　倘若是过去有人来得罪，

　　　　　　那定是鬼蒙了脑壳瞎了眼睛，

　　　　　　有眼不识金镶玉，

　　　　　　错把黄金当碎铜。

　　　　　　大人不计小人过，

　　　　　　文先生放宽那宰相的度量菩萨的心。

　　　　　　我带来荔枝、桂圆加红枣，

　　　　　　还有新鲜鸡蛋足一斤，

　　　　　　火上慢慢炖，多放红砂糖，

　　　　　　香喷喷，甜滋滋，

　　　　　　兼凉带补要为你文先生补精神——

　　　　　　补足精神今后还要干大事情。

（将礼物硬塞到文大嫂手中）

**文大嫂**　（受宠若惊）真是不敢当……真不好意思……

**郑大妈**　（亲热地）咯有么子不好意思的啰，我们两家是什么关系……众
　　　　　街坊咧你们看啰，汉成和玲玲真是天生一对。我一想起有咯样威
　　　　　武的亲家，咯样好的女婿，晚上做梦都打哈哈……（很尴尬）
　　　　〔众笑郑大妈。

**文有章**　今天就讲到咯里打止。婆婆子，帮我把招牌拿来。

**郑大妈**　亲家公，你还要去摆摊子写字呀？

**文有章**　不摆摊子我吃么子？

**郑大妈**　哎哟，亲家——（唱）

　　　　　　尊一声我的好亲家你听端详，

　　　　　　莫随便把皇亲国戚的身份忘。

　　　　　　看街头三教九流、平常百姓忙忙碌碌多混杂，

你怎么能再扯招牌，让人说长道短指脊梁。

文有章　（唱）摆摊卖字我咯是为了生计，

　　　　　凭本事换饭吃理所应当。

　　　　　一不偷二不抢问心无愧，

　　　　　怕什么说长道短指脊梁？

郑大妈　亲家，那你就莫怪我讲直话，我问你啰，你在咯里摆摊子，别个会怎么讲呀？"大家来看啰，毛主席的亲戚还干咯号下等人的事……"你的面子不要紧，毛主席的面子要不要紧？

文有章　哎，说得对，有道理，真是"聪明齐颈，要人提醒"。婆婆子，赶快跟我把招牌收起来。

郑玲玲　文伯伯你不摆摊子，一家人喝西北风？

郑大妈　玲妹子你晓得么子。伪政府缉查队王队长你们都还记得吧，他那个人咧是长得长不像个冬瓜，矮不像个南瓜，大字墨墨黑，细字不认得，就因为他表姨夫是警察局长，他就在官场上混得有模有样。你们看文先生论文才有文才，论人才有人才，按你的本事当个什么长、什么主任之类的官那是绰绰有余……

文有章　（得意）那又不是我吹牛皮呀……

郑大妈　亲家，就是嘛。凭你这一肚子文章，何不向毛主席写封信，也要个官当一当啦。

文有章　（一愣）这……古人云，"不自是而露才，不轻试以幸功"。我虽然是毛主席的亲戚，这伸手要官恐怕非正经读书人所为。

郑大妈　亲家，那我又要讲你一句直话，你的书是读得好，不过不要读迂哒。莫说你有一身的本事，就凭毛主席咯块招牌，你去当官哪个敢讲空话？保证豆子屁都没一个放的。

街坊丁　是呀，平日你常说，读书人即使"不名一文"，也要"心忧天下"。你要个官就可以一展你修身齐家治国平天下的抱负呀。

郑大妈　对呀，你就可以施展抱负呀！

众街坊　对呀！

文有章　（心有所动）咯样说向毛主席的信写得？

众街坊　写得。

　文有章　咯个官要得？

众街坊　要得。

文有章　好。婆婆子，赶快给我磨墨。

　　　　〔文大嫂略显愁容在想心事，未理。

郑大妈　磨墨呀，我最会磨哒，我来磨。（使劲地磨墨）

文有章　（坐于桌旁）毛主席的文章写得好，字也写得漂亮，我就不能马
　　　　马虎虎。（运气提神欲写，忽停，唱）

　　　　　　手提羊毫又沉吟，

　　　　　　只觉得底气不足心里空……

　　　　（略思，放下笔，站起来）

众街坊　你何解不写哒啰？

文有章　写不得。

众街坊　文先生，文先生！

文有章　咯封信还是写不得——（接唱）

　　　　　　还是常言道得好，

　　　　　　"达人须知命，君子要安贫"，

　　　　　　我如此要官是枉读圣贤不正经。

　　　　　　一生道德山丘重，

　　　　　　二字功名草芥轻。

　　　　　　处世为人要守根本，

　　　　　　文有章要做清清白白、正正派派的读书人。

　　　　〔静场片刻。

郑大妈　（嘲讽地独自鼓掌）清白、正派、本分，宝气！文先生真是了不
　　　　起。不过毛主席的亲戚还是咯样天天在咯里摆摊子，住几间烂屋
　　　　子，经常饿肚子，过的是苦日子，那个媳妇收不收得进屋就难讲
　　　　哪……

郑玲玲　妈妈，你何解又扯到收媳妇去哒啰。给毛主席写不写信是文伯伯
　　　　他自己的事，他说不好，就不要勉强吧。

郑大妈　玲妹子，我只是一想到要你在文家吃苦，我做娘的脔心就痛哩。
　　　　（搭住胸口）哎哟，哎哟……

文汉成　爹，为了我和玲玲，你就给毛主席写封信啰。爹爹，我求求你……

郑大妈　各位街坊，文先生到底是不是毛主席的亲戚？何解连封信都怕

写得？

〔众街坊议论纷纷。

文有章　（生气）哪个讲我不是毛主席的亲戚？你要是咯样讲我就偏要写。

众街坊　写！

郑大妈　是的啰。我说你文先生还不如那目不识丁的王队长？就叫毛主席也封你一个缉查队长。

街坊甲　还缉查队长？起码要个缉查总队长。

街坊乙　总队长配得上文先生？我看起码要个局长。

〔众街坊议论纷纷。

文有章　莫争莫争，要个什么官我心中有数。

郑大妈　要个什么官？

文有章　省建设厅厅长。

张干部　你何解硬要当省建设厅厅长？

文有章　哈哈，此乃天机。磨墨！（摇头晃脑挥笔疾书，写好后将信笺装入信封，小心封好）

众街坊　（凑过来，念）"北京，中央人民政府，毛泽东主席大启。"

〔暗转。

## 五

〔北京香山。一幢别墅前的小院。

〔服务员端烟灰缸从内出。毛岸英拿信件等物上。

毛岸英　小吴——

服务员　嘘——轻点，主席正在休息。

毛岸英　怎么，他老人家又是通晚没睡？

服务员　你看，（示烟灰缸）这烟灰缸又装满了。

毛岸英　我这个主席父亲呀，抽烟恐怕也称得上全中国第一……

〔毛泽东从另一侧上。

毛泽东　啊，谁在背后讲我的俗话子？

服务员　主席，您刚才说什么？

　毛岸英　爸爸！

| 毛泽东 | 啊——我是讲背着别人讲坏话。用我们湖南的话来讲咧，就叫讲"俗话子"。 |
|---|---|
| 服务员 | 有意思。您真是乡音难改呀。 |
| 毛岸英 | 爸爸，平日听您说湖南话觉得蛮亲切的，可在开国大典上通过广播传出来，那就不敢恭维了。 |
| 毛泽东 | （笑了）我晓得湖南话难得懂，又不蛮好听，事先哪我就找了几个北方的同志帮我来纠正口音，哪晓得往天安门上一站心里一激动就什么都忘了。当时我想，要是我南腔北调、结结巴巴地发表讲话，那像什么样子？所以不管三七二十一，就向全世界宣布中华人民共和国中央人民政府今天成立了，湖南话就湖南话嘛…… |
| 毛岸英 | 爸爸，您想不想回湖南老家去看看？ |
| 毛泽东 | 当然想。美不美，家乡水；亲不亲，故乡人嘛。（感叹）唉，可如今是人在江湖，身不由己呀。 |
| 服务员 | 主席，我去给您冲杯咖啡。 |
| 毛泽东 | 不要不要，那洋东西我呷不惯，还是泡一杯家乡的绿茶呷起来过瘾些。 |
| 服务员 | 好。（下） |
| 毛泽东 | 岸英，你坐呀。这么早来我这儿，一定是有事吧？ |
| 毛岸英 | 外婆又来信了，还给您寄来了一样好东西。 |
| 毛泽东 | 什么好东西，快给我看看。 |
| 毛岸英 | 慢点，您先猜猜。 |
| 毛泽东 | 我们湖南有句俗话，叫做"岳母娘看见郎，忙得屁股都不沾床"。你外婆寄来的一定是我最喜欢的东西。咯到底是什么东西咧？（沉思片刻）猜不出，猜不出，你还是快告诉我算哒。 |
| 毛岸英 | 外婆亲自炒了一盒豆豉辣椒送给您。 |
| 毛泽东 | （揭开盒子）哈哈哈，妙哉，妙哉。（吃辣椒豆豉）来来来，岸英你也来尝尝。 |
| 毛岸英 | （小心翼翼地吃了一点点，辣得连连蹬脚呵气，大口喝茶）啧啧啧……这怎么能吃？就像吞下了一团火…… |
| 毛泽东 | 哈哈，就是咯种感觉过瘾。（拾起毛岸英掉在桌上的一粒豆豉丢 |

入口中）咯样好的美味佳肴莫糟蹋了……咯盒辣椒豆豉我得好好藏起来，要是让服务员知道了，她一报告，肯定没收我的。

**毛岸英** 哦，这里还有湖南来的一封信。

**毛泽东** 谁的？

**毛岸英** 信封上写的是表弟文有章。

**毛泽东** （思索，自语）表弟文有章……文有章……对，对对对，我是有这么一个老表。（十分高兴地）几十年没通音信，真是太好了！又找到了一位亲人，哈哈哈……岸英，亲人不怕多，多一个亲人就多一份感情的财富。你快给我念念信。

**毛岸英** （念信）"润之仁兄先生大鉴……"（蹙眉不语）

**毛泽东** 何解？往下念呀。

**毛岸英** （面有愧色）爸爸，这封信全都是之乎者也的文言文，又不打标点断句，我一下还真读不过来。

**毛泽东** （来了兴致）来来来，让我来看。

〔光渐暗，只有追光照着毛泽东父子。随着文有章的画外音，天幕上出现信的全文："润之仁兄先生大鉴：暌违风采，数十春秋。每忆丰标，无日不神驰左右也。兄本龙门俊品，凤阁仙才，丰神岳峙，气度渊澄，终成千秋伟业，人之至尊。自问庸愚，无所建白，学惭窥豹，业愧囊萤。然尘缘未了，俗冗纷来，望兄成全逾格，鼎力提携，赐荐省建设厅长一职，俾得枝栖有托，玉我以成。倘蒙俯允，自当启铭心版。湖南表弟文有章顿首。"

〔光渐明。

**毛岸英** 他真是您的表弟？

**毛泽东** 哈哈哈，货真价实。（沉浸在回忆之中）小时候我到外婆家去，就经常和他在一起玩咧！（唱）

儿时事件件桩桩涌心头，

梦中常在故乡游。

我与他勾肩搭背同玩耍，

别人说是一对"油盐坛子"性格相投。

林中爬树掏鸟蛋，

田里提灯照泥鳅；

捡几颗石子当棋下，

偷偷去河中打"浮泅"。

数十年岁月无情匆匆过，

到如今童年稚趣何处觅——只在心中留。

对文有章我的印象还蛮深刻。他在信中要我给他一个什么官？

**毛岸英** 建设厅长。他怎么能写信要官呢？

**毛泽东** 这也难怪，刚刚解放嘛，他还不明白中国共产党是绝不能像国民党一样搞裙带关系的。毛泽东就是毛泽东，毛泽东不是蒋介石。官他可以要，给不给那是我的事。毛遂自荐不也是千古美谈吗？他读书的时候还是蛮用功的，看咯封信也有些国学功底，而且又点名要当建设厅长，说不定有咯方面的专长。新中国刚成立，正要人干事，虽然是亲戚，只要他人品好，又真有本事，还是可以用的，这就叫举贤不避亲嘛。

**毛岸英** 那就请湖南的同志去了解一下情况吧。

**毛泽东** 咯样不好。一打招呼，湖南的同志就会引起重视，一些真实情况就难以搞清白。我看咯样，古有"察能授官"之说，你回一趟湖南，代表我去看看外婆和其他一些亲戚，包括我的这位老表在内，了解一下他的情况。

〔服务员端茶上。

**服务员** （似乎闻到什么气味，发现辣椒豆豉）主席，您违反纪律了。

**毛泽东** 小吴，这是岳母娘送给郎古子的特别礼物，你总要高抬贵手，手下留情。

**服务员** 主席，办公厅有规定，我要对您的身体负责……

**毛泽东** 身体？哈哈，我呷辣椒豆豉呷了几十年，从来没得过病。（小声地）再说吃辣椒革命性强，你不晓得吧？

**服务员** 真的？（把手一挥）那就特殊一次吧，不过下不为例。

**毛泽东** （双手一拱）谢谢，毛泽东这厢有礼了。

〔三人同时大笑。

〔暗转。

# 六

〔文有章家堂屋。

〔文有章躺在摇椅上悠闲抽烟。

〔文大嫂气呼呼地执代写书信的招牌上。

文大嫂　（唱）黄天白日太阳高，

　　　　　　　你悠闲自在躺在家中把二郎腿子跷。

　　　　　　　你可知，无钱买油买小菜，

　　　　　　　桶中只剩米一瓢。

　　　　　　　快去摆摊把钱赚，

　　　　　　　家中是捏哒粑粑要火烧。

　　　　（欲拉文有章起来）

文有章　莫拖，莫拖。如今我好歹是个有身份的角色，你是咯样拖来拖去别人看哒像么子样子。你总得给我留点面子哟。

文大嫂　（强忍着泪水）面子面子，你顾了面子，可拿什么过日子？你去不去？

文有章　（无奈地拿起招牌）好，好。好男不同女斗，我去，我去。（欲下）

〔郑大妈从另一侧上。

郑大妈　亲家母，我想只要毛主席的圣旨一到，就把汉成与玲玲的婚事办了，来个双喜临门要得不？

文有章　好，好。

郑大妈　哎，亲家你这是要到哪里去？（见文有章拿着招牌示意）那我就要麻起胆子批评你两句，你是毛主席的亲戚，有格不摆，摆什么摊子啰。

文有章　我也晓得咧，可是她……

郑大妈　（对文大嫂）亲家母，亲家公如今是大角色，是要注意影响。莫急，好日子就要来了，到时候你要什么就有什么。

文有章　婆婆子呀，只要毛主席接到我的信，钦赐我一个厅长，日子就会好过了。（对手中的招牌）老伙计，如今两个山字打叠，只好要把你（吟唱）丢出门啰……

〔文有章将招牌朝外一丢，正扔在上场的毛岸英身上。

**毛岸英** （接住招牌）请问文有章先生是住在这里吧？

**郑大妈** 咯就是文厅长的府上。

**文有章** （对郑大妈）八字还没一撇讲什么厅长啰。（对毛岸英）在下就是文有章。

**毛岸英** 啊，字写得这样好，丢了可惜呀！送给我行不行？

**文有章** 你喜欢呀？只要干部看得起，拿去就是。

**文大嫂** （赶紧夺过招牌收好）不行不行，咯是我一家吃饭的本钱……

**文有章** （无可奈何地摇头）真是妇人之见。（对毛岸英）干部贵姓？

**毛岸英** 免贵姓毛。（将文有章拉至中堂坐下）您请坐！（唱）

恭恭敬敬一鞠躬，

再奉上礼品两个纸封。

**文有章** （唱）文某无功不受禄，

非亲非故，萍水相逢，

你行此大礼为何因？

**毛岸英** （唱）我是代表父亲来看你，

祝表叔贵体康泰福满门。

**文有章** （唱）云里雾里我不清白，

你父亲是哪个？你又是何人？

**毛岸英** （唱）家父便是毛主席，

我是你的表侄叫岸英。

〔宛若晴天霹雳，文有章、文大嫂和郑大妈都惊呆了。

**郑大妈** （清醒，扑通一声跪下）太子驾到……（躲开毛岸英要拉她的手，突然跳起来跑到门口看了看，转对毛岸英）骗子，呸，你咯个伢子胆子不细呀，竟敢冒充毛主席的公子……亲家公，太子出行，至少有几十百把个跟班几台子乌龟车吧？你看外头啰，冷清得打得鬼死。我倒要看看送的咯两个纸封子里是些什么人参燕窝……（打开纸封）嗬哟，一斤桃酥，一斤油炸麻花，咯东西也拿得出手呀？走，跟我到公安局去……

**文有章** （拦住郑大妈，对毛岸英）年轻人，看你眉清目秀、一表人才，按道理你要学好才是，不要在外头招摇撞骗……

毛岸英　表叔，我没有骗您。您听我讲得对不对——（唱）

　　　　　　老家韶山好风光，

　　　　　　父亲的外婆就在湘乡。

　　　　　　我母亲名叫杨开慧，

　　　　　　为革命早牺牲葬在板仓。

　　　　　　你与我父亲一起长大，

　　　　　　同上学同玩耍情深谊长……

文有章　（激动地对文大嫂）婆婆子，他真的是我老表的崽哩……（一把紧紧抱住毛岸英）

郑大妈　（忙过来拉文有章）成何体统？太子荣归，快行大礼。（又欲跪）

毛岸英　（急拦）要不得，要不得。我爸爸他不是皇帝，他是人民的公仆。（拉住文有章和文大嫂，亲亲热热地）表叔、表婶，你们就叫我岸英，或者叫小毛伢子吧。

郑大妈　岸……小……嘿嘿，首长！

毛岸英　不要叫首长！

郑大妈　好，我自我介绍啰，我姓郑，我是他们的亲家。

文有章　请坐，请坐。

〔毛岸英坐下，众人仍恭敬地站着。

毛岸英　哎，我不坐，你们长辈都站着，我怎么能坐，那我也站着吧。

文有章　好，好，都坐，都坐。

文有章　婆婆子，快去杀鸡称肉……

文大嫂　（面有难色）咯……

毛岸英　不要客气。美不美，家乡水，喝一杯茶就可以了。

文大嫂　好，我帮你去倒。

毛岸英　（四顾）表叔，看样子你的生活蛮清苦呀。

文有章　惭愧，惭愧！

毛岸英　表叔在家里做点什么事？

文大嫂　过去摆个代写书信的摊子，可是现在连摊子也不摆了……

毛岸英　表叔，既然家里生活有困难，为什么不摆摊子了呢？

文有章　摆个摊子确也能挣几个钱养家糊口，不过如今我就不便再摆哒。

　　　　毛主席的亲戚如果还在街头替人捉刀代笔，咯不丢人现眼？要是你父亲晓得哒，那不骂我一顿饱的才怪。

**毛岸英** 我看我父亲他不会骂您的。自食其力、自力更生这样好嘛。其实他老人家最喜欢的就是劳动人民。

**郑大妈** 首长，毛主席即算不骂，心里也会不高兴的。

**毛岸英** 请不要叫首长，您也是长辈，叫我岸英吧。

**郑大妈** （高兴地）那就恭敬不如从命。首长，岸英……公子，我亲家的困难只是暂时的，他向毛主席写了信，毛主席就要派他当厅长哒。

**毛岸英** 啊——（对郑大妈）您怎么知道我父亲会委派表叔当厅长呢？

**郑大妈** 毛主席是文先生的嫡亲老表。

**文有章** 岸英，其实当不当官我倒是无所谓。不过我跟你父亲是从小一起长大，私交甚深，他又是一个特别重情义的人，我想略点面子他是会给我的。当个厅长应该没问题吧？

**郑大妈** 你看文厅长就是咯样心虚……

**毛岸英** 是虚心吧？

**郑大妈** 是虚心哩。莫说厅长，凭毛主席咯块天牌我亲家就是省长、部长也当得。

**文有章** 当不得当不得。人贵有自知之明，讲实在的，有没有本事当好厅长我都没有把握。

**毛岸英** （笑起来）是呀，要当好共产党的官也是不容易。不知道表叔晓不晓得共产党的官是为人民服务的。

**文有章** （感到新鲜）啊——为人民服务呀？咯倒是头一次听哒讲。

**郑大妈** 亲家，为人民服务咯是讲那些小干部听的。你看张干部哪天不是为我们老百姓的柴米油盐东奔西跑忙得一塌糊涂？我看到了厅长咯大的官，那就应该是人民为你服务。首长喝茶！

**毛岸英** 这可不是什么官大官小的问题，共产党人都应该这样。

**郑大妈** 请问岸英公子，你在哪里发财？

**毛岸英** （不解地）发财？

**文大嫂** 咯是湖南土话，就是问你在哪里做官。

**毛岸英** 我不是什么官。从苏联留学回来，我就到陕北农村当农民，后来又去搞土改，现在在北京一家工厂里当工人。

**郑大妈** 哎呀，深藏不露，高！高！

毛岸英　不知表叔准备当个什么厅长？

郑大妈　建设厅长。

毛岸英　这么说表叔一定是建设方面的专家，是长于房屋桥梁建筑？

文有章　嘻嘻，非也。

毛岸英　那么就是长于水利建设？

文有章　也不是。实话告诉你，我对建设事业是一窍不通。

毛岸英　啊……那为什么点名要当建设厅长呢？

文有章　（唱）去年腊月正寒冬，

　　　　　　　为借米我顶风冒雨出家门。

　　　　　　　突然间一辆小车左弯右拐对着我冲——

　　　　　　　将我绊倒在地难起身。

　　　　　　　司机伸出头，喝得醉醺醺，

　　　　　　　骂我瞎哒眼睛，

　　　　　　　我据理与他争。

　　　　　　　这时候下来一个瘦猴精，

　　　　　　　不问情由几个耳光打得我发黑眼晕。

　　　　　　　我趴在地下高声喊：

　　　　　　　"欺人太甚我要到法院告你们。"

　　　　　　　他趾高气扬带冷笑——

　　　　　他说："你去告吧，你就说被告是省建设厅厅长。你要是告倒了
　　　　　我，我到德国去摆酒席请你坐上头。"（接唱）

　　　　　　　我只能打脱牙齿往肚里吞，

　　　　　　　你们看气人不气人？

　　　　　　　运去金成铁，时来铁变金，

　　　　　　　到如今我的老表当了主席，

　　　　　　　我便要当个建设厅长出口恶气，摆摆威风。

毛岸英　原来如此，有意思……

郑大妈　岸英公子等你回京以后，请你在毛主席面前多为你表叔美言几句。

毛岸英　（思忖）放心吧，我一定会把实际情况告诉我父亲。哦，表叔，
　　　　　我要走了。表婶，我这里有些钱，您拿去买些米和油。要相信新
　　　　　中国成立以后，我们的日子会越来越好过的。

| | |
|---|---|
| 文有章 | 只等你父亲把我的问题解决了，我一定到北京登门拜访。 |
| 毛岸英 | 要当好共产党的官，看起来我们大家都要加强学习……况且新中国才成立，新中国和旧中国不一样了。我走了，您多多保重身体。（下） |
| 文有章 | 不一样呀。 |
| | 〔众街坊上。 |
| 街坊甲 | 文先生，听说毛主席的公子来看望你了。 |
| 郑大妈 | 是的啰，我还跟他讲了好多的话咧。 |
| 街坊乙 | 毛主席的公子都来看你了，你这个厅长硬会当得成咧。 |
| 文有章 | 那还不一定咧，这个官呀，还不晓得当不当得成咧。 |
| 郑大妈 | 咧！亲家你又心虚啰，你们没有看到咧，毛公子对文厅长好恭敬的咧，一口一声表叔，喊得浸甜的，特别的亲热。我看你就放一百二十个心，在屋里静候佳音，等哒上任。 |
| 文有章 | 岸英对我亲倒是蛮亲热，不过他讲呀，新中国和旧中国不一样呀，他还说"要当好共产党的官，那还要加强学习学习"…… |
| 郑大妈 | 有些话毛公子当然不能直说，"要当好共产党的官"这句话就大有文章，其实他是拐个弯告诉你，这厅长就是你的，如果不要你当官，还要你加强学习干什么？大家说对不？ |
| 众街坊 | 对！ |
| 文有章 | 听你咯一讲，也有道理。 |
| 郑大妈 | 亲家，你当不得官还有谁当得官？我再问你啰，毛主席手下的干部总是成千上万吧？ |
| 文有章 | 那有。 |
| 郑大妈 | 别人可以当官，你是毛主席的嫡亲的老表又为什么当不得呢？ |
| 众街坊 | 是呀！ |
| 文有章 | 如果真要我当，我就担心自己当不像嘞。 |
| 郑大妈 | 当得像的。不信？你走几步试下子啰！ |
| | 〔文有章认真地走了几步。 |
| 郑大妈 | 不行，不行，轻飘飘的，没官架子。再来，多走几回就习惯了。 |
| 文有章 | 还走呀？ |
| 文大嫂 | 文有章，你少在这里发宝气啰。（气，进屋） |

街坊乙 （将文有章拉至一旁）文厅长，我家祖屋那件官司到时候只怕还要请你打一下子招呼……

街坊甲 （也来拉文有章）文厅长，我舅子是泥水匠，以后有工程还要请你多多照顾……

街坊乙 （也来拉文有章）今后要麻烦你多关照，多提携……

郑大妈 （将众人推开）你们都莫吵。文厅长上任的第一件事就是为汉成和玲玲安排一个好工作。亲家公，你的崽和媳妇暂时当不得大官，你放他们一个小官也要得……

〔众人又来拉扯文有章。

文有章 （神情痛苦地抱头）哎哟，我脑壳又痛起来了！

郑大妈 都回去，让文厅长休息休息。

文大嫂 （出屋）文章，你！

文有章 我的脑壳痛咧！

文大嫂 你看你看，还没当官就喊脑壳痛、脑壳痛。老倌子哎，你是个爱清静的人，你又何是当得官啰。老倌子，你几十岁了从没当官不也过得蛮好，我看你呀就莫想那件事了……

文有章 莫想莫想，跟你又何是讲得清啰。

文大嫂 老倌子呀！（唱）

　　　　　看世上人来人往如穿梭，

　　　　　毕竟是当官的少来百姓多。

　　　　　做了官也只是穿衣吃饭把日子过，

　　　　　老百姓同样吃饭穿衣过生活。

　　　　　当官的未必没有皱眉日，

　　　　　老百姓有时也会笑呵呵。

　　　　　一棵草总有一粒露水养，

　　　　　你要看得清，你要想得通，切莫烦恼把自己磨。

文有章 其实这做官也不是好玩的。常言道得好，宦海浮沉常，江湖秋水多嘛。"志不当官梦亦闲"，不要我当官我就不当哩。

文大嫂 是嘛，男子汉大丈夫就是要拿得起，放得下。

文有章 哎，肚子有点饿哒呀。

文大嫂 我跟你去煮蛋呷。

**文有章**　老表呀，我到底该怎么办呀？

〔男声独唱：

"知我者谓我心忧，

不知我者谓我何求……"

〔暗转。

七

〔文有章家堂屋。

〔文汉成与郑玲玲欢快地上。

**文汉成**　（唱）人望幸福树望春，

**郑玲玲**　（唱）领到了结婚证书红彤彤。

**文汉成**
**郑玲玲**　（唱）喜滋滋回家来把佳音报——（扭起秧歌）

〔幕内传来锣鼓声及张干部兴奋的喊声："文先生，北京来信哒！"

**文汉成**
**郑玲玲**　（接唱）咯真是过年又碰哒讨堂客——双喜临门。

〔张干部、郑大妈等人上。

**张干部**　（让自己平静了一下，提高声音）文先生，请接北京毛主席的来信。

**郑大妈**　掸尘！

〔一女街坊给文先生掸尘。

**郑大妈**　净手！

**文有章**　（念）"文有章先生启。北京毛寄。"（将信贴于胸前，感慨万分地）来哒，终于来哒。

**郑大妈**　张干部，放不放鞭炮？

**张干部**　等文先生念完信再放。文先生，拆信吧。

**文有章**　（欲拆信又停）我想请大家猜一猜，毛主席到底是让我当官还是不要我当官？

**众街坊**　（异口同声地）肯定是要你当官。

**文有章**　（淡淡一笑）只怕你们都猜错了啰。

郑大妈　　不可能。亲家公，到了咯时候你何解还咯样心虚啰。

街坊甲　　文先生，我们打个赌？你要是当不成官，我就送三斤好酒给你喝。你要是当上了官，就摆酒席请我们吃一餐，大家来祝贺你高升，热闹热闹。

文有章　　好，君子一言，驷马难追。（小心将信封启开，抽出信慢慢展开）啊，这不是毛主席写的。

众　人　　（一惊）是谁写的？

文有章　　岸英，我的大表侄。

张干部　　岸英写的也一样，文先生念信。

〔文有章开始读信，众皆肃立。光渐暗，只有追光照着文有章。

〔随着毛岸英的画外音，天幕上出现信的全文——

"有章表叔：

　　　　您在给父亲的信中提到赐荐省建设厅长一事。我想告诉您，这种一步登高的做官思想已经极端落后了，而以通过我父亲即能'上任'，更是要不得的想法。翻身是广大群众的翻身，不是个别人的翻身。共产党之所以不同于国民党，毛泽东之所以不同于蒋介石，除了其他更基本的原因以外，正在于此。少数人统治多数人的时代已经一去不复返，靠自己的劳动和才能吃饭的时代已经来临了。共产党不是没有人情，这便是对人民的无限热爱，其中包括自己的父母子女亲戚在内。但如果这种特别感情超出了私人范围并与人民的利益相抵触时，共产党是坚决站在后者方面的。父亲嘱咐我向您问好，并寄上三百元聊补家用。有不周之处望谅，并祝您健康。

岸英上"

〔光渐明。众皆惊愕静默。

文有章　　（缓缓解下头帕，突然在桌上重重一拍）妈妈的……不一样，就是不一样！（声音由弱到强、由低到高地笑起来）哈哈哈……

张干部　　文先生——你没事吧？

文有章　　（仍旧大笑）当然没事，脑壳都不痛哒……哈哈，你输了，你们都输了，拿酒来！哈哈……

街坊甲　　好，我就去买酒。（急下）

郑大妈　亲家，你不是常说命里有来终须有，命里无来莫强求，咯湘江河里没盖盖，厨房里的菜刀又磨蛮快，你不会去……

文有章　哈哈，笑哒话咧。新中国刚成立，好日子才开始，我可舍不得去死。

　〔街坊甲抱一坛酒上。

街坊甲　文先生，酒来哒。

文有章　老表，这是好酒，我先给你敬上一杯！（倒了一杯酒，对着毛主席像，唱）

　　　　虽说我厅长当不成，

　　　　却犹如鸟入丛林、鱼归大海一身自在好轻松。

　　　　脑壳从此不会痛，

　　　　还让我赢得了好酒足三斤。

　　　　其实我是流水下滩非有意，

　　　　白云出岫本无心。

　　　　这真是相知相识满天下，

　　　　唯你对我最知情。

　　　　要知己知彼，将心比心，

　　　　我何德何能要当厅长？

　　　　羞愧难当脸通红。

　　　　看似"得罪"我一个——

众　人　（唱）实能赢得万民心。

　　　　由此看共产党的江山一定坐得稳，

　　　　难怪毛主席开天辟地建立新中国能成功。

文有章　（唱）饱读诗书懂情理，

　　　　不去当官我想得通。

郑大妈　看样子，你这个官当不成了啰？

文有章　不当哒，不当哒。哎，那我们两家的亲家……

郑大妈　哎呀，我又不是细伢子，你是毛主席的亲戚，那我就是毛主席亲戚的亲戚。

文有章　婆婆子，赶快帮我把招牌拿来，我要到街上重新开业，自食其力。再说，咯也是为人民服务哟。

众　人　好！

〔在欢快的音乐中，众人围着文有章，文有章手执布招牌精神抖擞下。众人热烈鼓掌。

〔幕后合唱：

"穿上新衣好精神，

重执招牌出了门。

毛主席的表弟听毛主席的话，

自食其力为人民。"

〔幕闭。

——剧　终

《老表轶事》由湖南省花鼓戏剧院2002年11月首演，导演谢平安、何艺光、童晓阳，主要演员有周回生、谢晓君、龙兰湘等。剧目获第十一届文华奖，入选2007—2008年度国家舞台艺术精品工程、中宣部第十届精神文明建设"五个一工程"。

## 作者简介

彭铁森　男，1948年出生，中国作家协会会员、中国戏剧家协会会员、中国电视家协会会员。代表作品有《秋天的花鼓》（合作）、《老表轶事》（合作）、《走进阳光》《我叫马翠花》《瓜子红》。

赵凤凯　男，1948年出生，一级编剧。代表作品有《两张图纸》《风暴过洞庭》《酒醉英雄》《水乡锣鼓》《秋天的花鼓》（合作）、《老表轶事》（合作）、《耀邦回乡》。

· 粤 剧 ·

# 驼哥的旗

刘云程　郑继锋　萧柱荣

关注小人物的生存状态。只有小人物的觉醒，才是全民族的最终觉醒。

——作者题记

时　间　抗日战争时期的相持阶段。

地　点　岭南地区的某路口。

人　物　驼　哥——男，三十岁左右。

　　　　金　兰——二十岁左右，后与驼哥婚配。

　　　　赵大朋——二十五岁左右，东江纵队小队长，金兰的表哥，与金
　　　　　　　　　兰曾有恋情。

　　　　季维成——男，三十岁左右，蒋军连长，赵大朋的同学。

　　　　胡建国——男，三十岁左右，日伪军连长。

　　　　龟　田——男，四十岁左右，日本侵华军少佐。

　　　　小　春——男，十四岁左右，孤儿。

　　　　小　秋——十岁左右，小春的妹妹。

　　　　赵　母——五十岁左右，赵大朋的妈妈。

　　　　东江纵队战士、蒋军兵卒、日伪军士兵、百姓若干人。

# 第一单元

〔幕启。

〔日暮。晚霞斜照，山林尽染。幽静中有草虫鸣和。驼哥饭店门
前挂着灯箱招牌。驼哥坐在吊脚凳上自嘲自娱地拉着南胡。

驼　哥　（唱【南音】）

　　　　　身材矮，背如锅，

　　　　　从小生下是驼驼。

　　　　　爹娘教我应知短，

　　　　　遇事忍让避风波。

　　　　　好似灶膛泼湿熄了火，

　　　　　忍来忍去背更驼……

〔天色渐暗。

〔突然枪响，一颗流弹击中灯箱，灯破灭。舞台光暗淡，飞舞着流弹的火光。驼哥一个跟头从高脚吊凳上摔下，矮步绕场一圈，入店内，半掩门窥视。

〔枪声益紧，蒋军败退上。一颗炮弹打在远景的房片上，房塌。

〔蒋军与日伪军继续交战。日伪方火力愈打愈猛。蒋军招架不住，一人倒地。青天白日旗被打飞。

**蒋军甲** （对季维成）季连长，不能再打了！

**季维成** （咬咬牙）打！

〔又有一颗炮弹爆炸，数名蒋军兵卒伤亡。

**蒋军甲** （哭喊）季连长，再打下去，我们就完了！

**季维成** （咬咬牙）妈的！大丈夫报仇，十年不晚。撤！

**蒋军甲** （对兵卒）撤！

〔蒋军边打边退下。

〔日伪军追百姓上。小春、小秋亦在其中。暗淡的灯光中，小春、小秋的父亲被杀。

**小春秋** （哭喊）阿爸！（欲扑向前）

〔日军举膏药旗挡住小秋与小春。小秋惊恐。小春拉小秋下。

**日伪军** （大笑）哈哈哈……（追下）

〔赵大朋、金兰和赵母上。枪声再起，赵母中弹。

**赵大朋** （哭喊）妈——

**金兰** （哭喊）姨妈——

〔赵母无力地将手镯摘下交与金兰，示意作为金兰与赵大朋的订婚礼，闭目。

**赵大朋** （哭喊）妈！

**金兰** （哭喊）姨妈！

〔枪声益紧。赵大朋抱母亲尸体下。

〔金兰欲下，被日伪军堵住。日军士兵调戏金兰，金兰反抗无力，高声呼救。赵大朋上，与日伪军搏斗。

〔胡建国上，对赵大朋开了一枪。

**赵大朋** （负伤，对金兰）表妹，你快逃！

〔金兰逃下。

〔赵大朋跳入东江。

〔胡建国追至江边，连射数枪。

〔日伪军内叫："龟田少佐到！"

〔龟田上。

胡建国　报告太君，国民军已被全部击退。

龟　田　（似褒奖又似嘲弄地）嘿嘿，胡连长，你的大大的了不起，大大的了不起呀！

胡建国　（连连躬身）太君过奖。

〔伪军甲上。

伪军甲　（对胡建国）报告连长，前面有一家路边店！

胡建国　（不假思索）烧！

〔伪军甲欲下。

龟　田　（摆手制止）慢！（示意部分日伪军去周边警戒，对胡建国）路边店的开路！

胡建国　是！

〔驼哥赶紧入店房，取包裹出门欲逃。胡建国逮住驼哥。驼哥晕倒。

龟　田　（对胡建国）嗯！他怎样？

胡建国　（抓起驼哥）报告太君，他吓晕了。

龟　田　给他几粒仁丹吃，压压惊。

驼　哥　（醒来，站起来，站直）你们是？

胡建国　皇军。

龟　田　你背上是什么？

驼　哥　没什么。

龟　田　没什么？为何你背上有东西？

驼　哥　我是驼背。

龟　田　假的？

驼　哥　真的。

龟　田　假的？

驼　哥　真的。

400　　龟　田　检查。

胡建国　（认真检查）报告，是真的。

龟　田　（舒了口气）嘿嘿，驼背的好！驼背的，没有骨头的大大的好！

驼　哥　（忙辩解）我有骨头，我有骨头。

龟　田　读过书吗？

驼　哥　没读过。

龟　田　知道什么是炎黄吗？

驼　哥　知……知道，盐（炎）就是吃的盐。

龟　田　（笑）那么黄呢？

驼　哥　黄（皇）不就是你们皇军吗？

龟　田　（蔑视地大笑）哈哈哈……（拍拍驼哥肩膀）中国人个个都像你就好了！你的愿和我们帝国共荣吗？

驼　哥　（仰视胡建国）他说什么？我听不懂。

胡建国　太君说的帝国，就是日本大帝国，共荣就是与日本大帝国一起过好日子。

驼　哥　一起过好日子，不杀我？

胡建国　可以不杀。

驼　哥　那我愿意共荣，愿意共荣！

龟　田　不过，共荣的，是有条件的。

驼　哥　什……什么条件？

龟　田　第一条，你要挂起太阳旗。

胡建国　笑脸迎皇军。（递膏药旗）

驼　哥　（接过，有意将膏药旗朝下）明白，明白。欢迎，欢迎……

龟　田　（示意）你的，不是这样！

胡建国　（猛拉驼哥的手）要这样！

驼　哥　（又摇旗）欢迎，欢迎。（随之将膏药旗擦手）

龟　田　嗯——

驼　哥　（赔笑）啊，我是开饭店的，习惯了，习惯了。（将膏药旗塞进口袋）

龟　田　第二条，国军、共军来打听——

胡建国　皇军的行踪，不准吐露半分。

驼　哥　叫我装聋扮哑？

龟　田　嗯。

驼　哥　做得到，这我做得到。

龟　田　第三条，过往行人，你的要多留意。

胡建国　若有疑点及时送信报皇军。

驼　哥　又叫我别装聋扮哑？刚才叫我装聋扮哑……

胡建国　怎么，你做不到吗？（唱【滚花】）

　　　　　做不到你就休想活命！

　　　　　砍你的头，剥你的皮，送你入鬼门关！

〔胡建国刷地拔出军刀，日伪军亦将军刀拔出，同时架在驼哥脖子上。

驼　哥　（唱【散板】）

　　　　　钢刀架颈寒光闪，

　　　　　前是悬崖后是渊！

　　　　　我若不允他条件，

　　　　　杀头剖肚在眼前；

　　　　　我若允了他条件，

　　　　　愧对乡亲与祖先。

〔幕后伴唱【新曲】：

　　　　　"国虚弱，民遭难，

　　　　　驼哥投石砸不了天！"

驼　哥　（唱【中板】）

　　　　　口不对心念经骗鬼暂敷衍，

　　　　　随机应变送走瘟神求保全。

胡建国　怎样？

驼　哥　太君，你这么看得起我，我怎敢不听你的。你要怎办就怎办。

龟　田　好，你的答应的好。从现在起，你的我的就是朋友了。（摘下白手套，要与驼哥握手）

驼　哥　（拱手）我们中国人习惯这个。

龟　田　我走了。

驼　哥　（惊恐）是是。欢迎……

　龟　田　（转对日伪军）开路！（与胡建国、日伪军下）

驼　哥　呸！（唱【七字清中板】）

世人莫笑我软骨头，

鬼子面前蔫了头。

两头只能顾一头，

鸡蛋怎能碰石头。

忍气吞声为保头，

早有先例在前头。

杨志卖刀不低头，

上了梁山吃苦头。

我驼哥，强压怒火在心头，

总有一日熬出头！

（欲下，发现蒋军扔下的青天白日旗，拾起，与膏药旗对比）唉！

（入店）

〔日泻清晖。山野复归于寂静。金兰丧魂失魄上。

金　兰　（唱【反线二黄首板】）

血染江流哥丧命——

（唱【反线二黄序】）

你是山上一棵松，

我如松边一根藤。

你是天上月一轮，

我如月边一颗星。

（唱【反线二黄】）

自幼少，你我就是形随影。

（唱【乙反二黄】）

如今松倒月已蚀，

留下枯藤与残星。

金兰愿随表哥去，

了却恩爱一世情。

（哭喊）表哥——我来了！（纵身欲跳东江）

驼　哥　（冲出，挡住）呃，姑娘，不能跳江，不能跳江！

金　兰　你——你是什么人？

驼　哥　我是驼哥饭店的主人。

金　兰　为什么不让我跳江？表哥！（纵身欲跳东江）

驼　哥　不能跳水。

金　兰　（凝视，突然大声地）为什么拦住我！

驼　哥　唉，姑娘呀，你这么年轻，又是靓女，跳江死不是太可惜了吗？（只好用激将法）姑娘，你这么靓女都要跳水死，我这样的人活着还有什么意思哟！（见金兰不语，便虚张声势地）不如我死先，我跳江了！我投水了！

金　兰　（下意识地）呃呃，你也不能跳江！

驼　哥　（窃喜）为什么？

金　兰　你在我面前跳江，我能见死不救吗？

驼　哥　（得理反问）是呀，那你在我面前跳江，我能见死不救吗？

金　兰　（顿了一会儿）大哥，我和你不一样啊！

驼　哥　是不一样，你长得太靓，我长得太丑了。

金　兰　不不不，不是这个意思。我是说——你好歹还有个饭店，我没有了家，没有了亲人，什么都没有了哇！（哭）

驼　哥　唉！姑娘！（唱【无锡景】）

　　　　这年头大家都受折磨，

　　　　还分什么你和我。

　　　　莫轻生，苦难的日子撑着过。

金　兰　（唱【反线中板】）

　　　　撑着过，大小也得有个窝。

　　　　表哥他已经离开我，

　　　　父母双亡葬荒坡。

　　　　姨表两家只剩下一个我，

　　　　居无所，食无粮，

　　　　今后的日子没奈何。

驼　哥　（唱【反线七字清】）

　　　　说什么食无粮，居无所，

　　　　驼哥我仗义讲人和。

　　　　只要不嫌小店破，

就请进去度坎坷。

我有一钵汤，你饮过后才到我。

我有一碗饭，分成两份我吃少来你吃多。

怎么啦？我看你又累又饿了，入去吃点东西啦。进来吧！（领金兰进店）坐，你坐。（递上饭碗）先喝碗粥。

金　兰　（迟疑一会儿）那——阿嫂呢？

驼　哥　先喝碗粥吧！

　　　　〔金兰接过碗喝粥。

驼　哥　好喝吗？

金　兰　好喝，香。

驼　哥　就是嘛，还是活着好啊，要是你投江死了，这粥不就喝不到了吗？

金　兰　大哥，阿嫂呢？

　　　　〔驼哥百感交集，取南胡坐下拉，胡声哀怨凄凉。

金　兰　（奇怪）阿嫂呢？

驼　哥　（苦笑）这南胡就是你阿嫂。我心里有什么话，也只有跟它说。

金　兰　（惊）啊?! 大哥，谢谢你，我走了！（欲下）

驼　哥　姑娘，你不是说无路可走了吗？

　　　　〔金兰痛哭。

驼　哥　姑娘，你不要哭了。（唱【十字清中板】）

　　　　　　驼哥我只为救人如救火，

　　　　　　姑娘你实在不必再心多。

　　　　　　留店中我供你淡饭粗茶免饥饿，

　　　　　　你帮我洗洗碗筷刷刷锅。

　　　　（唱【七字清】）

　　　　　　相厮相守无乱错，

　　　　　　胸有汉界与楚河。

　　　　　　阿妹若是肯赏脸——

　　　　（唱【滚花】）

　　　　　　就把我当你的亲哥哥。

　　　　〔金兰无语。

驼　哥　将就将就吧！你也累了，睡觉吧。

405

金　兰　（四顾）睡觉？怎么睡？

驼　哥　你不要误会，我是叫你自己去房里睡。

金　兰　那你呢？

驼　哥　我睡店堂。

金　兰　就只隔着一张布帘啦？

驼　哥　那……那我就睡到店外。

金　兰　这跟外人还是说不清楚啊！

驼　哥　唉，姑娘呀！这个世道，什么事能说得清楚啊！只要我清楚你清
　　　　楚就行了。

　　　　〔光暗。


# 第二单元


　　　　〔三个月后。午夜。驼哥饭店内。远处时有闪光。

　　　　〔光起。驼哥烦躁不安地睡在木板上，受着蚊虫叮咬。

　　　　〔远处响起枪声。驼哥赶忙拿膏药旗挥舞。

　　　　〔枪声停息。

驼　哥　（放下膏药旗）一场虚惊！睡觉吧。

　　　　〔远处电闪和闷雷。

驼　哥　（拍打蚊虫）睡不着呀！（唱【二黄慢板】）

　　　　　　夜沉沉，三更过，

　　　　　　又馋又躁，我如蚂蚁爬热锅。

　　　　　　金兰她，进店三月洗菜劈柴又烧火，

　　　　　　却是脸上无笑话不多。

　　　　　　我虽然汉界楚河划得清清楚楚，

　　　　　　可心中总是痒爬爬，爬爬痒，

　　　　　　痒痒爬爬，爬爬痒痒，

　　　　　　常做梦跨过汉界与楚河。

　　　　　　我已是三十多岁的大男人啦！

　　　　（唱【爽二黄】）

　　　　　　是男人，哪能没有情与火？

　　　　更何况靓女就在身边，

　　　　我怎能不动心思像佛陀。

　　　　几番欲说，话到嘴边舌又阻，

　　　　吐不出，吞不下，夜夜门外受折磨。

　　唉，我想到哪里去了？睡觉吧！（躺下）

　　〔雷声起，风雨骤至。

驼　哥　（再爬起）啊？下雨了！

　　〔金兰惊，爬起，只穿着内衣。

金　兰　（唱【二黄首板】）

　　　　雷震耳！

驼　哥　（唱）雨淋头！

金　兰　他……（唱）

　　　　还有半夜——怎么过？

驼　哥　我——

　　〔金兰点灯。

驼　哥　（唱【采花词】）

　　　　店里边，金兰终于亮灯火；

金　兰　（唱）店门外，只怕淋坏了我……他驼哥！

驼　哥　（唱）我欲敲门，手又缩，

金　兰　（唱）我欲开门，脚后挪。

驼　哥　（唱【七字清中板】）

　　　　她若有心，定会开门来叫我。

金　兰　（唱【七字清中板】）

　　　　他被雨淋，自会敲门入寮窝。

　　〔雨越下越大。一声炸雷吓得驼哥抱头惊叫。金兰慌乱地急取雨
　　伞走出，将伞罩在驼哥头上。

驼　哥　啊！不下雨了？

金　兰　还在下着呢！

驼　哥　（回身见金兰，大喜，又故作吃惊地）哎呀！你怎么出来了？

　　〔金兰不语，将雨伞偏向驼哥一边。

驼　哥　看你，衣服都淋湿了。（推伞）

金　兰　（又将伞偏过去）你不也淋湿了吗?

驼　哥　（推金兰）快进店。

金　兰　不! 要进，我俩一起进。

驼　哥　（暗喜）我俩一起进? 你不是说过，怕跟外人说不清楚吗?

金　兰　你不也说过，只要你清楚、我清楚，就行了嘛。（将雨伞偏向驼
　　　　哥一边）

〔二人贴近。

〔幕后伴唱【新曲】:

"面对面，身贴身，

一把伞下两个人。

电闪雷鸣天作美，

此时唯闻心跳声。"

金　兰　雨停了。

驼　哥　（背白）怎么不多下一会儿!

〔枪声突响。

金　兰　（扑向驼哥）我怕!

驼　哥　（搂着金兰）别怕! 别怕!

〔枪声渐渐远去。

金　兰　走了!

驼　哥　走远了!

〔驼哥忽然意识到抱着金兰，立即松开手，金兰也赶忙后退。

驼　哥　我不是有意的，我不是有意的!

〔金兰羞涩地低下头。

驼　哥　（发现金兰的内衣被雨淋湿，赶忙捂住双眼）啊!

〔金兰自视，惊惶地向内房跑去。

驼　哥　我没看见，我没看见!（见金兰进房，又乐了）我全都看见了!
　　　　（唱【新曲】）

今晚夜驼哥行了个大运，

好事不断连连发生。

先是做了个花好月圆梦，

后来又与金兰共打一伞亲呀亲又亲。

刚才她薄衫湿透现出了真风景，

我是第一回真真切切、切切真真看到了女儿身！

莫非她……别乱想，

稳稳神，收收心，

揭早了锅盖饭要夹生。

金　兰　（换衣走出）驼哥，你的衣服也湿了，去换件干的吧。

驼　哥　不用，很快就干。

金　兰　小心着凉。

驼　哥　不怕，我心里热乎着哩！（打了一个喷嚏）

金　兰　还说热乎着哩，快去换吧！

驼　哥　呃。（欲下又转身）不行，平日我站在房门口，闻到你的香味，

　　　　脚都软了，这一进去，衣服一件件脱光，我还出得来吗？

金　兰　没正经，去换吧！床上有件新衣服，你就换那件吧！

驼　哥　这回不是发梦了吧？（笑着进内房）

金　兰　（唱【南音】）

驼哥他人好心眼善，

忠厚老实情更痴。

数月来，夜不同床朝同起，

不是夫妻也像夫妻。

我有心捅破这张纸——

（取出手镯，接唱）

表哥哇，休怪金兰把情移。

你魂灵有知应怜我，

阴阳相隔会无期。

（唱【乙反二黄滚花】）

乱世姻缘不由己，

也只有开口向他把亲提。

〔驼哥穿新衣服走出。

驼　哥　嘿嘿，合身，正合身。

金　兰　（稳住神）转过来给我看看。

　　　　〔驼哥转了一圈。

| 金 | 兰 | 把背对着我。 |
| 驼 | 哥 | 嘿嘿，我的背不好看。（转身） |
| 金 | 兰 | 看惯了就好看了。（端详） |
| 金 | 兰 | 合身吗？ |
| 驼 | 哥 | 前面合身。 |
| 金 | 兰 | 后面短了一点。 |
| 驼 | 哥 | 没雨了。（假意取睡榻欲出门） |
| 金 | 兰 | 你还要出去？ |
| 驼 | 哥 | 遵规守矩，外面睡。 |
| 金 | 兰 | 你呀！（夺睡榻） |
| 驼 | 哥 | 你呀！ |
| 金 | 兰 | 驼哥坐下，我有话要跟你说。 |
| 驼 | 哥 | 嗯！（坐下） |
| 金 | 兰 | （也坐下）驼哥，你年纪也不小了，该找个女人了。 |
| 驼 | 哥 | 我不想找。 |
| 金 | 兰 | 为什么？ |
| 驼 | 哥 | 靓女看不上我，丑八怪我又看不上她。 |
| 金 | 兰 | 那你就打一辈子光棍？ |
| 驼 | 哥 | （猛想起）金兰，你是不是要走？ |

金　兰　（唱【七字清中板】）

　　　　　孤女寡男住一起，

　　　　　天长日久不相宜。

驼　哥　（唱）清清白白如兄妹，

　　　　　有什么相宜不相宜！

金　兰　（唱）兄妹也难长相守，

　　　　　倒不如……

驼　哥　（装傻）不如什么？

金　兰　倒不如……（拿起南胡，唱【散板】）

　　　　　它做媒人，我做妻。

驼　哥　（忘形地）啊！我有老婆啰！我有老婆啰！

410　金　兰　（站起）驼哥你做什么？

驼　哥　我谢媒人!

　　　　〔枪声突响。

金　兰　（惊呼）鬼子来了!

驼　哥　老虎来了也不怕!（背金兰入内房）

　　　　〔幕后伴唱【新曲】:

　　　　　　"枪声下，雷雨中，

　　　　　　乱世姻缘没商量。

　　　　　　靓女驼哥，

　　　　　　凑凑合合配鸳鸯。"

　　　　〔暗转。

　　　　〔驼哥饭店内外。

金　兰　（清唱【民歌】）

　　　　　　东江水，清又清，

　　　　　　子弟兵为人民。

　　　　　　东江……

驼　哥　老婆，东江纵队的歌不能随便唱。

金　兰　为什么?

驼　哥　日本鬼子到处在打听东江纵队。

金　兰　那，你为什么要我做红旗?

驼　哥　老婆!（唱【梆子慢板】）

　　　　　　黄连苦胆三十年，

　　　　　　有你才知活着甜。

　　　　　　劳你做面大红旗，

　　　　　　我就有了旗三面，

　　　　　　应付拉锯战，

　　　　　　见菩萨打卦巧对三边。

　　　　（舞旗，唱【三字经】）

　　　　　　膏药旗，可将鬼子骗。

　　　　　　青天白日旗，国军来了好周旋。

　　　　（唱【滚花】）

　　　　　　大红旗，我虽不知东江纵队到底怎么样，

有备无患免得他们来了惹麻烦。

金　兰　你呀，把心都想空了！

驼　哥　没办法，他们都是带枪的人，谁都不能得罪呀！

金　兰　好了，缸里没水，要挑水了。

驼　哥　我去挑。（取水桶出）

金　兰　（拦住）我去挑！

驼　哥　你这细皮嫩肉的，我怎么舍得哟！

金　兰　可你是……我更舍不得呀！

驼　哥　这么说，你是真心疼我？

金　兰　嫁鸡随鸡，嫁狗随狗，我能不疼你？

驼　哥　老婆，有你这句话我比吃什么都舒坦。（挑起水桶又放下）嘿嘿，
　　　　老婆。

金　兰　怎么又不去挑水？

驼　哥　我想……我想……

金　兰　你想什么？

驼　哥　想亲你一口。

金　兰　（挺胸昂首）想亲你就亲吧！

驼　哥　（几次都够不着）差一点！等等！（搬过凳子）

金　兰　（轻推驼哥）三分颜色上大红，去挑水吧！

　　　　〔驼哥做了个鬼脸，快活地哼着小曲下。

　　　　〔小秋啃着野果上。小春追上。

小　春　（急喊）小秋，不要跑，那野果不能吃！

　　　　〔小秋不理。

小　春　（夺野果）你不听话，想死呀！快吐出来！（抠小秋嘴里的毒果）

金　兰　呃，别打架，别打架！

　　　　〔小春、小秋住手。

小　春　姐姐，我们不是打架，是我不让她吃那野果。

金　兰　快吐出来，哎呀，有毒的，这野果怎么能吃？

小　秋　（吐出野果）姐姐，我饿，给我一点儿吃的吧！（哭着跪下）

小　春　（随小秋跪下）姐姐！求你给她一点儿吃的吧！

金　兰　唉，都是日本鬼子害的！起来，姐姐给你们饭吃。

〔小春、小秋欲随金兰入店。

小　秋　（见膏药旗，拉小春）我怕!

金　兰　怕什么，不就是一块烂布吗?（把膏药旗扔在地上，入内，端饭）吃饭，吃饭。

〔小秋与小春入店，狼吞虎咽地吃起来。

〔驼哥哼着小曲挑水上。

驼　哥　老婆，你来看! 快来看我的功夫。

〔金兰走至门口，驼哥耍水桶。

金　兰　别耍了，看把水耍泼了一半!

驼　哥　嘿嘿嘿……（挑水进店）

金　兰　（递毛巾给驼哥）擦擦汗。

驼　哥　长这么大，从来没有过这样舒服。哟，今天生意不错嘛，一大早就有人来光顾。

金　兰　快叫人!

小春
小秋　（放下碗筷）驼背大哥。

驼　哥　你们叫什么名?

小　春　我叫小春。

小　秋　我叫小秋。

金　兰　家住哪里?

小春
小秋　（哭）我们没有家。

驼　哥　你们的父母呢?

〔小春、小秋摇头不语。

驼　哥　哦，孤儿，孤儿，怪可怜的。别哭了，吃饱了没有?

小春
小秋　吃饱了。

驼　哥　吃饱了你们就走吧，我不收你们钱。

小春
小秋　多谢大姐! 多谢大哥!（慢慢走向门口）

驼　哥　不用。

413

| 小 秋 | 哥哥，我们去哪里呀？ |
|---|---|
| 小 春 | （哭）我也不知道。 |
| 金 兰 | 等等！驼哥，我……我想把他俩留下来。 |
| 驼 哥 | 留下来？！老婆，我们实在无法收留他们。这里有些钱，你给他们，叫他们走吧。 |
| 金 兰 | 小春、小秋，这里有些钱你们拿去。 |
| 小 春 | 姐姐，我们不能拿你的钱。 |
| 驼 哥 | （拿起大红旗和青天白日旗，却不见膏药旗）金兰，那面膏药旗呢？ |
| 金 兰 | 我刚才扔在地上呢！（帮助寻找） |
| 驼 哥 | 怎么没有哇？ |
| 小 春 | 别找了！膏药旗，我……我把它烧了。 |
| 驼 哥 | 啊？你烧了，你知道吗？没了膏药旗，鬼子来了会要命的！（举拳）你！ |
| 金 兰 | （急拦）驼哥！ |
| 小 春 | （倔强地）你打吧，你打吧，打死我也不愿见到膏药旗！我们的家被日本鬼子烧了，我爸爸妈妈都被日本鬼子杀死了……我们恨死了日本鬼子！ |
| 驼 哥 | （举起的拳头又慢慢放下，喃喃地）烧得好！烧得好！ |
| 小 春 | 大哥，给你添麻烦了，对不起。小秋，我们走吧！ |
| 驼 哥 | （高声地）回来，你们没有家，没有爸爸妈妈，你们哪里去？以后这儿就是你们的家，有我驼哥吃的，就有你们吃的，大家一起熬。 |
| 小 春<br>秋 | （感激地跪下）大哥！ |
| 金 兰 | （激动地）驼哥！（亲驼哥一口） |
| 驼 哥 | 呃，有人看见的！ |
| 金 兰 | 小春、小秋，起身去洗面。 |
| 驼 哥 | 老婆，膏药旗没有了怎么办？ |
| 金 兰 | （解下驼哥的白围兜）外边有红土，你用这白兜重做一面就是了。 |
| 驼 哥 | 那你帮我去做。 |
| 金 兰 | 我不！（领小春、小秋入内） |
| 驼 哥 | （走出）唉！（念） |

　　　　旗呀旗，旗三面，

　　　　孩子面前我难言。

　　　　天天心惊胆又战——

（唱【散板】）

　　　　这日子熬到哪一年！

发牢骚有什么用，膏药旗还是要做喂！（蹲下，抠红土画旗，唱
【新曲】）

　　　　第一圈，不着色，

　　　　红土烂布两不沾。

　　　　第二圈，画得扁，

　　　　像个榄核两头尖。

　　　　第三圈，左右两边补一点，

　　　　还像个猪啃的西瓜不太圆。

　　　　画得我头痛气也喘，

　　　　我操他祖宗八百年！

搞掂了！

〔光暗。

# 第三单元

〔光起。晨。驼哥饭店内外。金兰、小春、小秋在山坡上晾晒被
单，下。

〔驼哥满面春风地拿着婴儿衣服自房里走出。

驼　哥　嘿！（唱【四不正】）

　　　　今年驼哥喜事多，

　　　　老婆就要生小驼哥……

〔金兰上。

驼　哥　老婆，一大早去了哪儿？洗被单叫我做，叫他们做。老婆，坐，
　　　　（倒茶）喝茶，吃荔枝。我去杀鸡。

金　兰　驼哥，你今天怎么这样客气？

驼　哥　老婆，这么大的事你怎么都不告诉我？

415

金　兰　什么事我不告诉你？

驼　哥　我看到了你的秘密。

金　兰　我有什么秘密？

驼　哥　（举起婴儿衣服）你看。

金　兰　（佯装生气）你怎么乱翻我的东西。

驼　哥　我在枕头底下看见的。

金　兰　给我。

驼　哥　我要做父亲了，我就要有儿子了。

金　兰　还未生，你怎么知道就是儿子！

驼　哥　一定，一定是儿子。老婆，给我们的儿子起个什么名？

金　兰　你说呢？

驼　哥　就叫阿直。

金　兰　阿直？

驼　哥　我驼背了几十年，儿子千万不要像我。

金　兰　就叫他阿直。

　　　　〔小春内声："大姐，被单洗好了。"

金　兰　来了。（下）

驼　哥　小心呀。

　　　　〔赵大朋化装成商人上。

赵大朋　老板！

驼　哥　啊，客官请坐，饮茶。请问你是……

赵大朋　我是做买卖的。

驼　哥　要吃饭吗？

赵大朋　借贵店会个朋友。（走进，掏出一块银圆）给。

驼　哥　银圆？

赵大朋　给我备点酒菜。

驼　哥　好！（吹银圆）是真银！

赵大朋　够吗？

驼　哥　够！够！（端详）老板，你不像是做买卖的。

赵大朋　那你说我像是干什么的？

416　　驼　哥　（指着赵大朋腰间的枪）做买卖的哪有这个。如果我猜得不错话，你是东江纵队的。

赵大朋　我要是日本人的便衣呢？

驼　哥　不像不像，日伪军吃饭从来都是不给钱的。

赵大朋　老板好眼力。

驼　哥　（入内拿旗走出）东江纵队，欢迎，欢迎！

赵大朋　老板，你这是干什么？

驼　哥　表表我对东江纵队的一片心意。

赵大朋　老板，你的心意我领了，可要是撞上鬼子，会给你带来麻烦的。

驼　哥　（感激地）多谢长官。

赵大朋　别叫长官，叫我同志。

驼　哥　（觉得新鲜）同志……（递还银圆）同志，这钱我不能收。

赵大朋　一定要收！

驼　哥　不能收！

赵大朋　这是我们的纪律，如果你不收，这顿饭我就吃不成了。

驼　哥　那……实在不好意思，我只好收下了。同志，你坐一会儿，我去屋后摘点菜。（走出）老婆，快来招呼客人，是东江纵队！（下）

　　　　〔金兰、小春上。

金　兰　东江纵队！（对小春）快去路边望风！

　　　　〔小春下。

赵大朋　（走出）为何人还未到？老板娘，你在晒被单呀！（惊）啊，金兰！

金　兰　这人怎么面熟？客官，你是从哪里来的？（从被单那边钻过来）

赵大朋　（钻过被单那边去）我……我是从山那边来的。

金　兰　（又钻到被单那边去）山，听口音，你好像一个人。

赵大朋　（又从被单那边钻过来）天下同口音的人多得很。

金　兰　（再从被单那边钻过来）你贵姓？

赵大朋　（又从被单这边钻过去）我姓赵，不不不，我姓李。

金　兰　（冲向被单那边去）你到底姓赵还是姓李？

　　　　〔赵大朋慌乱无语，钻到被单这边来。

金　兰　（又钻到被单这边来）你是不是赵大朋？

赵大朋　（低下头，又缓缓抬起头摘下黑眼镜）金兰！

　　　　〔驼哥上，惊。

| 金 兰 | 表哥! |
|---|---|
| 赵大朋 | 表妹!（与金兰相拥） |
| | 〔幕后伴唱【新曲】: |
| | "啊……只说此生难相见! 难相见!" |
| 金 兰 | （唱【新曲】） |
| | 眼前事,是梦,是幻,是假,是真? |
| 赵大朋 | 金兰,你受苦了。 |
| 驼 哥 | 完了!（瘫软地蹲下,唱【散板】） |
| | 担心的事情终发生, |
| | 心中彩云变愁云!（叹气） |
| | 〔金兰、赵大朋赶忙分开。 |
| 金 兰 | （慌乱地）驼哥,他…… |
| 驼 哥 | 不要说了,我知道了。 |
| | 〔金兰啜泣。 |
| 驼 哥 | 老婆呀! 表哥来到应该很高兴嘛! 准备大盘菜招待表哥。（推金兰）表哥请! 请! |
| | 〔赵大朋只得走进,金兰随之走进。 |
| 驼 哥 | 坐坐坐! |
| | 〔金兰只得缓步走向灶房。 |
| 驼 哥 | 表哥,前些日子我一直担惊受怕。 |
| 赵大朋 | 怕什么? |
| 驼 哥 | 你想想,我这么个丑人,娶了你这么靓的表妹,别人能不红眼? 现在好了,有你这位带枪的表哥,别人就不敢欺负我了。其实我也不怎么丑,就是背驼了点。 |
| | 〔赵大朋无语。 |
| 金 兰 | （猛回身,哭喊）驼哥—— |
| 驼 哥 | （惊）你……你这是干什么?! |
| 金 兰 | （唱【爽中板】） |
| | 你是我的救命人, |
| | 金兰永远记大恩。 |
| | 但因为…… |

驼　哥　（唱【快二黄】）

　　　　　有话何必肚里吞？

赵大朋　（唱）金兰她有口难开，又难忍，

　　　　　我也是心在问口，口问心。

金　兰　（唱【散板】）

　　　　　驼哥啊，

　　　　　这手镯是姨妈送的订婚物，

　　　　　你叫金兰跟谁人？

驼　哥　（唱【中板】）

　　　　　看他们郎才女貌多相称，

　　　　　驼哥我自愧不如矮三分。

　　　　　留已不能留，争又不敢争，

　　　　　一生最怕带枪的人！

　　　　　你兄妹重逢该庆贺，

　　　　　我去备菜，你们谈心，

　　　　　我去煮饭，你们谈心。（入厨房）

金　兰　天呀！我怎么办？（唱【散板】）

　　　　　我该怎么办？做了两难人。

　　　　（唱【中板】）

　　　　　我若留，青梅竹马情难舍，

　　　　　我若走，撇下驼哥怎忍心。

　　　　　一边是相依为命的表兄妹，

　　　　　一边是乱世救我的大恩人。

　　　　　是走是留实难定……

　　　　（唱【滚花】）

　　　　　老天爷，怎不给我分分身！（痛哭）

驼　哥　（拿包袱出）老婆，金兰，阿妹——（唱【散板】）

　　　　　叫声阿妹热泪淌！

　　　　（唱【中板】）

　　　　　委屈你乱世与我结成双。

　　　　　今生能有你的爱，

不枉人间走一场。

你俩从小定过亲，

天经地义配成双。

（唱【快中板】）

流泪就让我流泪，

断肠就让我断肠。

你若还恋情和义，

答应驼哥事一桩——

金　兰　什……什么事？

驼　哥　你们成亲后要善待我的孩子呀！（举着婴儿衣服跪下）

金　兰　驼哥——（亦哭着跪下）

〔赵大朋惊。

〔幕后伴唱【新曲】：

"啊……百姓灾难重，

此恨谁造成！"

赵大朋　表妹呀！（唱【长句二黄】）

患难之交令人敬，

驼哥爱你是真心。

人生哪能尽如意，

你不幸之中遇上大好人。

表妹夫——（唱【十字中板】）

拜托你将我表妹好好照应，

祝你们幸福美满永相亲！

驼　哥　（惊喜）好人！金兰你说得没错，东江纵队真是老百姓的兵！（举起红旗挥舞）

〔小春上。

小　春　大哥，大姐！又有当兵的来了！

驼　哥　快拿旗！

〔小春下。赵大朋与金兰随下。季维成上。小春拿旗上，交给驼哥，下。

420　季维成　你是驼哥？

驼　哥　你是来吃饭？

季维成　我是来会一个人。

驼　哥　（挑出膏药旗）欢迎！欢迎！

季维成　（抢过膏药旗）哼！（按枪）这是什么？

驼　哥　（赔笑）烂布。

季维成　烂布？日本旗！

驼　哥　误会！

季维成　误会？放屁！（唱【快中板】）

　　　　　　　别以为国军战败已撤离，

　　　　　　　明侦暗察我心有底。

　　　　　　　你还媚敌挂膏药旗！

　　　　　　　老子最恨的就是汉奸！

　　　　　（拔枪）我枪毙你。

　　　　　〔赵大朋上。

赵大朋　（护住驼哥）长官，他是开饭店的，你不要难为他！

　　　　　〔驼哥趁机入厨房。

季维成　你是……

赵大朋　（很平静地坐下）我是做买卖的。

　　　　　〔赵大朋端起茶杯做暗号。季维成也做暗号回应。赵大朋笑。

季维成　到此有何贵干？

赵大朋　我有一批盐（炎），想从这里运到黄家铺。

季维成　我有一批黄豆，想从这里运往严（炎）家村。

赵大朋　炎黄？！哈哈哈……（摘下眼镜）维成兄！

季维成　赵大朋！

驼　哥　（走出）表哥，炎黄是什么意思？

赵大朋　炎黄是我们的老祖宗，我们都是炎黄的子孙。

季维成　老同学，没想到我们又坐到一条船上合作抗日了！

驼　哥　（挥动红旗和膏药旗）欢迎！欢迎！

　　　　　〔光暗。

## 第四单元

〔光起。驼哥饭店内外。

〔金兰内唱【民歌】:"雨住云疏天渐美哩——"自山林中走出。

金　兰　(接唱【民歌】)

　　　　枝吐新绿花添娇。

　　　　表哥他带兵埋伏在山坳,

　　　　要与鬼子过过招。

　　　　我路边小店做暗哨哩,

　　　　报仇雪耻把恨消哩。

　　　　(进店)驼哥!

驼　哥　(自内房走出)金兰,你回来了。

金　兰　回来了。

驼　哥　有没有见到表哥?

金　兰　见到了。

驼　哥　表哥怎么说?

金　兰　表哥说,这一带要打恶战,叫我们不要乱跑。

驼　哥　这里打恶战!

　　　　〔胡建国率伪军押季维成上。

胡建国　快入去看看,看看赵大朋来了没有,如果捉住赵大朋就放你一条
　　　　生路。

季维成　(进店)你夫妻讲密话?赵大朋呢?

驼　哥　赵大朋?没来过。长官,坐,饮茶。

季维成　赵大朋没来过?我俩约好了,今天在这里碰头的。

驼　哥　(唱【七字清中板】)

　　　　他神色慌张假镇定,

金　兰　〔唱〕他衣衫破损露伤痕。

驼　哥　〔唱〕恶战临头要谨慎,

金　兰　〔唱〕须防过河拆桥人。

422　　　　〔小春上,进店。

| 小 春 | （低声地）姐姐，你表哥派人带口信，说季维成当汉奸了。 |
| 驼 哥 | 他果然背祖叛宗，钻了狗洞。 |
| 金 兰 | 这条恶狗够黑心，驼哥切莫把真情讲。 |
| 驼 哥 | 你放心，驼哥再软也是人。 |
| 季维成 | 你老母！赵大朋不守信用。 |
| 驼 哥 | 长官，你别急，我们马上去找赵大朋。（欲走） |
| 胡建国 | （率二伪军冲入，拔手枪）站住！一个都不准动！（奸笑）快讲，赵大朋在哪里？ |
| 驼 哥 | （强笑）嘿嘿，长官，赵大朋是队伍上的人，我怎么知道他在哪里呀！ |
| 胡建国 | （举枪）你不说我就撬了你的牙！ |
| 驼 哥 | 就算你撬了我的牙，我也不知道他在哪里。 |
| 胡建国 | 你不说，老子就打死你！ |
| 季维成 | 胡连长，不能开枪，东江纵队就在这附近！ |
| 胡建国 | 那我就抓走你的老婆，给太君做姨太太！（抓金兰） |
| 金 兰 | （哭喊）驼哥！驼哥！ |
| 驼 哥 | （对胡建国拱手作揖）长官，你不能抓她，她身上怀有孩子呀！ |
| 胡建国 | 有孩子更好，老子叫你断子绝孙！（一脚踢在金兰的腹部） |
| | 〔金兰惨叫一声倒地。季维成溜下。 |
| 驼 哥 | （急忙搀扶金兰）金兰！你千万不能有事！ |
| 伪军甲 | 胡连长，季维成跑了！ |
| 胡建国 | 追！ |
| | 〔二伪军追下。 |
| 胡建国 | 快说，不说我就踢死你……（又举脚欲踢金兰） |
| 驼 哥 | （回头怒视胡建国，咬牙站起）你——你这条狗！ |
| | 〔幕后伴唱【新曲】： |

　　　　"风中站，雨里抖，

　　　　百年中国苦作囚。

　　　　睡狮醒来一声吼，

　　　　甩掉背后的大石头。"

| 金 兰 | 驼哥，杀了他，杀了这条狗！ |

〔驼哥一头向胡建国撞去。金兰忍痛爬起拿砍刀。小春举凳在胡建国背上猛击。驼哥接过金兰的刀，朝胡建国捅去，连捅三刀，把胡建国捅死。

〔幕后童声唱【儿歌】：

　　　"月亮走，我也走，

　　　驼哥今天杀了狗。

　　　吃狗肉，饮烧酒，

　　　阿直长大不怕狗。"

〔静场。

〔暗转。

驼　哥　（拉南胡，唱【南音】）

　　　　送走亲人脱虎口，

　　　　再无牵挂想得开。

　　　　人生自古谁无死，

　　　　除死也就无大灾。

〔日伪军逼近。

驼　哥　（唱【南音】）

　　　　驼哥一生人前矮，

　　　　上不了桌面登不了台，

　　　　此时就要把谱摆，

　　　　从从容容等敌来……

〔日伪军发现驼哥，同时举枪。龟田示意日伪军继续搜寻，自己带两名日兵走向驼哥。

龟　田　（奇怪地）你的还在优哉游哉拉琴？

驼　哥　（唱【南音】）

　　　　我拉琴与你有何碍，

　　　　为什么气势汹汹怒满腮？

龟　田　我的要向你问话。

驼　哥　你问我？我问你吧！

龟　田　你问我什么？

424　驼　哥　（唱【南音】）

　　　　　　你本在东洋大海外，

　　　　　　为什么跑到我们中国来？

龟　田　我的早就跟你的讲过，为了和你的中国的共荣。

驼　哥　（接唱【南音】）

　　　　　　既共荣就该平等两相待，

　　　　　　为什么杀人又掠财？

龟　田　（歇斯底里地）你的是东江纵队！

驼　哥　（举琴）哈哈哈！太君，是这个的。

伪军乙　拿来！

驼　哥　拿去！

伪军乙　报告！炸弹的不是！

龟　田　放好。

伪军乙　是！

　　　　〔日军甲从店内跑出。

日军甲　报告少佐，店里发现了胡连长的尸体！

龟　田　可怕的中国人，我连一个驼背也制服不了！你为何杀了胡连长？

驼　哥　小试牛刀。我明白了一个道理——

龟　田　明白什么道理？

驼　哥　其实你们也不是铁造的。

龟　田　把他拖下来！

驼　哥　别拖，别拖，这是我家门口，我自己会下来！（插红旗）

龟　田　红旗！你给东江纵队发信号?!

驼　哥　太君，你不是要找东江纵队吗？我将红旗插起，东江纵队就会到，那你们就搞掂。

龟　田　拖他下来！你到底是什么人？

驼　哥　炎黄子孙！

龟　田　你不是说不知道炎黄吗？

驼　哥　当初是不知道的，现在是你们教会了我。

龟　田　拿绳来！

驼　哥　太君，你有没有搞错？这么多刀，这么多枪，还用绳？

龟　田　来人！打！你的不怕死？

驼　哥　如果我不怕死，当初怎会答应你的条件，可到了怕也没用的时候，那就什么也不怕了。

龟　田　（咆哮）勒死他！

〔密集枪声，火光冲天。日军乙跑上。

日军乙　报告！东江纵队打过来了！

龟　田　顶住！

〔激烈枪声中，日伪军倒地。

〔暗转。

〔驼哥倒在木椅上。金兰、小春、小秋围在旁边。

金　兰　（哭喊）驼哥！驼哥！

小春秋　（哭喊）大哥！大哥！

金　兰　（唱【散板】）

　　　　　　天不讲理地也无情，

　　　　　　驼哥啊！你快醒来你快醒！

　　　　驼哥，我们不能没有你啊！

小春秋　大姐，你别哭了，哭了大哥他也听不见。

驼　哥　（长长嘘口气）听见了，我都听见了！

小春秋　（惊喜）啊，大哥他没有死！

金　兰　（热泪盈眶）驼哥……

驼　哥　（睁开眼，抓住金兰的手）老婆，死人面前不说假话，像这样死，我真想多死几回。

金　兰　胡说！

驼　哥　（被扶起）老婆，我的儿子呢？

金　兰　在肚子里直蹬腿呢！

驼　哥　（贴金兰肚子听）老婆，阿直与我说，爸爸你不能死，我还要出来见你。

金　兰　你啊，这个时候还开玩笑。

　驼　哥　呃？红旗，我的红旗呢？

| 金 兰 | 插在树上呢。 |
|---|---|
| 驼 哥 | （深情地注视红旗，腰竟渐渐挺直）很美啊！很美啊！ |
| 金 兰<br>小 春<br>小 秋 | （雀跃）驼哥！大哥的腰杆子直了！ |

〔驼哥自视，笑。

〔暗转。

〔晚霞灿烂，丛林尽染。

〔驼哥坐在吊脚凳上拉南胡，吊脚凳由后方渐渐向前移动。

驼 哥 （唱【南音】）

　　　　身材矮，背如锅，

　　　　一生忍让无结果。

　　　　甩掉胆小与怯懦，

　　　　驼哥从此背不驼……

〔光渐暗。

〔幕闭。

——剧　终

　　《驼哥的旗》2001年7月由广东省深圳市粤剧团首演，导演余笑予、胡明克等，主要演员有冯刚毅、琼霞等。剧本获第十五届中国曹禺戏剧奖·剧本奖（2001年），剧目入选中宣部第九届精神文明建设"五个一工程"。

## 作者简介

刘云程　（1934—2018），男，安徽安庆人，享受国务院特殊津贴专家。曾
　　　　发表、上演剧目三十余部，代表作品有《失刑斩》《西施》《徽州
　　　　女人》《驼哥的旗》《江南雨》《客家女人》《独秀山下的女人》等
　　　　优秀剧目，三次获得"曹禺戏剧文学奖"。

郑继锋　男，1948年出生，深圳人，大专毕业。一直在文化系统从事行政
　　　　艺术管理工作，历任深圳大剧院副总经理、深圳市粤剧团团长。

萧柱荣　男，1947年出生，广东增城人，曾任深圳市粤剧团编剧、副团长，广东粤剧研究中心副主席，《粤剧大辞典》编委、副主笔，《粤剧表演艺术大全》编委、分篇主编。创作戏曲、曲艺作品一百多部（篇）。